AS MELHORES HISTÓRIAS DA BÍBLIA

— VOLUME 1 —

A. S. FRANCHINI &
CARMEN SEGANFREDO

AS MELHORES HISTÓRIAS DA -BÍBLIA-

— VOLUME 1 —

Texto de acordo com a nova ortografia.

As melhores histórias da Bíblia volume 1 e 2 foram publicadas pela L&PM Editores em primeira edição no livro *As 100 melhores histórias da Bíblia*, em formato 16x23cm, em junho de 2005.

Capa: Ronaldo Alves
Preparação: Caroline Chang e Jó Saldanha
Revisão: L&PM Editores

CIP-Brasil. Catalogação na publicação
Sindicato Nacional dos Editores de Livros, RJ

F89m

Franchini, A.S. (Ademilson S.), 1964-
  As melhores histórias da Bíblia, volume 1 / A.S. Franchini e Carmen Seganfredo. – Porto Alegre, RS: L&PM, 2016.
  368 p. – 21 cm

  Apêndice
  Inclui bibliografia
  ISBN 978-85-254-3435-7

  1. Bíblia - História de fatos bíblicos - Ficção. 2. Ficção brasileira. I. Seganfredo, Carmen, 1956- II. Título. III. Série.

12-8469.   CDD: 869.93
                        CDU: 821.134.3(81)-3

© A.S. Franchini e Carmen Seganfredo, 2005

Todos os direitos desta edição reservados a L&PM Editores
Rua Comendador Coruja 314, loja 9 – Floresta – 90.220-180
Porto Alegre – RS – Brasil / Fone: 51.3225.5777 – Fax: 51.3221.5380

Pedidos & Depto. comercial: vendas@lpm.com.br
Fale conosco: info@lpm.com.br
www.lpm.com.br

Impresso no Brasil
Inverno de 2016

SUMÁRIO

Prefácio dos autores 7

Prefácio 9
   A criação 9
   Adão e Eva 11
   Caim e Abel 32
   A Arca de Noé 45
   A Torre de Babel 56
   Abraão e o resgate de Lot 59
   O riso de Sara 66
   Sodoma e Gomorra 74
   O sacrifício de Isaac 81
   Isaac e Rebeca 88
   Esaú e Jacó 93
   Jacó na terra de Labão 99
   Jacó luta com Deus 111
   José e seus irmãos 118
   José e a mulher de Putifar 130
   José e os sonhos do Faraó 139
   José e a reconciliação 151
   A história de Tamar 167

Do Êxodo 174
   Nascimento e missão de Moisés 174
   As dez pragas do Egito 185
   A travessia do Mar Vermelho 200
   Os Dez Mandamentos 207
   O Bezerro de Ouro 217

Do Livro dos Números 223
    As vacilações do povo de Deus 223
    O asno de Balaão 234
    O massacre dos madianitas 243

Do Deuteronômio 249
    A morte de Moisés 249

Do Livro de Josué 255
    As muralhas de Jericó 255
    O ardil dos gabaonitas 264
    O dia em que o sol "parou" 270

Do Livro dos Juízes 277
    Débora, a juíza guerreira 277
    Gedeão, o lavrador guerreiro 285
    Abimelec e Jefté 295
    Os prodígios de Sansão 306
    Sansão e Dalila 318
    Dois episódios lamentáveis 330

Do Livro de Rute 339
    Rute e Booz 339

Glossário dos personagens 347

Bibliografia 366

PREFÁCIO DOS AUTORES

A.S. Franchini e Carmen Seganfredo

Recontar, a nosso modo, aquelas que julgamos ser as cem melhores histórias da Bíblia é o objetivo deste livro. São quase infinitas as versões que todas as artes já apresentaram para os episódios bíblicos. Entretanto, se formos analisar os detalhes de cada uma dessas versões, quantas variações e novidades vamos ali encontrar! É que a Bíblia, sendo um livro extremamente sucinto e econômico nos detalhes, deixa sempre uma grande margem para a improvisação do artista, o qual procura, sempre que possível, dar a sua "cor pessoal" aos episódios, de modo a tornar-se, de alguma maneira, coautor da história que decidiu recriar. Basta pegarmos, por exemplo, dez versões para o episódio do Dilúvio e veremos que cada autor se encarregou de acrescentar, por conta própria, um detalhe novo e surpreendente, às vezes num tom mais sisudo, às vezes noutro mais descontraído, e sempre evitando desfigurar a essência da história.

Mas, apesar de tantas versões, ainda causa espanto o fato de o público conhecer tão mal a Bíblia – na verdade, a imensa maioria só conhece as suas histórias mais famosas (e, mesmo assim, indiretamente, já que raríssimos são aqueles que as leram na sua fonte original).

Estamos certos, portanto, de que a maioria desses leitores irá se surpreender, à medida que for avançando na leitura, ao descobrir histórias das quais nunca ouviu falar e que talvez venham a lhe agradar até mais do que aquelas que a tradição consagrou. Estamos certos também de que o público jovem – especialmente aquele apaixonado pelas sagas épicas – ficará agradavelmente surpreso ao descobrir nestas histórias vários elementos ficcionais que está acostumado a ler em seus livros de RPG. (O guerreiro Josué e o "mago" Moisés, por exemplo, são protótipos de qualquer personagem cultuado na moderna ficção de aventura.)

Uma última advertência: um dos objetivos a que nos propusemos ao escrever este livro foi o de não fazermos aqui, em momento algum, proselitismo religioso. Ainda que a grande protagonista deste livro seja a fé que ainda hoje inspira milhões de seguidores, nos abstivemos de acrescentar à narrativa quaisquer comentários apologéticos (como é de regra em adaptações do gênero), preferindo deixar que o leitor se inflame, ou não, por conta própria. História verídica ou saga de cunho mitológico, o que importa é que este livro fala de uma fé extraordinária e de como ela operou sobre uma legião de homens bravios, os quais a praticaram conforme as circunstâncias – e as conveniências – do seu tempo.

Nossa única obrigação, como escritores, é a de tentar reproduzir estes feitos com o máximo possível de isenção e talento.

PREFÁCIO

A CRIAÇÃO

Houve um tempo em que Deus não era deus de ninguém. Não havendo, ainda, criatura alguma para adorá-lo ou temê-lo, Deus só era deus de si mesmo. Pois nada havia no universo, a não ser Ele próprio. Houve, é certo, a partir de certo instante, os Anjos e o Caos, tão antigos que preexistiram ao mundo, mas não a Deus, que é anterior a tudo. Pois somente Deus é eterno. Somente Ele verdadeiramente *É*, para trás e para diante, antes de tudo e para além de qualquer coisa.

Para sermos mais exatos: Deus era Deus, mas não ainda o *Senhor* – pois, para que haja um senhor, é preciso que haja um servo. Não sendo assim, Senhor de quem Ele seria? Deus, contudo, já era, desde sempre, Todo-Poderoso. Porque fazer e desfazer – ou mesmo deixar de fazer – para Ele é sempre e tudo o mesmo.

Sendo, então, Todo-Poderoso, houve um instante indeterminado no qual Deus, decidido a fazer uso de seu poder absoluto, quis que houvesse no universo algo mais além de si. Algo que estivesse submetido a Ele e ao qual pudesse retribuir a adoração, cumulando--o de bênçãos. Deus começava, então, a tornar-se também o *Senhor*, ao expressar o seu incomensurável poder. E foi assim que o Senhor Deus, a partir desse instante maravilhoso, começou a criar.

Imensa treva preenchia o vasto abismo que era então nosso planeta, enquanto o espírito de Deus pairava livremente sobre as águas. Fazendo uso pleno do seu Verbo vivificante, Ele disse com voz cheia de autoridade: "Haja luz!" – e houve a luz. Depois de apreciar o resultado, e de chamar "dia" ao período luminoso e "noite" ao período obscuro, Ele sentiu-se satisfeito. *E esse foi o primeiro dia da Criação.*

Depois o Senhor Deus disse: "Haja uma cobertura, para que as águas de cima estejam dispostas sobre as águas de baixo". E a esta cobertura anil, que separou as alturas do baixo, Ele chamou de "céu". *E esse foi o segundo dia da Criação.*

Depois o Senhor Deus disse: "Haja um recuo das águas de baixo, até que fiquem descobertas grandes porções de solo seco – eis que o seco será, doravante, a antítese do úmido". E à porção molhada chamou "mar" e à seca, "terra". Isto feito, sentiu-se novamente satisfeito. Mas indo mais adiante, o Senhor Deus ainda disse: "Haja um imenso tapete verde estendido sobre a terra e uma miríade de árvores plenas dos mais diversos e coloridos frutos. E que esses frutos sejam dotados de árvores em miniatura, chamadas 'sementes', as quais, retornando à terra, façam brotar outras árvores de sua mesma espécie e estatura". E tudo saiu tão perfeito que o Senhor Deus sentiu-se novamente satisfeito. *E este foi o terceiro dia da Criação.*

Depois, Deus disse: "Haja pontos luminosos sobre o céu noturno, para que eles ponham diferença entre a noite e o dia". E assim foi feito. Mas Deus foi ainda mais além, ao criar dois grandes luzeiros, um para iluminar o dia e o outro para amainar a treva da noite. (E se já antes havia criado a Luz, nem por isso Deus foi redundante, pois ninguém há que saiba qual intensidade tinha aquela Luz primeira, ou mesmo a que Luz específica Ele se referia.) Ao farol do dia o Senhor Deus chamou de "sol", e ao farol da noite chamou de "lua", os quais haveriam de servir também de marcos fixos para o calendário, com seus dias, meses e anos. Houve, como se vê, motivos de sobra para que Deus se sentisse novamente satisfeito. *E esse foi o quarto dia da Criação.*

Depois, o Senhor Deus disse: "Haja vida sob e sobre os mares", de tal sorte que o ar e o mar se viram infestados de seres vivos dotados de respiração. E como pela primeira vez se visse diante de seres vivos, dignou-se a lhes dirigir a sua bênção, expressão mais suave do seu divino Verbo: "Espalhem-se e multipliquem-se à vontade sob os mares e sobre os ares". *E esse foi o quinto dia da Criação.*

Depois o Senhor disse: "Haja vida também sobre a porção seca – antítese da úmida –, e que ela se manifeste em diferentes espécies, e que estas se reproduzam com a mesma facilidade dos seres do mar e dos seres do ar!".

Prefácio

Surgiu, então, quantidade quase infinita de seres irracionais, de tão perfeita constituição que Deus se permitiu novamente declarar-se satisfeito.

Mas como este fosse o último dia antes do sétimo, e o Senhor estivesse verdadeiramente entusiasmado, antes de ter encerrado a Criação resolveu ainda criar um derradeiro ser – o melhor que de suas mãos saísse –, ao qual deu o nome de Homem. Então, disse a si mesmo: "Seja ele feito à minha imagem e semelhança" – com o que, guardadas as infinitas proporções, temos hoje uma vaga ideia de como deve ser aquele que nos lançou à vida. E tão assemelhado a Deus saiu o Homem que Ele decidiu que àquele também caberia uma parcela de autoridade sobre o mundo. E foi assim que o Criador submeteu ao império do Homem todas as demais criaturas, tornando-o, destarte, também um pequeno senhor, guardadas as infinitas proporções. Para concluir a sua obra, Deus declarou que as ervas dos campos e os frutos das árvores passariam a ser o alimento único, tanto do homem quanto dos animais, e depois, passando em revista tudo quanto havia feito, sentiu-se, pela última vez, plenamente satisfeito. *E esse foi o sexto dia da Criação.*

Finalmente, chegou o último dia da Criação, que o Senhor Deus consagrou inteiro para o seu merecido descanso.

E esse sétimo dia calmo e sereno e manso e infinitamente aprazível da Criação foi já, também, o segundo dia da conturbada história humana.

ADÃO E EVA

Deus havia, finalmente, concluído o nosso mundo. Durante seis dias – que os inimigos da concisão podem estender, à vontade, para seis imensas eras –, o Criador espalhara sobre a Terra toda a espécie de seres vivos ou inanimados. O mundo já era, portanto, uma festa da vida quando, no último dia da Criação – posto que o sétimo ele reservara para seu justo e merecido descanso –, o Senhor decidiu criar aquela que deveria ser a melhor de suas invenções: o Homem.

— Que ele seja a coroa de mirto posta à testa de toda a Criação — disse o Senhor, decidido a superar-se em sua última obra.

Deus tomou, então, um punhado de barro em suas mãos e pôs-se a modelar o novo ser. Sendo Ele próprio o modelo, além de artífice consumado, Deus não encontrou dificuldade alguma para dar à argila a sua forma definitiva.

— Está feito — disse Deus, ao depor o pequeno e frágil ser de volta ao leito da terra. — Eu o chamarei de "Adão", em homenagem à sua mãe.

Como em todas as coisas perfeitas, havia aqui um toque de feliz e adequada simplicidade, pois "Adão", em hebraico, quer dizer "barro", ou "pó".

Adão, entretanto, ainda não passava de um boneco de carne e osso, jazendo aos pés de Deus, a dormir o sono profundo da não existência. Suas feições, que chamaríamos, em outras circunstâncias, de "serenas", não traíam aqui o menor sinal dessa emoção. Pois, ao contrário dos mortos, que, por terem provado um dia da serenidade, podem reter eventualmente em sua derradeira máscara os traços que essa suave emoção um dia lhes imprimiu, Adão ainda não havia experimentado emoção alguma, sendo o seu rosto a mais perfeita representação da inexpressividade humana.

Deus, então, tomando do corpo inerte de Adão, suspendeu-o até o seu divino rosto, soprando em seguida sobre suas narinas o seu hálito divino. Adão, sentindo o sopro invadir cada célula do seu corpo, teve um ligeiro estremecimento. Deus, vendo que era o bastante, recolocou o homem de volta ao leito de sua mãe. Adão remexeu-se sobre o solo, como quem desperta do melhor dos sonos, e depois lançou para os lados os seus braços, num gesto quase igual ao do nosso moderno espreguiçar. Em seguida seus olhos abriram-se e ele viu-se frente a frente com o Criador.

— Quem sou eu? — perguntou ele, que já nascera com o dom da fala e do raciocínio.

— Tu és Adão — disse Deus.

— E tu? — disse o primeiro homem.

— Eu sou quem sou.

Adão compreendeu isto imediatamente, pois dentro de si circulava o hálito divino, que lhe dava o conhecimento imanente do seu Criador.

Dizer-se que Deus não tinha, então, nenhuma expectativa quanto às primeiras reações de sua nova criatura é dizer também que nada se conhece sobre Ele. Apesar de onisciente, o Criador acompanhava a evolução de sua obra com os mesmos sentimentos de expectativa que acometem a todo verdadeiro artífice. Além do mais, Deus defrontava-se com a maravilhosa novidade de, pela primeira vez em toda a sua existência, poder trocar palavras com um ser dotado, tal como Ele, de raciocínio e capacidade de articulação.

Adão, que até então estivera de joelhos, em muda reverência ao Criador, quis ficar em pé, e para tanto apoiou-se sobre seus quatro firmes e sólidos membros.

– Não – disse Deus, com um suave balançar de sua divina cabeça.

Na verdade nem teria sido preciso o alerta divino, pois logo Adão percebeu que para ficar em pé duas pernas só bastavam.

– Vê, tudo isto é teu – disse Deus, com satisfação.

Os olhos de Adão vagaram ao redor com infinito deleite.

– É tudo maravilhoso, meu Pai! – disse o Homem, extasiado.

– Mas existe ainda um outro lugar – disse Deus. – Um lugar muito especial que será a tua morada principal.

"Um outro lugar?", pensou Adão, algo intrigado.

Deus o conduziu até lá, por entre veredas amenas.

– Aqui está o Jardim do Éden, lugar que criei especialmente para ti – disse Deus, mostrando uma espécie de oásis, que conseguia ser ainda mais delicioso do que o restante da Criação. Além da exuberante vegetação, Adão teve sua atenção despertada por um grande manancial de água, formado por quatro braços, que irrigava o Jardim, tornando-o sempre fresco e vicejante.

O Éden era, na verdade, uma espécie de morada de campo de Adão, o local mais aprazível de todo o universo, do qual ele deveria cuidar e preservar.

– Daqui sairá o teu sustento – disse Deus, mostrando ao Homem campos abundantes e férteis, aos quais as sementes, espargidas generosamente pelo vento, depositavam-se sem o auxílio do homem, fazendo brotar, em muito pouco tempo, os mais perfeitos grãos.

– E o que devo fazer para ser digno de tantas benesses? – inquiriu Adão, ligeiramente apreensivo.

– Nada, pois são benesses – respondeu o Senhor. – No Éden, tu estás isento de trabalho.

– *Trabalho*? O que é isso? – disse Adão, que tivera o doce privilégio de nascer sem essa noção.

– É tudo quanto fiz nestes seis últimos dias – respondeu o Criador. – Mas tu, meu filho, dele estás dispensado, eis que sou um Deus bom e generoso. Tudo quanto exijo em troca de minha liberalidade é a tua mais honesta obediência.

– Oh, meu Pai, quão pouco pedes em troca de tão vasta bênção! – disse Adão, reconfortado. Afinal, que fardo representaria obedecer a um Deus tão amigo e generoso?

Deus continuou a mostrar a Adão todos os recantos do Jardim, até que este deparou-se, subitamente, com um muro esverdeado, ao centro do qual despontava um enorme portão.

– O que há por detrás dele? – disse Adão, curioso.

– Ainda não é hora de saberes – disse o Senhor, de maneira algo enigmática.

Na verdade, antes disso, Ele tinha uma coisa mais importante a comunicar ao seu filho.

– Ouça antes o que tenho a te dizer – disse Deus.

O Homem apurou os seus ouvidos.

– Não me agrada a ideia de que estejas só, mesmo num lugar tão aprazível – disse Deus, com ar austero.

– Mas não estou só, meu Pai – disse o homem. – Tua companhia me é mais que suficiente.

– Não, tu precisas de outras companhias, além da minha.

Deus, então, chamou à presença de Adão todas as criaturas da Terra para que ele as conhecesse.

– A ti entrego a tarefa de nomeá-las uma a uma – disse Ele. – Veja, aí está a primeira delas – disse Deus, chamando logo um animal de quatro patas, robusto e dotado de sólidos cascos.

– Verdadeiramente forte – disse Adão. – E seu olhar é muito manso.
– Que nome lhe darás? – inquiriu-lhe Deus.
Depois de estar atentamente a observá-lo, Adão, como num estalo, respondeu:
– Boi! – disse ele, radiante. – Eu o chamarei de boi!
E ao ver a sua companheira, imediatamente acrescentou:
– E ali está a vaca!
Adão repetiu muitas vezes os nomes, para testar-lhes a sonoridade:
– O boi e a vaca...!

Deus observava, deliciado, a alegria do filho – eis que sua alma, naqueles dias, estava feliz e sem travo algum de amargura –, enquanto os animais iam desfilando diante do primeiro homem, que nomeou-os um a um, numa distração que consumiu ainda o dia e a noite inteiros. No dia seguinte, Adão descansou, tal como seu Pai o fez – pois que era o sétimo da Criação –, retomando a distração no outro dia, no qual viu desfilar à sua frente tal número de seres diferentes, e mesmo extravagantes, que o tédio não encontrou meios de insinuar-se em sua alma.

Mas, enfim, acabou-se o majestoso desfile, e com ele a distração. E finda a distração, Adão pôs-se a refletir. E refletindo chegou a uma triste conclusão, que é o prêmio habitual de quase toda reflexão.

– Senhor – disse ele, clamando por seu divino Pai. – Já estão todas as criaturas devidamente batizadas, e meu coração se regozijou imensamente com isso.

– Muito bem – disse a voz de Deus, pois desta vez ele não estava à vista.

– Uma coisa, no entanto, ligeiramente me constrange – disse Adão, timidamente.

– O Éden, por certo, não é lugar para tristezas – disse a voz, em meia-advertência.

– Oh, certamente que aqui sou imensamente feliz! – respondeu Adão, apressadamente. – E estou pronto a esmagar minha ligeira contrariedade se isto te trouxer o menor aborrecimento.

— Alegra-me muito escutar tais palavras, filho meu — disse Deus, e uma brisa forte soprou pelos galhos, arrancando das folhas uma espécie de suspiro. — Mas diga, afinal, qual era o motivo para a tua ligeira contrariedade.

— Eis o que se passa: constatei, depois de muito ver tão belos e variados animais, que quase todos eles traziam consigo uma espécie de cópia de si mesmo, e que isto parecia alegrá-los imensamente.

Uma nova remessa de brisa agitou o arvoredo, antes que a Voz soasse novamente:

— Verdadeiramente, agora estou aliviado — disse Deus, de maneira surpreendente.

— Algo te oprimia, Senhor? — disse Adão, sem entender.

— Era meu desejo que, vendo os animais aos pares, chegasses tu também a desejar ter a teu lado a melhor companhia que ao Homem eu pudera dar.

— A melhor companhia, meu Pai, eu já a tenho.

— Guarda as tuas lisonjas, caro Adão, pois sei bem o quanto o teu coração me adora. Mas não é bom que o homem esteja só, sem a sua dedicada parelha.

Adão sentiu que algo de muito bom estava se preparando novamente. "Que mundo...!", pensou, eufórico. Primeiro o Éden, depois o soberbo desfile, e agora uma nova e deliciosa surpresa! Então a vida seria sempre isto, uma sucessão de surpresas maravilhosas, encadeadas umas às outras?

Adão, então, decidiu nesse momento dar adeus, de uma vez por todas, à pequeníssima nostalgia que às vezes ainda sentia do sono sem sonhos que antecedera o seu nascimento. (Naturalmente que em momento algum declarara tal sentimento ao Senhor, pois conhecia o alto teor de ingratidão que ele encerrava.)

— O que farás, Senhor, para que eu me torne ainda mais feliz?

Sem nada dizer, Deus Todo-Poderoso tomou Adão em suas mãos e depositou-o outra vez sobre o leito de sua mãe terra. Depois, fazendo com que o filho caísse num estado próximo à letargia, aproximou suas miraculosas mãos do seu flanco esquerdo.

Adão, mergulhado numa espécie de sonho divinal, sentiu que algo penetrara o seu flanco, provocando uma sensação invasiva, porém nada dolorosa, eis que naqueles dias a dor estava exilada de toda a Terra.

Com a visão turva, o primeiro homem viu nas mãos de Deus um pequeno osso, gotejante de um estranho líquido escarlate. Percebendo que aquilo fora retirado de dentro dele próprio, Adão levou inconscientemente a mão ao local onde sentira o contato e pôs-se a apalpar. Sim, algo faltava, um pouco abaixo do seu braço.

E então Adão adormeceu profundamente.

Quando acordou, a tarde já avançara. Sentando-se com alguma dificuldade, Adão procurou pelo Senhor, mas não o avistou.

– Senhor Deus...! – clamou, algo inquieto.

Não houve resposta.

Curioso, percorreu algumas veredas do Jardim, até escutar o ruído de passos por detrás de uns arbustos altos. Acostumado aos passos firmes de seu pai, Adão estranhou. Pareciam mais os passos de uma delicada corça.

– Quem está aí? – perguntou, em excitante expectativa.

Então, surgindo num repente, apresentou-se diante dos olhos a figura de um ser, à primeira vista, muito parecido consigo.

Adão, intrigado, mirou a criatura longamente. Bem observada, ela não era exatamente idêntica a si mesmo (Adão, naturalmente, já conhecia sua própria figura, depois que estudara o seu corpo, em pé, diante das águas paradas de um lago). O rosto dela, por exemplo, apesar de glabro como o seu – pois Adão não tinha barba e apresentava bem poucos pelos sobre o corpo –, tinha o formato mais ovalado. Suas feições, bem mais delicadas, denunciavam uma natureza diferente. Mas as maiores diferenças começavam logo abaixo do pescoço. Seus ombros, infinitamente mais delicados – os quais, comparados aos de Adão, pareciam verdadeiramente frágeis –, recebiam uma digna e espetacular compensação apenas alguns dedos abaixo.

"O que são aqueles dois belos gomos proeminentes?", pensou, estupefato.

Adão abaixou instintivamente os olhos para o seu próprio peito, alisando-os. Depois mirou outra vez aquelas duas protuberâncias inacreditavelmente firmes, em cuja frente equilibravam-se duas pontas rosadas. "Agradam-me infinitamente!", pensou ele.

Depois, descendo alucinadamente, percebeu o contorno perfeito de um ventre, que parecia ter sido moldado pelas mãos do mais fino dos oleiros. Como num despenhadeiro, entretanto, aquelas formas deslizantes mergulhavam num pequeno triângulo aveludado. Adão, abaixando novamente o olhar, percebeu que aqui havia uma diferença verdadeiramente importante. Esse pequeno (mas fundamental) mistério, entretanto, ele decifraria mais adiante. Agora ele estava decidido a estabelecer um contato maior com a encantadora criatura.

– Quem é você? – perguntou ele, com uma nota indisfarçada de nervosismo.

– Sou aquela que nosso Pai destinou para ser sua companheira – disse ela, com uma voz suave e um brilho nos olhos que fizeram Adão experimentar uma sensação deliciosa e até então jamais sentida.

Os olhos dela desceram, e desta feita foi ela quem pareceu ligeiramente intrigada.

– Sou uma mulher – completou ela, com as duas mãos entrelaçadas às costas.

– *Mulher!* – disse Adão. – *Mulher... mulher... mulher...!*

Mas ele sabia que aquele não era, ainda, o seu nome pessoal, e que a ele certamente caberia novamente nomear um novo ser – o melhor de todos eles!

– Eva! – disse ele, noutro repente, pois que agora estava realmente preparado.

E não escolheu mal, pois que Eva queria dizer "vida".

Adão aproximou-se mais dela, e pela primeira vez na história da humanidade um homem abraçou uma mulher. Não foi um abraço fervoroso, mas delicado, que lhe provocou de novo a mesma sensação gostosa, e uma renovada surpresa em sua companheira.

Depois de estarem sós por um longo tempo, escutou-se novamente a voz do Criador.

– E então, Adão, gostou da sua companheira?

O Homem ergueu a cabeça para o alto e exclamou, verdadeiramente feliz:

– O Senhor é infinitamente generoso, eis que me deu o mais belo dos presentes! Agora tenho a certeza de que nada mais há de perturbar a minha felicidade!

Prefácio

Um silêncio misterioso, no entanto, pareceu indicar que ainda não era exatamente assim.
– Por que silencia, meu Pai? – disse Adão.
– Só dependerá de ti, e de tua companheira, para que a felicidade de vocês seja sempre isenta de qualquer mácula.
– Como assim? – disse Adão, novamente um pouco apreensivo.
– Desde hoje o Bosque das Duas Árvores está aberto ao acesso de vocês – disse Deus, mudando o tom paternal da voz para um tom algo severo.
Imediatamente Adão lembrou-se do muro e do imenso portão negro.
– O que esconde esse bosque, capaz de macular a nossa felicidade?
– Lá estão duas árvores, repletas de apetitosos frutos – disse Deus. – A primeira é a Árvore da Vida; dela poderão comer os frutos sempre que quiserem. Mas a segunda, a Árvore do Conhecimento do Bem e do Mal, desta não deverão jamais se aproximar, sob pena de minha ira.
Ira! Pela primeira vez Adão escutava da boca de seu próprio Pai esta palavra curta, porém terrível.
– O que é "bem" e "mal"? – quis saber Adão.
– Muito me desagrada ouvir tal pergunta – disse Deus, em tom de censura. – Isto significa que a tua alma já se inclina a provar do amargo fruto. Pois saibam que se desta árvore comerem um único fruto, estarão irremediavelmente condenados a morrer – disse o Senhor, de maneira categórica.
– *Morrer*? – disse Adão, levando outro susto. – O que é isso, divino Pai?
– Equivale a cessar de existir – disse o Senhor.
– Oh! Voltarei, então, a ser o que era antes de nascer?
– Assim será.
Adão lembrou-se quase involuntariamente da blasfema nostalgia, antes de afirmar a si mesmo que não tinha mais vontade alguma de voltar a desfrutar daquele longo sono sem sonhos. Mesmo com o acréscimo desagradável que o Éden sofrera com a introdução da apreensão, ainda assim valia mil vezes mais continuar

vivo, agora que, além da Presença divinamente zelosa, ainda possuía a companhia inestimável de sua encantadora companheira.

– Como saberemos diferenciá-las? – quis saber Eva, que parecia a mais curiosa.

– A Árvore da Vida é luminosa, banhada sempre pelos raios do sol – disse o Senhor. – Já a Árvore do Conhecimento do Bem e do Mal está imersa na penumbra, embora possa parecer tão atraente.

– Mais do que a própria Árvore da Vida? – perguntou Adão.

– Depende da inclinação de cada um – disse Deus, laconicamente. – Mas fazem perguntas demais, e isto já é um mau sinal, pois não lhes disse anteriormente que o fruto desta árvore é tão somente a morte?

Dito isto, o Senhor retirou-se, sem mais nenhuma palavra.

– O que lhe parece tudo isto? – disse Eva, voltando os olhos para Adão.

– Melhor esquecermos as tais árvores e seguirmos felizes com nossa vida – sugeriu Adão, numa frágil tentativa de afastar da mente tais cogitações.

Mas Eva estava inquieta: como poderia continuar feliz, estando intranquila? Pode alguém ser feliz sob uma ameaça permanente, capaz de destruir uma vida inteira de felicidade?

Eva perdera para sempre a tranquilidade. A perda da inocência, contudo, teria de esperar ainda mais um dia.

Eva dormiu muito pouco durante a noite. Nem bem o dia clareara e ela, a pretexto de um passeio, separou-se de Adão, rumando para o Bosque das Duas Árvores.

Atravessando um pequeno vale, cuja vegetação rasteira tinha a maciez de um tapete, Eva desfilou diante de uma natureza em estado de absoluta inocência. Animais das mais diferentes espécies passavam uns pelos outros, para mais um dia de existência amena e despreocupada. Iam em busca de sua primeira refeição, farta e pura, pois naqueles dias dourados nenhum havia ainda que se alimentasse da substância de outro. Era assim que se podia ver os animais que a zoologia dos dias de corrupção haveria de chamar de "predador" e "presa" indo juntos colher no solo e nas árvores o alimento inocente e abundante. Embora ocupada com seus pensamentos, Eva não pôde deixar de dar um sorriso feliz ao ver um leão de fartas e esvoaçantes jubas a brincar inocentemente com um cordeiro, o qual, deitado despreocupadamente aos pés do leão, estava à inteira mercê de suas inocentes presas.

Depois de percorrer todo o pequeno vale, Eva ingressou no meio das árvores do bosque principal, embora ainda não fosse aquele que ela buscava inconsideradamente. Uma sensação de tensa expectativa invadia o seu peito.

"Se sem provar do fruto, já tenho a alma oprimida, como será, caso cometa a transgressão fatal?", pensou, tentando se defender da tentação que sentia avizinhar-se. Depois, revoltando-se ainda mais com a sua própria fraqueza, chegou a dirigir uma censura a si própria: "Eva imprudente, este sentimento desagradável não é aviso suficiente para que ponha um fim a tudo isto, retornando imediatamente para os braços de Adão e ao rebanho do Senhor?".

Mas nem assim deixava de avançar, roçando a ponta dos dedos sobre a casca nodosa dos troncos das árvores, como se inconscientemente tentasse deter o avanço dos seus passos. "Mas, por outro lado", pensava contraditoriamente, "a perda do sossego, manifesta por esta ardente curiosidade, não é prova suficiente de que já estou inoculada, de maneira irremediável, pelo germe do conhecimento?"

A curiosidade mesclada à dúvida logo levou Eva para um estado próximo da angústia. Eva caminhou mais um pouco até ver-se, finalmente, diante do grande muro recoberto de hera que protegia o Bosque das Duas Árvores.

– Eis o Bosque Proibido! – disse ela, com um misto de apreensão e alívio na voz.

Depois de contornar o muro imenso, Eva avistou os dois batentes do portão, outrora vedado. Suas portas largas, de grades negras retorcidas em elegantes filigranas, estavam totalmente escancaradas.

"Aberto...!", pensou ela, numa confirmação tão indesejada que lhe pareceu uma autêntica surpresa.

Apesar dos dois batentes abertos, Eva entrou pé ante pé, como uma intrusa. Seus passos não faziam o menor ruído, pois, a exemplo do restante do Jardim, não havia pelo solo uma única folha caída – sinal sublime de uma natureza intocada e permanentemente vicejante. Foi assim que, avançando lentamente, avistou, por fim, bem ao centro do Bosque, uma árvore gigantesca e verdadeiramente maravilhosa.

– A Árvore da Vida! – exclamou ela, sem poder conter o espanto.

Sim, o Senhor estava certo quando dissera que ela seria imediatamente reconhecível, logo à primeira vista. Ali estava ela, muito alta, a espraiar seus galhos pejados de frutos em todas as direções. Sua copa, de folhas douradas (mas de um dourado vivo, e não aquele produzido pela mão fria do outono), lançava-se para o alto até quase espanejar os céus.

Tão forte foi a impressão causada por essa árvore que Eva não conseguiu perceber que um pouco mais ao lado havia uma outra, muito diferente. Meio escondida num bosque estava a árvore fatal, cujas raízes, troncos e galhos estavam repletos de uma seiva tão forte e espessa que chegava a transpirar dos frutos alaranjados que dela pendiam em abundância.

No entanto, Eva, satisfeita com a visão da primeira árvore, não teria sequer pensado em procurar a segunda, não fora uma pequena e inesperada ajuda.

– Pssssiu!

Eva, ignorando a segunda árvore, ainda observava a Árvore da Vida, enquanto sua mão se estendia para tomar um dos seus dourados frutos.

– Pssssiu!

Eva sentiu um puxão firme em sua longa cabeleira, a qual lhe escorria livremente sobre o corpo como uma delgada cascata negra, detendo-se um pouco abaixo das suas nádegas firmes e pequenas. Voltou-se e viu uma criatura incrivelmente esguia estirada sobre o chão.

– Uma cascavel...! – exclamou, sorridente.

Depois, voltando os olhos para a Árvore da Vida, comentou:

– Não é a coisa mais linda que seus olhos já viram?

Entusiasmada, Eva esquecera-se de que falava a um ser desprovido de entendimento. Conquanto quase que inteiramente absorvida pela muda contemplação, escutou um ruído parecido ao de uma cusparada.

– Grande besteira! – disse a serpente, imprevistamente.

Tomada por viva surpresa, Eva voltou-se para o estranho ser:

– O que é isso? – disse ela. – Então aqui os seres brutos falam?

– Na verdade, somente eu – disse o animal, ainda estirado sobre o solo.

– E por que está deitada deste modo?

– Não queria assustá-la, criatura encantadora – disse a outra, erguendo-se do chão a uma altura assustadora.

Eva, ligeiramente arrependida por ter feito o reparo, viu a serpente crescer a tal ponto que a obrigava a suspender a cabeça para poder encará-la nos olhos.

– Por que se detém tanto na contemplação desta árvore, quando há esta outra, quase ao lado, infinitamente mais bela e sedutora? – disse a cobra, apontando para a árvore rival.

– Oh, é aquela a árvore do...

Eva, sem saber direito a razão, hesitou em pronunciar o nome.

– A Árvore do Conhecimento do Bem e do Mal? – disse a serpente, aproximando de Eva o seu rosto, onde destacavam-se desagradavelmente os grandes olhos, cujas pupilas verticais refulgiam dentro de cavidades desprovidas de pestanas.

– Mas espere aí – disse Eva, reassumindo o controle. – Você ainda não me explicou por que tem o dom da fala. Isso para mim é uma coisa inteiramente inédita, já que o Senhor não havia me avisado de tal possibilidade. Por favor, explique-me.

A cascavel afastou-se na direção da outra árvore, fazendo um sinal para que Eva a acompanhasse. Então, ao chegar ao pé da árvore, apanhou um dos frutos úmidos.

– Não, não toque nesses frutos...! – gritou a mulher, quase em desespero.

– Ora, não se assuste, jovem criatura! – disse a serpente, lambendo-se toda. – Eles são muito deliciosos!

– São venenosos, pois trazem dentro de si a morte!

— Tolice!

— Vai explicar ou não por que tem o dom da fala? – disse Eva, já desgostosa dos modos daquela criatura vagamente repulsiva.

— Minha querida, eu falo porque penso.

— Como pode ser isto?

— Muito simples! – disse a cascavel, dando uma valente dentada no fruto.

Diante do gesto, Eva recuou, horrorizada, sensação esta aumentada pelo ruído horripilante que o ato de ingerir produziu no corpo do animal. De fato, as contrações que percorriam como uma onda, de alto a baixo, o corpo da cascavel faziam com que as escamas sobrepostas roçassem umas nas outras, produzindo um ruído rascante profundamente repulsivo.

— O que fez? O Senhor proibiu terminantemente que se comessem os frutos desta árvore! – disse Eva, profundamente assustada.

— Proibiu a quem...? – disse a serpente.

— A nós... A mim, e Adão, e...

— E *só*! – disse a serpente. – Não me meta nisto, por favor.

— Então é graças a este fruto que você pode falar? – disse Eva, vendo o último pedaço do fruto desaparecer dentro da boca vermelha da cobra, descendo em seguida com o mesmo ruído incômodo.

— Vamos, prove você também! – disse o animal, apontando a árvore.

Eva tentava raciocinar de todos os modos para opor alguma resistência às palavras da tentadora, que se enredavam cada vez mais nas teias intrincadas da razão.

— O prêmio de todo aquele que come deste fruto maldito é a morte! – disse, finalmente, como se tivesse encontrado seu melhor argumento.

— Oh, sim? – replicou a serpente, rodopiando elegantemente ao redor de si mesma. – *Eu pareço morta*?

Eva ficou confusa.

— O que os dois querem é a sua completa *sujeição*! – disse de súbito a serpente, sibilando de maneira tão agressiva que Eva não pôde deixar de odiá-la.

Prefácio

— Porque saiu de uma costela, deverá estar sujeita a eles para sempre? – acrescentou a cobra.

Eva, no entanto, não cedeu tão facilmente ao jogo baixo da rival.

— Por que deseja espalhar a intriga? – defendeu-se, furiosa.

— Eva, Eva...! – disse a serpente, apaziguadoramente. – Não brigue comigo, jovem encantadora! Tudo o que desejo é provar que a proibição não é tão absoluta quanto vocês dois pensam. Veja, não estou viva e saudável? E meu cérebro jamais esteve tão lúcido! Que mal resultou, afinal, de meu singelo gesto? O problema é que vocês dois ainda não entenderam direito o espírito de seu boníssimo Pai! Ele adora parábolas e metáforas. É, na verdade, um poeta incomparável, a tentar compor a sua magnífica cosmogonia!

Eva escutava atentamente o discurso insidioso da serpente.

— A única morte que este saboroso fruto trará é a morte da sua ingenuidade. Ou, se quiser, da sua "pureza". Mas que espécie de pureza é essa, filha da ignorância? Deseja mesmo manter-se "puramente ignorante" para todo o sempre? E acredita que seu Pai, inteligentíssimo do jeito que é, vai querer conviver eternamente com dois bobos, que mais tarde povoarão o Éden inteiro de uma legião de eunucos mentais?

— Não somos idiotas! – disse ela, defendendo-se às cegas, como uma pessoa atacada por um enxame de abelhas. – Você mistura deliberadamente as coisas!

— E quanto à sua descendência? – continuou a serpente. – Julga, então, que dentre todos os seus milhões de descendentes não haverá um único valente capaz de burlar a proibição, provando do fruto, afinal?

Eva parecia cada vez mais disposta a ceder.

— Por que não ser, então, a primeira a provar do fruto? – disse a serpente, cravando a última estaca do convencimento no terreno firme do orgulho.

Eva, dando as costas à serpente, rumou decididamente para a árvore. Depois, sem vacilar, tomou um fruto sumarento em suas mãos.

— Isto! Cumpra o plano divino! – continuou a dizer a serpente, num cicio manso e persuasivo. – Eu própria faço parte dele! Faça agora também a sua parte, ajudando seu Pai a levar adiante esta belíssima história. No começo ele parecerá meio zangado – afinal, ele não pode contradizer-se! –, mas não se importe, pois é tudo fingimento. O que ele quer, na verdade, é que você cresça. Logo você verá como vai estar nas graças dele outra vez! Será a predileta! E assim como eu, graças ao maravilhoso fruto, ascendi da condição de bruto para a humana, você logo será alçada à condição divina!

Eva, de olhos cerrados, cravou os dentes no fruto de polpa macia. Seus lábios cheios brilharam com o suco que a fruta transpirava, ao mesmo passo em que sentia na língua um gosto tão amargo que quase a fez cuspir longe o pedaço que arrancara. Mas antes que o fizesse, sentiu uma doçura tão grande espalhar-se pela boca inteira que seus olhos refulgiram de um brilho intenso. E logo seus dentes cravaram-se outra vez – e outra, e outra, e muitas outras vezes ainda –, até Eva não ter mais nada em suas mãos, pois o fruto daquela árvore não possuía caroço algum. Quando ela descobriu que havia devorado o fruto inteiro, sentiu o chão tremer debaixo de seus pés, e ouviu um ruído terrível, vindo de muito longe, como se a Criação toda gritasse de horror.

Eva estava tão absorta nas delícias daqueles frutos – pois comera muito mais que um – que não percebeu que sua companheira havia desaparecido inteiramente.

Depois de ter se fartado à vontade, Eva escutou passos vindo em sua direção. Rapidamente tentou limpar das mãos o suco espesso do fruto, esfregando-as na relva.

– Eva, Eva! – disse a voz. – Onde está você?

Adão surgiu por uma vereda, pondo logo os olhos sobre ela e as duas árvores.

– Oh, aí está! – disse ele, como que aliviado de um mau pressentimento.

Assim que ela pôs os olhos nele, seus olhos encheram-se de lágrimas.

– Oh, Adão, que bom que veio! – disse ela, abraçando-se ternamente a ele.

– O que houve, querida? – disse ele, espantado da reação. – E que coisa pegajosa é esta em suas mãos?

Adão passou também a mão sobre os seus lábios.

Prefácio

— O que andou comendo? – disse ele, com um mau pressentimento.

Eva baixou os olhos, mas logo em seguida os reergueu.

— Eu o fiz! – disse ela, com um brilho trágico no olhar.

— Fez o quê? – disse Adão, amargurado, pois no fundo já sabia do desastre.

— Comi do fruto do conhecimento!

Adão sentiu um desfalecimento tão forte que seus joelhos se dobraram, a ponto de obrigá-lo a sentar-se sobre a relva.

Eva o acompanhou, ficando de joelhos, bem à sua frente.

— Cedo ou tarde, isto aconteceria, meu amor – disse ela. – Nenhum de nós poderia resistir eternamente a esta tentação!

— Miserável! – repetia Adão, descontrolado. – Você nos lançou na perdição!

— Ganhei o conhecimento, meu amado!

— O que está dizendo? – bradou ele, enfurecido.

— Não suportaria viver para sempre sob esta dúvida torturante – disse ela, tentando justificar-se. – Se nosso Pai fazia tanta questão de que não comêssemos desta árvore, por que razão, então, liberou-nos o acesso, escancarando os portões?

— Louca! Ainda acusa o Senhor?

— Mas será que não entende, Adão amado? – disse ela, tomando a cabeça dele em suas mãos. – Você o teria feito, de qualquer jeito!

— Não me atribua seus atos culposos, mulher insensata!

Eva caiu deitada para trás, num choro convulso. Adão, embora ainda furioso, sentiu, no entanto, sua ira amainar-se ao observar o desespero da esposa. Ali estava o corpo que acariciara tão poucas vezes, do qual agora teria de abrir mão, pois sabia que Eva estava irremediavelmente condenada a morrer.

"Como poderei viver sem ela?", pensou Adão, estupefato, pois jardim de delícias algum poderia fazê-lo feliz se ela não estivesse sempre ao seu lado.

De repente Eva parou de soluçar e Adão foi tomado por um súbito pavor. E se fosse já a morte a chegar?

Adão lançou-se sobre o corpo adorado e abraçou-se a ele outra vez.

– Não, não morra, Eva querida! – disse, aos prantos, colando seu peito ao dela.

Mas ele sentiu que o coração da mulher ainda batia de encontro ao seu.

– O que será agora de mim? – perguntou ela, olhando-o novamente nos olhos.

Adão depositou-a mansamente sobre a relva e aproximou-se da árvore.

– Não, não faça isso! – disse ela.

– Você faria o mesmo no meu lugar? – disse ele, detendo o passo.

Eva vacilou, mas acabou admitindo que sim.

– Sim, eu o faria – disse ela, baixando os olhos.

Ela disse isso quase num sussurro, pois sabia que ao pronunciar-se dessa maneira estaria autorizando o gesto insensato de Adão.

No mesmo instante ele mordeu, com decisão, o fruto do pecado.

Tão logo Adão terminou de saciar-se, foi tomado, juntamente com Eva, de um frenesi mental incontrolável. Ambos se puseram a conversar sobre coisas as quais jamais haviam antes pensado. As dúvidas, que antes pareciam inócuas, agora eram assuntos de vida ou morte. Queriam explicação para tudo. Por que o mundo era assim e não de outro jeito. E de tanto argumentarem chegaram a questionar a própria divindade e seus processos. E então, a certa altura, esgotados de tanto perquirir, descobriram que uma nova excitação, muito mais violenta, viera substituir a primeira.

Depois de silenciarem suas bocas, ficaram a observar mutuamente os seus corpos, como se estivessem vendo-se um ao outro pela primeira vez. Logo, presos de um furioso desejo, entregaram-se a práticas que jamais antes haviam experimentado, nas quais misturavam-se confusamente o prazer com a dor e o amor com o ódio.

Depois disso permaneceram longo tempo estirados sobre a relva, até que Adão, suspendendo a cabeça, disse a Eva:

– Ouça, são os passos Dele...!

Prefácio

Imediatamente Adão ergueu-se, cobrindo com as mãos, num gesto instintivo, o seu sexo. Eva, ainda deitada, fez o mesmo, encolhendo-se até ocultar sua nudez com seus próprios cabelos.

– Adão, onde estás? – disse a voz de Deus.
– Aqui estou – disse o homem, num tom vexado.
– Por que te escondes?
– Perdão, meu Pai, mas estou nu!
– Sempre estiveste – disse a voz. – Por que dás importância a isso, agora?

Adão nada respondeu, e ouviu-se novamente a voz de Deus:
– Por acaso comeste do fruto que te proibi?

Adão curvou a cabeça, amedrontado. E, num gesto impensado, disse:
– Foi Eva! Foi ela quem me fez comê-lo!

Pela primeira vez o homem conheceu o olhar de ódio de uma mulher.

– Sim, fui eu quem o comi em primeiro lugar! – disse ela, olhando com raiva para Adão, pois com este ato covarde ele anulara o nobre gesto anterior. – Mas fiz isso influenciada pelas palavras enganosas da serpente!

Então Deus, encerrando de maneira surpreendentemente rápida esse que foi o primeiro inquérito humano, passou imediatamente a proferir o seu veredicto.

– Por teres induzido Eva ao mal, condeno-te para sempre, traiçoeira serpente, a rastejar e a comer o pó do chão. Adão, teus filhos e os de Eva estarão em contínua briga, até que a cabeça da serpente seja finalmente esmagada.

O filho do Senhor, sedento de saber, fez menção de pedir explicações sobre essa estranha profecia, mas Eva impediu-o com um beliscão.

Em seguida, Deus voltou seu olhar severo para o casal.
– Quanto a ti, mulher, terás de parir teus filhos em meio à dor, estando para sempre submetida ao império do homem.

Eva curvou a cabeça.
– A ti, Adão, caberá o castigo do trabalho – disse o Senhor Deus.

— Terei de trabalhar? — disse Adão, sentindo os joelhos fraquejarem outra vez.

— Sim, terás de arrancar com suor o teu alimento da terra, até que um dia retornes ao seio de tua mãe, pois assim como vieste do pó, a ele certamente voltarás.

E, dizendo isso, Deus desapareceu.

Adão e Eva ainda ficaram largo tempo a recriminar-se, até que decidiram tentar, num último e desesperado esforço, mover o Senhor à piedade. Foi assim que, durante vários dias, estiveram ajoelhados diante da Árvore da Vida, a implorar o perdão ao seu Criador.

— É chegada a hora de partirem — disse Deus, secamente.

O casal ficou mortalmente pálido.

— *Partir*? — disse Adão, sem poder acreditar que ainda faltava o pior dos castigos. — Não poderemos remir nossa culpa aqui mesmo, no Éden?

— Não — disse o Senhor Deus. — Este lugar deve permanecer puro, e vocês, não sendo mais puros, não podem permanecer aqui.

Os olhos de Adão encheram-se de água, enquanto o queixo de Eva começou a tremer convulsivamente.

— Levem isto consigo — disse Deus, mostrando um embrulho que estava sobre uma pedra. — Confeccionei especialmente para vocês.

Eva caminhou até lá com passos pesarosos, de quem sabia que nenhum presente poderia minorar a dor daquele terrível castigo. Depois trouxe o embrulho até Adão, e ambos começaram a desfazê-lo, com evidente desanimação. Logo descobriram o conteúdo: eram duas peças de roupa, costuradas com peles de ovelha.

— Isto será útil — disse Deus —, pois o clima fora do Éden deixou de ser ameno desde o dia em que consumaram a sua desobediência.

— O que queríamos, mesmo, era continuar aqui no Éden, junto do Senhor.

Num movimento abrupto o Senhor Deus deu-lhe as costas e desapareceu.

No mesmo instante surgiram dois querubins portando duas espadas horrendamente flamejantes e com elas apontaram para longe, como a indicar que era chegada a hora irremediável de partir.

Prefácio

Chorando copiosamente, Eva abraçou-se a Adão, e ambos começaram a caminhar, como dois réprobos que eram, a caminho do exílio. Dolorosa via cumpriram, revendo em cada pedra ou árvore os marcos dos momentos felizes que ali haviam desfrutado, até que finalmente alcançaram o portão.

– Estão proibidos de tornar a colocar aqui dentro os seus pés – disse um dos querubins, com voz atroadora.

Tão logo o casal de exilados transpôs os limites do Jardim, os querubins cerraram os portões e foram postar-se à entrada, com suas espadas flamejantes nas mãos.

Adão deu uma última olhada para trás, enquanto Eva, mais realista, estreitava ao peito o precioso embrulho, pois sentira uma brisa gelada soprar em seu rosto.

– Vamos, Adão – disse ela, tomando o esposo pelo braço.

Adão abraçou-se a Eva, sentindo-se ligeiramente reconfortado ao pensar que, ao menos, levava consigo a coisa que mais adorava depois do seu Criador.

Não muito tempo decorrera desde que o casal transpusera os portões do Éden. Os dois querubins, algo cansados, já haviam deposto suas espadas e entreolhavam-se, imaginando o quanto iria durar aquele encargo.

Nesse momento, um deles, que já havia até se recostado, ergueu-se de um pulo, terrivelmente assustado.

– Levante-se já! – disse ele ao companheiro.

Logo surgiu o Senhor, o qual, vindo de dentro do Jardim, caminhou com firmeza até parar diante do portão. Como os dois querubins demonstrassem não saber o que fazer, Deus os olhou com ar severo.

Imediatamente os anjos compreenderam e correram a escancarar os imensos portões que separavam o Criador do restante do universo.

– Senhor...? – disseram ambos, em coro, perplexos com a atitude de Deus, que parecia abandonar (também Ele!) os limites do paradisíaco jardim.

Como o Ser Supremo nada respondesse, fechando ainda mais a carranca a fim de evitar perguntas incômodas, eles repetiram seu apelo:

— Senhor...! Deus Todo-Poderoso...! Soberano Absoluto do Universo...!

Imperturbável, o Pai seguiu, a passos firmes, no mesmo rumo dos seus filhos.

CAIM E ABEL

Adão e Eva, expulsos do Paraíso, descobriram muitas coisas novas desde que transpuseram, para sempre, as portas do ameno Jardim do Éden. A primeira delas foi que o ar se tornara súbita e desagradavelmente frio. Por isso trataram logo de vestir as roupas que seu Pai previdente lhes dera antes de sua partida.

— Vista logo a sua pele, Adão — disse sua esposa Eva, quase obrigando-o a proteger-se do vento cortante que soprava livremente.

Mas o Homem primordial estava, na verdade, triste demais para perceber alguma coisa. Tudo o que importava, dizia ele a todo instante, é que havia lançado fora, com a mesma inconsideração de uma criança, o afeto de seu divino Pai, além de um mundo perfeito, de onde estavam ausentes toda dor e sofrimento.

Eva, contudo, parecia mais conformada. Seus olhos curiosos perscrutavam tudo quase alegremente, pois, imersa ainda na ignorância da extensão dos males que desencadeara sobre a Terra com a sua desobediência, parecia que as coisas haviam mudado muito pouco em seu novo lar — na verdade, quase idêntico ao antigo.

Um pôr do sol maravilhoso manchava o horizonte de um festival de cores, que seriam alegres não fosse o estado de espírito que ambos traziam.

— Não fique triste, meu amor — disse ela, alisando as costas de Adão num afago suave. — Não sei por que, mas tenho a sensação de que nosso Pai não nos abandonou, afinal, e que segue diligentemente os nossos passos.

Adão, entretanto, parecia pouco convicto disso:

— Somos réprobos — disse, num murmúrio desanimado. — Logo o Éden estará povoado de criaturas mais dignas que nós.

Prefácio

Sua cabeça curvou-se ainda mais.

– Sim, logo Ele terá nos esquecido totalmente e a morte nos chegará sem que Ele se digne a nos lançar um simples olhar de piedade!

– Adão! – disse sua esposa. – Agora sim está agindo como uma criança! Lembre-se de que Ele prometeu a reconciliação à nossa descendência.

– A eles, talvez – retrucou Adão, acabrunhado. – Mas nós, com toda certeza, jamais estaremos de volta à sua companhia, pois nosso destino é a morte.

– Não seja tão sombrio! Se agirmos corretamente a partir de agora, quem sabe não seremos chamados um dia, também, a partilhar dessa divina reconciliação?

– Estaremos mortos nesse dia.

– Que seja. Mas se nosso Pai teve um dia o poder de nos tirar do nada para a vida, por que não teria o poder de nos devolver a essa mesma vida? Não subestime os dons Dele, nem a Sua infinita misericórdia!

Adão silenciou, e assim continuaram os dois a caminhar vagarosamente e sem destino certo.

– Este outro pedaço do mundo parece ser infinitamente maior do que aquele pequeno jardim que habitávamos – disse Eva, procurando dar um outro rumo à conversa. – Temos um mundo inteiro a desbravar!

Os dois, tendo subido ao alto de uma pequena montanha, sentaram-se numa saliência e ficaram observando, longo tempo, o sol morrer no horizonte, até que Adão tocou no ombro de Eva e disse, num tom um pouco mais animado:

– Vamos procurar um abrigo para passarmos a noite.

Eva sorriu ao descobrir que tinha, outra vez, um verdadeiro homem ao seu lado.

Depois de vasculharem as proximidades – pois as trevas desciam rapidamente –, encontraram, afinal, uma pequena gruta, onde foram alojar-se.

– É meio apertada, mas por hoje não há meios de encontrarmos outra melhor – disse Adão.

Mas nem todos os dias de suas longas vidas seriam tão suaves quanto foi esse começo quase idílico de exílio. Já na manhã seguinte ambos tiveram uma primeira amostra das terríveis diferenças que havia entre o novo mundo que deviam desbravar e o paraíso para sempre perdido do qual tinham sido expulsos.

Logo depois de descerem de volta para a planície, Eva teve sua atenção atraída por um ruído que não lhe era nada estranho.

— Venha, Adão — disse ela, tomando o esposo pela mão. — Acho que há um leão logo atrás daqueles arbustos!

Habituados à mansidão dos animais do Éden, ambos rumaram apressadamente para o local. Entretanto, logo ao romperem a moita depararam-se com uma visão de pesadelo: um leão, de fato, ali estava, agachado sobre algo. Porém, tão logo percebeu a presença do casal, encarou-os com um olhar tão feroz que Eva quase desfaleceu.

— Sua boca... está toda manchada de sangue! — disse ela, e no mesmo instante lembrou-se do aspecto que Adão apresentara ao provar do fruto maldito, com a boca toda lambuzada do sumo vermelho.

Somente então perceberam aquilo que o leão tentava esconder sob as suas poderosas patas.

— Meu Deus... *é uma ovelha*! — disse Adão, horrorizado.

Sim, era uma ovelha, ainda a debater-se num último e desesperado espasmo para tentar se livrar das garras implacáveis de seu agressor.

O homem fez um movimento na direção da fera para tentar evitar que a morte se consumasse, mas foi impedido por um grito de sua mulher:

— Não, não faça isso!

E o fez em boa hora, pois o predador, pondo-se em pé, num salto, pareceu disposto a liquidar com toda e qualquer coisa que tentasse impedi-lo de se fartar com a sua presa.

Adão e Eva afastaram-se levando o horror na alma, enquanto o leão, reclinado novamente sobre a ovelha, pressionava ainda mais as suas presas sobre o pescoço do animalzinho, sufocando-o lentamente.

Prefácio

– O mais forte, doravante, a massacrar o mais fraco! – disse Adão, com o rosto coberto pelas mãos.

Eva, sentada numa pedra, também deixou que as lágrimas corressem livremente pelo rosto, até que uma folha caiu sobre o seu cabelo, deslizando até o seu regaço. Num gesto mecânico, ela a apanhou delicadamente, apenas para vê-la esfarelar-se entre os seus dedos. E então outras – muitas outras! – começaram a descer sobre si como uma lenta e persistente chuva da morte.

Os dois, abraçados, observaram aquele espetáculo deprimente, sem conseguir mover os pés do lugar, até verem-se rodeados por um tapete dourado de folhas secas e completamente mortas. O outono estava chegando e tudo na natureza parecia tornar-se sombrio, como que num prenúncio de morte. Os animais, tomados por um furor assassino, tratavam de prover-se, a qualquer custo, para os tempos difíceis que se anunciavam. Para toda a parte onde voltavam seus olhos, Adão e Eva viam cenas de ininterrupto morticínio – na terra, no céu e nas águas –, de tal sorte que Adão chegou a convencer-se de que eles próprios não estavam a salvo de se converterem, também, em presas de algum outro animal. Tendo sido retirado de todas as criaturas o privilégio da isenção da morte, a natureza parecia bradar através do vento cortante: "Nada mais de favoritos em meu reino!". O mundo passara a ser uma guerra aberta, onde ao fraco e ao imprudente estava reservada a pior parte. Tomando de um pedaço de madeira, Adão começou a desbastá-lo desesperadamente com uma pedra.

– O que está fazendo? – perguntou Eva.

– Precisamos nos defender – disse ele, arfando, na ânsia de ter logo nas mãos algo afiado que pudesse ajudá-los a se defender.

Entregue desesperadamente ao seu ofício, sentiu que algo lhe escorria pela fronte, descendo do alto da testa. Levando a mão às faces, recolheu delas uma linfa incolor e pegajosa:

– O que é isto? – disse para si mesmo.

– Suor – respondeu Eva, cabisbaixa, esfregando o líquido entre os dedos.

Adão nada mais disse – pois lembrara-se imediatamente da maldição que o Senhor lhe lançara no dia da expulsão – e recomeçou a trabalhar arduamente.

O primeiro homem sabia que desde aquele instante nada mais conseguiria obter deste mundo sem verter, em troca, grandes quantidades daquela linfa amaldiçoada.

Foi um tempo difícil aquele. Adão e Eva, submetidos à dura privação do primeiro inverno sobre a face da Terra, julgaram que dali para a frente o mundo seria sempre daquele jeito, sombrio e sem vida.

– A morte chegou também à natureza – dizia Adão, quase todos os dias, pois rara era a ocasião em que não era surpreendido pelos sinais inequívocos daquela.

Entretanto, Deus, apesar de parecer ausente todo este tempo, havia preparado algumas surpresas verdadeiramente reconfortantes, que davam ao casal original a ideia de que nem tudo estava inteiramente perdido.

– Veja, Eva, a neve começa a derreter! – disse Adão, um belo dia, à sua esposa.

A mulher correu a ver aquilo que parecia ser um verdadeiro renascimento.

De fato, um aquecimento gradual da atmosfera começara a trazer de volta à Terra os sinais de um renascer de toda a natureza. Flores brotavam debaixo do solo úmido numa profusão milagrosa, enquanto nos céus os pássaros retornavam em verdadeiras legiões, numa alacridade ensurdecedora.

Adão e Eva observavam o dia todo os efeitos desse esplendoroso desabrochar, em especial o comportamento dos animais, que pareciam dominados por um intenso desejo de coabitarem com seus pares.

– A vida renasce, Adão querido! – disse Eva, abraçada a ele, sem perceber que ambos também estavam sob a mesma influência.

A partir daquele dia tiveram muito pouco tempo para admirar fosse o que fosse, entregues sempre a um furor sensual que os fazia esquecer de tudo o mais.

E foi sob esse estado de extrema excitação – que, em alguns momentos, lhes parecia sublime, para logo depois lhes parecer uma perfeita abominação, fruto equívoco do seu pecado – que Eva concebeu o seu primeiro filho. Tendo observado repetidas vezes os animais pejados pelos campos, não foi difícil à futura mãe associar o seu estado ao deles. "Deverei, então, tal como estes brutos, ver romperem-se minhas entranhas, num dilúvio de sangue, para lançar ao mundo um novo ser?", pensava, numa angústia que crescia junto com o seu ventre, monstruosamente disforme.

Então, nove meses depois da concepção, numa noite tempestuosa, Eva viu chegada a hora de cumprir a sua parte na maldição divina. Enquanto a chuva desabava fora da gruta, acompanhada de violentos trovões, Eva tornou-se presa de incríveis e inenarráveis tormentos, que a obrigaram a misturar os seus gritos estertorantes ao rugido selvagem dos ventos que a tempestade desencadeara.

– Oh, Senhor! Livrai-me desta aflição! – disse ela, quando, exausta já do seu martírio, elevou aos céus o seu pedido.

Como por milagre, Eva viu cessarem seus tormentos com a expulsão de dentro do seu ventre daquilo que tão terrivelmente a oprimia.

– Procriei-o com a ajuda do Senhor! – disse ela, reclinando a cabeça para o lado.

Adão, atento a tudo, aparou o novo ser em seus musculosos braços. Num misto de nojo e estupefação, ficou alguns segundos sem saber o que faria daquele ser, tão diferente dele próprio, que só sabia gritar alucinadamente.

"Santo Deus! Então será sob esta forma miseravelmente fraca que todo homem deverá ingressar neste mundo?", pensou ele, atônito.

Eva, contudo, recebeu o filho com indizível emoção, estreitando-o imediatamente nos braços – o que, como num passe de mágica, teve o efeito de fazer com que a criança diminuísse o choro até aquietar-se completamente, de maneira tão repentina que Adão chegou mesmo a temer por sua frágil vida.

Mas o pequeno ser vingou plenamente, pois era um bebê robusto, cujos cabelos vermelhos denunciavam uma constituição sanguínea e viril. Foi chamado de Caim – pois esta palavra semítica tem o sentido de "procriar" – e seu nascimento precedeu em menos de um ano ao de outra criança, de constituição mais delicada, que se chamou Abel.

Durante muito tempo a única distração dos raros momentos de folga de Adão foi observar o rápido crescimento dos seus filhos. Ao mesmo tempo em que ficava encantado, acompanhando as travessuras daquelas duas parodiazinhas infinitamente ternas e engraçadas dele mesmo, também escandalizava-se com a terrível contradição de vê-las expostas, frágeis daquele jeito, a um mundo tão selvagem e ameaçador. Quantas vezes, por exemplo, não vira nos indefesos filhotes dos animais, estraçalhados brutalmente pelas garras de predadores, a imagem aterrorizante de seus próprios filhos!

– Eva, tudo isso é profundamente desolador! – dizia ele, nos momentos em que expunha à esposa o seu desânimo, pois sabia que a segurança dela e daqueles dois seres indefesos repousava exclusivamente sobre a sua firmeza de alma.

Durante um breve tempo a pequena família sobreviveu da cultura de alguns poucos legumes, arrancados a duras penas da terra insubmissa, até que Adão se viu obrigado a tomar a mulher e os filhos e partir em dura peregrinação, em busca de campos novos e férteis. Depois de colocar os três dentro de uma espécie rudimentar de carroça, Adão partiu com eles, numa manhã bem cedo, para desbravar aquele mundo vasto e desabitado. Durante todo o longo trajeto, que percorreu às cegas, fez questão de ele próprio conduzir o desajeitado veículo.

– Por que teima em esfalfar-se à frente desta coisa? – dizia Eva ao marido, o qual, preso numa espécie de arreio improvisado, se fazia de surdo, apressando ainda mais o passo pelos campos repletos de pedras e de cardos.

Eva queria que Adão domesticasse um animal de tração qualquer para realizar a penosa tarefa, mas ele, surdo aos argumentos, recusava-se terminantemente a fazê-lo. Convicto de que não tinha o direito de estender às outras criaturas uma pena que era exclusivamente sua, Adão recusou-se soturnamente – não só daquela vez, mas até o fim da sua longa vida – a escravizar qualquer animal, mesmo o menor deles, para qualquer coisa que ele próprio pudesse realizar.

Adão, realmente, tornara-se um outro homem. Quanta diferença daquele ser puro (mas tão ingenuamente tolo!) que saíra um dia das mãos do Criador.

Esta viagem teve tantos destinos quantos foram os anos que Caim e Abel levaram para crescer e atingir a juventude. Acostumados a ajudar os pais na árdua tarefa da sobrevivência, acabaram sendo, ao mesmo tempo, amigos e inimigos um do outro.

Caim, embora tivesse um gênio mais feroz, jamais fora inimigo acerbo de seu próprio irmão, tendo ambos tido uma convivência pacífica. Somente quando um terceiro e fundamental elemento entrou em cena é que se instalou na alma de Caim (e por sua própria culpa) o veneno que o corrompia, maculando para sempre a sua alma – e também a sua carne.

Os dois irmãos cresceram. E logo atrás deles vieram uma infinidade de filhos e filhas do casal primordial, os quais, tão logo atingiram a idade da razão, partiram para o mundo, decididos a povoar por conta própria o vasto universo, de tal sorte que em pouco mais de vinte anos viram-se apenas os quatro sozinhos outra vez.

– Permaneçamos sempre juntos, nós, que começamos tudo isto – dizia sempre Adão aos dois filhos e à adorada esposa.

Caim e Abel ainda eram jovens – atendendo-se ao fato de que naqueles dias a vida humana era extraordinariamente longa (Adão, por exemplo, viveu bem mais que novecentos anos) – e viviam ocupados em seus afazeres. Caim, o primogênito, gostava de cultivar a terra, enquanto que Abel tomara gosto pelo pastoreio dos animais – tarefa que tanto repugnava a seu pai, Adão. Essa divergência de gostos entre os irmãos, que por si só não poderia jamais originar a discórdia que tão fatal seria a ambos, mostrar-se-ia, no entanto, decisiva na hora em que, fazendo cada qual uso de suas habilidades, viram-se obrigados a provar qual delas era mais agradável ao Senhor, aquele ente misterioso do qual seus pais falavam com tanto carinho, mas também com bastante temor.

E tudo deu-se assim: um dia Adão cozia alguns vegetais quando percebeu que a fumaça que saía do cedro ardente subia numa coluna retilínea, em direção aos céus. Ora, Adão sempre tivera uma profunda nostalgia das conversas que tivera com seu Pai nos dias amenos do Jardim. Então, decidido a restabelecer de alguma forma o vínculo sagrado, confeccionou com algumas pedras uma espécie de "mesa sagrada" – que nada mais era do que o protótipo rudimentar do primeiro altar – e nela fez arder alguns cereais recém-colhidos, como maneira de agradecer ao Criador pela abundância, além de tê-lo como participante, ainda que simbólico, de sua ceia.

A todos agradou essa ideia, principalmente a Eva, que ansiava por ver seus filhos receberem a bênção que ela própria perdera de seu Deus.

No mesmo dia, fez-se a queima das oferendas. Caim, tomando dos produtos da terra, fez uma fogueira enorme para si, enquanto Abel colocou sobre a sua as entranhas de algumas ovelhas abatidas. Logo as duas fogueiras começaram a arder, sob os aplausos do manso Abel. Para seu irmão, no entanto, aquilo se convertera em uma disputa surda, na qual esperava levar a melhor.

– Vejam como a fumaça de minha oferta sobe diretamente às narinas do meu Senhor! – disse ele, forçando muito as coisas, pois na verdade se alguma fumaça subia retilineamente aos céus era justamente a de seu irmão.

– Caim, não seja injusto – disse Eva. – Admita que a oferta de seu irmão Abel está sendo muito melhor acolhida pelos céus do que a sua. Cumpre a você resignar-se e acatar com humildade o veredicto do Senhor.

Mas Caim não queria ser humilde, e por isso deu as costas a todos e foi morder a mão de raiva numa gruta afastada.

– Miserável bajulador! – rosnou ele, com os dentes cravados na mão.

Então, inesperadamente, escutou uma voz retumbante, que só poderia pertencer ao misterioso Ser.

– Por que estás escondido e de cabeça baixa? – disse a voz. – Faze o bem e poderás andar sempre de cabeça erguida. Mas se fizeres o mal, logo terás erguido diante de ti o teu pecado. Trata, pois, Caim, de refrear teus maus instintos!

Infelizmente as palavras do Senhor não deram o fruto esperado na alma de Caim, pois, na verdade, ele esperava ouvir palavras muito diferentes.

Vendo, então, que Deus não o deixava descarregar em paz o ódio que o sufocava, Caim abandonou a gruta e retornou para onde seu irmão estava, decidido a aliviar seu desgosto fazendo uma besteira. Quando enxergou o irmão, este estava inclinado sobre a oferenda.

– Obrigado, Senhor, por ter honrado a minha oferenda! – dizia ele, contritamente. – Tomo isto como sinal evidente de minha eleição!

Caim, vesgo de ódio, tomou uma grande pedra e correu até onde Abel estava. Este, contudo, estava tão absorto em sua ação de graças que não percebeu o rápido aproximar-se do irmão. Ainda com a pedra erguida, Caim não esperou mais nada e descarregou-a com toda a força sobre a cabeça de Abel. Escutou-se um ruído terrível de algo que se rompe e logo em seguida a vítima desabou sobre os restos de sua oferenda, misturando seu sangue ao do cordeiro que ainda chiava sobre as brasas.

Certo de haver matado Abel, Caim fugiu. Entretanto, não nos lancemos afoitamente no seu encalço, pois, acostumados, neste ponto da história, a dirigir nossas vistas ansiosas para o primeiro de todos os assassinos, esquecemos sempre de que tão ou mais importante do que o drama de Caim é a tragédia de seu irmão, caído ao solo com um rombo profundo na cabeça.

Abel, pois, jazia de bruços sobre o solo. Sem ainda estar inteiramente morto, num gesto mecânico escarvou a terra com seus dedos encurvados, ao mesmo tempo em que sentia na boca o gosto do pó que sua respiração espalhava em pequenas nuvens. Logo em seguida virou-se, num movimento estranho, como se duas mãos desajeitadas o tivessem virado de costas sobre a terra. Seus olhos quase vidrados ficaram voltados para o céu, e então ele soube que estava prestes a conhecer o terrível mistério da maldição suprema que Deus havia lançado a seus pais e a toda a sua descendência. Os olhos arregalados de Abel vasculhavam na claridade algo a que se apegar, enquanto seu cérebro, sem dúvida abalado pelo tremendo golpe, em vão tentava ordenar as ideias.

Abel, entretanto, era um homem de fé. Podemos ter quase a certeza de que, de alguma maneira, a imagem daquela divindade que ele jamais pôde ver, ou da qual nunca ouviu a voz, esteve presente em suas visões, ainda que de um modo dramaticamente confuso. Em pleno delírio, remexeu os olhos num espasmo que deixou à mostra duas escleróticas muito brancas, dando ao seu rosto a aparência angustiante dos que nada podem ver. Cego para as coisas deste mundo, Abel contemplava agora as coisas divinas.

Seu rosto impassível e seu peito imóvel eram a denúncia mais expressa de que o alento divino finalmente o abandonara.

E acabou-se.

Caim corria loucamente para longe do seu crime. Um misto de remorso e de receio de ser punido o impelia para longe da cena do crime. Caim pressentia que aquele ser misterioso, que lhe dirigira uma censura antes mesmo que ele cometesse o ato hediondo, poderia, a qualquer momento, voltar a falar-lhe. Além do mais, como poderia ele encarar seu pai e sua mãe depois do que fizera?

Nesse instante, porém, Caim teve seus passos detidos justamente por aquela voz.

– Caim, onde está teu irmão Abel?

Atemorizado, num primeiro momento, o assassino encolheu-se junto a um rochedo, como um lagarto. Acuado, entretanto, por nova indagação, Caim sentiu-se tomado por uma súbita revolta e disse, abandonando seu esconderijo:

– Sei eu onde Abel está? Sou, por acaso, pastor de meu irmão?

Deus, entretanto, voltou à carga.

– Não adianta tentar me enganar, filho de Adão. A voz de teu irmão sobe até mim da terra encharcada de sangue.

O Senhor falava essas coisas, entretanto, num tom surpreendentemente calmo. E mesmo quando sua voz retornou, mostrando que já concluíra seu julgamento pouco favorável, não foi com voz demasiado severa que se pronunciou:

– Porque tua presença tornou-se amaldiçoada neste mesmo chão onde derramou o sangue do teu irmão, condeno-te a vagar pelo mundo, como malfadado errante, sem que possas retirar mais nada desta ou de qualquer outra terra.

Caim ficou ligeiramente surpreso. Sim, era uma punição, mas nem de longe tão severa quanto se poderia esperar. Pelo menos saíra de tudo aquilo com o corpo intacto, ao contrário do irmão, que lá ficara estendido sobre o pó, inerte.

– Senhor, aceito a tua punição – disse, com ar contrito. – Meu crime pesa horrivelmente sobre mim! Mas como, a partir de hoje, estarei a salvo da ira de meus semelhantes? Todos haverão de me apedrejar como a um cão, até a morte!

— Nada temas, Caim amaldiçoado — disse a voz —, pois todo aquele que erguer a mão contra ti será punido sete vezes mais. E para que todos te conheçam como amaldiçoado, porei um sinal sobre o teu corpo.

Caim sentiu uma espécie de paralisia tomar todos os seus membros, enquanto sua testa começava a arder, como se Deus nele desenhasse, com a ponta da unha, um estigma sangrento. Sem poder levar as mãos ao local da ardência, Caim teve de suportar o martírio até que cessasse. Então correu até a primeira fonte para ver que espécie de sinal o Senhor gravara em sua pele.

— Oh, é horrível...! Oh, odiosa marca! Tem a mesma cor rubra do sangue que derramei! Miséria e punição! Será, então, com esta marca infamante que deverei cumprir meu duro exílio, repetindo, de um modo sete vezes pior, a triste sina de meus pais?

Deus, no entanto, já havia partido, e Caim fez o mesmo instantes depois.

Os anos se passaram e Caim estabeleceu-se em diversos lugares, tentando arar a terra. Mas esta só lhe dava cardos, enquanto as pessoas o maldiziam sempre que o vento levantava a sua comprida franja. Depois de vagar por muitos anos, Caim chegou finalmente à distante terra de Nod, a leste do Éden. Aquela terra lhe pareceu bastante aprazível, a começar pelo próprio nome — pois Nod quer dizer "errante" —, e apesar da maldição que carregava, ainda assim encontrou uma mulher que não se importou nem um pouco com isto.

Caim e a mulher — cujo nome a tradição perdeu — casaram-se, e dessa união surgiu o pequeno Enoque (o qual não se deve confundir com outro de mesmo nome, de quem logo se fará menção, e que foi possuidor de um destino verdadeiramente invejável).

Farto de tentar plantar e colher, sem obter sucesso, Caim disse:

— Desta vez vou fazer diferente.

Tendo certa habilidade na arte de construir, começou a erguer uma casa, e depois outra, e tantas ajuntou que logo fundou a primeira cidade do mundo, que batizou com o nome de seu filho, Enoque. Este, por sua vez, retribuiu a homenagem mantendo viva a história do crime do seu pai, o qual foi cantado em versos por um descendente seu, chamado Lamec.

E assim Caim, abandonado pelo Senhor (embora protegido por uma estranha maldição), viveu ainda longos anos sob o peso do crime que cometera.

Mas com que cara teriam recebido Adão e Eva a notícia da morte de Abel e da fuga do outro filho? Evidentemente que desgosto algum – nem mesmo a expulsão de ambos do Paraíso – sequer chegaria aos pés dessa terrível provação.

– Eis, Eva desgraçada, que nos chega, enfim, das mãos do Senhor o nosso grande e verdadeiro castigo! – dizia Adão, arrancando maços inteiros de sua longa cabeleira. – Para o dia de hoje estava reservada a grande punição! Maldição eterna ao meu e ao seu pecado, Eva infausta!

Sua esposa, estupidificada pela inesperada tragédia, caíra num pasmo mudo. Jamais pudera imaginar que a ira do Senhor pudesse, um dia, alcançar tamanho grau de dureza, apresentando-se, assim, tão despida de qualquer misericórdia.

– Deus guardou o melhor de sua ira para hoje – repetia ela, em sombria contrição. – Pois que faz do sangue do inocente a paga do meu pecado. E tão mais grandioso é seu castigo, que mal posso compreendê-lo. Hosanas à justiça do Senhor! Hosanas sempre a ele!

Adão e Eva não ousaram revoltar-se diante desse medonho castigo, pois, sendo os autores de suas próprias desditas, tinham ainda bem presente a falta que os provocara.

– Eis que o bom Abel retorna ao pó antes de mim – dizia Adão, amargurado, enquanto fazia descer para o ventre da Terra a carne da sua carne. – Graças ao Senhor, pois que teve a piedade de não me fazer prever, quando enxergava o inocente ainda em seu berço, a pedalar alegremente o ar, que tal destino o aguardava. Sim, Eva desgraçada, hosanas a Deus! Hosanas ao Senhor!

E assim estiveram muitos e muitos dias a se lamentarem, até que o bálsamo do tempo criou sobre a ferida de ambos uma frágil crosta que lhes permitiu voltar os olhos novamente às tarefas do dia a dia. Voltaram a sorrir, por certo, também – e muitas vezes –, pois tendo vivido ainda muitos anos, tiveram a ventura de encher o mundo de descendentes, muitos dos quais, a exemplo do bom Abel, viram-se obrigados a restituir ao pó.

Um desses filhos, chamado Set, deu origem a uma estirpe eleita.

Adão viveu até cumprir exatos 930 anos. Quanto a Eva, ninguém sabe – o que nos impede, para sempre, de saber quem antecedeu a quem no grande mistério da morte. Mas podemos imaginar, com razoável certeza, que nenhum sobreviveu muito tempo ao outro, e que estejam ambos unidos, desde então, a aguardar o cumprimento da promessa divina de estarem reconciliados, outra vez, com o Criador, que era sua única esperança e consolo desde o primeiro dia em que haviam começado o seu áspero peregrinar.

A ARCA DE NOÉ

Depois de ter gerado os infaustos Caim e Abel, Adão foi pai, ainda, de inumerável prole. O tronco mais nobre desta verdadeira árvore da vida que foi Adão chamou-se Set. Dele veio, algumas gerações mais tarde, um certo Enoque, homônimo do filho de Caim, mas tão infinitamente superior ao filho deste que mereceu o maior dos favores de Deus, sendo dispensado de morrer. O Criador, de fato, extremamente agradado de sua fidelidade, arrebatou-o aos céus, um certo dia, como a um Ganimedes ancião, quando completara 365 anos de idade.

Também a seu filho Matusalém esteve reservada outra graça – um pouco menor que a conferida a Enoque, mas ainda assim invejável –, pois que chegou a viver mais do que qualquer outro ser humano sobre a Terra. O bom Matusalém, enfim, viveu nada menos que 969 anos de idade – ou "31 menos que mil", como diziam os amigos, para acentuar ainda mais o maravilhoso prodígio.

Matusalém ainda vivia quando já andava pelo mundo o seu netinho Noé. Este patriarca ilustre, que a tradição nos apresenta sempre como um ancião severo – que, de fato, realmente foi, especialmente no período da grande tribulação –, era, no entanto, nos seus verdes dias, um menino muito alegre e que, como todos os outros, também gostava de brincar. Um desses brinquedos já era um sinal de sua futura eleição. Era assim que, desde o raiar do dia, o pequeno Noé já andava por toda parte à cata de insetos e pequenos animaizinhos para juntá-los, sempre aos pares, encerrando-os depois em minúsculas caixinhas. Tão logo reunia nova parelha, corria radiante até o avô e lhe estendia a caixinha, num grande sorriso ainda sem dentes.

O bom Matusalém recebia o presente com um sorriso divertido e o colocava de lado, para mais tarde soltar os pequeninos prisioneiros – pois o moleque, incansável na sua obra, esquecia-se sempre de libertá-los.

Mas o pequeno Noé cresceu, afinal, e tornou-se um robusto jovem, casando-se mais tarde com uma dedicada mulher (que a tradição identificou, posteriormente, como Naamá). Para sustentar a esposa e seus três filhos – Sem, Cam e Jafé –, o incansável Noé fez-se carpinteiro, talvez o melhor que já houve em todos os tempos.

Entretanto, no mundo, as coisas andavam de mal a pior, em termos morais. Totalmente corrompida, a raça humana entregara-se a todos os excessos, de tal sorte que um dia, enquanto Noé – já um velho de veneráveis barbas – trabalhava em sua oficina, foi visitado pela voz de Deus.

– Noé, largue a enxó e ouça a voz do Senhor!

O velho carpinteiro, tomado pelo assombro, obedeceu.

– Estou farto desta humanidade corrompida – disse Deus, com uma nota evidente de amargura. – Por isso decidi apagar da face da Terra os sinais não só da presença dela, como também dos animais que por aí andam e das aves que voam pelos céus.

Noé, pálido pelo simples fato de estar diante da presença divina, ficou estupefato diante daquele terrível anúncio.

– Exterminar... *a todos*, meu Senhor? – disse ele, quase incrédulo.

– Não – disse a voz. – A ti e aos teus pouparei do castigo.

Noé sentiu-se um pouco mais aliviado, mas não a ponto de esquecer da desgraça que poria fim aos dias de todas as coisas vivas sobre a Terra.

– Farei desabar sobre a Terra inteira todas as águas represadas no céu, de tal sorte que em muito pouco tempo tudo perecerá debaixo d'água – disse Deus.

Prefácio

Um estupor de espanto substituiu as feições normalmente serenas do patriarca.

– Mas como poderá minha família escapar à tua ira, Senhor?

– Assim será, se fizeres como agora vou te dizer.

Então Deus ordenou a Noé que construísse uma grande arca, de três pavimentos, a qual encheria de todas as espécies de animais – um casal para cada espécie; deveria embarcar nela junto com os seus familiares, e lá deveriam permanecer durante quarenta dias e quarenta noites, que seria o tempo de duração para o Dilúvio.

– Esteja alerta – concluiu a voz, num tom admoestatório –, pois quando começar a grande tribulação, daqui a sete dias, não haverá muito tempo para providências.

No mesmo dia Noé reuniu a esposa e os três filhos, além das noras, e deu-lhes a conhecer o terrível veredicto proferido pelo Senhor.

– Comecemos imediatamente a construir a Arca – disse aos filhos, que, apesar de um tanto incrédulos, não ousaram pôr em dúvida a veracidade das palavras do velho pai.

Nos sete dias seguintes Noé e seus parentes não conheceram um único segundo de descanso, consumindo todo o tempo a recolher material para a construção da arca, além de reunir animais aos pares, deixando-os ajuntados numa espécie de redil enorme construído nos fundos da casa. Naamá, a esposa de Noé, também ficou encarregada de juntar quantidades enormes de alimento para manter vivos a família e os animais durante a longa quarentena sobre as águas. Durante todos esses dias de preparativos – mesmo naquele que antecedeu ao sétimo –, não se viu uma única nuvem cruzar os céus, pois Deus queria testar a fé de Noé, ver se ele era digno de sua escolha. Noé, contudo, nem por um instante, durante todo esse período, ergueu os olhos para o céu; ao contrário, manteve-os sempre voltados para a terra, pois sabia que o tempo urgia.

– Depressa com o betume! – dizia ele a seus filhos, que engrossavam numa caldeira o material destinado a calafetar todas as frestas da grande nave.

Aos poucos a imensa arca foi ganhando forma, suspensa sobre dois gigantescos tripés de madeira que Noé fizera erguer, com a ajuda de outros homens, os quais, assalariados para tal, o faziam com empenho, mas também com grandes mostras de deboche.

– O velho endoideceu – dizia um, enquanto enfiava as cunhas das junturas.

– Também, seiscentos anos nas barbas...! – dizia outro, a serrar uma tábua.

E não só entres estes, mas também em meio à população do lugar se espalhou a maledicência, a ponto dos fofoqueiros se reunirem em pequenos bandos para perturbar o trabalho do velho marceneiro:

– Lá vem a chuva, Noé! Larga a arca e dá no pé!

Mas o forte ancião, a quem a escolha divina dava uma segurança acima de qualquer escárnio, continuava inquebrantável em sua obra.

E assim foi até que chegou a noite que antecedeu o dia fatal.

Uma verdadeira multidão acompanhou o extraordinário movimento daquela última e memorável noite sobre a terra. Sob a luz espectral de dezenas de archotes, uma extraordinária procissão de animais começou a subir a enorme rampa que dava acesso aos dois primeiros pavimentos da enorme arca.

Foi, realmente, um espetáculo magnífico, uma noite de sonho que antecedeu o pesadelo: debaixo de uma mistura de aplausos e assobios, subiam os animais, tendo por fundo o grande disco prateado da lua. Elefantes prodigiosos, leões selvagens, tigres inquietos, zebras – toda espécie, enfim, de animais de grande porte precederam a entrada dos menores, como ovelhas, lobos, coelhos, cães e vários tipos de animais domésticos.

– Venha logo, Mimi! – disse Jafé ao velho gato de estimação, que surgira com a fêmea no seu manso passo aveludado

Logo atrás veio o grande cortejo dos insetos, guardados em pequenas caixas, o que trouxe de imediato à memória de Noé o seu brinquedo antigo, além do saudoso avô, fazendo com que seus olhos se enchessem subitamente de lágrimas.

E assim, ainda antes que a aurora se anunciasse com seu rubor no horizonte, estavam já todas as criaturas irracionais acomodadas no interior da grande arca suspensa sobre os dois gigantescos tripés.

Prefácio

Então foi a vez de Noé e sua família adentrarem a grande nau. Apoiado em seu bastão, o velho patriarca subiu levando ao lado a esposa, os filhos e as noras, debaixo do riso delirante da multidão. Noé, porém, assim que pisou no terceiro pavimento, sentiu uma pena tão grande daquelas pobres almas chafurdadas no pecado, que lhes dirigiu, ainda, um último apelo:

– Porcos! Até quando desafiarão a ira do Senhor?

Um coro sonoro de risos estourou lá embaixo, com alguns chegando mesmo a lançar objetos sobre a arca.

Entretanto, apesar do tom de deboche, a maioria daquelas pessoas eram mais supersticiosas do que cínicas, e por isso resolveram esperar até o fim para ver no que ia dar aquilo tudo. "Vai que o velho maluco estava certo?", pensavam secretamente.

Mas quando o sol surgiu outra vez no horizonte, espalhando amplamente os seus raios, a expectativa do povo esmoreceu. Entendendo que aquela anedota já se estendera em demasia, aos poucos a multidão começou a dissolver-se, indo no rumo de suas mesquinhas tarefas cotidianas. Logo a barca ficou entregue à solidão, debaixo de um sol abrasador.

– Meu pai, como faremos para zarpar aqui de cima? – disse o jovem Cam ao velho marceneiro, ao perceber que não teriam quaisquer meios de fazer a arca se liberar dos dois tripés onde estava assentada.

– Deus o fará – disse Noé, laconicamente.

Mal Noé terminara de pronunciar essas palavras e uma pequenina nuvem surgiu, bem ao longe, no horizonte. Avançando velozmente, foi logo sucedida por mais algumas, e logo atrás, por um exército de outras, de uma cor ferruginosa verdadeiramente assustadora.

– Veja, Noé! – disse Naamá.

O ancião voltou suas barbas naquela direção e disse, com vigor na voz:

– Chegou a hora de o Senhor demonstrar todo o seu poder!

Um rumor surdo, como que de rochedos a rolar sobre a cúpula côncava dos céus, desceu do alto, enquanto o firmamento escurecia como a mais negra das noites.

Apesar de as nuvens correrem alucinadamente pelos céus, na terra o ar estava morbidamente parado. Então uma lufada de vento surgiu de repente, levantando uma nuvem de pó e indo de encontro à arca. Os tripulantes oscilaram para trás, como se uma mão invisível os tivesse empurrado ao mesmo tempo.

– Sem! – berrou Noé. – Recolha as escadas!

Imediatamente Sem deu cumprimento às ordens do pai. Outra lufada abateu-se sobre a arca, fazendo com que os tripés de madeira que a sustentavam rangessem lá embaixo. Jafé viu a arca desprendendo-se das escoras e indo mergulhar sobre o solo ainda seco, num espalhar de madeira e animais. Mas sua visão foi obstada pelo ruído desses mesmos animais, os quais, inquietos com a escuridão, começaram a remexer-se nos pisos abaixo, fazendo tremer a arca toda com os golpes surdos de suas patas.

Noé mirava o céu, numa espécie de transe místico, quando sentiu nas barbas a primeira gota da chuva prometida. E então, o temporal verdadeiramente começou. Numa fração de segundos, a chuva fina evoluiu para uma tempestade de impressionante violência. As águas caíam dos céus com tanta intensidade que parecia que o mundo recebia sobre si o jorro contínuo de uma gigantesca cachoeira. Em menos de um minuto a terra desapareceu sob os olhos dos marinheiros improvisados, e a única coisa que puderam ver lá embaixo eram formas opacas a correr alucinadamente de lá para cá, com as pernas já submersas até os joelhos.

– Pobres coitados! – gritava Naamá.

– Silêncio, mulher! – disse-lhe Noé, com autoridade. – Quer atrair, também sobre nós, a ira que o Senhor destinou aos imprevidentes?

Uma legião de desesperados – que a chuva espessa tornava meros vultos – arremessava-se aos tripés, tentando escalá-los desesperadamente para alcançarem o primeiro pavimento da arca. Entretanto, um a um, iam sendo arrancados antes que conseguissem alcançar seu objetivo, mergulhando de ponta cabeça para a morte. Apenas um destemido conseguira colocar a mão sobre a madeira lustrosa da grande nau, mas, sem poder encontrar um apoio, fora perdendo aos poucos o fôlego, até que, afinal, vencido pela adversidade, foi juntar-se à massa dos desgraçados no turbilhão das águas.

Rapidamente as casas foram sendo engolidas pela elevação das águas. Pessoas e animais rodopiavam como bonecos desengonçados em gigantescos redemoinhos até desaparecerem na vastidão do grande mar no qual a Terra ia se convertendo.

– Meu pai, a água está quase alcançando o casco da arca! – berrou Jafé.

– Segurem-se todos! – disse Noé, sabendo perfeitamente o que os aguardava.

Tão logo o nível das águas alcançou o casco, a arca foi subitamente impelida para cima, provocando um violento movimento que fez todas as juntas da mesma rangerem. Ao mesmo tempo, o barulho dos animais em desespero atroou a arca inteira. Uma gritaria sobrenatural elevou-se de todas aquelas criaturas espremidas em seus compartimentos, num grito único de mil vozes estridentes e desparelhas que fez eriçarem os cabelos de toda a família de Noé.

O tripé dianteiro, entretanto, tendo perdido sua base de sustentação, saiu fora do lugar e terminou sendo levado pelas águas, o que fez a arca, ainda presa ao tripé traseiro, mergulhar a proa violentamente para baixo. Agarrado a escoras e cordames, Noé viu a proa onde estava inclinar-se de tal modo que chegou a ficar numa posição horizontal sobre as águas abaixo de si.

– O Senhor nos reerguerá! – bradou ele, frente a frente com a morte.

No mesmo instante o tripé traseiro, não suportando o peso inteiro da arca, partiu-se em dois sob as águas revoltas, e desta vez a popa da embarcação, até então suspensa, desceu para as profundezas com toda a força. Convertida num balanço diabólico, a arca oscilou várias vezes, fazendo com que a proa fosse arremessada ora para as nuvens, ora para um vórtice profundo, a ponto de colocar grande quantidade de água para dentro. Noé e seus familiares, solidamente agarrados, estiveram submetidos a este vaivém contínuo até que a arca, finalmente liberta de seus dois entraves, conseguiu estabilizar-se livremente sobre a água.

A chuva, entretanto, continuava a cair com fúria inacreditável. Tudo era escuridão, somente quebrada pelos estilhaços dos relâmpagos, que permitiam aos ocupantes da arca ter uma brevíssima visão do que acontecia ao redor.

– Oh, não há mais nada sobre o mundo! – lamentava-se a esposa de Noé.

— Quando não existir mais o Senhor, então me unirei aos seus lamentos — disse Noé, entrando para o interior da nave, pois agora nada mais havia a fazer senão entregar-se aos desígnios do Criador, uma vez que a arca não tinha leme algum.

Enquanto a chuva durou, não foi possível distinguir o dia da noite, de tal sorte que o mais exato seria dizer que a arca navegou no curso de oitenta noites. Empurrada pelo ímpeto desencontrado das águas, a Arca de Noé flutuou durante todo o tempo, porém não tão mansamente quanto se podia esperar de uma nau comandada pelo Senhor. Depois de sofrer diversos abalroamentos, a arca começou a apresentar algumas sérias avarias.

— Não imaginaram, decerto, que o Senhor os colocaria aqui dentro para que estivessem a se fartar o tempo todo — disse o patriarca à família, vendo em tudo, sempre, a mão de Deus. — O Senhor tem duas mãos: com a destra nos abençoa e com a outra nos experimenta.

A maior parte dos quarenta dias passados sobre as águas — que não devem ser tomados, necessariamente, ao pé da letra, pois quarenta era um número genérico usado pelos cronistas para representar um tempo muito longo (assim como os quarenta anos que os fugitivos do Egito passariam no deserto) — os sobreviventes do dilúvio gastaram em dar de comer à verdadeira legião de animais encerrada na arca, além de mantê-la limpa, expulsando do seu interior a quantidade enorme de dejetos.

Então aproximou-se, finalmente, o termo do prazo dado por Deus para que a chuva cessasse. Sem e Jafé estavam de pé, ao abrigo da grande coberta, observando o temporal, que continuava a cair com semelhante intensidade.

— É inacreditável! — disse Jafé a seu irmão, apontando para o cume de uma elevadíssima montanha, quase inteiramente submersa pela água. — Até onde irá a elevação das águas?

— O Senhor é quem sabe — disse Sem, piedosamente, mas também com grande temor em sua alma.

Entretanto, naquele mesmo dia a chuva começou a amainar, enquanto um grande sopro varria a superfície das águas, tornando-a prateada. Noé e os demais foram chamados aos gritos pelos dois irmãos, e logo surgiram todos juntos para contemplar o abrandamento da ira de Deus.

Prefácio

– Nada pode ser mais doce sobre a Terra do que o momento em que a ira do Senhor começa a aplacar-se – disse Noé, com os olhos rasos d'água.

Em seguida o comandante da arca ergueu uma ação de graças junto com toda a sua família. Em resposta, surgiu no grande teto coberto de nuvens escuras uma pequena brecha por onde insinuou-se um estreito porém vívido raio de sol, que foi bater em cheio sobre a arca.

– Bendito seja o Senhor! – disse a esposa de Noé.

– É o primeiro sinal da reconciliação! – disse Sem, com um alívio profundo.

As águas, porém, continuavam muito altas, e a arca ainda navegou o dia e a noite inteiros sem que fosse possível imaginar haver alguma parte seca em toda a Terra.

– É cedo, ainda – disse Noé.

E realmente era. Mas em breve um pequeno susto, muito parecido com aquele que dera início à imprevisível jornada, veio alterar a situação. Repentinamente, a arca cessou de navegar.

– Acho que encalhamos – disse Jafé, correndo de um lado a outro da borda da nave para ver se enxergava algo.

Mas ainda não era possível saber exatamente no que eles haviam encalhado, o que só aconteceu quando as águas baixaram mais um pouco.

– Se não estou enganado, meu pai – disse ainda o mesmo Jafé –, acho que encalhamos sobre o Monte Ararat.

De fato, a arca havia encalhado sobre uma encosta daquela montanha, localizada na Armênia. À medida que as águas baixavam, a arca foi ajustando-se sobre o terreno elevado, de tal sorte que em alguns dias já podiam avistar boa parte da montanha abaixo de seus pés.

– Chegou a hora – disse Noé, saindo do convés.

Logo em seguida retornou trazendo um corvo sobre o pulso, à maneira dos falcões.

– Vá, ave escolhida – disse Noé, liberando-a para o voo. – Vá e somente regresse se não houver solo onde pousar.

E assim fez o corvo, regressando depois de algum tempo, pois ainda não havia nada sobre a superfície da Terra senão água.

Mais adiante Noé soltou uma pomba, que não teve melhor sorte. Mas na segunda tentativa, esta regressou trazendo no bico um ramo de oliveira.

— Glória a Deus! — disseram todos, pois agora tinham certeza de que a água já havia secado em algum lugar da Terra o suficiente para descobrir a vegetação.

Sete dias depois, Noé soltou novamente a pomba, mas desta feita ela não regressou, dando a todos a certeza de que já havia condições sobre a Terra para ser novamente habitada.

— Vamos descer! Vamos descer! — disseram as noras de Noé.

— Aquietem-se — disse o sogro, rudemente. — Sabem vocês, por acaso, se o Senhor já decretou a hora do retorno?

Um silêncio obediente seguiu-se às palavras do velho, pois naqueles piedosos dias uma palavra do patriarca era o bastante para pôr fim a qualquer alarido.

Algum tempo depois, o próprio Senhor tratou de confirmar a atitude de seu servo, declarando a Noé, com suas próprias palavras:

— Já podes desembarcar, Noé. Leva contigo os teus e todos os animais, pois a terra já está completamente seca. Ali homens, animais e toda espécie de seres poderão procriar livremente, enchendo-a novamente de vida.

As rampas foram baixadas e os casais de animais começaram a descer, cada qual tomando o seu rumo para poder se multiplicar e povoar a Terra inteira, até que não restasse mais nenhum dentro da arca.

Assim que Noé pôs seu pé sobre o solo, mandou erigir um altar a Deus e ofereceu-Lhe um holocausto com alguns animais (o que deve ter feito com as crias dos casais, pois senão alguma espécie inevitavelmente seria extinta).

Quando a fumaça chegou ao nariz do Senhor, este regozijou-se a tal ponto que afirmou jamais voltar a infligir um flagelo igual àquele à Terra e a todas as suas criaturas. (Deus, depois de ter se arrependido de criar o Homem e os demais seres, parecia agora arrependido de quase tê-los exterminado.)

Outra vez o Senhor entregou às mãos do homem o império de toda a natureza, declarando que maldito seria aquele que tornasse a verter o sangue de outro homem. Ele estava, de fato, tão feliz com aquele recomeço de sua criação que estendeu por sobre o céu um grande arco colorido.

– Este é o sinal da aliança que solenemente renovo com o Homem – disse o Criador –, e desde hoje, todas as vezes que vir este arco suspenso sobre as nuvens me lembrarei da aliança que fiz convosco neste dia, suspendendo todo e qualquer novo dilúvio.

Depois da nova aliança, Noé estabeleceu-se com sua família em tendas, para dar início à nova era. O patriarca, feliz em poder ser o novo Adão, abandonou o seu ofício de marceneiro e decidiu tornar-se agricultor.

– Plantarei a vinha e verei o que dela sairá – disse Noé.

De fato, algum tempo depois, a vinha brotou com extraordinária vitalidade. Noé, provando dos frutos da videira, teve a ideia de transformá-la numa bebida saborosa, dando origem ao vinho. O velho patriarca gostou tanto da bebida que se embriagou em sua tenda.

Coube ao seu filho Cam a sorte funesta de entrar inadvertidamente na tenda do pai e encontrá-lo caído sobre os tapetes e inteiramente nu.

– Sem...! Jafé...! – gritou ele, saindo da tenda, ansioso para contar a novidade. – Venham ver em que estado se encontra nosso venerável pai!

Os dois irmãos correram até lá, mas, tendo sido informados em qual estado iriam encontrar o velho, tiveram a precaução de apanhar um manto e de cobrir seus próprios olhos.

– Cubramo-lo de uma vez, antes que as mulheres o vejam neste estado e percam todo o respeito que lhe devem – disse Jafé a Sem, lançando sobre a nudez do pai o manto protetor.

No dia seguinte, entretanto, Noé, ao ficar sabendo da atitude de Cam, bradou:

– Maldito seja Cam! Por causa de seu desrespeito, sua descendência será serva de Sem e de Jafé!

Depois deste incidente as coisas tomaram o rumo normal, e Noé pôde desfrutar ainda de anos bastantes para ver sua raça multiplicar-se, morrendo apenas aos 950 anos de idade (contando apenas 19 anos menos que seu avô Matusalém).

Dos três ramos de sua descendência – Sem, Cam e Jafé – fez-se a base para as raças futuras que se espalhariam por toda a Terra. Sem, o mais importante, segundo a ótica divina, se tornaria o tronco dos hebreus ou "semitas" (palavra derivada de Sem); Jafé viria a ser o tronco das nações gentias; e finalmente a Cam seria atribuída a descendência de todos os habitantes de Canaã, bem como dos povos de pele escura das partes da África e do Egito.

A TORRE DE BABEL

Durou pouco tempo a nova trégua estabelecida entre Deus e suas criaturas. Nem bem havia secado a última poça d'água do devastador Dilúvio e já os descendentes de Noé haviam começado a reincidir alegremente na prática do mal.

Espalhados pelo mundo, os filhos de Sem, de Cam e de Jafé construíram grandes civilizações, tão adiantadas materialmente quanto eram atrasadas espiritualmente (segundo a ótica do Senhor). Uma dessas civilizações era a babilônica, cuja capital era a cidade de Babel, lugar onde viviam seres muito industriosos, porém pouco morais.

Naqueles distantes dias, todos os povos falavam a mesma língua, pois ainda era recente a época em que haviam coabitado sob as mesmas tendas. E, sendo fácil a comunicação, igualmente fácil era fazer circular toda a espécie de ideias soberbas. O ser humano, como que renascido das águas, sentia-se senhor do seu destino. A velha história do castigo divino havia sido relegada à condição de fábula, da qual se riam os homens abertamente pelas ruas da grande cidade erguida sobre a planície de Shinear.

– Que Deus, que nada! – diziam os potentados, dos quais os grandes construtores eram os maiorais. – Basta dessas bobagens! O que vale é construir, construir cada vez mais!

Empolgados por um frenesi construtivista, espalhavam-se canteiros de obras por toda parte, e o que mais se via em toda Babel eram andaimes espalhados pelos ares, repletos de formigas humanas com seus instrumentos de trabalho.

– Vamos lá, temos de entregar ainda este mês este maldito palácio! – berravam os construtores, de chicote em punho.

Ao mesmo tempo, circulavam pela corte as mais extravagantes ideias. Tomados pela inveja, ao saberem que os egípcios haviam erguido uma monumental pirâmide para louvar o seu faraó corrupto (a célebre pirâmide de Gizé), os babilônios decidiram erguer um majestoso zigurate – palavra sumeriana que significava "pináculo" – para homenagear os governantes e os deuses do seu país.

– Pirâmide alguma chegará aos pés de nossa elevada torre – dissera um dos construtores ao rei da Babilônia. – Será tão imensamente alta que tocará os portões do céu e dilúvio algum poderá submergi-la.

Os babilônios também pretendiam que o topo da torre fosse a habitação do deus Marduk, divindade suprema que haviam criado para substituir o velho Jeová de Noé, divindade arcaica que os tempos modernos, empreendedorísticos e amorais haviam tornado obsoleta.

– O grande Marduk estará instalado num enorme aposento, no topo do zigurate, onde receberá as oferendas de seus fiéis – dissera o mesmo construtor.

Aprovado o projeto audacioso, o rei deu a ordem para que começassem as obras imediatamente. Em poucos dias, a construção, que mais parecia um vasto cupinzeiro, já havia crescido de maneira espantosa. Ultrapassando em muito o tamanho do maior dos palácios existentes, elevava-se cada dia mais, de tal sorte que em um mês já não se podia mais divisar seu topo.

Todos os dias um mensageiro corria ao rei para levar a notícia do andamento da prodigiosa obra.

– Já tocou o céu? – perguntava o soberano.

– Ainda não, alteza, mas já alcança as nuvens – dizia o leva e traz.

– Redobrem, então, os trabalhos, até que perfure o céu – dizia o rei, ávido de realizar o inédito prodígio.

No outro dia, nova remessa de material era enviada para o local da construção, juntamente com mais alguns milhares de homens. Famílias inteiras estavam entregues à tarefa exaustiva;

muitas centenas de pessoas morriam no duro afã de escalar as escadas que conduziam até o pináculo, atravancando os degraus, e acabavam sendo arremessadas do alto para desobstruir os caminhos que levavam ao céu.

Os milhares de andaimes, suspensos por um verdadeiro emaranhado de cordas, subiam e desciam como pequenos elevadores de madeira, levando aos céus homens e materiais, e era uma verdadeira festa quando os trabalhadores se cruzavam, e então irrompiam os gritos, cumprimentos e brincadeiras que uns dirigiam aos outros.

Depois de uma certa altura, dependendo do clima que reinava no dia, era impossível enxergar-se algo embaixo, e era, então, como se os trabalhadores estivessem a construir um palácio sobre as nuvens.

– Até onde isto nos levará? – perguntavam-se, invariavelmente.

E assim foi até que o Senhor, tomando conhecimento da grande irrisão, perdeu finalmente a paciência diante do atrevimento daquelas formigas.

– Então ajuntam-se todos sob uma mesma língua para desafiar o meu poder?! – disse Deus, enfurecido.

Decidido a colocar um ponto final em tanta soberba, o Senhor fez, então, com que descesse sobre toda a terra dos babilônios uma grande confusão.

Era a manhã de mais um dia de trabalho na grande Torre de Babel. Os operários, espremidos em seus andaimes, começavam a ser suspendidos outra vez para as nuvens, enquanto, pelas escadarias, milhares de trabalhadores galgavam exaustivamente os infinitos degraus. Os feitores e capitães de obra acompanhavam o serviço, impedindo por todos os meios que a preguiça se introduzisse na alma dos assentadores de tijolos.

O dia começara nublado, mas não foi assim por muito tempo, já que de repente o sol surgiu no horizonte, banhando a construção com seus raios ofuscantes.

– Blofé liziu digurutu, fegumibe! – disse um feitor a outro, com o semblante alegre. (Na verdade, ele dissera: "Vamos ter um lindo dia de sol!", e o que reproduzimos não era, naturalmente, o novo idioma que surgira, senão a tradução figurada de como ela soara aberrantemente aos ouvidos do outro.)

– Hunjí-kinjú? – perguntou o companheiro. ("Como é que é?")

Os dois olharam-se com o pasmo estampado no rosto.

Então um dos feitores, ao perceber dois operários que conversavam – e que também não conseguiam se entender de modo algum –, os interrompeu com uma chicotada no lombo.

– Plotatunda, fadú! – disse o feitor, enfurecido ("Ao trabalho, ralé!")

Entre os andaimes a coisa se repetia.

Por toda parte a desinteligência estava instalada. Não havia duas pessoas que se entendessem entre si, de tal sorte que um alarido infernal ergueu-se em poucos minutos em todos os andares da construção. Homens agarrados às barbas dos outros tentavam fazer-se entender a qualquer custo.

A verdade é que Deus, decidido a impedir o avanço da obra blasfema, decidira também poupar, por esta vez, as suas criaturas da sua fúria sanguinária (pois não lhe custaria nada fazer ruir a torre inteira, sepultando em seus escombros toda a legião de obreiros), fazendo simplesmente com que as línguas se embaralhassem num caldeirão de idiomas diferentes e ininteligíveis.

A partir daquele dia, não houve mais quem se entendesse em toda a Babel. Dispersos pelo mundo, seus construtores foram buscar outros lugares para viver, fundando comunidades onde pudessem se desentender no mesmo idioma. A torre gigantesca, por sua vez, abandonada como lugar de maldição, permaneceu como um monumento inconcluso da vaidade e do orgulho humanos frente ao poder soberano do Deus supremo de Adão e de Noé.

ABRAÃO E O RESGATE DE LOT

Abraão é até hoje tido entre judeus, cristãos e muçulmanos como "o pai dos crentes". Ninguém simbolizou tão bem como este patriarca hebreu a virtude da confiança e da submissão aos decretos divinos.

Descendente direto de Sem, um dos filhos de Noé, e de Heber (do qual derivou o termo "hebreu"), Abrão, que como se verá passou a se chamar Abraão, era filho de Taré, um descendente de Noé que se tornara idólatra – ou seja, passara a venerar outro deus que não o deus de seus antepassados.

Vivendo na cidade babilônica de Ur, localizada na margem ocidental do rio Eufrates, Abrão (que quer dizer "pai exaltado") cresceu sob o ambiente materialista dos grandes comerciantes caldeus. Isto não impediu, contudo, que procurasse desde cedo informar-se sobre o velho deus de Noé, pois ainda eram bastante vívidas as histórias que os velhos contavam sobre ele.

– Por favor, fale-me mais sobre Deus – dizia o jovem Abrão a Taré, seu pai, na tentativa de compreender melhor aquele ser misterioso do qual tanto ouvira falar.

Seu pai, no entanto, totalmente comprometido com a adoração aos deuses de Ur, expulsava o filho de sua presença todas as vezes que ele vinha com o mesmo assunto.

– Lá vem você de novo com estas bobagens! – dizia o velho, envolvido nos seus negócios. – Esqueça suas devoções e vá ganhar dinheiro! Veja, lá está chegando a nova caravana de mercadores!

Abrão, contudo, dava logo um jeito de safar-se do meio daquela balbúrdia – onde homens exaltados regateavam um dia inteiro por uma mísera moeda – e ia procurar um lugar sossegado para oferecer seus holocaustos em paz ao único deus que considerava verdadeiro: o deus eterno de Noé.

Abrão era casado com uma mulher chamada Sarai, a qual, embora bela e honesta, era estéril.

Então um dia seu pai, o velho Taré, decidiu deixar a cidade de Ur e estabelecer-se em Haran. Para tanto levou consigo o filho Abrão, a nora Sarai e o neto Lot, filho de Arão, irmão de Abrão. Os quatro chegaram à nova cidade, e ali Abrão viveu com sua esposa, mais o pai e o sobrinho, até completar 75 anos de idade. (Seu pai morreu nesta mesma cidade, aos 205 anos.)

Abrão, malvisto sempre por causa de sua fé, considerada ultrapassada e inconveniente, não mudou nunca seus hábitos, adorando o seu próprio deus a seu modo, até que um dia, sentado em frente à sua casa, recebeu, para seu tremendo espanto, um chamado dos céus.

– Deixa a tua casa, a tua família e os teus bens, Abrão, e parte para a terra que vou te mostrar – disse a voz misteriosa.

– Deixar... *tudo*?

– Leva contigo apenas a tua mulher e o teu sobrinho, eis que decidi tornar-te pai de uma grande nação – acrescentou a voz, com grande autoridade.

Abrão não precisou escutar mais nada. Alguma coisa lhe dizia, desde sempre, que um dia receberia algo parecido com este chamado. Agora que ele se concretizara numa ordem expressa, Abrão não esperou mais um único segundo para fazer suas malas e partir, mesmo com a severa oposição do obtuso Taré e dos demais parentes.

O verdadeiro motivo da partida, entretanto, ele só revelou à sua mulher e a Lot, o seu sobrinho.

– Vamos, Sarai, partamos – disse à esposa. – O Senhor decidiu curar a sua esterilidade, mas muito longe daqui.

Influída por essa promessa, Sarai concordou imediatamente, e logo, montada sobre um burrico, partia com seu marido, o sobrinho e a esposa deste para a terra distante de Canaã.

Foi uma longa viagem aquela à qual os quatro emigrantes tiveram de se submeter para alcançar o lugar prometido. Depois de chegar a Siquém – lugar que os filhos de Jacó haveriam de celebrizar tristemente muitos anos depois –, junto ao carvalho de Betel, Abrão recebeu outra visita do Senhor, que lhe disse:

– É esta a terra que prometi a ti e à tua descendência.

O patriarca ergueu um altar em louvor a Deus e seguiu adiante até alcançar os campos de Mambré, e bem depois o vale do Negueb, já nos limites do Egito.

Ali reinava grande fome, e por isso decidiu ir até a cidade do Faraó, para encontrar guarida. Antes, porém, resolveu prevenir sua esposa.

– Sarai querida, precisamos combinar uma coisa – disse ele, olhando-a com severidade. – Talvez você não saiba, mas o Faraó é senhor de tudo quanto entra em suas terras. Uma vez que chegue ao conhecimento dele que você é uma mulher de grande beleza, tudo fará para tirá-la de mim e colocá-la em seu harém.

Sarai arregalou os olhos de espanto: o que um Faraó iria querer com a esposa idosa de um homem de 75 anos de idade? Deus, porém, havia feito com que, apesar da adiantada idade, ela mantivesse toda a sua antiga beleza, e assim não eram poucos os homens que ainda a cobiçavam.

– Entendido isto, faremos, então, o seguinte – continuou Abrão. – Em vez de minha esposa, você dirá a qualquer um que indagar que é minha irmã.

– Irmã? – disse ela, com um sorriso.

– Exatamente.

– E isso me livrará do harém do Faraó?

– De modo algum. Isso apenas evitará que eu seja morto, pois é costume nesta terra de ímpios matar-se um homem para tomar sua esposa. Sendo minha irmã, os seus raptores me deixarão em paz e eu poderei tramar a sua libertação.

– Deverei, então, coabitar com o Faraó?

– O Senhor não o permitirá. Mas deverá fazer parte do seu harém por um tempo que, espero, seja o mais curto possível.

E tudo se deu como Abrão dissera. Sarai terminou sendo levada para o harém do Faraó, e lá esteve como legítima prisioneira, enquanto seu marido – que os tolos tomaram, efetivamente, por seu irmão – foi cumulado de benesses pelo soberano.

Mas Abrão queria mesmo era sua esposa de volta e, por isto, tratou de pedir a Deus que a livrasse das mãos daquele bárbaro governante. Logo obteve sua resposta, quando uma praga irrompeu nas margens do Nilo, levando a miséria e a doença a todo o país. Desconfiado de que aquela estranha mulher recém-chegada tinha algo a ver com a desgraça, o Faraó mandou chamá-la diante de si.

– Quem é você? – disse o Faraó, o qual, inexplicavelmente, ainda não conseguira coabitar com a bela esposa do homem de 75 anos de idade.

Sarai explicou francamente, dizendo quem era e qual a razão da praga que infestava o Egito.

– Traição e feitiço! – disse ele.

No mesmo instante, aterrorizado daquela presença ao mesmo tempo sedutora e repulsiva, ordenou que ela fosse imediatamente devolvida ao esposo.

– Levem esta demônia! – disse o Faraó, cobrindo o rosto com o manto real.

No mesmo dia, Abrão e Sarai deixaram as terras do Faraó, na condição de exilados perpétuos. Repleto das riquezas com as quais o Faraó o havia cumulado – e as quais não tomara de volta, no temor de que nova desgraça sobreviesse ao Egito –, Abrão retornou com os seus para os campos de Betel, em Canaã.

– Aqui seremos todos felizes – disse o patriarca, tão logo seus pés tocaram a terra prometida.

Infelizmente não o foram, pois logo a discórdia estalou entre Abrão e seu sobrinho Lot. Este, tendo se tornado insubmisso às ordens do tio – influenciado, talvez, pelas opiniões de sua esposa –, logo começou a fazer exigências descabidas, querendo ficar com as melhores terras e a melhor parte dos tesouros arrecadados no Egito. Por fim, a coisa evoluiu a tal ponto que os pastores de um e de outro se desentenderam violentamente.

– Lot, meu sobrinho, precisamos acabar de vez com esses desentendimentos – disse um dia o seu tio, apaziguadoramente. – Uma vez que não podemos estar juntos sem rixas contínuas, deixo a você a liberdade de escolher a parte desta terra que mais lhe agrada. Se escolher o norte, irei para o sul; se escolher o sul, irei para o norte.

Lot gostou imensamente da ideia. Tomando o rumo do oriente, não se fez de rogado e apossou-se de todas as terras férteis do Jordão, restando a Abrão as terras de Canaã. Mais tarde Lot estabeleceu-se em Sodoma, onde dois desastres o aguardavam.

Abrão, estabelecido em Hebron, ergueu ali o santuário de Mamrê, onde recebeu novamente a visita do seu deus, o qual renovou as promessas anteriores acerca da terra em que já estava e de sua descendência, que outra vez declarou que viria a ser tão inumerável quanto os grãos de areia que recobrem a terra.

A primeira das duas desgraças a aguardarem Lot se desencadeou pouco tempo depois que ele se estabelecera em Sodoma.

Quatro soberanos de pequenos reinos próximos decidiram fazer guerra a Sodoma e a outros pequenos reinos adjacentes. Houve vários combates em toda a região, que se tornou, assim, assolada pela guerra. Quatro reis combatiam aguerridamente contra cinco, até que os primeiros obtiveram finalmente a vitória sobre essses. Os reis de Sodoma e Gomorra acabaram presos nos poços de betume que havia naquela região, como em verdadeiras armadilhas, e viram seus reinos serem pilhados pelos invasores.

Abrão, enquanto isso, continuava entregue aos seus afazeres, até que um fugitivo chegou certo dia para anunciar a queda de Sodoma e dos reinos aliados. Mas, muito pior que isso, trazia uma notícia ainda mais infausta.

– Abrão, senhor das terras de Canaã! – disse o mensageiro, esbaforido. – Seu sobrinho Lot foi levado com sua família e os bens como mero despojo de guerra.

Sem pestanejar, Abrão correu imediatamente a reunir homens.

– O que pretende fazer? – disse sua esposa Sarai, atemorizada.

– Naturalmente que irei resgatar meu sobrinho das mãos dos reis perversos – disse ele, em meio aos preparativos.

– Mas Abrão... E a promessa? – disse a velha esposa, temerosa de que ao perecer seu marido nessa temerária expedição se acabassem todas as suas esperanças de ser mãe da progênie eleita.

– O Senhor estará à minha frente – replicou ele.

Logo Abrão tinha reunido 318 homens – poucos, em comparação com a missão arriscada, mas prontos para o que desse e viesse.

– Meu esposo, são só 319 homens, incluído você!

– Trezentos e dezenove e mais Deus – disse Abrão, afivelando o cinto. – Somos, portanto, ampla maioria, minha doce Sarai.

Junto com seu pequeno exército, o velho patriarca marchou na direção de Dã. Como estivesse em inferioridade numérica, resolveu fazer uso do velho estratagema da surpresa. Depois de dividir seus homens em dois grupos, deu início ao assalto, que resultou bem-sucedido, perseguindo os quatro reis inimigos até Hobá, que fica ao norte de Damasco.

Abrão sagrou-se vitorioso, naquela que foi a primeira guerra patrocinada pelo Senhor dos Exércitos. Depois de tomar a cidade onde estava aprisionado seu sobrinho, libertou-o, levando-o consigo de volta a Sodoma, juntamente com suas riquezas, das quais se decidiu a não tomar para si uma única moeda.

No caminho de volta, na altura do vale de Shavê, Abrão encontrou-se com o rei de Sodoma e seus aliados, que também retornavam da áspera campanha.

– Salve Abrão! – disse o rei de Sodoma. – Aqui tenho comigo Melquisedeque, rei de Salém, e sacerdote de Deus, o Altíssimo, que o abençoará.

Melquisedeque, segundo se dizia, era sacerdote de Jeová, embora haja quem afirme que o deus que ele adorava era outro, porém quase idêntico ao deus de Abrão. De qualquer forma, Abrão aceitou a bênção do sacerdote supremo de Salém – que ficava no ponto exato onde hoje se encontra a cidade santa de Jerusalém –, que este lhe ofertou sob a forma de pão e de vinho, reconhecendo, assim, de maneira algo profética, a importância que Abrão tinha perante a sua divindade.

– Bendito seja Deus Altíssimo que entregou às suas mãos os seus adversários! – disse o velho sacerdote, impondo as mãos sobre os cabelos brancos do velho peregrino, convertido subitamente em guerreiro.

– Agora, tome a sua parte nos despojos – disse o rei de Sodoma, alegremente.

Abrão, entretanto, dando voz à sua decisão, tornou explícito seu desejo de nada pegar para si.

– De ninguém tomarei sequer uma correia de sandália – disse ele, com altivez –, de modo que ninguém poderá dizer que enriqueci às suas custas. Que meus auxiliares diretos tomem o que julgarem justo e necessário para si próprios.

Abrão foi recompensado por seu deus com mais uma renovação de sua promessa – pois Ele parecia fazer questão de lembrar sempre ao seu servidor que não o esqueceria jamais.

– Nada temas quanto à tua parte – disse o Senhor –, pois ela te será alcançada.

Desta vez, contudo, Abrão se permitiu argumentar.

– Mas que coisa devo esperar, Senhor, se não tenho filhos, e o único herdeiro de que disponho é meu criado Eliézer?

– Não será, decerto, o teu mordomo quem herdará a tua descendência – retrucou a voz divina –, mas um ser que sairá de tuas próprias entranhas. – Então Deus chamou Abrão para fora de sua tenda.

– Estás vendo todas estas estrelas que espalhei sobre o firmamento? Podes me dizer quantas há? Pois nesta mesma quantidade serão os teus descendentes.

Abrão contemplou, extasiado, o grande manto estrelado que se estendia acima de sua cabeça e sentiu-se reconfortado.

– Não, o Deus que me fez sair de Ur e atravessar os inóspitos desertos para tomar posse desta terra, que em seu nome herdei, não irá, igualmente, faltar nesta outra promessa! – disse ele, repleto de confiança.

No dia seguinte, Deus ordenou a Abrão que lhe fizesse uma oferenda de animais, o que o patriarca prontamente cumpriu. Depois disso Abrão sentiu um profundo cansaço tomar conta dos seus membros. Uma treva desceu sobre os seus olhos e ele escutou, outra vez, a voz divina.

– Tua descendência errará numa terra que não lhe pertencerá. Durante quatrocentos anos ela será escravizada e oprimida, até que a libertarei dos seus opressores. Quanto a ti, terás uma velhice feliz antes de seres sepultado. Enfim, na quarta geração teus descendentes voltarão para cá.

O RISO DE SARA

Abrão e sua esposa Sarai viviam um dilema verdadeiramente angustiante: apesar de já estarem em plena velhice, ainda desejavam ardentemente ter um filho. Esse desejo, já de si natural, havia se tornado uma verdadeira obsessão para ambos – especialmente para a pobre Sarai –, quando o deus de Abrão se manifestara, anunciando-lhe que ele seria pai de numerosa descendência.

– Abrão, isto não pode ser – dizia a velha esposa, quase todas as noites em que ambos, dividindo o leito, rediscutiam pela milésima vez o assunto. – Como poderei eu, uma velha de mais de setenta anos, procriar?

– O Senhor pode tudo – dizia Abrão, diante do incômodo argumento.

– Se é assim, por que Ele não faz com que seja de uma vez? – dizia a velha Sarai, depois de nova pausa.

– Será quando Ele quiser – dizia Abrão.

Era um belo argumento. Mas ele sabia que ainda não era o fim.

– Por que Ele repete sempre a mesma promessa, mas nunca a cumpre? – dizia ela, penetrando numa fronteira que sabia ser perigosa.

– Seremos nós quem vamos pedir contas ao Senhor de suas promessas? – dizia, então, Abrão, suspendendo levemente a cabeça para que suas palavras se tornassem perfeitamente audíveis.

Um novo silêncio descia sobre as cabeças grisalhas do casal angustiado. Abrão, entretanto, mantinha os olhos abertos, pois sabia que não dormiria tão cedo.

– Faz tempo que ele renovou a sua promessa? – dizia Sarai, mais suavemente.

– Algum tempo – respondia laconicamente Abrão.

– Quem sabe, então, a bênção já esteja operando?

Então Abrão sabia que era chegada a hora de virar de lado, porque de outro modo não poderia, jamais, ingressar no seu sono.

Alguns dias depois Sarai lhe aparecia, de olhos baixos.

– Nada, Abrão.

E então, à noite, sob o manto cintilante e figurado da descendência inteira de Abrão, o velho servo de Deus preparava-se para recomeçar tudo outra vez.

As coisas estavam assim quando, depois de nova frustração, Sarai apresentou-se diante de seu marido.

– Abrão, eu desisto – disse ela, tomando finalmente uma decisão.

– Desiste do quê?

– Definitivamente, o Senhor não quer que eu procrie – disse ela, desalentada. – Tome, então, nossa escrava Agar, e tenha um filho com ela.

— O que está dizendo? – falou Abrão, arregalando os olhos.
— É isto mesmo o que eu disse, meu esposo – insistiu a desiludida Sarai. – Agar será a mãe do filho que não posso nem nunca poderei lhe dar.

E dando as costas, encerrou o assunto, pois era humilhante demais para ela estar a pedir ao marido uma tal coisa.

Abrão alisou as barbas alvas durante um dia inteiro, enquanto observava a escrava no seu ir e vir cotidiano.

"Agar, uma escrava, mãe de minha descendência?", pensava ele, demoradamente. Então, sem receber qualquer outro sinal de seu deus, indicando que tal não fizesse, decidiu-se a acatar a sugestão da esposa.

— Agar, irei à sua tenda esta noite – disse ele, um dia, à escrava.

Submissa, ela acatou a ordem do seu senhor.

— É vontade minha e de minha esposa que coabitemos, para que desta união resulte um filho que leve adiante o meu nome.

Os olhos amendoados da escrava de pele escura – eis que era egípcia – arregalaram-se ligeiramente.

— Importa muito que você saiba, entretanto, que o filho desta união não será seu, mas como se fosse meu e de minha esposa Sarai.

— Será como diz, meu senhor – disse Agar, curvando-se.

E então, nessa mesma noite, Abrão adentrou a tenda de Agar, que já o esperava de olhos baixos e discretamente enfeitada. Sem que nenhum deles dissesse qualquer palavra, Abrão a possuiu, enquanto sua esposa, sozinha na tenda do casal, fazia um esforço sobre-humano para converter a humilhação em humildade.

No dia seguinte, a escrava Agar ergueu-se com novo semblante.

— Será de meu ventre que sairá a descendência prometida – dizia ela, orgulhosa.

No mesmo dia, de maneira imprudente, perdeu toda a consideração pela sua senhora, passando a andar de ventre empinado em meio às tendas.

— Tem o ventre mais liso que a palma da mão e, no entanto, parece que já leva a descendência inteira dentro dele! – diziam as más vozes.

Sarai, naturalmente, era a mais revoltada com aquele desplante.

– Por que não abaixa um pouco a crista, escrava? – dizia ela, irada.

– Quem carrega no ventre o filho de Abrão não tem, então, motivo de erguê-la até as estrelas?

Aquilo de estrelas já era, claro, outra provocação que a rival lhe lançava às faces. Então Sarai, arrependendo-se totalmente de ter permitido tal afronta à sua autoridade, resolveu interpelar o marido.

– Abrão, sua escrava tomou-se de tal presunção que muito me custa não chicoteá-la, mesmo carregando nas entranhas o fruto de sua virilidade! – disse ela, adentrando um dia a tenda do esposo.

– Mas Sarai, foi você quem assim o quis...!

– Nunca pretendi ser humilhada, por certo! Decida-se já entre mim e a escrava!

Abrão, pouco disposto a bate-bocas, resolveu lavar as mãos naquele caso.

– Ela é sua escrava – disse ele, meio encolhido. – Faça o que achar melhor.

No mesmo dia, Sarai fez o que achava melhor, e tanto maltratou a pobre Agar, que esta, temendo pela vida do filho, fugiu para o deserto.

Agar fugira na calada da noite, levando consigo uma trouxa de roupa e o filho no ventre. Temerosa de que sua senhora a fizesse perder a coisa mais preciosa de sua vida – e única oportunidade de vir a ter uma dignidade infinitamente superior à dos meros escravos –, Agar errou pelo deserto até buscar refúgio numa fonte, que ficava no caminho de Shur.

Ali estava ela, recostada e exausta, com o ventre suado da longa caminhada, quando viu surgir à sua frente uma criatura resplandecente.

– Quem é você? – exclamou, assustada.

– Um anjo do Senhor – disse ele, calmamente. – O que está fazendo aqui?

– Fui expulsa da presença de minha senhora.

– Volta até ela e curva-te às suas ordens.
– Meu filho corre perigo diante da ira desta terrível mulher!
– Nada temas. Teu filho nascerá e se chamará Ismael, porque o Senhor te escutou. Ele será um verdadeiro jumento selvagem e dará origem a uma nação imensa e poderosa. Todos erguerão sua mão contra ele, e ele, a sua contra todos.

Ora, depois de ter recebido a honra de dirigir a palavra ao próprio anjo do Senhor (privilégio que a própria esposa de Abrão não merecera), Agar encheu-se de coragem e determinação. Por isso, resolveu seguir as ordens de Deus e retornar para o convívio dos seus senhores, deixando para trás o poço de Lahai, que se chamou assim porque foi ali que o Senhor a viu em sua aflição.

Por certo que Agar não foi recebida de braços abertos pela sua senhora. Muita briga e desaforo teve de suportar, mas ainda assim resistiu até que suas entranhas pudessem liberar o produto do seu ventre, que se chamou efetivamente Ismael.

Abrão tornou-se pai, deste modo, aos 86 anos – o que não deixava de ser uma primeira, ainda que incompleta, confirmação da promessa divina. Mas a verdadeira promessa ainda não se concretizara. Mais treze anos se passaram, até que Abrão, contando então com 99 anos de idade, recebeu nova visita do seu deus, que começou por lhe repetir os mesmos termos de sua velha promessa. Apesar de seus ouvidos escutarem mais uma repetição das mesmas coisas, em momento algum Abrão pensou em perder as estribeiras e lhe dizer, inconformado: "Agora chega, Senhor! Falta um ano para eu completar cem anos de vida, e o Senhor vem de novo com a mesma conversa?".

Desta vez, porém, Deus tinha uma novidade concreta a apresentar.

– Já que estás destinado a te tornar pai de uma multidão de nações – disse o Senhor –, desde hoje passarás a chamar-te não mais de "Abrão" ("pai exaltado"), mas sim Abraão ("pai da multidão"), ao passo que tua mulher deixará de se chamar "Sarai" ("senhora") para chamar-se "Sara" ("grande senhora"). Este é o primeiro sinal da nova aliança que estabeleço entre nós.

O Senhor repetiu, então, de maneira quase inacreditável, aos ouvidos atentos de Abraão, a sua velha promessa – a da terra prometida e a da descendência inumerável como as estrelas –, praticamente nos mesmos termos, de tal sorte que o esposo de Sara chegou a cogitar se o Senhor não estivera durante todos esses anos repetindo-lhe uma anedota. Mas as palavras que se seguiram trouxeram, desta feita, uma verdadeira novidade.

– Como sinal da aliança que estabeleço entre mim e teu povo, exijo que todos os homens nascidos de tua fecundidade sejam circuncidados.

– Circuncidá-los, Senhor?

– Sim, tomarás o prepúcio de todo menino nascido de ti e o cortarás no oitavo dia após o seu nascimento.

Agora, sim, estava-se diante de algo verdadeiramente concreto, pensou Abraão, quase eufórico. Se o Senhor já descia a detalhes, então era porque a promessa finalmente se realizaria. Abraão, prostrado de joelhos, apesar de seus 99 anos, indagou do seu Senhor:

– Mas como poderei gerar filhos, quase aos cem anos de idade? E Sara, como poderá parir um filho aos noventa?

Depois de todo esse tempo, Abraão parecia ter se convencido dos argumentos de sua incrédula esposa.

– Senhor – disse ele, amigavelmente –, que Ismael, já vivo, seja o primeiro elo de nossa aliança, e que através dele sigam todos os demais, para que não se exija de uma carne quase morta o que ela não mais pode obrar.

Mas a voz do Senhor retumbou:

– Não. Sara, tua mulher, é quem vai gerar o primeiro filho da minha aliança, e ele se chamará "Isaac". A Ismael caberá a ascendência sobre outra grande nação, mas a minha aliança estará estabelecida a partir do filho teu e de Sara.

Dito isso, o Senhor desapareceu, deixando Abraão banhado em euforia.

No mesmo dia, o velho patriarca tomou Ismael, que já tinha treze anos de idade – e, por via das dúvidas, também os escravos e todos os homens de sua tribo –, e cortou, pessoalmente, o prepúcio de todos eles. Depois, tomando do mesmo instrumento, fez a operação em si mesmo, para que não fosse ele o único a não trazer no corpo o sinal divino da sagrada aliança.

Alguns dias depois, Ele ressurgiu novamente, desta feita sob a forma de três enviados.

Abraão estava sentado em frente à sua tenda. Fazia muito calor, e ele tentava aliviar-se gozando da brisa quente que soprava. Era quente, mas era vento, afinal. Então, subitamente, viu surgir ao longe os tais três personagens. Algo lhe dizia que eram pessoas muito importantes, pois, desde que pusera os olhos sobre eles, sentira uma sensação extraordinária percorrer-lhe os membros. Um deles, em especial, parecia trazer um ar de autoridade, o que o tornava superior aos demais.

Quando se aproximaram da tenda de Abraão, este correu até eles, rojando-se ao solo.

– Forasteiros, não passem reto por minha tenda! – disse ele, humildemente. – Entrem e descansem, enquanto minha mulher prepara coisas deliciosas para que renovem as suas forças.

Os três estrangeiros concordaram e foram sentar-se ao pé de um dos carvalhos de Mamrê. Enquanto isso, Abraão corria até a tenda onde estava sua mulher.

– Ande, Sara, prepare bolos deliciosos para os forasteiros que aí estão! – disse ele, convicto de que era necessário agradá-los a todo custo.

Depois correu até o redil das ovelhas e ordenou a um dos tratadores que escolhesse a melhor ovelha e a preparasse do modo mais saboroso.

Quando tudo ficou pronto, a refeição foi servida aos três forasteiros, que a saborearam com muito gosto. Ao cabo disso, o principal deles começou a falar.

– Onde está a tua esposa Sara?

Assim que ele falou, Abraão sentiu que estava diante do próprio Senhor.

– Oh, ela está em sua tenda, Senhor! Ela é um pouco envergonhada.

– Envergonhada?

– Sim. Na verdade, está escondida porque sou um pouco ciumento, também.

– Então ela deve ser muito bela.

Prefácio

– Verdadeiramente, apesar da idade, que se aproxima da minha. Embora pareça vanglória, ainda assim direi que chegou a ser desejada pelo próprio Faraó.

– Muito bem – disse o Senhor. – Então ouve o que agora vou dizer.

Abraão afinou bem os ouvidos e permaneceu em atenta expectativa.

– No próximo ano retornarei, e quando o fizer tua esposa será mãe de um menino.

O velho patriarca ficou a mirar o vazio.

– No ano que vem...? – repetiu maquinalmente.

– No ano que vem, nesta mesma época.

Sara, entretanto, que estava escondida em sua tenda, um pouco atrás, escutou aquelas palavras com infinito estupor. Na verdade, foi como se tivesse escutado aquela promessa pela primeira vez em sua vida. Afinal, desde que entrara na casa dos noventa anos havia abandonado de vez a velha esperança.

"Há quanto tempo deixei já de menstruar!", pensou ela, diante da surpreendente notícia. E, passando a mão em seu rosto e suas formas, não pôde deixar de constatar:

– Não adianta, estou murcha e seca como uma velha tâmara. E meu marido, o pobre, não está em melhor situação. Como esperam, então, que eu volte a parir?

Porém, nem bem terminara de pronunciar esta palavra e viu-se acometida por um repentino acesso de riso. Cobrindo a boca com a ampla manga de seu manto, a velha senhora de cabelos brancos começou a rir como nunca o fizera, a ponto de seus olhos encherem-se de lágrimas.

"A velha Sara... esposa... do arquivelho Abraão... ...dando à luz...!", sussurrava ela, tentando controlar o acesso.

Então ouviu a voz do Senhor, que estava entre seus dois anjos, elevar-se.

– Por que Sara está rindo, lá atrás, em sua tenda? Julga, porventura, que haja algo impossível ao Senhor?

Abraão ficou pálido como as suas barbas e endereçou um olhar faiscante para a tenda onde sua esposa se ocultava.

– Oh, não! Eu não estava rindo! – disse ela, lá de dentro, sem aparecer, no entanto.

— Estavas, sim, Sara — retorquiu o Senhor, como se tivesse pego um faltoso num jogo do sério.

E foi por causa desse riso franco que o filho de Sara, que efetivamente nasceria no ano seguinte, receberia o nome de Isaac, que quer dizer "riso".

Anunciada a boa nova, o Senhor ergueu-se, junto com os seus anjos, e fez menção de partir. Antes, porém, para que não ficasse nenhuma dúvida a respeito, repetiu pela última vez a promessa de que seu escolhido seria pai de uma grande nação, bendita entre os povos, e que tanto ele como seus sucessores deveriam seguir sempre nas suas veredas. Depois o Senhor declarou que ia para Sodoma e Gomorra, pois queria ver com seus próprios olhos se era verdade que o pecado havia se assenhoreado da gente perversa que lá habitava.

Abraão e seu deus ainda estiveram conversando longamente sobre o assunto, mas Sara, que ainda permanecia em sua tenda, não queria saber de mais nada, a não ser do filho que tinha, a partir de agora, data certa para nascer.

SODOMA E GOMORRA

Quando o deus de Abraão estava sentado à sombra dos carvalhos de Manrê para anunciar ao seu servo a feliz notícia de que sua mulher Sara iria conceber um filho (apesar de seus quase cem anos de vida), anunciou também, à sua partida, que pretendia ir até as cidades vizinhas de Sodoma e Gomorra.

— Quero ver se é mesmo verdade que lá reina grande pecado — dissera Ele, com o semblante carregado.

Abraão, sabedor de que seu sobrinho Lot residia em Sodoma com sua família, mostrou-se grandemente preocupado, pois temia que Deus fizesse desabar sobre as duas cidades um castigo parecido com o que fizera por ocasião do grande Dilúvio.

— Por certo que lá reina grande impiedade, Senhor — disse. — Sendo assim, o que pretende fazer com aquele povo corrupto?

– Hei de destruir até os alicerces esses dois antros de corrupção – disse o Senhor, confirmando as mais negras suspeitas de Abraão.

Enquanto o Senhor rumava naquela direção, juntamente com os dois anjos que o acompanhavam, Abraão seguia ansiosamente seus passos.

– Mas e se houver cinquenta justos naquelas cidades, o Senhor estaria disposto a perdoar todo o restante? – disse Abraão, com uma esperança na alma.

– Certamente que perdoaria a todos – disse o Senhor, sem deter, contudo, os seus passos.

Abraão, apoiado a seu bordão, suspirou aliviado, e parou de caminhar, achando que já podia retornar. Porém, pensou melhor e decidiu garantir-se. Deu uma ligeira corrida para emparelhar novamente com o Senhor e seus velozes anjos.

– Senhor! Senhor! – disse ele, esbaforido. – Perdoa minha insolência, mas e se não fossem cinquenta, mas apenas quarenta e cinco os justos, ainda assim livraria a todos do seu castigo?

– Certamente que livraria a todos – disse o Senhor, sempre marchando.

Abraão parou e deu outro grande suspiro. "Agora acho que está bom!", pensou, dando as costas.

Porém, ao voltar-se, foi assaltado por nova dúvida. "Quarenta e cinco justos!", pensou, agoniado.

– Senhor! Senhor! – bradou ele, arregaçando o manto e dando nova corrida.

Depois de um esforço tremendo, estava outra vez ao lado do Criador.

– Perdoa mais uma vez se eu, que sou a poeira de suas sandálias, ousa erguer novamente a voz até o Senhor! Mas, por favor, diga-me: e se forem tão somente quarenta justos?

– Pouparei a todos por esses quarenta – disse o Senhor.

Abraão suspirou outra vez, mas logo estava de volta nas pegadas do Senhor, e tantas vezes repetiu o vaivém em favor dos ímpios que da última vez a coisa ficou somente em dez únicos justos.

– Se houver dez únicos justos – disse o Senhor –, todos os demais serão poupados.

Abraão ficou, então, satisfeito. "Lot, sua mulher e mais as duas filhas perfazem já quatro. Será preciso que existam apenas mais seis justos e tudo estará bem", pensou. Infelizmente, ele não conhecia direito nem a esposa, nem as duas filhas de Lot.

O fato é que, cientificado de que as coisas iam ainda pior do que Ele pudesse imaginar, Deus decidiu lançar imediatamente o castigo sobre as duas cidades. Para tanto, mandou que os dois anjos da sua escolha fossem resgatar Lot e sua família de Sodoma antes do extermínio dos demais habitantes.

À noite, os dois emissários divinos entraram na cidade de Sodoma. Lot, que estava à porta de sua casa, logo os reconheceu como seres angelicais.

— Por favor, adentrem a minha morada e permaneçam comigo e minha família — disse, acenando para os dois forasteiros.

Os anjos, entretanto, avisados dos perigos que rondavam aquele antro de perdição, recusaram com firmeza.

— Não, obrigado, ficaremos na praça — disse um deles, aligeirando o passo.

Mas Lot insistiu tanto que eles concordaram, principalmente depois que descobriram estar tratando com o irmão de Abraão.

— Mulher, prepare para estes dois forasteiros pão sem fermento, e que seus pés sejam lavados enquanto descansam — disse Lot ao abrir a porta de sua casa.

Anjos e humanos jantaram fraternalmente e já se preparavam para ir dormir quando escutaram um berreiro vindo de fora da casa.

— Ei, forasteiros! Já sabemos que estão aí! — disse uma voz em falsete.

— Venham para fora! Queremos ver se são tão belos quanto dizem! — disse outra voz masculina.

Lot, então, foi até a janela e viu verdadeira multidão de homens — e apenas homens — reunida à porta de sua casa. Os dois forasteiros fizeram menção de sair, mas Lot os deteve e saiu ele próprio.

— Meus senhores, o que pretendem? — perguntou, face a face com a turba de pederastas.

— Sabemos que esconde em sua casa dois jovens encantadores — disse um velho careca e barrigudo, de barbas grisalhas.

– Não arredaremos pé daqui enquanto não pudermos saciar nossa curiosidade e também nosso desejo.

Lot, temendo pela integridade dos mensageiros divinos, teve uma ideia feliz, porém não muito moral.

– Senhores, proponho outra coisa – disse Lot. – No lugar dos forasteiros, ofereço a vocês minhas duas filhas, que ainda são virgens. Sirvam-se delas à vontade, mas poupem meus dois hóspedes.

Caretas de asco desenharam-se em todos aqueles rostos cúpidos e corrompidos, até que o mesmo velho barrigudo exclamou:

– Fora! Você também é um estrangeiro por aqui, afinal! Por que pretende arvorar-se em juiz de nossos atos?

E depois de dar um empurrão em Lot, rumou enfurecido para a porta.

– Vamos, companheiros! Arranquemos à força os dois forasteiros!

Uma gritaria infernal levantou-se da malta degenerada, e já se preparavam todos para invadir a casa quando os dois anjos surgiram à porta.

Um rugido de prazer levantou-se da massa enlouquecida:

– Oh, são verdadeiramente encantadores! – diziam, maravilhados.

No mesmo instante, os dois forasteiros ergueram seus braços, fazendo com que toda multidão se tornasse imediatamente cega. Trombando entre si, os pederastas ganiam de pavor, sem encontrar o seu rumo.

Lot foi trazido outra vez para dentro de casa.

– Junta tudo quanto é teu, irmão de Abraão, pois o Senhor vai destruir esta cidade às primeiras horas do dia de amanhã – disse um dos anjos.

Sem pestanejar, Lot foi falar com seus dois futuros genros, mas estes não lhe deram ouvidos. Lot chamou, então, sua mulher e suas duas filhas.

– Que história é esta de deixarmos nossa casa? – disse a esposa, que se mostrava pouco disposta a abandonar aquela odiosa cidade.

– Não ouviu o que eles disseram? – disse seu esposo, irritado.

— Ora, e por que não vão divertir-se com os outros? – disse ela, mal-humorada.

Mas acabou concordando com a ordem do marido, o qual, nem bem amanhecera, foi despertado pelos anjos.

— De pé – disse um deles. – Daqui a instantes tudo se acabará.

Enquanto avançavam para os limites da cidade, viram casais de pederastas embriagados caídos sobre as pedras das calçadas, enquanto prostitutas, voltando de sua faina, observavam-nos com um sorriso azedo nos lábios.

— Vamos, falta pouco para o castigo! – diziam os anjos, apertando o passo. – Fujam para a montanha e não voltem jamais os seus olhos para o que vai acontecer às suas costas, sob pena do castigo também recair sobre vocês!

Lot, entretanto, pediu para que ficassem todos na pequenina cidade de Zoar, e que por isso ela fosse poupada do terrível flagelo.

— Está bem, refugiem-se lá – disse o anjo. – Nada acontecerá às duas cidades amaldiçoadas antes que coloque seu pé em Zoar.

E assim foi. Tão logo Lot, a mulher e suas duas filhas pisaram os limites da pequena cidade, escutaram um ruído forte atrás de si.

— O que é isto? – exclamou a mulher de Lot, fazendo menção de virar-se, pois estavam todos de costas, ainda avançando para dentro da cidade.

— Não olhe para trás! – disse Lot, travando seu braço.

Todos os quatro permaneceram avançando – agora quase numa desabalada corrida –, pois temiam que a ira de Deus pudesse alcançá-los de alguma maneira. Clarões impressionantes começaram a se refletir nas fachadas das casas caiadas, à sua frente, enquanto silvos contínuos e chilreantes soavam às suas costas.

— A ira do Senhor começou – disse Lot, transformado numa espécie de novo Noé, mas sem o privilégio de poder assistir à consumação da cólera divina.

Estrondos pavorosos começaram a soar atrás de si, como se as duas cidades pecaminosas estivessem sob um bombardeio, e em meio a eles podiam captar também os gritos lancinantes dos seus moradores clamando por misericórdia.

Prefácio

Logo uma fumaça espessa envolveu a família de fugitivos, deixando-os completamente cobertos de cinzas. Não só a mulher de Lot, mas ele próprio, além das suas filhas, sentiram um vivo desejo de voltar-se para contemplar ao menos uma vez o horrendo castigo, mas sempre que intentavam fazê-lo eram obstados uns pelas mãos dos outros. Mas finalmente houve um descuido. Pretextando ajeitar uma tira de sua sandália, a mulher de Lot ficou um pouco para trás. Assim que se viu livre dos demais, curiosa, virou-se de corpo inteiro.

– Oh, é magnífico! – disse ela, arregalando os olhos. – A ira do Senhor! A ira do Senhor! – berrou ela, eletrizada, momentos antes de converter-se numa estátua de sal.

– Mamãe! – gritou uma das filhas, querendo retornar.

– Não olhem para trás! – disse Lot, empurrando-as para diante. – Eu vou buscá-la.

Com os olhos cobertos pelo braço, Lot tateou até encostar os dedos num ombro, que se esfarelou entre eles.

– Oh, Senhor! – disse ele, abrindo os olhos e olhando para a ex-esposa.

Lot tentou arrastá-la consigo, mas a estátua permaneceu fixa no solo, e assim tiveram de seguir adiante apenas ele e suas filhas.

Entretanto, antes de ingressar na cidade, Lot mudou de ideia.

– Não entremos em Zoar, pois tenho medo de que nos considerem amaldiçoados – disse às duas filhas.

Tomando-as, então, pelas mãos, rumou com elas até uma gruta nas montanhas adjacentes.

– Aqui estaremos mais seguros – disse ele.

Agora que o cataclismo já havia se encerrado, eles puderam voltar seus olhos para as duas cidades castigadas. Nada mais havia delas senão uma grande fumaça a evolar-se para o alto, que o vento lentamente espalhava por toda a região, como uma grande e ameaçadora nuvem.

As duas filhas de Lot, observando os destroços de Sodoma e Gomorra, puseram-se a confabular, dando vazão às suas angústias:

– E agora, o que será de nós, minha irmã? – disse a mais velha. – Que homem haverá de se interessar por nós duas, sabendo que somos sobreviventes do pecado?

– Então nunca mais coabitaremos com homem algum? – disse a caçula.

– Certamente que não – disse a mais velha, com o ar sombrio.

– E isso significa que não teremos descendência alguma?

– Certamente que sim – disse a mais velha, com o ar duplamente sombrio.

A caçula mordeu os lábios de frustração ao imaginar que jamais poderia vir a ser mãe, reação parecida com a que teve sua irmã.

– Mas isso não será assim! – disse a mais velha, subitamente.

– Como não...?

– Temos vinho bastante nos alforjes, não temos?

– Sim, trouxe um odre inteiro.

– Ótimo, nosso pai ainda não dorme. Vamos até ele e façamos com que beba até perder a noção do certo e do errado.

– O que pretende fazer? – disse a caçula, espantada.

– Isto mesmo que você está pensando – disse a mais velha, com um furor maligno nos olhos. – Afinal, ele não nos ofereceu às mãos imundas daqueles pederastas?

A caçula, ao relembrar o episódio, sentiu uma raiva crescer em seu peito.

– Sim, ele procedeu de modo vil conosco!

– Vamos embebedá-lo e conceber cada qual um filho dele. Eu serei a primeira.

No mesmo instante o velho Lot surgiu à procura das filhas.

– O que estão tagarelando aí no escuro? Venham, vamos dormir.

– Sim, papai, com todo o prazer – disse a mais velha, olhando significativamente para a caçula.

Quando estavam os três reunidos à entrada da gruta, a filha mais velha ofereceu ao pai um gole do vinho, que ele aceitou prontamente. E assim, de gole em gole, o velho Lot chegou a perder a noção de tudo.

– Acho melhor nos recolhermos, meu pai – disse a filha mais velha, tomando o pai pelo braço.

– Sim, vamos, minha querida – disse o velho, apoiando o braço sobre os ombros da filha.

E assim entraram para a escuridão da caverna, onde consumou-se o grande pecado – embora Lot não tivesse pecado intencionalmente, senão por ter abusado demais da bebida. Na noite seguinte, foi a vez de a caçula repetir a infâmia, tomando o lugar da irmã no ato pecaminoso.

Nove meses depois as filhas de Lot pariram seus filhos – ao mesmo tempo filhos e netos de Lot. O da mais velha chamou-se Moab, que mais tarde daria origem à estirpe dos moabitas, enquanto o da caçula chamou-se Ben-Ami, tornando-se, posteriormente, pai dos amonitas.

O SACRIFÍCIO DE ISAAC

Depois que Abraão recebera de Deus a notícia de que sua esposa Sara iria ter finalmente o filho que ambos esperavam há tanto tempo, partiu com ela para a região do Negueb, indo habitar no reino de Guerar. Entretanto, ali passou por uma aventura muito parecida com a que vivera no Egito, quando recém era um emigrante vindo da distante Ur dos caldeus.

Nem bem chegara a Guerar, com sua mulher Sara, e já o rei, chamado Abimelec, a cobiçou ardentemente – apesar de ela ser, então, uma mulher de mais de noventa anos de idade. Mas, atendendo-se ao fato de que ela ainda tinha mais 37 anos de vida pela frente e de que ao decidir torná-la mãe o Senhor a ornara de novos encantos, nada há aqui que se possa tomar como verdadeiro disparate.

Quando os oficiais de Abimelec chegaram para levar a bela Sara, Abraão repetiu o mesmo feliz estratagema empregado com o Faraó, dizendo ser irmão dela.

– Está bem – disse um dos raptores, de modo condescendente. – Por ser apenas irmão dela, pouparemos a sua vida.

Contudo, o deus de Abraão estava atento à vilania, e logo tratou de enviar um sonho funesto ao rei, prevenindo-o de que males terríveis desceriam sobre ele por ter tomado para si uma mulher casada.

– Mas, Senhor – disse Abimelec, no mesmo sonho –, se eu não sabia de nada! O próprio marido me disse que a bela Sara era sua irmã, e só por isto a tomei para mim. Estou completamente inocente nesta história.

– Foi por saber disto que impedi que tocasses na bela Sara – disse o Senhor –, e só por isto é que ainda não fiz desabar sobre ti o meu terrível castigo, que será a tua morte e a de todos os teus.

No dia seguinte Abimelec acordou em grande sobressalto e, no mesmo instante, mandou chamar Abraão à sua presença.

– Por que me mentiu, forasteiro, dizendo que sua esposa era sua irmã? – disse o rei, atarantado. – Por sua causa me vejo em grande risco de perder a vida e o reino, já que seu deus me ameaçou, além de ter tornado estéril toda mulher deste reino.

Abraão explicou-lhe dizendo que usava daquele estratagema para evitar que o matassem, sabendo que era marido de uma mulher tão cobiçada. Mas logo em seguida fez outra revelação realmente estarrecedora.

– Na verdade, minha bela Sara, além de minha esposa, é de fato minha irmã – disse ele, usando de sinceridade.

Abimelec arregalou os olhos.

– Sim, rei de Guerar – confirmou Abraão, de modo impassível. – Sendo filha de meu pai com outra mulher, certo dia a tomei também como esposa.

"Estarei diante de novo ardil?", pensou Abimelec, sem atinar, contudo, com a razão da malícia.

Não querendo mais saber, então, o que era e o que não era, Abimelec decretou:

– Tome de volta a sua mulher – ou sua irmã, ou as duas coisas – e instale-se livremente em qualquer parte de meu país, para que assim se evite que a destra do seu deus desça com força sobre a minha cabeça.

Recompensado – tal como o fora da outra vez com o Faraó – com mil siclos de prata, além de grande número de ovelhas e servos, Abraão e sua disputada Sara se reconciliaram com Abimelec, o que representou verdadeira bênção para esse monarca, pois logo sua mulher e suas servas voltaram a ser férteis, enchendo o país de novos descendentes.

Depois disso, Sara concebeu de Abraão, finalmente, o seu filho tão desejado.

– Aqui está, meu amado esposo, o tão esperado fruto! – disse ela, tomando em suas próprias mãos o filho recém-nascido e ofertando-o ao marido.

Abraão chorou de emoção ao tomar nos braços o seu verdadeiro rebento.

– Ele se chamará Isaac – disse o velho pai, pois lembrara do grande riso que Sara dera ao receber do Senhor a notícia de que iria parir aos noventa anos de idade.

E ao ver a velha Sara tirar para fora seu seio redondo como um grande mamão, a fim de dar alimento ao seu filho, pensou, num novo e agradabilíssimo acesso de espanto: "Quem haveria de dizer que minha Sara, quase centenária, ainda daria de mamar a uma criança! Grande é o Senhor!".

Aos oito dias, o pequeno herdeiro foi circuncidado, como mandara outrora o Senhor.

No dia do desmame de Isaac, Abraão deu uma grande festa para comemorar o evento. Sara, entretanto, ao ver Ismael, o filho da escrava Agar e de seu marido, brincar com seu próprio filho, tomou-se de grande ira.

– Expulse este bastardo daqui! – disse ela, ao seu marido. – Não quero que ele venha a herdar junto com o meu filho.

Abraão, entretanto, acendeu-se de ira e disse:

– Nada disto! Ismael também é meu filho!

Entretanto, Abraão recebeu, mais tarde, a visita do Senhor, o qual lhe ordenou que fizesse tal qual sua esposa ordenara.

– A estirpe que te prometi deve provir de Isaac, e não de Ismael – disse Ele. – Do filho de Agar, entretanto, farei também uma grande nação.

No dia seguinte, o próprio Abraão tomou para si a triste incumbência de expulsar para o deserto Agar e seu filho Ismael. De manhã bem cedo, tomou de um odre d'água e de um pão e os levou até eles, dizendo:

– Devem partir imediatamente.

E sem escutar mais nada, deu-lhes as costas, pois sendo Deus quem lhe ordenara, não havia mais o que discutir.

Agar, desesperou-se.

– Ai de mim e de você, filho amado! Para nós está tudo acabado!

A pé, ela e Ismael tomaram, então, o rumo do deserto de Bersebá. Andaram muito, e quando o último gole de água desceu do cantil, ela depositou o exaurido Ismael debaixo de um arbusto, indo desabar ela própria um pouco mais adiante.

– Não, não assistirei à morte de meu próprio filho! – disse ela, cobrindo a cabeça com seu manto coberto de poeira.

Nesse instante, porém, ela escutou a mesma voz que escutara da outra vez em que fugira para o mesmo deserto, a fim de escapar à ira de Sara.

– Nada tema, Agar, nem por ti nem por teu filho. Já disse outrora, e agora repito, que ouvi a voz de Ismael e que farei dele pai de uma grande nação.

O anjo do Senhor estava outra vez em pé, ao lado dos dois desgraçados.

– Vai, levanta e dá de beber a teu filho – disse ele, apontando para uma nascente d'água que brotara subitamente da areia.

Desde então Deus não mais abandonou a Ismael, o qual se tornou, sob as vistas do Senhor, emérito caçador e chefe dos povos do deserto. Mais tarde casou-se com uma mulher, egípcia tal como sua mãe, e é considerado patriarca dos povos árabes seguidores da lei do profeta Muhammad (ou Maomé). Ismael morreu com 137 anos.

Depois que Isaac nasceu, Abraão fez um novo pacto de aliança com Abimelec, pois vivia ainda em suas terras. O tratado foi firmado sobre o poço de Bersebá, e desse modo Abraão ainda residiu por muito tempo na terra dos filisteus.

Tudo parecia ir maravilhosamente bem quando, certo dia, o Senhor apareceu novamente a Abraão. O que Ele tinha a dizer, no entanto, iria abalar profundamente a alma do seu velho servo.

– Deixa tudo, toma o teu filho e parte já para Moriá – disse o Senhor.

– Para Moriá? – disse Abraão, com um mau pressentimento. – O que haverei de fazer lá, meu Senhor?

– Vou indicar-te uma montanha, a qual deverás subir, junto com teu filho Isaac.

Abraão sentiu um calafrio na alma.

– Perdão, Senhor, mas ainda não entendi o que queres – balbuciou ele.

– Quando lá chegares, sacrificarás a mim o teu filho Isaac, como prova de tua submissão – disse Deus, desaparecendo em seguida.

Abraão, tateando o ar, como um cego, procurou o apoio de uma pedra.

"Como pode ser isto?, perguntava-se, incrédulo. "Como direi tal coisa a Sara? E o que restará de minha descendência, inumerável como as estrelas?"

Abraão deitou-se à noite como quem deita para morrer. Na manhã seguinte, entretanto, ergueu-se bem cedo – pois não dormira – e, tomando do machado, foi cortar a lenha para o terrível holocausto.

Enquanto fazia descer o machado, a cabeça do pai de Isaac parecia tomada por uma nuvem, e por mais que tentasse não conseguia visualizar a cena que fatalmente teria de protagonizar dali a alguns dias."Devo cortar a lenha em grandes pedaços", pensava ele, e isto era tudo quanto sua mente podia alcançar. "Pedaços bem grandes."

Então, depois de completada a tarefa, viu o filho surgir à sua frente. Ele já era um rapaz, mas ainda guardava no rosto os traços da criança recente.

– Toma este feixe de lenha seca, filho meu, e me acompanha – disse ele a Isaac.

Abraão seguiu montado sobre um jumento, enquanto seu filho ia um pouco mais atrás, a carregar o seu feixe às costas. Junto com ambos ainda iam dois servos.

– Por que vamos subir a montanha? – perguntou o jovem, curioso.

Abraão nada disse e permaneceu soturno, sob o passo bamboleante do jumento. Com o feixe disposto horizontalmente sobre os ombros, Isaac foi galgando os caminhos, cada vez mais intrigado com tudo aquilo. Às vezes dava uma olhada para os dois servos, mas estes logo desviavam as vistas, pressentindo o pior. Isaac também notou que de tempos em tempos ambos pareciam tomados por uma espécie de espasmo, que os fazia se retorcerem. Na verdade, eles também estavam muito agitados, pois pressentiam estar envolvidos num grande acontecimento. Ao mesmo tempo em que pressagiavam uma desgraça, também se rejubilavam interiormente com ela. "Em algum dia distante será conhecido de todos que Abraão e seu filho marcharam certa feita para as montanhas de Moriá, a fim de fazerem o que quer que seja de importante que estejam prestes a fazer", pensavam eles (pois, estando na mesma situação, ambos pensavam exatamente a mesma coisa). "Talvez, com um pouco de sorte, se dirá também que junto deles seguiam dois modestos servos. Ora, os dois servos somos justamente nós!", acrescentavam, apalpando-se, enquanto procuravam esconder os seus arreganhos de euforia.

Isaac, porém, ao ver as caretas dos dois tolos, interpretava-as de modo diferente. "Eles choram", pensava ele, o que o deixava ainda mais alarmado.

E assim seguiu o pobre Isaac, junto com o pai e os servos, durante três dias, o seu périplo pelas veredas que conduziam até a montanha fatídica.

– A partir daqui vocês dois ficam, até retornarmos – disse Abraão, sem olhar para o rosto dos dois servos. Depois, voltando-se para o filho, disse: – Isaac, meu filho, tome seu feixe e venha nos meus passos.

Os servos, sem dar um pio – obedientes que eram –, ficaram a observar o velho senhor e o jovem infeliz, e só quando ambos sumiram em meio à vegetação foi que os dois tolos se olharam, e o olhar perfeitamente desolado do primeiro dizia: "Não, não veremos jamais o que sucederá", ao que o olhar do outro concordava plenamente, dizendo: "Por certo que não, o que é, sem dúvida, uma lástima".

Enquanto isso, Abraão e Isaac seguiam, avançando pelas subidas íngremes. Isaac, bastante exausto pela carga de lenha que carregava havia já três dias, fez várias paradas, no que era acompanhado por Abraão.

– Bom é parar, mas o melhor é sempre chegar – dizia o pai, mecanicamente, depois de cada parada.

Isaac, então, tomando de sua carga, retomava a subida junto com o pai.

Prefácio

Quando o dia já estava alto, os dois chegaram finalmente ao seu destino.
— É aqui – disse o velho patriarca, com a voz cavernosa.
— É aqui o quê, meu pai? – disse o jovem, depondo a carga ao chão.
— Façamos agora um holocausto para o Senhor – disse o velho pai.
— Como quiser – disse o jovem, pegando as madeiras. – Onde erguerá o altar, meu pai?
— Ali, sobre aquela grande pedra – disse o velho, de cabeça curvada.
Então, assim que estava tudo arrumado, o jovem perguntou para o pai, com um ligeiro tremor em sua voz:
— Mas e o cordeiro, meu pai? Onde está que não o vejo?
— Isto a Deus compete, meu filho – disse Abraão.
E como não surgisse cordeiro algum, senão o cordeiro de Abraão, este tomou-o nos ombros e o conduziu até a pira, ainda apagada, sem dizer uma única palavra. Isaac soube, então, que era ele o cordeiro escolhido. Sem dizer, igualmente, uma única palavra, deixou que seu pai o deitasse sobre o lenho e amarrasse seus membros. Abraão, tomando da adaga afiada que trazia oculta sob o manto, somente a fez ver ao filho quando não havia mais outro meio de escondê-la.
— Eis que o Senhor me impele à maior das provas, meu filho muito amado! Console-se, pois logo estará na companhia dos outros justos como você, que também souberam se submeter à inteira vontade Daquele que é maior do que qualquer de nós.
Depois de erguer hesitantemente o punhal, Abraão fez uma prece ao Senhor, mas tão logo a terminou e preparava-se já para fazer descer a lâmina mortal foi impedido por uma voz retumbante que dizia:
— Basta, Abraão! Nada faças a teu cordeiro escolhido.
Os olhos de Abraão encheram-se de lágrimas.
— Agora sei que me tens inteira dedicação, pois não me recusaste o teu único filho. Retira-o logo do altar e põe em seu lugar aquele carneiro que ali está.
Abraão voltou os seus olhos para um denso espinheiro e ali viu, com efeito, um carneiro preso pelos grandes chifres anelados.

E antes que Abraão desse início ao verdadeiro holocausto, o Senhor repetiu do alto dos céus a sua promessa de que a Abraão estaria destinada uma descendência mais numerosa que as estrelas do céu e os grãos de areia da praia.

Cumprido o rito, Abraão e Isaac retornaram até onde haviam deixado os dois criados. Estes, ligeiramente perplexos, chegaram a temer que nada de importante houvesse realmente acontecido. Mas, ao verem o brilho de felicidade nos olhos do pai e do filho, tiveram a certeza de que a fama do ato que ambos recém haviam protagonizado também lhes respingaria, de alguma maneira, para todo o sempre.

ISAAC E REBECA

Abraão e Sara não foram os únicos a procriar no período em que tiveram seu filho Isaac. O patriarca hebreu tinha um irmão chamado Naor que, junto com sua esposa Milká, teve vários descendentes, dentre os quais Betuel, que seria, mais tarde, pai de uma linda moça chamada Rebeca. Mas para que esta nova e fresca personagem entre em cena é preciso antes que uma outra, bem mais velha, dela se retire.

Estamos falando, é claro, da encantadora Sara.

A esposa de Abraão, depois de ter alcançado do Senhor a grande graça de gerar um filho após os noventa anos, viveu ainda até alcançar a provecta idade de 127 anos. Sara morreu na terra de Canaã, em Hebron, e por isso Abraão negociou a compra de um túmulo para sua adorada esposa ali mesmo, na caverna de Makpelá, que o novo proprietário fez questão de pagar, embora lhe tivesse sido ofertada como presente pelos habitantes locais.

– Pagarei quatrocentos siclos de prata – disse Abraão, firmando o negócio.

E foi assim que Sara adentrou de pés juntos a caverna na qual, além do próprio Abraão, entrariam um dia, entre outros, seu filho Isaac e o neto Jacó, que ela jamais conheceria.

Estando Abraão viúvo, e já entrado em anos, começou a temer pela descendência maior que as estrelas, pois seu filho Isaac, um homem calmo e pouco dado a namoros, já andava perto da casa dos quarenta anos.

– É preciso que Isaac faça a sua parte para que a minha noite, que já se aproxima, se povoe de estrelas – disse um dia Abraão a seu administrador Eliézer.

O administrador concordou.

– Coloque, então, a sua mão sobre os meus testículos – disse Abraão, exigindo que Eliézer fizesse esse tipo de juramento, então corriqueiro. – Prometa que não permitirá jamais, mesmo que eu desapareça, que meu filho Isaac se case com uma mulher desta terra de Canaã, mas antes com uma de minha própria família.

O administrador ficou em dúvida.

– Imagino que deva levar seu filho até a distante terra de Haran – disse ele.

– Imagina errado, caro Eliézer – disse Abraão. – Você fará sozinho tal jornada, pois o lugar de Isaac é aqui, e aqui me será dada a descendência. Faça esta jornada sozinho e, quando estiver na minha antiga terra, lá o Senhor fará com que venha ao seu encontro aquela que, indubitavelmente, será a minha nora. Agora vá, pois a minha idade já me pesa e os últimos grãos da ampulheta sempre escorrem mais rápido. Ande, pois não quero morrer sem conhecer aquela que será para meu filho o mesmo que foi para mim a saudosa Sara.

Eliézer partiu rumo a Haran, levando consigo dez camelos. Durante todo o transcurso da viagem, esteve preocupado sobre como faria para alcançar o sinal do Senhor, até que, depois de muitos dias, finalmente chegou à entrada da cidade, num final de tarde.

– É aqui o lugar onde devo encontrar a esposa para Isaac – disse ele para si mesmo. – Que o Senhor me ilumine e não permita que volte para Abraão sem a sua nora.

Ali onde estava, Eliézer divisou um poço onde as pessoas vinham buscar água em grandes cântaros e teve a ideia de orar ao Senhor.

– Senhor do meu amo! – disse ele, ajoelhando-se. – Faze com que eu identifique a esposa de Isaac da seguinte maneira: quando ela se aproximar, direi: "Dê-me, por favor, um pouco da água de seu cântaro", e depois, caso ela me atenda, aguardarei que diga: "Darei, também, água para os seus camelos", e se ela assim o fizer, então é porque é ela a escolhida. Pois esse será o sinal da eleição.

Nem bem o mordomo de Abraão havia terminado sua prece quando surgiu uma bela mulher carregando um grande cântaro vermelho. Seu vestido alvo contrastava deliciosamente com o objeto, e Eliézer sentiu seu coração vibrar de expectativa. "Será ela, meu Senhor?", pensou, emocionado.

– Bom dia, jovem filha de Haran – disse o emissário de Isaac.

– Bom dia – disse ela, sem olhar-lhe no rosto, pois, sendo virgem, era também muito arisca.

A jovem aproximou-se do poço e, depois de mergulhar o cântaro escarlate na fonte, retirou-o gotejante de lá. Eliézer observou tudo, encantado, e aproximou-se da jovem, como que impelido por uma força superior.

– Poderia me dar um pouco da sua água, pois tenho muita sede? – disse, educadamente.

No mesmo instante, e sem pestanejar, a jovem inclinou o seu cântaro para que o servo de Abraão saciasse a sede.

Com as barbas grisalhas molhadas pelo líquido, Eliézer aguardou que Deus tornasse efetiva a segunda parte do ajuste, o que, para sua felicidade, não tardou a acontecer, pois logo a jovem anunciou, retornando para o poço:

– Aguarde, que também darei de beber aos seus camelos.

"Graças ao Senhor!", pensou ele, prosternando-se, enquanto ela se afastava.

Então, depois que ela havia saciado a sede dos camelos, Eliézer perguntou:

– Como é o seu nome, bela jovem?

– Sou Rebeca, filha de Betuel – disse ela, erguendo ligeiramente os cílios.

Novamente o servo de Abraão prosternou-se, agora diante das vistas da jovem.

– Bendito seja sempre o Senhor, que não me abandonou! – exclamou, extasiado, ao descobrir que estava diante da neta do irmão de Abraão.

Prefácio

A moça contemplou, surpresa, a reação daquele estranho homem.

– Meu senhor lhe oferece este anel de ouro e estes dois braceletes de ouro para que resplandeça ainda mais a sua beleza – disse Eliézer, estendendo-lhe os presentes.

Rebeca fez menção de partir, vagamente ofendida com a oferta.

– Não se ofenda, bela Rebeca, pois estes presentes vêm da mão de Abraão, irmão de seu avô.

Rebeca, encantada com a notícia, correu ligeiro até a sua casa para dar a boa nova aos seus parentes. Seu irmão Labão – que anos mais tarde iria desempenhar um papel fundamental na vida de um dos filhos de Rebeca – também estava ali, e foi com grande alegria que todos correram a receber o servo de Abraão.

Naor, que ia à frente de todos, abraçou a Eliézer, perguntando pelo irmão.

– Abraão é um grande senhor em Canaã – disse Eliézer, com orgulho.

Rebeca, com o anel colocado no nariz, à maneira oriental, e com os braceletes a penderem dos pulsos, assistia a tudo, maravilhada.

Eliézer fez o pedido em nome de Isaac, tal como ordenara seu amo, explicando as circunstâncias milagrosas do encontro. Diante disso, todas as cabeças inclinaram-se.

– É esta a sua vontade? – perguntou Labão à irmã.

– Sim – disse ela, satisfeita.

Rebeca retornou, então, com Eliézer, e depois de vários dias de viagem, quando haviam entrado nos limites da terra de Abraão, surgiu-lhes adiante a figura de Isaac, que estava por ali a meditar, já que esta era sua natureza.

– Quem é este homem que vem até nós? – disse Rebeca, cobrindo o rosto.

– Este é Isaac, filho de Abraão e o seu futuro esposo – disse Eliézer.

E assim se deram os primeiros passos da união de Isaac e Rebeca, que se casaram na cidade de Haran, indo em seguida viver em Canaã, juntamente com Abraão.

Antes de morrer, Abraão ainda pôde desfrutar da companhia de sua nova nora, à qual coube consolar, a exemplo do que já fizera durante muitos anos com sua falecida Sara, pois a jovem Rebeca também encontrou dificuldades para gerar um filho.

– Confie nas palavras do Senhor, assim como Sara confiou – dizia ele, todas as vezes que a jovem vinha até a sua tenda lamentar a desdita.

Isaac, no entanto, com seu temperamento calmo, parecia não estar muito preocupado com o assunto, talvez porque soubesse, como o pai, que o Senhor não faltava jamais com uma promessa.

Entretanto, antes que o rebento de Rebeca pudesse vir ao mundo, tiveram todos de haver-se com um fato entristecedor, que foi a morte de Abraão. O velho patriarca, cujo nome seria exaltado para sempre, depois de ter perdido sua primeira esposa, ainda tomara outra, de nome Cetura, e com ela tivera mais seis robustos filhos.

Vivendo cercado por sua prole, Abraão teve um final de vida pacífico e feliz, morrendo aos 175 anos. Seus filhos, capitaneados pelo manso Isaac e o selvagem Ismael, conduziram o corpo do velho patriarca até a caverna de Makpelá, onde Sara já repousava há bom tempo. Rebeca, profundamente entristecida pelo fato, sentiu-se sozinha, já que agora não tinha mais a presença reconfortante daquele delicado sogro, que tinha sempre uma palavra de consolo e carinho a lhe prodigalizar. Por isso, logo depois dos funerais, tomou uma decisão.

– Isaac, preciso muito lhe falar – disse, com firme determinação.

Seu esposo, embora parecesse meio desligado das coisas terrenas, quando se tratava da esposa, tinha sempre um olhar de atenção.

– O que foi, minha Rebeca? – disse ele, tomando os cabelos dela em suas mãos.

– Quero retornar para a terra de meus pais.

Isaac ficou perplexo.

– Retornar? Para quê?

– Algo me diz que só conceberei nosso filho quando estiver de volta ao meu lar.

Isaac pediu um tempo a ela para pensar no assunto. Será que ele se adaptaria a viver na planície de Haran? Mas depois de refletir que seu próprio pai de lá viera, decidiu fazer a vontade da esposa.

– Está bem, Rebeca amada, iremos para junto dos seus – disse ele, fazendo com que a esposa desse pulos de alegria.

De volta a Haran, fizeram muitos passeios até a fonte de Lahai-Roí, onde o servo Eliézer a encontrara com seu cântaro na mão.

E foi assim que se anunciou o ingresso no mundo dos filhos dos dois, Esaú e Jacó, cuja amarga contenda – parecida com aquela que opusera um dia Isaac a Ismael – iria repetir-se num nível muito maior.

ESAÚ E JACÓ

– Lembra, Isaac? Foi exatamente aqui que, de certo modo, nos conhecemos – disse um dia Rebeca, à beira da fonte de Lahai-Roí, encostando a cabeça ao ombro do marido.

Isaac sorria ao pensar no estratagema inventado pelo servo de seu pai, quando fora arrumar a sua esposa na distante terra de Haram.

– Verdadeiramente tudo se deu conforme os planos Dele – disse Isaac, dando novas graças ao Senhor.

Eliézer, com efeito, após haver orado ao Senhor, conseguira identificar em Rebeca aquela que a providência havia destinado para ser a esposa do filho de Abraão.

E foi instalados nas proximidades da velha fonte, na cidade natal de Rebeca, que ela e seu marido tiveram a ventura maior de sua vida. Rebeca, depois de lamentar-se seguidas vezes pela sua esterilidade, chegou a provocar em Isaac uma dolorosa pena, que o fez clamar certa noite ao Senhor, sob o brilho daquelas mesmas estrelas que Abraão tantas vezes vira como uma metáfora de sua futura descendência.

– Faze, meu Pai – disse ele, prostrado sobre a areia –, com que a minha doce Rebeca possa conceber, também, um filho!

Na mesma noite Isaac dormiu com sua esposa, e desta união veio o fruto de seu amor. Na verdade, dois frutos, pois desde os primeiros meses da sua gestação Rebeca sentia em seu ventre os espasmos de algo parecido a uma luta.

Assustada, ela clamava aos céus:

– Oh, Senhor! Soubesse eu quão rude espera me aguardava!

Deus, entretanto, respondeu às suas queixas, dizendo:

– Dois povos se debatem em teu ventre. Eles disputarão um com o outro, de tal sorte que ao fim o mais fraco estará submetido ao mais forte.

Rebeca teve de sofrer o restante da gestação com todo o ânimo que pôde reunir, até que finalmente chegou a hora de lançar os dois irrequietos produtos do seu ventre para a luz do dia. O primeiro a sair foi um garoto de cabelos ruivos, que por isto mesmo mereceu o nome de Esaú (ou Ruivo). Já o segundo, que saíra com uma das mãos agarradas ao tornozelo do outro, como que para tentar tomar-lhe a dianteira, era muito diferente, e recebeu o nome de Jacó, ou seja, "aquele que domina".

Com o passar do tempo, as diferenças entre ambos foram se acentuando: enquanto Esaú, o primogênito, era amante da caça – o que, por alguma razão estranha, fazia dele o predileto de seu pai –, Jacó era um espírito contemplativo, o que o tornava o predileto de Rebeca.

Rebeca, na verdade, identificava em Esaú, com seus modos rudes e seu corpo recoberto por um espesso pelo ruivo, uma espécie de sucedâneo de Ismael, o turbulento tio dos gêmeos, que vivera sempre em meio as rudes tribos do deserto.

– Jacó, sim, puxou a mim e a Isaac – dizia ela –, e por isso deveria caber a ele o direito de herdar a bênção paterna.

A esposa de Isaac, com o passar dos anos, fora perdendo a sua candura de moça virgem e adstrita à autoridade dos pais, para adquirir a frieza do instinto maternal ameaçado. Sim, porque Esaú, embora saído de suas entranhas, tinha pouco ou quase nada do seu sangue, e era com certo asco que sentia o cheiro deste, quando ele retornava de suas correrias sanguinárias pelos campos, suarento e pegajoso.

Jacó, entretanto, apesar do gênio mais manso, também havia herdado a lábia tardia que sua mãe desenvolvera (porque uma mulher sem filhos é uma coisa, e a mesma, virada em mãe, é outra). Foi assim que, certo dia, estando Jacó sentado diante de uma pequena fogueira, a preparar sua comida, viu chegar seu irmão Esaú, completamente exaurido.

– Jacó, que bom que você está aí a cozinhar! – disse, com o pelo ruivo lustroso. – O que temos para matar a nossa fome?

– Tenho uma suculenta sopa de lentilhas e um pedaço de pão fresco – disse o irmão, de olhos fitos nas labaredas do fogo, que brotando debaixo da caldeira pareciam dedos amarelados a suspendê-la sobre os gravetos.

– Deixe-me sentir o aroma – disse o Ruivo, aproximando o nariz lustroso de suor da nuvem esbranquiçada que se erguia da caldeira. – Hum! Vejo que pôs também alguns tomates!

Jacó sentiu o cheiro do irmão, e isto o irritou profundamente.

– Esta sopa só dá para um – disse ele, com franqueza.

– Não diga tal – disse o irmão. – Há na panela o bastante para dois.

– Comerei, então, por nós dois – respondeu secamente Jacó.

Esaú estava tão fraco da infrutífera caçada que teve de apoiar-se ao tronco de uma árvore, antes de retrucar:

– Estou com muita fome, Jacó.

– Eu também – disse o irmão, de maneira fria.

Esaú sentiu a água crescer em sua boca, a ponto de escorrer pelos cantos dos lábios.

– O que quer em troca de um prato destas saborosas lentilhas? – disse ele, afinal.

– Quero o seu direito de primogenitura – respondeu Jacó, sempre de cócoras.

Esaú refletiu longamente e terminou com uma conclusão pouco sensata.

– Está bem, mais vale estar vivo sem a primogenitura do que estar morto e enterrado junto com ela.

– Jure, então, pelo Senhor de nosso pai, que é assim que você quer.

Só depois de Esaú jurar solenemente que cedia o seu direito em troca do alimento foi que Jacó se retirou, deixando o irmão a sós com a caldeira fumegante.

Isaac envelhecera assustadoramente em seus últimos anos de vida. Transformado num velho praticamente cego, vivia recluso em sua tenda. Rebeca, sua esposa, apesar de também ter se transformado numa velha, ainda guardava intactos os sentidos.

– Preciso vigiar todos os atos de meu amado Isaac, antes que ingresse também na caverna de Makpelá – dizia ela, todo dia, ao levantar-se.

Um dia, então, escutou o velho Isaac chamar por seu filho dileto.

– Esaú, venha até mim! – berrava ele, de dentro da tenda.

O filho peludo surgiu no mesmo instante.

– Aqui estou, meu pai – disse ele, pressuroso.

– Vá até o campo, mate um animal e faça para mim um assado saboroso – disse o velho. – Sinto que o momento de minha morte se aproxima com celeridade e quero, antes de partir, dar a você minha bênção.

Esaú tomou do arco e das flechas e saiu campo afora, como um alucinado.

Rebeca, contudo, escutara tudo do lado de fora, e tão logo vira o filho sumir-se, correu até Jacó, que estava a meditar, e lhe disse, não sem rudeza:

– Jacó, venha até a minha tenda!

Jacó seguiu a mãe, e, sob o abrigo das espessas lonas, ela disse:

– Chegou a hora de endireitarmos as coisas por aqui – disse ela, com determinação. – Vá agora até o redil e mate dois cabritos. Depois prepararei um belo assado que você levará ao seu pai, que se ensaia já para deixar este mundo.

Assim que Jacó cumpriu as ordens, ela o tomou novamente pelo braço e o fez vestir as vestes de seu irmão.

– Mas minha mãe – disse o atônito Jacó –, como poderei enganar as mãos videntes de meu pai?

Rebeca, que já havia pensado no caso, tomou de alguns pedaços de pelo de cabra e prendeu-os ao redor dos braços e do pescoço do filho.

– Pronto – disse ela, cheirando-o e apalpando-o. – O cheiro é o mesmo, e a pele é a mesma. Vá e cumpra o seu papel, que é o de ser Esaú.

Jacó, carregando nas mãos a terrina com o alimento, caminhou de maneira vacilante até a entrada da tenda do velho Isaac.

– Pai, posso entrar? – disse, engrossando um pouco a voz.

– Quem está aí? – disse o velho, inclinando a orelha direita para a entrada.

– Sou Esaú, seu filho, que retorna com a caça olorosa.

– Entre, de qualquer modo, ainda que eu saiba que não é meu filho Esaú.

Jacó paralisou-se. Por um instante sentiu vontade de jogar a terrina para o alto e sair correndo. Mas agora era tarde, não podia mais recuar, e assim, avançou.

– O que diz, meu pai? – falou, fazendo um grande esforço para tornar sua voz parecida com a do irmão.

– Como você caçou tão rápido? – disse o velho, sem lhe dar ouvidos.

– A caça veio até mim, por obra de Deus.

Isaac silenciou. Depois disse:

– Largue tudo e venha até mim.

Jacó obedeceu.

– Vejamos se você é mesmo meu filho Esaú – disse o velho, tomando as mãos de Jacó, recobertas pelo pelo espesso da cabra.

Depois de alisar longamente as mãos e de espichar alguns fios enovelados, o ancião quase cego pareceu convencido.

– Está bem. O cheiro também me parece o mesmo – acrescentou ele, dilatando as grandes narinas avermelhadas.

– Dê-me, agora, a comida, pois o cheiro está delicioso.

Jacó deu de comer ao pai e baixou reverentemente os olhos ao ver os pedaços de carne serem consumidos pela velha boca.

– Estava muito bom – disse o velho, ao fim. – Agora dê-me de beber.

Jacó serviu-lhe um grande copo de vinho, que o velho repetiu.

Depois que esteve novamente recostado sobre os travesseiros, Isaac disse:

– Agora, Esaú, aproxime sua cabeça peluda da minha destra, eis que vou abençoá-lo.

E assim o fez, vertendo sobre a cabeça do falso Esaú a sua bênção poderosa e fazendo deste o último herdeiro legítimo e senhor da casa dos descendentes de Abraão.

– Que os filhos de sua mãe se prostrem diante de você! – disse ele, encerrando a bênção fatal.

Jacó, então, se retirou, e o fez em boa hora, pois nesse instante Esaú retornava trazendo a sua caça, que ainda precisava cozinhar.

Durante um bom tempo preparou a carne até que, estando tudo pronto, dirigiu-se com a sua terrina à tenda do pai.

– Com licença, meu pai – disse ele. – Cá estou com a delícia prometida.

– Esaú, outra vez? – disse o velho, suspendendo a cabeça. – O que você ainda quer? Já não lhe dei a minha bênção?

– Desculpe, meu pai, mas não o entendo.

Rebeca viu ao longe o pano da entrada da tenda descer. Um ligeiro e abafado altercar de vozes soou e então ela compreendeu que o filho enganado já era sabedor de sua constrangedora e irremediável situação.

– Traído! – berrou Esaú, arrancando os cabelos avermelhados. – Miseravelmente enganado!

Ainda assim tentou arrancar uma benção do velho pai, mas este não podia tornar atrás.

– Você viverá desde hoje sob o jugo do seu irmão, até que ele, em suas andanças, se rompa naturalmente.

Foram estas as palavras mais suaves que Isaac encontrou para dizer ao filho mais amado.

Depois disso Esaú silenciou, pois sabia que, enquanto o pai vivesse, ele não poderia tirar a desforra – que outra não era senão matar o irmão usurpador.

Rebeca, no entanto, sabia perfeitamente dos propósitos do Ruivo. Por isso chegou até Isaac e disse:

– Isaac, não é bom que Jacó esteja a misturar-se com essas mulheres daqui. Faça como seu pai fez com você: não permita que seu filho se case com uma cananeia.

– Jacó não desposará nenhuma filha de Canaã, como Esaú – disse o velho cego.

Na verdade o Ruivo casara-se havia tempos com duas mulheres do lugar, as quais, desde então, infernizavam a vida de Isaac e Rebeca.

– Mande Jacó à terra de Abraão para que lá tome por esposa uma das filhas de seu irmão Labão – disse Isaac.

E assim Jacó partiu escondido, a fim de evitar a ira de Esaú. Quanto a Rebeca, a causadora de tudo, despediu-se do filho sem saber que jamais tornaria a revê-lo.

JACÓ NA TERRA DE LABÃO

Jacó era agora um mero exilado, pois sabia que se permanecesse na Canaã de seus pais encontraria morte certa às mãos de seu irmão. Depois de alguns dias de viagem, vendo que o pôr do sol tingia outra vez o horizonte, decidiu parar num lugar seguro para passar a noite.

– Acho que aqui está bom – disse ele, acomodando-se num recanto meio escondido, a fim de estar a salvo do ataque de alguma fera ou de salteadores.

Depois de tomar uma pedra e ajeitá-la sob a cabeça, Jacó fechou os olhos e começou a rever em sua mente as imagens do passado antes de adormecer. De repente, porém, viu-se colocado ao pé de uma imensa escadaria de cristal, como se fosse ela a entrada de um vasto e magnífico templo. Seres angelicais, de formas também cristalinas, subiam e desciam os amplos degraus, num vaivém ordenado e silencioso. Jacó ergueu sua cabeça para ver aonde a imensa escadaria conduzia, mas só conseguiu ver ao alto uma luz intensa e diferente de qualquer outra que antes já vira. E foi então que escutou uma voz a dizer em seu interior:

– Eu sou o Senhor, deus de Abraão e de teu pai Isaac. A terra sob a qual estás deitado será tua e de tua descendência, que será numerosa como o pó que recobre a terra. Nada temas em teus caminhos, pois estarei sempre contigo até que retornes a esta terra, sem que, em momento algum, te abandone.

Quando Jacó acordou, era um outro homem. Pois quando deitara a cabeça sobre aquela pedra providencial, era um homem arrasado, coberto pelo sentimento de culpa e pela certeza de haver perdido para sempre a graça divina. Como Caim, Jacó imaginava-se condenado a errar pelo mundo a fim de expiar um crime que, se não era tão grave quanto o que maculara a carne do perverso antepassado, tinha, no entanto, um componente de vileza talvez ainda maior. Jacó, orientado pela mãe, premeditara uma fraude, abusando da confiança de seu velho pai, cego e inválido, para tomar para si algo que por direito não lhe cabia. O resultado fora o exílio, a amargura em sua família e a certeza da maldição eterna do deus de Isaac.

Entretanto, ao acordar, Jacó descobrira-se subitamente elevado por aquela bênção inesperada que, além de ser um sinal inequívoco do perdão divino, era ainda a confirmação da sua escolha para a chefia espiritual da descendência eleita. Deus, apesar de tudo, tomara surpreendentemente o partido do defraudador, em vez do defraudado!, pensava ele, estupefato, sem cogitar se o segundo – o rude caçador desprovido de luzes – teria condições de exercer o papel de guia espiritual do povo eleito. Jacó preferia ver nessa decisão desconcertante apenas uma manifestação da razão superior e incompreensível de Deus, mas logo descobriria que a santificação desta eleição por vias tortas teria o preço de incontáveis dissabores.

Jacó ergueu-se e a primeira coisa que fez foi tomar da pedra que usara como travesseiro e ungi-la com óleo.

– A partir de hoje este lugar passará a chamar-se Betel, pois verdadeiramente estou na entrada da Casa de Deus – disse, prosternando-se diante da pedra.

Em seguida fez uma oração, através da qual firmou um pacto pessoal com o deus de Isaac.

– Se me proteger em minha viagem e eu puder voltar são e salvo para a casa de meu pai, aceitarei-o como o meu Deus, dando-lhe o dízimo de tudo quanto me der.

Depois disso, Jacó partiu para a antiga terra de Abraão, até chegar próximo a um poço, tal como Eliézer chegara num dia muito distante para encontrar a noiva de Isaac. Depois de acomodar-se com seus camelos, puxou conversa com os guardadores de ovelhas que ali estavam aguardando para dar de beber aos seus animais.

Prefácio

– De onde são vocês, amigos? – perguntou Jacó aos guardadores.
– Somos de Haran – disse um deles, apoiado a seu cajado.
– Por acaso conhecem Labão, filho de Naor?
– Claro, não há quem não o conheça por aqui.

Os pastores pareciam cada vez mais curiosos com aquele forasteiro.

Nesse instante, porém, a conversa foi interrompida pela chegada de uma bela moça, também pastora, de longos cabelos negros presos às costas.

– Aí vem Raquel, sua filha, dar de beber aos animais – disse o mesmo sujeito do cajado.

Os olhos de Jacó cerziram-se para observá-la melhor.

"Eis aí a filha de Labão!", disse ele, admirado. "Será com ela que irei me casar."

Então Jacó, tomando uma atitude audaciosa, correu até o poço e moveu sozinho a grande pedra que o cobria. Normalmente era preciso o concurso de dois ou mais homens para fazê-lo, mas, para impressionar a parenta, Jacó decidiu fazê-lo sozinho.

Raquel, algo assustada pelo gesto abrupto de Jacó, recuou alguns passos e quedou-se a observar o esforço daquele estranho.

Depois que havia afastado a pedra, Jacó aproximou-se respeitosamente de Raquel e lhe disse, com os olhos cheios d'água:

– Como está, minha prima? Sou seu primo Jacó, filho de Rebeca, irmã de seu pai Labão, e viajei até aqui só para conhecê-la. Foi Deus, com certeza, quem a pôs assim tão espontaneamente no meu caminho, para que já na chegada nos encontrássemos.

Raquel ficou tão emocionada com a novidade que se abraçou ao parente vindo de tão longe, sob os olhares admirados dos assistentes.

– Venha até a casa de meu pai para que lhe apresente a todos – disse ela, tomando-o pela mão.

Labão, ao saber quem era o forasteiro, correu a abraçá-lo.

– É você, então, o filho de minha irmã Rebeca? – disse ele, enlevado.

Junto do tio estava também uma outra jovem, irmã de Raquel, que se chamava Lia. Apesar de não poder ser chamada de feia, sua beleza estava longe de fazer frente à de Raquel, pois além de ser levemente vesga seus olhos estavam sempre inflamados.

    Jacó, feliz pela boa recepção, permaneceu por cerca de um mês na casa do tio, período mais que suficiente para que tivesse a certeza de que desejava tomar Raquel para esposa. Durante esse tempo, trabalhou gratuitamente para o tio, a fim de cair-lhe nas graças, mas este, homem de negócios, resolveu pôr logo as coisas a claro:

    – Já vi perfeitamente que tipo de homem você é, responsável e trabalhador – disse, puxando as barbas como o artesão espicha os fios do linho em sua roca. – Vamos, diga qual é o salário que você quer para estar sob as minhas ordens.

    Jacó não hesitou um único segundo.

    – Quero a mão de sua filha Raquel.

    – Bem... – disse, estudando o caso.

    Depois de um certo tempo, retomou a fala.

    – Não é uma má escolha, admito. Sendo filho honesto de minha irmã Rebeca, dará, com certeza, um bom esposo à minha doce Raquel. Proponho, então, o seguinte: depois de ter me servido durante sete anos, poderá, então, casar-se com a jovem.

    Jacó selou no mesmo instante o acordo, afinal passaria os sete anos próximo de sua amada, com a certeza de que ao cabo a teria por esposa.

    Os sete anos passaram voando, e quando o prazo estava prestes a expirar, Jacó lembrou ao tio a promessa.

    – Certamente que lhe darei a filha em casamento – disse Labão, puxando a barba pintada de branco.

    Os festejos iriam durar uma semana e grandes foram os preparativos. Enquanto isto, Raquel desaparecera das vistas do noivo, o qual só poderia tornar a vê-la no leito de núpcias – espera que lhe foi mais agoniante do que os sete anos inteiros, nos quais a tinha constantemente sob os olhos.

    Mas, enfim, o grande dia chegou, e depois das comilanças nauseantes, das bebedeiras, dos cumprimentos lacrimosos, dos discursos enfadonhos, das danças extravagantes, das gritarias despropositadas e das piadas de mau gosto, Jacó foi conduzido sozinho ao quarto onde deveria aguardar a chegada da prometida. Mantido no escuro, teve tempo de sobra para preparar-se para o grande momento, até que viu surgir a figura da desejada, envolta num comprido manto que lhe tapava até o último fio de cabelo, pois, segundo lhe disseram, era costume do lugar que o noivo não pudesse ver a noiva no momento do defloramento.

Jacó tomou a noiva nos braços, na mais completa escuridão, e desde esse instante esteve finalmente casado com... *Lia!*

Isso, porém, ele só descobriu no dia seguinte, quando, ao acordar, deparou-se com o rosto de Lia desenhado nas feições daquela que imaginava ser Raquel.

– Lia! – gritou, coberto de espanto. – Em nome de Deus, o que está fazendo aqui no leito meu e da doce Raquel?

– No nosso leito – disse ela, laconicamente.

– Está maluca? Vamos, saia já daqui! Onde está minha esposa Raquel?

– Sua esposa sou eu.

– Deixe de graças; onde está Raquel?

– Está onde deve estar: nos seus aposentos.

Ao ver que alguma coisa estava realmente errada, Jacó deu um pulo da cama, vestiu às pressas a sua túnica e correu até o sogro, o grande tratante.

– Labão! Labão! – berrou ele, à porta dos aposentos do sogro.

O homem das barbas retintas surgiu com um ar de perfeita inocência.

– O que foi, meu genro? O que significa esta balbúrdia, e a estas horas?

– Não se faça de desentendido! Quero saber que maldita peça foi esta que me pregaram!

– Peça? Que peça?

– Ora, vai negar que não sabe que é Lia dos olhos estrábicos quem está deitada, desde a noite de ontem, em meu leito?

– Por certo que não. É certamente Lia quem lá está, embora me ofenda um pouco que você se refira de modo tão pouco gentil à sua esposa.

– Com mil demônios se ela é minha esposa!

– Decerto que é.

Jacó cerrou os punhos com tanta força que as juntas dos dedos tornaram-se brancas:

— Vai ou não explicar o há? — disse, por fim, controlando-se para não fazer uma besteira.

— Não há coisa alguma — disse o sogro, começando a espichar um a um os fios da barba amassada. — É o costume da terra. Lia é a primogênita, e ninguém por aqui aceitaria que a filha mais nova fosse entregue em casamento antes da mais velha.

Jacó esteve longo tempo a estudar o rosto do tio, até que indagou:

— E Raquel, como fica? Era a ela que se referia o maldito trato!

— Oh, ainda a quer? Bem, pois leve-a também! É o costume: primeiro a mais velha, depois a mais nova.

Jacó pareceu mais conformado. Afinal de contas, ficava com sua doce Raquel, embora casado com a outra irmã.

— Mas alto lá — disse o ladino Labão. — Assim como houve um preço para a primeira, certamente haverá um preço para a segunda.

— Diga logo! — explodiu Jacó.

— Terá de me servir por mais sete anos.

— Tratante maldito! Mais sete anos para apossar-me do que já era meu?

— Quem disse "daqui a sete anos"? Vamos, acalme-se; não é bom que sogro e genro estejam a alterar na primeira manhã após o casamento da primogênita.

Jacó deu um passo atrás em sinal de boa vontade, pois parecia que as coisas não tomariam um rumo tão desesperador, afinal. Labão, por sua vez, sentindo que readquiria o comando da situação, decretou:

— Raquel também será sua, tão logo se encerre a semana de festejos de Lia. Desse modo, entrará no gozo quase simultâneo das maiores preciosidades de minha casa, o que não é pouca generosidade da parte deste Labão que aqui está.

O tio de Jacó afetava agora uma generosidade soberana, e nada neste mundo, a partir desse instante, poderia fazê-lo crer que era um embusteiro, uma vez que até lágrimas já lhe assomavam aos olhos.

Tudo se fez, afinal, segundo o arbítrio do patriarca. Jacó casou-se, com efeito, na semana seguinte com a desejada Raquel.

Antes, porém, que consumasse o matrimônio, acendeu uma lamparina que introduzira furtivamente no quarto, para certificar-se de que não seria enganado novamente.

Jacó teve doze filhos de suas duas esposas, embora quatro mulheres tivessem parido todos eles. Explica-se a incongruência contando-se a marcha dos partos: num primeiro estágio, Lia pariu a Ruben, a Simeão, a Levi e a Judá. Então Raquel, que a exemplo de Sara e Rebeca, também esteve às voltas com o demônio da esterilidade, disse a Jacó que ou pariria também, ou então morreria. Jacó, enraivecido, exclamou que não estava no lugar de Deus para prover ao que não podia. Então Raquel, mordendo os lábios de humilhação, lhe disse que tomasse sua escrava Bala e fizesse nela um filho, como se fosse nela própria. Como uma nova Agar (aquela que parira Ismael a Abraão), a sorridente Bala pariu sobre os joelhos de Raquel (costume imprescindível para a transferência nominal da maternidade). O produto dessa troca se chamou Dã, e de uma segunda, se chamou Neftali.

Diante disso, Lia dos olhos turvos também declarou-se estéril, e repetiu o mesmo gesto de Raquel, parindo por intermédio de outra escrava, chamada Zelfa. Desse modo, Zelfa lançou ao mundo Gad, e ainda um outro rebento chamado Aser.

Já eram oito filhos, portanto, mas achou-se pouco. Afinal, Raquel, embora mãe nominal de duas crianças, permanecia sem ter parido filho algum.

Um dia, o jovem Ruben retornava do campo com algumas frutinhas, consideradas afrodisíacas, e as entregou à sua mãe estrábica. Raquel, com inveja, correu até Lia e lhe implorou as tais frutinhas. Lia negou, alegando que Ruben, seu filho, as colhera para ela. Raquel propôs a Lia que esta dormisse aquela noite com seu esposo Jacó em troca das frutinhas (talvez aquela fosse a noite de Raquel, senão como compreender tal proposta a uma mulher que já era esposa, e com mais direitos, já que era a primeira?). Lia dormiu aquela noite com Jacó, e desse sono prazeroso surgiu Issacar, e depois, ainda, um certo Zabulon.

Lia estava então com oito filhos (seis de suas entranhas e dois da escrava), enquanto que Raquel só tinha dois, e por empréstimo.

Então, do meio dessa prole varonil brotou uma única haste feminina, também filha de Lia, que se chamou Diná (ou antes, a desditosa Diná, como adiante se verá).

Raquel, diante de uma derrota tão humilhante, conheceu, então, as vertigens do desespero, e foi somente graças à misericórdia do Senhor que a preferida de Jacó concebeu José, aquele que valeria por todos os outros (infelizmente ela não viveria o bastante para saber). Depois disso, Raquel ainda trouxe ao mundo o último rebento da casa de Jacó, que se chamou Benjamin e que foi, também, o encerramento de sua vida, pois que morreu ao dar-lhe à luz.

Dos doze filhos de Jacó (afora a pouco ditosa Diná) sairão as famosas Doze Tribos de Israel, essenciais ao ulterior desenvolvimento da história do povo eleito:

Filhos de Raquel: José e Benjamin.
Filhos de Bala, serva de Raquel: Dã e Neftali.
Filhos de Lia: Ruben, Simeão, Levi, Judá, Issacar e Zabulon.
Filhos de Zelfa, serva de Lia: Gad e Aser.

Como se viu, antes de dar à luz Benjamin e mergulhar na escuridão, Raquel pariu a José. Tão logo teve o primeiro filho nos braços, viu seu marido chegar até si e lhe comunicar que pretendia retornar à distante Canaã de seus pais.

— Seu pai pretende manter-me em cruel sujeição e matar-nos todos à míngua — justificou ele.

Na verdade, não era bem assim. Jacó havia enriquecido sobremaneira desde que pisara sobre o chão de Labão. Entretanto, vivia sempre a queixar-se do "pouco muito" que tinha, hábil estratagema que todo acumulador de bens conhece e do qual faz largo uso para aumentar ainda mais as suas posses. Além disso, havia ainda a inveja dos filhos de Labão, os quais não cessavam de imaginar que Jacó, através da astúcia, ia acrescentando ao seu patrimônio o que diminuía misteriosamente do patrimônio de seu velho pai.

Ao saber, entretanto, da própria boca de Jacó, que este pretendia deixá-lo, levando consigo as esposas e a infinidade de netos, Labão fez-lhe uma proposta.

— Fique — disse ele — e lhe pagarei um salário.
— Não quero salário — disse Jacó.

Não queria salário, mas isto não queria dizer que não queria coisa alguma, como bem inferiu o negociante Labão.

– Bem – disse o sogro, juntando todos os fios da barba grisalha numa única mão. – O que quer exatamente para permanecer em minhas terras?

– Quero uma retribuição condizente com o tamanho de minha família.

– Muito justo, já havia pensado muitas vezes nisso.

– Eu também, mas temi que, se não lhe dissesse agora, ambos desceríamos ao túmulo ainda pensando.

– Não seria, decerto, assim.

– Não será, decerto, assim.

– Bem, vamos ver o que pretende sacrificar da minha penúria – disse ele, juntando as sobrancelhas

– Farei o seguinte – disse Jacó –: depois de revistar suas ovelhas e cabras, escolherei dentre elas somente as fecundas, isto é, as malhadas e as manchadas, e esta será a paga dos estafantes serviços que lhe prestei durante todo este tempo. Em troca, você também passará em revista o meu rebanho. Então, tudo quanto for animal despido de manchas que ali encontrar, tomará para você, sem piedade.

Labão gastou alguns minutos pensando – não na proposta, está visto, mas no meio de ludibriá-la (ou então não seria o voraz comerciante que era) –, até que disse:

– Está feito. Dê-me apenas três dias para ajuntar o rebanho.

Três dias dá para esconder muita coisa. Na verdade, teria bastado um só, pois já no primeiro dia o velho Labão retirara de todo o seu rebanho as cabras e ovelhas malhadas – ou seja, as fecundas – e as repassara aos rebanhos distantes de seus filhos.

Enquanto isso, Jacó concebera um original estratagema para passar a perna em Labão. Depois de arranjar algumas varas frescas de álamo, de amendoeira e de plátano, pintou-lhes algumas faixas brancas e colocou-as diante dos animais do seu rebanho, bem em frente aos bebedouros. Ora, sabendo que era também na região dos bebedouros que os animais entravam no cio, tudo quadrou à perfeição no seu plano, pois os animais, acasalando-se com as vistas postas nos feixes malhados, concebiam somente filhotes malhados. Jacó pôs também somente os animais robustos para se acasalarem diante dos feixes, deixando os fracos separados, para que Labão os levasse, e foi assim que o sogro levou do rebanho de Jacó somente a escória.

Desde esse dia, as relações de Labão e Jacó tornaram-se frias, e o sogro, até então temeroso de que algum mal sobreviesse ao genro – já que desde a sua chegada seus negócios haviam prosperado imensamente –, deixou de se preocupar com os cochichos de seus filhos, nos quais as palavras "morte" e "Jacó" andavam sempre demasiado próximas.

Mas o Senhor não dormia, e por isso surgiu a Jacó, dando-lhe o alerta.

– Retorna já à terra de teus pais, eis que estarei sempre ao teu lado.

No mesmo dia, Jacó foi até as suas esposas.

– Raquel e Lia – disse ele, surgindo de repente –, tomem suas coisas, no maior silêncio e discrição possíveis; depois juntem as escravas e nossos filhos e ponham-se em alerta, pois vamos viajar subitamente.

– Vamos fugir? – disseram as duas.

– Viajar subitamente – reafirmou Jacó, dando-lhes as costas.

E assim foi. Durante uma viagem a negócios que Labão fizera, Jacó partiu com sua família no rumo de sua terra, levando consigo todos os rebanhos e bens que adquirira no longo período de exílio que passara nas terras do rude Labão.

No terceiro dia, Labão ficou sabendo da fuga e, inconformado, saiu previsivelmente no encalço dos fugitivos. Dois motivos básicos o levaram a isso: primeiro, o fato de querer reaver suas filhas, e o segundo o furto blasfemo dos seus deuses domésticos – os chamados "terafins" –, que Raquel, por um ato de tola superstição, havia levado às escondidas do esposo, que por certo não toleraria a presença em seu séquito de quaisquer outros deuses que não o deus único de seu pai Isaac.

– Sem os terafins a casa inteira ruirá – dissera a esposa de Labão, pois que eles eram guardados nos porões da casa principal habitada pelo casal.

Após alguns dias de inteira perseguição, Labão conseguiu alcançar Jacó e seu numeroso e lento cortejo nas proximidades do monte de Guilead, não sem antes ter tido um sonho, durante uma das paradas noturnas, na qual o deus de seu genro Jacó o ameaçava com esta paralisante ameaça:

– Guarda-te de dizer qualquer coisa de bem ou de mal ao meu servo Jacó.

Assim que teve o genro ao alcance da voz, Labão lhe disse, modulando a voz para que ela tivesse um tom nem muito severo, nem muito brando:

– Enfim, depois do logro, a traição.

Como Jacó nada dissesse, Labão voltou à carga:

– Por que fugiu de minhas vistas, sem sequer se despedir? Por que me privou de beijar minhas filhas e netos antes da separação? Pois se era essa a sua decisão, eu a teria acolhido com grande festa e zabumba.

Jacó, sem achar o que dizer, ainda e de novo silenciou.

Então Labão lembrou-se subitamente dos seus amados terafins.

– Mas o pior de tudo foi ter levado os meus deuses, numa afronta imperdoável à minha devoção. Por que cometeu tal impiedade?

Jacó, então, regozijando-se em escutar uma acusação da qual estava inteiramente inocente, concentrou-se na sua áspera refutação.

– O que está dizendo, ocultador de ovelhas na calada da noite?

– Quero meus terafins de volta, para que ao menos o teto de minha casa não venha a desabar sobre a minha cabeça após a minha volta.

– Nada sei de terafins, pois me basta o deus único que trago comigo – disse Jacó.

Mas Labão estava por demais afrontado e indisposto a acreditar nas palavras do genro.

– Daqui não voltarei sem revistar camelo por camelo e arca por arca – disse o velho, vendo que tudo o mais estava perdido.

– Reviste à vontade – disse Jacó, indo comer a sua janta.

Labão, injuriado, revistou tenda por tenda, consumindo toda a noite na busca dos seus deuses de barro. Estes, entretanto, estavam escondidos sob a sela de um dos camelos, sobre a qual Raquel sentava-se. Quando seu pai avançou na direção dela, Raquel curvou a cabeça e disse, num tom vexado:

– Perdoe, meu pai, se não posso agora erguer-me, pois estou nos meus dias de incômodo.

Labão deu-lhe as costas e revirou cada caixinha que encontrou no acampamento, até que Jacó finalmente perdeu a paciência por causa daquilo que considerava uma solene bobagem.

– Ora, basta! – disse ele, próximo da ira. – Quando foi que furtei algo de seus bens durante o longo tempo em que estive sob a sua férula? Tudo isto já passou há muito tempo do tolerável. Tudo o que aqui está é meu e foi ganho com o suor do meu rosto e o poder do deus de Isaac.

Labão retrucou, tartamudeando:

– Essas meninas são minhas – disse, apontando para Lia e Raquel, com os olhos cheios de lágrimas –, e esses netos também são meus, e essas cabras e tudo quanto está aqui saíram do meu patrimônio.

Depois, vendo que suas palavras ecoavam no vazio, e que dali não levaria nada – nem mesmo os malditos terafins –, Labão resolveu firmar o entendimento como único meio de não perder o poder sobre as filhas e os netos.

– Façamos um acordo, meu genro, e ponhamos um fim ao rancor – disse ele, abrandando o olhar.

Labão, afinal, não era bom nem mau – como sugerira o Senhor em sua intrigante advertência –, senão um verdadeiro comerciante. Pois jamais o autêntico negociante, vendo fracassar um negócio, toma-se de rancor pelo adversário, conhecedor que é da estreiteza do mundo e de que em alguma de suas muitas voltas poderá, quem sabe, precisar de seus préstimos – ou mesmo ter a ventura de lhe dar o troco.

Jacó juntou algumas pedras e, junto com Labão, erigiram ambos uma pequena mesa. Ali mesmo fizeram uma lauta refeição, observados com infinita admiração e respeito pelos demais. Pareciam, de fato, tio e sobrinho a repartirem amigavelmente o alimento. Depois de estarem em pé, erigiram uma estela sob a qual firmaram o mais doce dos pactos, no qual comprometiam-se, sob pena da maior das desgraças, a não ultrapassarem jamais aquela marca, mantendo-se cada qual em seu lado, sem nunca tentarem se prejudicar reciprocamente – único compromisso capaz de ser cumprido à risca por dois seres cujos interesses e gostos se tornaram irreconciliáveis.

– Nem você virá de lá para cá, nem eu irei daqui para lá – disse Labão, com tanta serenidade, e até uma certa doçura na voz, que chegou a arrancar lágrimas de algumas almas verdadeiramente sensíveis.

Depois, passaram juntos o restante da noite, sob o frescor da montanha. Labão conversou com as filhas, brincou com os netos, e chegou mesmo a dar algumas boas risadas com o genro.

Na manhã seguinte, o negociante levantou bem cedo, abençoou filhas e netos, e regressou, já quase consolado de tantas perdas, à sua casa – da qual, segundo consta, nem uma única telha chegou jamais a lhe desabar sobre a cabeça.

JACÓ LUTA COM DEUS

Depois que se separara do sogro no monte de Guilead, onde fora firmado o pacto, a cabeça de Jacó só tinha uma única preocupação: que espécie de recepção teria, após tantos anos, de seu irmão Esaú, ao qual usurpara a bênção paterna.

Ao aproximar-se das terras de Seir, onde o peludo Esaú ainda vivia – local também chamado de campos de Edom, por causa do apelido de Esaú ("Edom" quer dizer "Ruivo") –, Jacó decidira destacar alguns mensageiros para que fossem à frente, levando uma mensagem fraterna ao irmão. Seu plano era testar o estado de ânimo de Esaú e ver se podia apresentar-se diante dele sem temer qualquer vingança.

Jacó aguardou o retorno dos mensageiros, os quais voltaram depois de algum tempo dando conta de que Esaú rumava ao seu encontro com quatrocentos homens.

– Com quatrocentos homens? – disse Jacó, tornando-se pálido.

Num relance Jacó olhou para as suas mulheres e os filhos – na maioria, ainda pequenos – e imediatamente temeu pela vida deles. Afastando-se de todos e tomado pelo medo, foi pedir auxílio ao seu deus.

– Ó deus de Isaac! – disse ele, prosternado. – Recorda a promessa que me fizeste, de que ao retornar para a terra de meu pai o Senhor estaria sempre comigo. Olha para mim agora, e para os meus familiares! Salva-nos da ira de Esaú, pois tenho muito medo, Senhor! Lembra-te da promessa na qual prometeste fazer de mim uma grande descendência!

Durante a noite toda Jacó orou. Porém, na manhã seguinte, mandou destacar dos seus rebanhos uma grande quantidade de animais e ordenou a seus servos que os levassem adiante, a fim de comprar a simpatia do irmão.

– Quando o encontrar – disse ele ao servo encarregado de ir ao encontro de Esaú –, mostre-lhe todos estes animais e diga a meu irmão que são um presente que o servo Jacó faz ao seu senhor, e que logo atrás deles estaremos eu e minha família para lhe render vassalagem.

Assim se fez, embora Jacó e sua família tivessem ficado ainda acampados às margens do vau de um riacho, que se chamava Jaboque. Durante a noite, Jacó ordenou à família que transpusesse o riacho. Ele, entretanto, permaneceu a orar e refletir do outro lado, sozinho. De repente, porém, viu que um homem marchava em sua direção.

– Quem vem lá?

Era noite e Jacó, já um homem idoso, não pôde ver direito de quem se tratava. Pensando que fosse algum espião de Esaú, sentiu medo em sua alma. Já ia repetir a pergunta, quando o forasteiro, sem dizer qualquer palavra, atracou-se com ele numa luta selvagem. Abraçado ao estranho, Jacó trocou golpes com ele, até que ambos caíram ao solo. Durante muito tempo estiveram a rolar sobre o pó, trocando golpes surdos, sem que a vantagem se declarasse a qualquer das partes.

Enquanto lutava, Jacó teve a certeza de não estar diante de um ente meramente humano, mas de uma presença divina. O rosto do seu agressor, embora apresentasse as feições alteradas de um homem entregue a uma luta renhida, tinha ao mesmo tempo os traços de uma certa altaneria superior. Jacó, em suma, sentiu que aquele ser não o odiava e nem queria, tampouco, a sua morte.

Ambos estavam no furor do enfrentamento quando, durante uma das trocas de golpes, Jacó foi atingido violentamente na curva do fêmur, um golpe profundamente dolorido que lhe deslocou parte do osso. (Desde esse dia Jacó passaria a mancar devido ao ferimento, o qual faria questão de converter numa espécie de galardão.)

Então, quando os primeiros raios da aurora iluminaram os céus, o adversário de Jacó exclamou:

– Deixe-me partir, pois o dia já amanhece!

Jacó, entretanto, agarrou-se ao ser, impedindo-o de partir.

– Não, não o deixarei partir antes que me abençoe! – disse, ofegante.

– Diga-me o seu nome – falou o ser misterioso.

– Eu sou Jacó – disse este, face a face com o adversário.

– Pois a partir de hoje passará a se chamar Israel.

Jacó, sem entender direito, permaneceu a encarar o oponente.

– Sim, pois lutaste com Deus e os homens e venceste – disse o ser, de maneira enigmática.

O filho de Isaac tinha agora a certeza de que lutava com o próprio deus de Abraão – pessoalmente, ou com a figura de algum de seus anjos.

– Diga agora você o seu nome! – disse Jacó, buscando a confirmação.

Mas o agressor recusou-se a fazê-lo. Em vez disso, ergueu as mãos e as impôs sobre a cabeça de Jacó, dando-lhe a bênção que este exigira.

Somente então Jacó deixou que o ser misterioso partisse. Mancando, o filho de Rebeca ergueu um pequeno altar e passou a denominar o local de Peniel (Face de Deus), pois ali estivera diante de Deus.

Quando Jacó atravessou o Jaboque, era outro homem. Havia, finalmente, conseguido arrancar de seu deus a bênção, numa luta franca e justa, a qual, de resto, não provocara. Ninguém vira o tremendo embate, e por isso não poucos consideraram o episódio verdadeiramente surpreendente como uma espécie de sonho ou visão que Jacó tivera. De qualquer modo, Jacó – que agora também era Israel – havia vivido o momento mais profundo de sua existência, o qual carregaria consigo para sempre.

No dia seguinte, Jacó avistou seu irmão Esaú aproximar-se com os quatrocentos homens. Israel não tinha, agora, mais medo algum em sua alma – pois quem lutou com Deus não podia temer mais coisa alguma –, embora tivesse tomado a precaução de manter resguardadas as esposas e os filhos.

Jacó adiantou-se e prostrou-se sete vezes sobre a terra. Esaú, descendo do camelo, correu de mãos limpas até o irmão e abraçou-se tão violentamente com ele que Jacó imaginou-se envolvido em nova luta corporal.

– Oh, Jacó, irmão querido! – disse Esaú, com as faces banhadas de lágrimas.

Depois, voltando os olhos para a família do irmão, Esaú perguntou:

– Quem é toda essa gente, meu irmão?

– São as esposas e os filhos que Deus concedeu ao seu servo – disse Jacó, sorridente.

Então, todos, mulheres e filhos, avançaram e também se prostraram.

Tudo parecia estar esquecido – trapaças, dores e mágoas –, pois Esaú tinha uma alma boa e nela o ressentimento não encontrava guarida por muito tempo.

Então quis saber por que Jacó mandara todo aquele gado na sua frente.

– É um presente ao meu senhor Esaú, pois quero repartir os bens que o Senhor me deu no curso de todos esses anos – disse Jacó, obsequioso.

Esaú recusou, mas tanto Jacó insistiu que o irmão acabou aceitando. Depois sugeriu a Jacó que rumassem juntos para as terras de seu pai.

– Obrigado, mas receio atrasá-lo com a minha longa e morosa comitiva – recusou polidamente Jacó.

Esaú insistiu em ir junto, mas Jacó fez pé firme, exigindo que Esaú fosse bem à frente. Na verdade, Jacó queria ver-se livre do irmão, pois bastara estar apenas alguns instantes próximo dele para que voltasse a sentir aquele velho mal-estar que sempre sentira em sua presença. Esaú e Jacó, como tantas vezes acontece, eram irmãos apenas no sangue, mas sabiam que jamais o seriam na alma. Tudo quanto poderia se esperar da amizade de ambos era que cada qual se mantivesse pacificamente em seu canto (tal como Jacó e Labão haviam sensatamente acordado alguns dias antes), sem quaisquer prevenções ou ressentimentos, e que seu contato ficasse restrito a alguma raríssima – ou mesmo nenhuma – eventualidade.

Vencida a pendenga que durante toda a vida pesara sobre a sua alma, Jacó, ingressando já na velhice, esperava agora poder desfrutar calmamente da vida. Mal sabia, contudo, que entrava na fase mais tormentosa de sua existência, e que ela principiaria por um episódio de inaudita crueldade e violência.

Jacó havia finalmente chegado às planícies de Siquém, situada na terra de Canaã. Ali governava Hamor, senhor do lugar, secundado pelo filho Siquém. Jacó comprou ao senhor do lugar um grande pedaço de terra diante da cidade, sobre o qual se instalou com suas tendas, erigindo um templo ao Deus de Israel.

As coisas corriam bem – pois a gente de Israel havia estabelecido uma convivência respeitosa com os senhores de Siquém – até que um dia Diná, a filha de Jacó e de Lia, acabou sendo o pivô involuntário de uma espantosa discórdia.

Siquém, filho de Hamor, avistara a jovem hebreia, certo dia, quando esta saíra para encontrar algumas amigas. Sentindo-se completamente atraído por sua beleza, não conseguira controlar seus instintos e a raptara, levando-a para o interior da cidade. Ali, instalou-a em sua casa e posteriormente a violou – ao menos assim se disse. Siquém, entretanto, quis regularizar a sua situação com a jovem Diná e, para tanto, procurou logo o seu pai.

– Meu pai – disse ele –, estou perdidamente apaixonado por esta jovem. Por favor, peça ao pai dela que permita que nos unamos em casamento.

Hamor não havia gostado nem um pouco daquela situação criada pelo filho.

— Você é mesmo um imprudente! — disse, enfurecido. — Não conhece, então, a presunção desses forasteiros? Como acha que o chefe deles irá reagir diante do rapto e da violação de sua própria filha?

— É por isso que estou lhe pedindo que fale a ele — disse Siquém. — Estou disposto a fazer qualquer sacrifício para tê-la para sempre ao meu lado.

Hamor sabia que cedo ou tarde teria de entender-se com aquela gente sisuda, sempre ensimesmada com o seu deus exclusivista. Por isto tratou de ir logo procurar Jacó e os seus. Depois de insistir que seu filho tinha as melhores intenções com relação a Diná, propôs que os filhos de Jacó tomassem as mulheres da terra para suas esposas, unindo dessa forma os dois povos em um único.

A negociação foi árdua, pois os filhos de Jacó estavam profundamente revoltados e queriam punir Siquém da maneira mais feroz possível.

Então um deles disse ao emissário de Siquém que eles estavam dispostos a celebrar a paz e mesmo a união com os siquemistas, desde que estes aceitassem ser circuncidados. Hamor e seu filho Siquém reuniram o povo da cidade e comunicaram a proposta. Todos os homens aceitaram submeter-se à dolorosa operação para que a paz voltasse a reinar, e assim tudo parecia encaminhar-se para um termo feliz.

Entretanto, não passava de um plano maquiavélico engendrado pelos irmãos de Diná. Sabendo que a operação à qual os varões de Siquém haviam se submetido acarretaria graves incômodos ao terceiro dia, decidiram vingar-se exemplarmente em tal data. Simeão e Levi, ajudados pelos irmãos (pois seria impossível que só eles dois pudessem levar a cabo a sangrenta desforra), tomaram de suas armas e partiram, sem o conhecimento de Jacó, para penetrar durante a noite na cidade e dar início à feroz vingança.

Simeão e Levi, os dois mais ferozes do bando, invadiram a casa onde sua irmã Diná estava instalada e a resgataram, depois de terem matado Hamor e o filho Siquém, além de todo homem que encontraram pela frente.

— Aqui está o castigo, verme idólatra, pelo crime de ter tratado nossa irmã como uma de suas prostitutas! — dissera um deles, antes de cortar a cabeça do violador.

Prefácio

Sob o pretexto da vingança, os filhos de Jacó pilharam tudo quanto encontraram de valioso na cidade, levando gado e riquezas de toda espécie.

Quando retornaram, contudo, à presença de seu pai, este os censurou asperamente:

– Loucos! O que pretendem com esse morticínio? Lançar sobre todos nós a ira dos povos de Canaã?

Simeão, que era o mais exaltado, retrucou:

– O que queria que fizéssemos, meu pai? Que assistíssemos a nossa irmã ser tratada como uma prostituta, dia após dia, no leito daquele infame?

Jacó dispensou os filhos, aos quais nunca perdoaria o ato de selvageria – em especial aos dois mais ferozes, Simeão e Levi, pois haviam demonstrado com sua atitude possuir uma natureza completamente avessa da sua.

Sob a asa de um grande temor, Jacó viu-se, entretanto, mais uma vez acalmado pela voz do seu deus, que o procurou naquela noite para ordenar-lhe que subisse outra vez até Betel, o lugar onde tivera o sonho da escadaria.

Jacó, reunindo os seus, primeiro lhes ordenou que destruíssem as imagens que haviam trazido dos estrangeiros, e que tudo quanto pertencesse aos idólatras – imagens, roupas e anéis – fosse enterrado debaixo de um terebinto próximo a Siquém. Depois rumou com todos até o sítio sagrado de Betel, onde erigiu um altar ao Senhor Deus de Israel. Logo Jacó recebeu Dele uma nova visão.

Deus desapareceu e Jacó, cercado dos seus, tomou novamente o rumo de Canaã, certo de que o terror de Issac – como também chamava ao seu deus – havia espalhado a submissão dos outros povos à nação de Abraão.

Ora, por essa ocasião Raquel, amada de Jacó, estava grávida outra vez, prestes a parir finalmente Benjamin, o último filho da linhagem de Jacó. Quando partiram de Betel, ela já começara a sentir as dores do parto, de tal sorte que no meio do caminho da volta tiveram de suspender a viagem. Raquel, que a natureza não dotara de uma estrutura física ideal para o penoso dever da reprodução, sofreu longamente no trabalho de parto, e somente depois de muitas horas de verdadeiro martírio pôde expulsar de suas entranhas o autor das suas dores. Estavam todos, então, a meio caminho de Efrata.

– Benoni – disse ela, num quase delírio. – Ele se chamará Benoni.

Benoni queria dizer Filho do Luto, mas o nome desagradou tanto a Jacó que ele resolveu mudá-lo por conta própria para Benjamin, que queria dizer Filho da Mão Direita.

Raquel viveu pouco tempo depois do nascimento do filho, expirando nos braços de seu amado Jacó, e foi enterrada no mesmo lugar, onde o esposo erigiu uma estela para sinalizar o local.

As desgraças, no entanto, ainda não haviam acabado. Depois que Jacó estabeleceu provisoriamente as suas tendas em Migdal-Eder, descobriu-se que seu filho primogênito Ruben havia se deitado com Bala, escrava de Raquel e concubina de Jacó, profanando o leito paterno. Graças a esse desrespeito, Ruben perderia a bênção paterna, que lhe teria dado direito à ascendência espiritual sobre o povo eleito, após a morte de Israel.

Quando Jacó finalmente retornou à terra onde seu pai ainda vivia, descobriu que sua mãe, Rebeca, já estava morta e enterrada na famosa gruta de Makpelá. Isaac também estava a um passo de tomar o rumo de sua esposa e de seus antepassados. Isaac morreu aos 180 anos de idade e foi enterrado na mesma caverna onde um dia ele próprio levara seu pai Abraão – com a mesma tristeza que agora estampavam no rosto os seus filhos Esaú e Jacó – a tomar a sua residência definitiva na Terra.

JOSÉ E SEUS IRMÃOS

José, o primogênito de Raquel, não passava de um presunçoso.

Pelo menos era essa a opinião que, desde muito cedo, prevalecera entre os seus outros irmãos. Havia, é certo, o mais novo, Benjamin, que não fazia coro com eles. Mas este era a exceção. E uma exceção muito suspeita, pois era o único, além de José, a ser também filho de Raquel, esposa de Jacó, a qual falecera logo após o seu nascimento.

Prefácio

    A exemplo dos outros oito irmãos por parte de pai, Simeão e Levi não podiam mais suportar o aumento progressivo da presunção de José.

— A vaidade dele só aumenta com a idade — dizia Simeão.

José, por seu lado, nada fazia para minimizar a antipatia que provocava em seus irmãos. Além disso, o velho Jacó, como todo pai ou mãe, tomava sob sua proteção aquele no qual vislumbrava a maior carga de defeitos, e José não hesitava jamais em levar ao seu conhecimento qualquer falta ou deslize de seus irmãos.

    José atraía a ira dos seus irmãos, também, porque tinha o hábito de relatar, a propósito de nada, os sonhos extravagantes que volta e meia dizia sonhar. Sonhos bem atrevidos, diga-se a bem da verdade, e que beiravam mesmo o deboche. Foi assim, por exemplo, que um dia chegou diante dos irmãos, reunidos após um dia estafante nos campos — trabalho ao qual raríssimas vezes comparecia —, para lhes contar o novo e maravilhoso sonho que tivera.

— Irmãos, irmãos! — gritava, eufórico. — Este sonho todos vocês devem ouvir!

Depois de instalar-se no centro do círculo que eles formavam de cócoras, como um sol dentro do sistema solar, não começava sua arenga sem antes ter passado em revista, de maneira ansiosa, as feições de cada um dos irmãos.

— Ei, Gad! Acorde e ouça o que tenho para contar! — dizia, sacudindo pelo ombro o mais exausto de todos.

Ruben, o mais velho, baixava os olhos, pensando consigo mesmo:

"Lá vem o imprudente outra vez!" Pois Ruben era o mais tolerante de todos — e tinha de ser, pois já cometera uma falta grave diante do pai, que deveria marcá-lo pelo resto da vida — e temia sempre pelas bazófias de José, pois sabia que, cedo ou tarde, elas poderiam provocar uma briga.

— Vejam, então, que sonho magnífico o Senhor me revelou! — dizia José, tendo a certeza de todas as atenções. — Havíamos recém, todos nós, amarrado feixes em pleno campo... — prosseguiu José a contar — até que, de repente, todos puseram-se em pé, lentamente começaram a cercar o meu feixe e, finalmente, prostraram-se diante dele.

Um rubor de cólera foi colorindo os rostos dos irmãos dispostos em círculo, como lamparinas que um facho veloz vai incandescendo uma a uma. Quando finalmente a cor do entendimento incendiou a face do mais curto de ideias, um rumor de raiva cresceu entre o grupo.

– Isso significa que não sabemos amarrar direito nossos feixes? – disse Zabulon, mordendo nervosamente uma casca de terebinto.

Todo o círculo lançou-lhe um olhar de profundo desprezo.

– Ou talvez o queridinho de Israel queira dizer que deveríamos nos lançar agora a seus pés, como vassalos? – perguntou Judá.

José não era tão tonto, por certo, que não visse o mau efeito que suas palavras haviam produzido em seus irmãos. Então, como sempre acontecia, retirava-se às pressas da sua companhia, indo buscar o regaço do pai.

– Meu pai – dizia ele, introduzindo-se na tenda do velho Jacó. – Decididamente, meus irmãos implicam comigo.

– Por que me diz isso, meu filho? – perguntou o velho, acariciando a cabeça daquele que era tudo quanto lhe restara de sua Raquel, a mais amada.

– Contei-lhes um sonho verdadeiramente sublime e eles se enfezaram estupidamente.

– Oh, mais um sonho! – disse o velho, com um sorriso inconsequente. – Diga lá qual foi, para que seu velho pai possa sorrir um pouco com você.

Então José repetiu o sonho atrevido, que o velho acolheu com um sorriso um pouco menos divertido que esperava, pois não podia deixar de dar razão aos demais pela reação demonstrada.

– Você não devia sair a contar sonhos dessa natureza – disse o velho, num leve tom de censura.

– Mas se foi Deus quem me inspirou! – disse José, ligeiramente amuado.

– Não fale em vão do nome Dele – disse Jacó, que tinha sérias desconfianças acerca desses sonhos, embora guardasse uma pequena margem de tolerância.

Outro fato que enchera os irmãos de raiva fora o fato de Jacó haver presenteado a José com uma túnica colorida, que fora usada por sua mãe na noite de núpcias, um verdadeiro tesouro que o esposo de Raquel guardara sempre em sua arca.

– Posso ver perfeitamente a face radiante de sua mãe outra vez! – disse o velho Jacó, com os olhos cheios d'água, ao ver José encobrir o corpo todo com a túnica listrada, deixando de fora apenas seu rosto de traços ligeiramente femininos.

Algum tempo depois, José referiu outro sonho, ainda mais atrevido, que tivera durante a noite. Nele o Sol, a Lua e mais onze estrelas vinham postar-se de joelhos à sua frente, numa repetição ainda mais afrontosa do primeiro sonho, já que expandia numa escala cósmica a sua vaidade.

Dessa vez até Jacó, que também se chamava Israel, perdeu a paciência.

– Silêncio, menino! – bradou o velho, de maneira surpreendente, pois que escutara o sonho junto com os demais. – Imagina, então, que seu pai, sua mãe e seus irmãos deveriam curvar-se aos seus pés?

Jacó, entretanto, carregara na rudez mais para aplacar a fúria dos irmãos do inconsiderado José do que propriamente para extravasar a própria ira. Sabia que se aquela afronta passasse sem uma censura áspera de sua parte, poderiam os demais tomar à sua conta vingar-se de tamanho atrevimento. Além do mais, desconfiava se aqueles sonhos não eram realmente proféticos.

Certo dia, Jacó mandou seus filhos irem apascentar um rebanho em Siquém. Foram todos, à exceção de José e do pequeno Benjamin. Os dois filhos de Raquel eram muito apegados e passavam longas tardes juntos, conversando e percorrendo campos e vales. Jacó, entretanto, preocupado com a demora dos filhos – pois fora em Siquém que se dera o massacre promovido por eles para vingar a violação de sua irmã Diná –, resolveu mandar José até eles para ver se tudo corria bem.

José, eufórico pela missão – e também pela oportunidade de fazer sua primeira viagem sozinho –, correu até a tenda do pai e tomou da túnica listrada. Depois de escondê-la sob a sela do jumento que o levaria até o seu destino – pois algo lhe dizia que o pai não lhe permitiria aparecer naquele traje diante dos outros –, José se despediu de Jacó e de Benjamin, sem saber que somente os tornaria a ver depois de longuíssimos anos e de alguns reveses extremamente amargos.

Montado em seu burrico, José partiu, então, para Siquém. Orientado pelas instruções do pai, não lhe foi difícil chegar à região, e logo, informado por passantes, vislumbrou os irmãos à distância, sentados à beira de um poço, como da vez em que contara o sonho dos feixes.

Extremamente nervoso, José puxou de sob a sela o seu traje magnífico. Depois de sacudi-lo várias vezes ao vento para expulsar dele o odor da alimária, vestiu o traje listrado com o coração aos pulos.

– O que não dirão ao me verem assim todo enfeitado? – disse para si mesmo.

Montado em seu burrico, José aproximou-se dos irmãos numa pose verdadeiramente solene, erguendo o braço numa saudação que era uma verdadeira bofetada em seus rostos.

– Vejam só quem vem lá – disse Simeão, mordendo a articulação do dedo indicador até tirar sangue.

– Olá, irmãos! – disse José, pulando para o chão com vivacidade. – Que tal estão? – acrescentou, como se dissesse "que tal *estou*?".

No mesmo instante, os dez irmãos ergueram-se como um só homem e marcharam na sua direção. Os dois mais furiosos – Simeão e Levi – o agarraram pelos braços e o derrubaram ao chão.

– Tiremos já a túnica maldita! – disse um deles, dando um grande talho através da gola que abriu a veste de alto a baixo, expondo a nudez de José.

Logo em seguida uma chuva de socos, chutes e até mordidas abateu-se sobre o jovem, tão violenta que ele, sem nada poder dizer, não teve outro recurso senão encolher-se sob a saraivada dos golpes. Cessada a fúria inicial, todos o creram morto, pois permanecia nu e imóvel, com o corpo recoberto de manchas. Então recolheram-no do chão e o lançaram para dentro do poço, que sabiam vazio. O ruído assustador do corpo do irmão tombando no fundo, no entanto, acordou neles um sentimento novo.

– Decerto que o matamos! – exclamou Dã, filho da escrava Bala.

– E em boa hora – disse Aser, cujo nome significa "Feliz". Mas apesar disso, não parecia nem um pouco feliz em afirmá-lo.

Todos, na verdade, esgotado o ímpeto inicial da ira, pareciam um pouco menos enfurecidos, e já espiavam com terror – e até com uma certa piedade – para o corpo do irmão enrodilhado ao fundo do poço, como um animal desfalecido. Quando José remexeu-se um pouco, não poucos suspiros de alívio viram-se fortemente represados em mais de um robusto peito.

– Ainda vive o desgraçado! – disse Judá, olhando para os demais.

– Fechemos o poço e o deixemos aí – disse Simeão, que sentia renascer um pouco da ira ao ver que José recomeçava novamente a adquirir seu antigo e irritante magnetismo.

– Está bem, vamos todos embora – disse Ruben, assumindo o comando do grupo, como bom primogênito que era.

– E vamos deixá-lo assim? – disse Judá, que não parecia disposto a deixar seu irmão morrer à míngua. Na verdade, para ele, como para a maioria dos irmãos, a lição já estava dada, e o melhor que poderia fazer agora seria retirar-se José da imundície e levá-lo de volta para casa.

– Certamente que vamos deixá-lo assim! – disse Zabulon.

– E o que dirá disto tudo nosso pai? – inquiriu Judá.

– Diremos que ele foi morto por alguma fera – disse Issacar.

Depois, tomando da túnica enxovalhada, mostrou-a aos irmãos.

– Vamos ensopá-la no sangue de um bode – disse, satisfeito com a boa ideia. – Então a mostraremos a nosso pai e diremos: "Veja, nosso pai, o que os dentes do cruel javali fizeram a nosso pobre irmão enquanto nos procurava na solidão do deserto!".

Todos acharam a ideia admirável. Sem precisarem manchar mais uma vez as mãos no sangue do cordeiro de Israel, os irmãos de José podiam seguir adiante, deixando ao poço sinistro a tarefa de esconder para sempre do mundo a figura do grande impertinente.

José, embora zonzo da surra e da queda, ouvira perfeitamente quando os irmãos combinaram forjar perante o pai a sua morte. Imerso numa quase total escuridão – já que seus irmãos haviam tapado a boca do poço com a pedra que normalmente o cobria – e deitado sobre o fundo limoso, recoberto de insetos, José refletia sobre o triste estado a que o levara a sua presunção.

"Como fui tolo e imprudente!", pensava, reavaliando, ainda que tardiamente, os seus atos.

Nu e oculto ao mundo, estava como que de volta ao útero – um útero, no entanto, muito diferente do primeiro, cálido e acolhedor. Nessa sua segunda gestação, José estava envolto por paredes geladas, onde passeavam vermes, lacraias e escorpiões, tendo sob o corpo um chão duro e recoberto de imundícies. Um fedor insuportável de dejetos, de organismos em decomposição e do seu próprio sangue e suor tornavam aquele local mais parecido com um túmulo, do qual tinha pouquíssimas chances de vir a ressuscitar.

Somente um pequeno fio de luz iluminava a negrura do poço, descido do alto, de uma antiga rachadura existente na pedra que cobria a boca do poço. Pedacinhos iridescentes de pó e sujeira dançavam na pequena listra dourada que lentamente ia avançando na direção do poente. José acompanhou o movimento da pequena listra pelo chão, a qual, após deslizar-lhe pelo corpo, cruzara quase toda a extensão do poço até finalmente desaparecer. Então José foi obrigado a admitir que teria de enfrentar uma noite dentro daquele abismo horrível. Seus olhos encheram-se de lágrimas, ao lembrar do pai distante, o único que poderia tirá-lo da sua prisão. José estudou cada recanto do seu cárcere úmido, para reter na memória os lugares mais abjetos e evitar aproximar-se deles na escuridão, e com muita dificuldade conseguiu pôr-se em pé, escorado em uma das paredes.

"Graças a Deus, nenhum osso quebrado!", pensou, após firmar-se nas pernas. De fato, tinha apenas algumas luxações num dos braços, além de diversos hematomas espalhados no rosto e por todo o corpo.

Depois de olhar para cima e passar a mão pelas paredes úmidas e recobertas de limo, não foi difícil concluir que não haveria a menor chance de escapar dali pelos próprios meios. Pela primeira vez, então, ocorreu-lhe gritar.

José gritou por socorro durante muito tempo, aumentando a intensidade da voz na mesma medida em que a luz ia desaparecendo. Mas, enfim, cansou-se. Esfomeado e sem fôlego, caiu sentado no chão, outra vez, e, depois de cruzar os braços ao redor dos joelhos, aninhou-se sobre si mesmo para proteger-se do frio e dos insetos que começavam a brotar de todas as partes, subindo de maneira atrevida pelos seus pés.

José teve um único consolo naquela noite de pesadelo, o qual lhe surgiu sob a forma repetida de um novo raio de luz, a descer pela mesma fresta da tampa ao alto. Era um frágil e prateado raio de luar, que, aparecendo de repente, viera substituir a pequena listra dourada do dia.

Um novo e radiante dia, após uma noite trevosa e aflitiva, traz inevitavelmente consigo uma quase eufórica esperança. Foi com esse estado de espírito que José viu o fio de luar ser substituído pelo fio de sol, acompanhado pelo estrídulo animador dos passarinhos. Espichando os músculos doloridos da longa vigília – pois, compreensivelmente, quase não dormira durante a noite –, José pôs-se em pé, sem queixar-se da dor, tomado pelo sentimento de que logo estaria livre da sua prisão.

– Eeeeeei, alguém! Eeeeeei! – começou ele a gritar, certo de que alguma pessoa já devia andar pelas proximidades.

Embalado pela esperança, não chegou a pensar que um poço notoriamente abandonado e sem qualquer outra utilidade a não ser a de esconder o produto de algum crime não poderia estar no caminho de muitas pessoas. Depois de perceber que a coisa não seria tão fácil assim, decidiu poupar o seu fôlego.

– Preciso encontrar algo que faça ruído – disse ele, sem dar-se conta de que já entrara na fase em que precisava ouvir alguma voz, nem que fosse a sua própria, para não sentir-se inteiramente abandonado.

Acostumado à penumbra do poço, José percorreu com os olhos o chão imundo. Sua mão espalhou as folhas podres e os insetos mortos que juncavam o chão, sem encontrar nada que lhe pudesse servir de instrumento.

Havia, é certo, um amontoado suspeito, bem ao canto do poço, do qual ele não ousara ainda se aproximar. Um fedor hediondo erguia-se daquele local, de tempos em tempos, vindo acertar-lhe em cheio as narinas, o que o obrigava a trancar a respiração. Mas chegara, afinal, a hora de descobrir o que havia ali.

José resvalou até lá, com a respiração presa, até tocar no pequeno monte. Já nos primeiros instantes viu que se tratava de uma carcaça – talvez de um cachorro, ou de outro pequeno animal. Metendo as mãos no meio dos restos já quase totalmente putrefatos, arrancou deles um osso de razoável tamanho. Depois, com um asco profundo, conseguiu arrancar também o crânio do animal. José retornou de rastos até o centro do poço, dominado por uma náusea indescritível. Depois, tomando de seus dois bizarros instrumentos, começou a percuti-los, arrancando um ruído razoável, mas que a pedra acima abafava quase ao ponto de torná-lo inaudível no exterior. Com as forças quase no fim, José ainda assim teria levado um pouco adiante o derradeiro esforço, caso não tivesse sido subitamente assaltado pela consciência do miserável estado a que chegara, nu como um selvagem, a percutir atabalhoadamente o crânio e a tíbia de um cão. E então começou a chorar.

Faltava muito pouco para que José lembrasse, afinal, do Deus de Israel.

Os dez irmãos estavam acampados, a meio caminho de casa. Caía já a terceira noite desde que haviam abandonado José à sua sorte no nefando poço. Novamente reunidos ao redor de uma fogueira, resmungavam como verdadeiros conjurados que eram. Há muito tempo a unanimidade havia deixado de ser lema constante no grupo.

– Deixar morrer o cisne no poço não é possível – dizia Judá.

Ruben, que era quem mais desejava livrar logo o irmão da sua agonia, também era da mesma opinião.

– Está bem, livramos o protegido de Israel – disse Simeão, o mais empedernido no castigo e também, decerto, o mais amedrontado com a provável reação do pai. – Mas e depois? Quem aqui imagina que ele deixará de contar a nosso pai acerca do que lhe fizemos?

Todas as cabeças balançaram em assentimento.

– Nem ele deve morrer, nem nos delatar – disse Neftali, resumindo o negócio.

Então Levi ergueu-se, pois tivera uma ideia excelente.

– Vamos vendê-lo! – disse ele, num repente. – Vendê-lo aos nômades do deserto!

Ruben agradou-se logo da sugestão, pois vender José pressupunha retirá-lo antes do poço, a coisa mais urgente a se fazer.

– Muito bem – disse ele, pondo-se em pé. – Vou já retirá-lo do poço.

Ruben tomou de uma corda e voltou correndo, mesmo na escuridão da noite, pois o tempo urgia e cada minuto podia significar a diferença entre a vida e a morte do cordeiro de Jacó.

O sol já surgira e percorrera quase todo o seu curso no céu quando Ruben, exausto, avistou à distância o lugar, meio escondido por trás de algumas árvores.

– Deus, faça com que ele ainda esteja vivo – pedia ele, contritamente.

Mas ao aproximar-se do poço, sofreu um choque. Diante dos seus olhos estava a tampa, em pé e encostada na amurada. Instintivamente, ele olhou ao redor.

"Não pode ter fugido sozinho!", pensou, verdadeiramente atônito.

Aproximando-se pé ante pé da boca do poço, espiou para dentro. Estava escuro, mas ainda assim dava para ver que nada havia ali dentro.

– Vazio! – exclamou.

O eco de sua voz reverberou no interior da cisterna. Inclinando metade do corpo para dentro, Ruben gritou com todas as suas forças:

– José, onde está você?

– Você!, você!, você!, você!... – fez o eco, tripudiando do seu desespero.

Ruben ergueu a cabeça e pôs-se a vasculhar ao redor do poço, em busca de algum sinal, até que avistou no chão pegadas recentes de camelos. E também de sandálias.

– Alguém o levou – disse, de cócoras, alisando as pegadas.

O bem-amado de Israel não morrera, afinal, pensou Ruben, sentindo uma regozijante sensação de alívio. Mas ao mesmo tempo um travo de amargura vinha misturar-se ao alívio, enchendo sua alma de uma terrível apreensão.

— Oh, Senhor Deus de Abraão! Para onde levaste o pobre cordeiro? – disse ele, lançando os braços musculosos aos céus.

O primogênito de Raquel chegara à segunda noite de seu exílio mergulhado no desespero. Quando os pássaros recomeçaram a cantar, repetindo o alarido matinal que pressagiava a chegada da noite, José já perdera todas as esperanças de voltar a tomar parte na festa da vida. Completamente exaurido pela fome e pela desidratação, começara a delirar, misturando seus pensamentos e palavras com orações desconexas endereçadas ao deus de Isaac e de Abraão. Toda a noite José passou imerso num pesadelo, sem pregar os olhos um único instante, até amanhecer novamente. Completamente esgotado, não chegou, dessa feita, a perceber direito a transição. Tendo se acalmado apenas o suficiente para sentir que ainda vivia, aproximou os joelhos do peito, colando a face direita à pedra úmida, decidido a esperar a chegada da morte, que não tardaria.

O tempo passou e o dia inteiro ele esteve nesta mesma posição, até que o crepúsculo aproximou-se novamente. Então, inteiriçando-se sobre a pedra, ficou de bruços, com os braços espichados ao longo do corpo. Alternando períodos de inconsciência com uma vigília febril, percebeu apenas um rumor acima de si, como um trovão distante que ribombasse no céu que a grande pedra lhe vedava para todo o sempre.

De repente, porém, escutou um novo ruído, agora bem mais forte, e uma luz extraordinariamente ofuscante iluminou tudo ao seu redor, mas com tanta brevidade que imaginou estar em pleno delírio. Entretanto, nos interstícios dos ruídos mais fortes havia também um ruído menor, como que de murmúrios, que aos poucos foi crescendo até transformar-se positivamente em gritos.

Sim, gritos desciam do alto!

Debruçado, um beduíno espiava para baixo e depois voltava a cabeça para o lado para comunicar o que via.

— Há um homem nu caído lá embaixo!

José, fazendo um esforço sobre-humano, voltou seu corpo sobre si mesmo, encarando a boca do poço, onde algumas sombras inquietas agitavam-se, empurrando-se umas às outras.

— É sim, um homem está lá embaixo! – disse outra voz, alterada.

Entre uma sombra e outra, José pôde também perceber que fagulhas brilhantes desciam, brilhando, principalmente quando um novo clarão ofuscava os céus e os seus olhos – sim, a eles também, pois que não havia mais pedra alguma a interpor-se entre seus olhos e o céu imenso. Sobre o seu corpo caíam as gotas espessas de uma chuva copiosa, lavando a imundície que o emporcalhara durante o período de exílio. José abriu a boca e deixou que a água lhe penetrasse na boca, umedecendo a sua língua ressequida, enquanto escutava a gritaria infernal que vinha de cima.

– Vamos, retirem-no de lá! – disse uma voz que transmitia autoridade.

Percebendo que estava a salvo, José fechou os olhos e dormiu profundamente, com a tranquilidade de quem se sabia já em segurança.

Quando acordou, muitas horas mais tarde – pois o trabalho de resgate fora demorado –, descobriu-se outra vez vestido e no convívio de seres humanos.

Estava em poder de comerciantes madianitas, os quais, depois de lhe fazerem algumas perguntas – que José respondeu de maneira evasiva, alegando ter sido assaltado por malfeitores e depois lançado ao poço –, decidiram levá-lo consigo.

Ruben, depois de sua descoberta – a qual ainda não sabia dizer se fora mais feliz do que amarga –, correu até seus irmãos, que o aguardavam ansiosamente com a notícia do que sucedera a José.

– José não está mais no poço! – disse, ao avistá-los.

Todos puseram-se em pé, como que impelidos por uma mola.

– Desapareceu? – disse Dã, enterrando os dedos na cabeleira.

– Como pode ser isso? – perguntou Aser, arregalando tanto os olhos que parecia que seus dois globos oculares iam cair na areia.

– Nada mais sei, a não ser que o maldito poço está vazio! – disse Ruben, retomando o fôlego da longa corrida.

– O desgraçado foi levado por alguém! – disse Gad.

– E jamais saberemos o que foi feito dele – acrescentou Issacar.

Então, sem alternativa, os irmãos de José decidiram fazer o que já anteriormente haviam combinado. Após tomarem da veste esfarrapada de José, embeberam-na no sangue de um bode, a ponto de deixá-la num estado lamentável.

– Quando estivermos próximos de nossa casa – disse Judá –, pagaremos a um desgraçado qualquer para que leve a veste até nosso pai, dizendo: "Toma o que restou de teu filho, eis que uma fera o levou deste mundo", ou o mesmo em termos mais suaves, mas que deem a nosso pai a certeza de que José não mais existe, para que não haja o risco de vermos o infeliz ressurgir para contar tudo quanto se passou entre nós e ele, que o diabo o carregue, uma vez que está vivo e são em algum lugar.

Este "algum lugar" ficava, mais exatamente, no Egito. José não foi, como dizem, vendido pelos irmãos por vinte siclos de prata aos beduínos, e muito menos aos egípcios. Não se pode imputar a eles mais esse agravante, pois quem o vendeu foram os madianitas que o resgataram do poço. Estes, levando-o cativo, venderam-no mais tarde a beduínos ismaelitas, que por sua vez o levaram até os egípcios, onde o filho de Jacó foi servir, na condição de escravo, à casa de um potentado eunuco da corte do Faraó.

JOSÉ E A MULHER DE PUTIFAR

Putifar era despenseiro-mor do Faraó do Egito, um cargo de alta hierarquia na corte egípcia. Tendo ido um dia à feira em busca de escravos, avistara José, filho de Jacó, cercado por um grupo ruidoso de ismaelitas, que o andavam apregoando em altos brados.

– Eis aqui um escravo de altíssimo valor, saudável e de magnífica compleição! – dizia o líder do bando, um velhote ladino de barbas brancas . – Jamais encontrarão outro por preço menor, estou avisando!

De fato, José, mesmo sujo e envolto por um manto ordinário de saco, esplendia sobre a malta vulgar dos escravos como um diamante numa peneira de seixos.

Putifar, um homem obeso de beiços grossos e úmidos, aproximou-se dos ismaelitas com seu pequeno bastão apontado para José.

– De onde vem? – perguntou.

O comerciante, reconhecendo logo o grande valido do Faraó, tratou logo de fazer propaganda.

– Grande Putifar, este escravo é coisa que nunca se viu igual – disse o velho das barbas nevadas. – Faço este aviso ao amigo do Faraó para que não deixe escapar esta magnífica oportunidade.

Com seu narigão adunco (do qual escapavam fios compridos e ásperos como espinhos) quase colado ao rosto do potentado, o velhote elencou todas as virtudes do escravo.

– Está bem, quanto quer? – disse Putifar, convencido da qualidade da peça.

Começou, então, um regateio que só foi parar às barras da noite.

– Não se arrependerá jamais do excelente negócio! – disse o beduíno, embolsando avidamente as suas queridas moedas.

No mesmo dia, José foi levado à casa do potentado, onde começou assumindo funções modestas, porém jamais aviltantes. Isto porque havia um magnetismo superior em sua figura – incluída aqui a sua proverbial beleza – que impedia qualquer pessoa de humilhá-lo. Graças a isso – e principalmente à extraordinária eficiência que demonstrou em seu trabalho –, José, em pouco tempo, tornou-se administrador da casa, mesmo sendo hebreu, oriundo de um povo considerado pelos egípcios como a escória da "plebe das areias".

Mas José não despertara somente a simpatia em sua nova terra. Havia uma pessoa dentro da casa – mais exatamente a mulher do despenseiro-mor – que avançara muito além deste sentimento inofensivo, chegando a nutrir pelo novo administrador um sentimento bem mais intenso, que se revelaria, ao cabo, funesto para ambos. É certo que para ela havia a circunstância atenuante de estar casada há muito tempo com um eunuco.

De qualquer forma, diante da tentação, uma das partes soube resistir bravamente, enquanto a outra sucumbiu miseravelmente, e nisto está toda a moral da história (já que é da essência da mesma que ambas não estejam jamais separadas).

No princípio, a mulher de Putifar ignorou a presença do estrangeiro. Entregue às suas ocupações de esposa de um homem abastado, além de sacerdotisa de Amon – função que também exercia –, a esposa do valido não teve olhos para José.

Mas chegou afinal o dia em que a natureza resolveu cobrar o tributo daquela privação renitente e antinatural. Então, os olhos da mulher de Putifar abriram-se de par em par e José lhe apareceu diante deles como por mágica.

Limitando, no começo, o seu contato com o jovem hebreu a meras formalidades relativas ao serviço da casa, a esposa do despenseiro logo evoluiu para algumas intimidades aparentemente triviais.

– Fale-me, José, sobre a sua família – disse ela, certo dia, depois que ambos haviam feito as contas da semana.

Pela primeira vez o chamara pelo nome, e tão encantada ficara com a simples pronúncia que não percebeu absolutamente nada do que depois ele lhe respondeu, senão que lhe pareceu muito pouco à vontade.

Essa distância reservada do jovem, no entanto, em vez de acalmar, serviu apenas para excitar ainda mais a curiosidade da mulher. A partir desse dia ela voltou a puxar assunto com o administrador sempre que podia, tornando-se tão insistente em suas investidas que o jovem hebreu decidiu esquivar-se a tais encontros.

A mulher de Putifar, percebendo que não só as coisas não evoluíam, como haviam mesmo estagnado, decidiu, então, ousar um pouco mais.

"Hoje perguntarei a José por que tem me evitado", pensou, antes de levantar-se, pois adorava passar as primeiras horas do dia em deliciosos devaneios. Depois de imaginar mil vezes que palavras usaria para inquiri-lo (sem que isso pudesse sugerir uma cobrança sentimental), planejou ainda uma pequena mas muito significativa audácia. "Tocarei nele, pela primeira vez!", decidiu, sentindo um frêmito intenso. Inflamada pela ideia, colou os lábios ao travesseiro e repetiu, abafadamente: "Sim, tocarei nele!, tocarei nele!".

Uma descarga febril ainda mais forte penetrou cada nervo do seu corpo.

"Quanta diferença entre pensar e dizer!", refletiu ela, numa quase euforia.

Dizer, de fato, era tornar um desejo quase palpável, e por isso ela continuou a repetir as palavras inebriantes até o travesseiro tornar-se úmido da sua expiração.

Mas, como normalmente acontece em situações de grande expectativa, as coisas não saíram exatamente como ela esperava. Logo foi informada de que José viajara, descendo o Nilo, para ir negociar, junto com Putifar.

– Viajaram, os dois?! – exclamou, com os cantos dos lábios caídos.

Sim, tinham viajado e só retornariam três dias depois.

Um rubor de cólera coloriu-lhe as faces.

"O covarde foge de mim!", pensou, imersa já naquele estado delirante no qual só se vê adiante dos olhos a flor ou o punhal. "Não é homem, decerto, já que prefere estar com o grande enfadonho do que perto de mim!", acrescentou.

Então uma hipótese terrível cruzou-lhe a mente com a rapidez ofuscante de um archote.

– Oh, Amon supremo! – disse ela, aterrada. – Será José, também, um eunuco?

A mulher do despenseiro passou o primeiro dia imersa na mais torturante das dúvidas, sentimento que evoluiu para a mais irritante das surpresas quando seu marido retornou, logo à noite, anunciando que regressara sozinho, deixando José a negociar lá para baixo do Nilo.

– Ficará ainda mais uma semana – anunciou placidamente.

– *Uma semana*? – exclamou ela, num repente involuntário.

– Sim, por quê? – disse ele, fazendo bico com os lábios lustrosos. – Eficiente como é, dei-lhe autorização para percorrer os principais mercados do Baixo Egito.

Exteriormente, ela simulou uma desculpa qualquer:

– Tanto tempo sem ele pode acabar sendo prejudicial ao bom andamento da casa.

As bochechas de máscara de Putifar ergueram-se num sorriso deliciado.

– Oh, não se preocupe, querida. Até lá as coisas se mantêm.

Uma semana sem José. Uma semana com Putifar. Uma semana sem emoção.
— Não, você está cometendo um terrível pecado...!
Pecado: fora essa a palavra que José usara depois da primeira e última audácia que a mulher de Putifar ousara cometer, num desastre total das suas melhores previsões.
Paralisada pela palavra, a mulher egípcia vira-se obrigada a confessar ao jovem a sua ignorância acerca daquele termo bárbaro.
— Mas do que está falando, jovem adorado?
José, então, tentara explicar à idólatra o significado daquela terrível palavra.
Pecado. Culpa. Remorso. Castigo. Um a um José fora explicando os termos conexos, na tentativa de extirpar da mulher aqueles furores insensatos. Mas a sua obtusidade de gentia a impedia de compreendê-los perfeitamente.
— Pecado tem algo a ver com eunucos? — perguntara ela, angustiada.
Não, não tinha, afirmara ele peremptoriamente.
Na verdade, o pecado começara com o regresso de José. Depois de desembarcar, ele fora apresentar-se imediatamente a Putifar para relatar-lhe o sucesso dos negócios. A esposa do despenseiro sentira o coração disparar ao vê-lo colocar seus pés novamente no mesmo chão que ela pisava todos os dias. (Depois que ele desaparecera para os aposentos de Putifar, ela sentira o desejo frenético de lançar-se sobre o pedaço de mármore que ele pisara e cobri-lo de beijos.)
E teria tido tempo de sobra para fazê-lo, pois a entrevista estendeu-se longamente. Embora Putifar fosse homem alheio a negócios, a ponto de interessar-se somente pelas funções do seu estômago, nem por isso José deixava de lhe relatar todos os passos dos negócios atinentes à casa. O resultado é que a entrevista só foi acabar no final do dia, e José partiu sem nem cumprimentar a dona da casa.
Um ódio incontrolável apossou-se mais uma vez da mulher do despenseiro.
— Mas isso é uma desfeita intolerável!
Por um instante de delírio ela chegou a pensar em exigir do marido uma reparação sangrenta pela afronta. Uma surra de

chicote, o corte de um dos polegares – a castração, mesmo, do infame! –, tudo isso lhe passou pela cabeça, numa vertigem sanguinária e desproporcionada de vingança.

Entretanto, passado o furor, ela logo voltou a si. "Muito bem, rato das tendas, esquecerei você!", pensou, erguendo a cabeça com altivez. "Quem você acha que é, afinal, para que eu, a segunda mulher mais importante do Egito, esteja a rastejar pelo seu amor?"

No outro dia, a mulher de Putifar ergueu-se decidida a ignorar solenemente o administrador presunçoso. Durante dez impiedosos minutos, submeteu-o àquilo que julgava ser a pior das torturas existentes em todo o Egito: a sua cruel indiferença.

José, entretanto, depois de cumprimentá-la ligeiramente, dera-lhe as costas também, e não mais lançara um único olhar em sua direção. Enquanto ela fingia ignorá-lo, ele ignorava-a de fato.

Foi então que o movimento pendular em que a mulher se debatia oscilou para o lado da indignidade.

Não havia ninguém na casa naquela manhã. Era dia de comemoração de uma divindade egípcia, e seu marido saíra. Ela ficara, alegando uma indisposição. José também, já que a fidelidade a seu deus o impedia de fazer coro com a idolatria dos filhos de Cam.

Quando passou inadvertidamente perto de si, ela tocou, muito suavemente, o pulso do jovem, e foi o que bastou para quase fazê-la perder o juízo.

"Quanta diferença entre dizer e fazer!", pensou, sentindo um calor incendiar-lhe as faces.

– José, espere – disse ela, gaguejante. – Preciso falar-lhe.

O jovem robusto voltou-se, surpreso, com aquele inesperado contato.

– Pois não, grande senhora – disse ele, atenciosamente.

Ela ainda estava sentada e permanecia a segurar delicadamente o pulso de José.

– Por que me tem evitado? – perguntou, olhando para cima, em total humildade.

José olhou para a testa dela e respondeu.

– Perdão, mas não a compreendo.

— Eu é que não o compreendo — disse ela, aumentando o volume da voz.

José não soube mais o que dizer, embora pressentisse o que estava para acontecer.

— Vai deixar que eu continue me humilhando diante de um servo da casa? — disse ela, com uma listra de água acumulada sobre cada uma das pálpebras inferiores.

— Por favor, senhora, não sei o que se passa aqui.

— Oh, jovem adorado, deixe, então, que lhe diga o que se passa comigo! — disse a mulher de Putifar, caindo de joelhos e abraçando-se à cintura de José.

— Por favor, erga-se, não faça isto! — disse José, pálido de terror.

A mulher do despenseiro, no entanto, esteve alguns instantes a encharcar de lágrimas o manto do jovem. Somente depois de ter desabafado aquela mágoa tão longamente represada foi que ela se firmou sobre os pés e lentamente começou a ascender até ver-se face a face com o atônito José.

Sem poder evitar, José acompanhou a ascensão daquele rosto verdadeiramente belo (embora alguns anos mais velho que o seu), com as marcas úmidas das lágrimas ainda estampadas na face, até vê-lo emparelhado ao seu.

— Como pode fingir não saber o quão desesperadamente o amo? — disse ela, estudando cada ponto do rosto do jovem, em busca da angustiante resposta.

Um ar de espanto juvenil desenhou-se no rosto de José, tão intenso que ele pareceu readquirir as mesmas feições dos seus já distantes dezessete anos.

Ao perceber essa mudança, o rosto da mulher contorceu-se numa careta de profundo enternecimento, que era um misto de choro e de riso.

— Oh, meu adorado jovem! — disse ela, antes de esfregar alucinadamente os lábios no rosto de José.

Foi então que ele a empurrou para longe de si, anunciando aos ouvidos da sedutora a temível expressão.

— Não, você está cometendo um terrível pecado!

Ela, como já vimos, não entendera nada do discurso do jovem.

— Nada sei de pecado – dissera, desistindo de tudo. – Só sei que o amo.

— Esqueça isso.

— Por que me trata como quem sente repulsa?

— Você não é repulsiva.

— Sei disso. Se fosse velha e feia não estaria me oferecendo.

José baixou os olhos, constrangido.

— A hora do pudor, para mim, já passou – disse ela, de cabeça erguida.

— Não permita isso, grande senhora.

— Você é eunuco, como o outro?

José ficou rubro outra vez.

— Vamos, responda.

— Não, não sou.

— Então, por que age como um?

— Tenho um deus que abomina o pecado.

— Tenho um corpo que abomina a mutilação.

— Então não peque, senhora.

— Nada sei de pecado, já disse.

— Age como quem sabe.

— Ajo como quem ama. E aprendi com você.

— Nada tenho a ensinar-lhe sobre isso.

— Mas eu quero imensamente ensinar-lhe.

Então foi a vez de ela mostrar-se constrangida.

— Está bem, quem sou eu para ensinar?

Depois reergueu os olhos, com um doce sorriso.

— Oh, meu amado, aprendamos juntos a amar!

— Aprenderemos somente a pecar.

— Fale por si. Quem entende de pecado é você.

— Então ouça-me e dê as costas a ele.

— Ao inferno com o pecado...!

Tendo perdido a paciência, a mulher agarrou-se novamente ao manto do jovem.

— Devo partir – disse José, dando um passo atrás e virando o rosto para a porta de entrada. – O senhor e os demais criados não tardam a voltar.

— Ouvirei qualquer um deles chegar — disse ela, com perfeita segurança. — Conheço os passos da chegada e da partida de cada um de meus carcereiros.

José pareceu indeciso, com receio de cometer, num gesto brusco, alguma indelicadeza para com a sua senhora.

— Vamos, dê-me o manto — disse ela, por fim, estendendo-lhe a mão.

José pareceu, desta vez, ofendido, o que ela logo compreendeu.

— Está bem, você é o homem — disse ela, condescendente. — Sou sua superiora. Poderia exigir isso de você. Mas compreendo que queira ser, ainda e sempre, o homem. Vá, abdico também de minha autoridade. Sou agora, apenas, uma mulher — uma mulher loucamente apaixonada que só deseja ser possuída.

A mulher de Putifar afrouxou os laços da sua túnica (mantendo-a, porém, ainda fechada) e estendeu os braços para ele:

— Cumpra agora o seu papel.

José, diante daquela visão inusitada, foi invadido por uma sensação tão inexplicavelmente superior que lhe expulsou instantaneamente do corpo qualquer lubricidade. Sem nada mais dizer, deu as costas à mulher, que se lançou como uma perdida no seu encalço. Com as abas abertas da túnica a esbaterem-se como duas asas, ela correu até alcançá-lo, enterrando os dedos no manto do fugitivo. Este, entretanto, continuou a caminhar com tanta resolução que a mulher caiu ao chão, agarrada ao manto. Sem se importar, José arrastou-a um longo trecho pelo salão até que o manto desprendeu-se e ela ficou lançada de bruços sobre a roupa, a observar o jovem afastar-se em passadas ainda mais rápidas.

— Eu vi o pecado! Eu vi o pecado! — gritou ela, em prantos, colando a boca ao manto, tal como fazia todas as manhãs com seu travesseiro.

Ela esteve nesse estado lamentável, atirada de bruços no grande salão, durante muito tempo, até que escutou o ruído de retorno dos seus carcereiros. Sem forças para erguer-se ou improvisar uma nova dissimulação — e sabendo que não havia mais um único degrau a descer dignidade abaixo —, ela decidiu pôr um ponto final naquela história.

E então começou desesperadamente a clamar por socorro.

Logo toda a casa estava em rebuliço, e José, acostumado a sonhos, viu tudo evoluir numa progressão de pesadelo. Tendo buscado refúgio em seus aposentos, foi logo procurado pelos lacaios da casa, os quais se arrastaram até a presença de Putifar. Ali foi informado pelo próprio senhor de que sua esposa lhe imputava a gravíssima acusação de haver tentado violentá-la, a qual José – por piedade ou por entender que jamais sua versão iria prevalecer sobre a dela – recusou-se a refutar.

Posto imediatamente a ferros, foi levado dali e mantido prisioneiro até a manhã seguinte, quando embarcou com destino à distante fortaleza do Faraó, lugar onde eram abrigados os presos de todo o Egito.

Nunca mais José tornou a ver a mulher de Putifar, a qual, tendo vivido ainda muitos anos, jamais chegou a entender o que era o pecado.

JOSÉ E OS SONHOS DO FARAÓ

Na fortaleza do Faraó, graças ao Senhor e àquele natural magnetismo que lhe granjeava sempre a simpatia de todos, logo José caiu nas graças do comandante. Assim, apesar de manter o status de preso, foi aos poucos transformando-se numa espécie de homem de confiança do comandante, realizando tarefas cada vez mais importantes junto à administração.

Ora, passado algum tempo desde a chegada de José, chegaram à fortaleza dois funcionários do palácio do Faraó – mais exatamente o copeiro-mor e o padeiro oficial da corte –, presos sob a grave acusação de traição.

O comandante da fortaleza encarregou José de prover às necessidades da dupla que, apesar da situação aflitiva em que estava, nem por isso havia perdido totalmente a esperança, uma vez que ainda pairava sobre ambos a possibilidade de uma reversão em seu processo.

– Eu sou inocente! – disse o copeiro-mor, tão logo vira adentrar a sua cela o jovem administrador.

— E eu também! — disse o padeiro, de olhos baixos.

José, que apesar de tudo também não deixava de ser um prisioneiro, recebeu-os com a simpatia devida a sócios de um mesmo infortúnio.

— Estejam calmos, pois também sou inocente — disse José, ao trazer-lhes a comida. — E vejam, meu estado não é tão desesperador, afinal.

Os dois acusados entreolharam-se, tornando-se um pouco mais calmos.

Os dias se passaram, até que numa mesma noite os dois prisioneiros tiveram sonhos intrigantes que os deixaram profundamente inquietos.

José, bom observador, não pôde deixar de notar o estado deprimido que eles apresentavam na manhã seguinte, quando foi levar-lhes o café da manhã.

— Por que voltaram a ficar acabrunhados? — perguntou, logo ao entrar na cela.

— Tivemos um mau sonho — disse o copeiro-mor — e não sabemos se trata-se de um mau presságio.

José, que gostava muito de sonhos, sentiu grande interesse em saber o que ambos haviam sonhado. O copeiro-mor foi o primeiro a falar.

— Sonhei que estava diante de uma vinha — disse ele. — Dela brotavam três galhos, dos quais, por sua vez, pendiam cachos enormes de uvas maduras. Depois de colhê-las, espremi-as bem sobre uma taça, oferecendo-a ao Faraó.

José, que escutara ao relato atentamente, não teve dificuldade alguma em interpretar as palavras do copeiro-mor.

— Seu sonho é muito fácil de ser explicado — disse, com o semblante risonho. — Os três galhos representam três dias, o prazo que deverá aguardar para ser retirado daqui e elevado outra vez à condição de copeiro do Faraó.

O rosto do copeiro-mor iluminou-se de esperança.

Mas ainda restava o sonho do padeiro.

— Conte-me agora o seu sonho — disse-lhe José.

O padeiro disse, então, que vira a si mesmo no sonho com três cestos repletos de comida sobre a cabeça, até que algumas aves pousaram sobre o de cima, comendo tudo quanto ali encontraram.

José escutou com atenção e, quando finalmente compreendeu, não conseguiu evitar de desviar os olhos do pobre padeiro.

– Não vai me explicar? – disse ele, de olhos ansiosos.

– Seu sonho significa o seguinte – disse, por fim, José –: você também será retirado daqui dentro de três dias, e será elevado... a um poste.

– Como? – disse o padeiro, fazendo-se mais branco que a farinha que usava.

– Infelizmente devo preveni-lo de que a imagem das aves bicando o cesto acima de sua cabeça anuncia que você será enforcado, e que as aves virão comer sua carne.

E assim foi. Dentro de três dias o copeiro-mor foi retirado da fortaleza e restabelecido em seu antigo cargo, enquanto o padeiro foi miseravelmente enforcado.

José despediu-se do copeiro-mor, rogando-lhe que não se esquecesse de pedir ao Faraó pela sua libertação, em retribuição ao favor que lhe fizera. O copeiro jurou com tanta ênfase que assim o faria que José teve a certeza de que não o faria.

Cerca de dois anos haviam se passado desde a chegada de José à fortaleza. O copeiro-mor, outra vez debaixo das graças do Faraó, efetivamente se esquecera da promessa que fizera ao filho de Jacó e vivia feliz no palácio real.

Tudo parecia ir bem até que certa manhã o rei dos egípcios acordou em grande sobressalto.

– Tragam os adivinhos – disse ele, tão logo ergueu-se do leito.

Já instalado em seu trono, o Faraó recebeu os adivinhos da corte – astrólogos, arúspices e magos de diversas escolas –, aos quais expôs na íntegra o sonho inquietante que tivera.

– Na verdade, não sei se foram um ou dois sonhos – disse o Faraó.

– Dois? – disse o astrólogo.

– Sim, mas tão parecidos que talvez não passem de um só – disse o Faraó.

Diante dele estavam os magos, em pé, todos na mesma posição, alisando as barbas, com o cotovelo direito apoiado sobre a mão esquerda espalmada. Todos estavam muito tensos, pois aquele começo ambíguo lhes advertia de que dessa vez a interpretação seria muito difícil.

— Prestem atenção — disse o soberano. — O primeiro sonho começou assim: estava eu à beira do sagrado Nilo quando vi sair, de repente, das suas águas, sete vacas sadias e bem nutridas, que se puseram a pastar nos juncos. Logo em seguida surgiram outras sete vacas, só que extraordinariamente magras. Elas aproximaram-se, então, das gordas e as devoraram, sem que com isso deixassem de parecer menos magras.

Os magos cerraram os olhos e alisaram as barbas, disfarçando a sua confusão.

— O segundo sonho decorreu da seguinte maneira — disse o Faraó, após uma ligeira pausa —: estava eu no mesmo lugar, quando vi brotar sete espigas do chão, rechonchudas e apetitosas. Logo depois, surgiram outras sete, porém ressequidas e sem viço algum. Então um vento forte as sacudiu e fez com que as espigas secas absorvessem as boas. E esse foi o final do segundo sonho, ou da segunda parte do primeiro. Vocês o dirão.

"Vocês o dirão." Isto significava que nada mais havia a ser dito pelo soberano e que cabia agora aos adivinhos destrinçarem o sentido de suas palavras.

Novamente todas as barbas foram alisadas nervosamente.

— Vamos nos reunir, grande Faraó — disse o principal deles.

Os adivinhos saíram juntos por uma porta lateral, arrastando os seus pesados mantos. Uma vez reunidos, mergulharam num profundo e acirrado debate, que durou quase o restante do dia.

Em primeiro lugar, seriam um ou dois sonhos? Esse debate preliminar consumiu boa parte do concílio. Tomando por base a obra *Exposição douta acerca do sonho continuado*, que havia escrito anos antes, o arquimago imaginou ter provado de maneira categórica que o sonho do Faraó não passava de um "sonho duplo de natureza continuada" (uma forma mista do sonho unívoco e do sonho continuado).

— A diferença está, apenas, na interrupção — disse ele, com segurança.

Nem por isso deixaram de haver objeções. O segundo mago da corte, por exemplo, rival contumaz do primeiro e autor

Prefácio

da *Refutação cabal à existência do sonho continuado*, não hesitou em sair em defesa da verdade, ou seja, daquilo que sua obra afirmava – ou antes, negava.

– A interrupção liquida com qualquer possibilidade de continuidade, uma vez que com ela rompe-se o liame da conectividade onírica – dissera ele, cujo abuso de termos complicados fazia desconfiar da consistência dos seus argumentos.

A discussão acendeu-se. Da exposição das teses passaram, sem interrupção alguma, ao rancor continuado, e teriam ido além se alguém não tivesse lembrado aos sábios que ainda faltava o principal, que era interpretar o sonho.

Depois de quase um dia inteiro de debates, os adivinhos viram-se obrigados a retornar à presença do Faraó.

– A que conclusão chegaram? – disse o Faraó.

O mago superior adiantou-se e disse:

– É certo que o Faraó teve sonhos distintos, mas de uma mesma natureza.

– Muito bem. E por quê?

– Porque eles falam de duas coisas distintas, mas interligadas.

– Prove isso.

– Antes é preciso dizer que, além desta, elaboramos ainda várias outras teses, grande Faraó, tal a complexidade do sonho que nos apresentou.

– Diga-me, apenas, a mais importante. Conforme for ela, poderei imaginar a força das outras, menos importantes.

– Um sutil método, Faraó.

O arquimago inteiriçou-se e começou a falar, não sem antes narrar o método empregado pelos sábios para chegarem às suas conclusões, o que irritou tão profundamente o Faraó que este viu-se obrigado a interrompê-lo bruscamente.

– Basta de preâmbulos! Dê-me logo a explicação!

– O primeiro sonho, grande Faraó – disse o adivinho –, refere-se às vacas magras e às vacas gordas. As sete vacas gordas que surgiram primeiro representam as sete dinastias que reinarão de maneira gloriosa, a partir da sua. Depois da sétima haverá ainda outras sete, que reinarão de maneira medíocre, a ponto de apagar o brilho das sete anteriores.

O Faraó escutou sentado, com o queixo apoiado ao pulso direito. Depois de estudar e pesar bem as palavras do mago, disse:

— Quer dizer que meu sangue gerará sete dinastias brilhantes e depois outras sete imbecis?

O adivinho curvou a cabeça.

— E que estes sete biltres derradeiros serão os últimos de minha linhagem?

— Se o erro não tiver, grande Faraó, se misturado às nossas cogitações.

— Imaginemos que o tenha feito. O que tem a dizer acerca do segundo sonho?

— As sete espigas magras que engolem as sete gordas querem dizer apenas que o Faraó irá tomar sete esposas fecundas e que depois destas, outras sete, estéreis, irão fechar o ciclo de sua história matrimonial.

O Faraó fez um esforço tremendo para crer nas palavras do adivinho, mas não conseguiu acreditar em uma única delas.

— Não entendi que ligação possa haver entre essas duas brilhantes interpretações – disse o Faraó, secamente. – Passemos à segunda tese.

— A segunda tese, que é bem menos consistente que a primeira, diz que as sete vacas gordas engolidas pelas sete vacas magras representam sete potências aliadas que o Faraó verá transformarem-se em potências inimigas.

— Oh, é mesmo? – disse o Faraó, afetando espanto.

— Sim, e as setes espigas gordas absorvidas pelas setes espigas secas significam que nesse período sete astros favoráveis serão eclipsados por sete astros desfavoráveis.

— Surgirão sete novos astros na cúpula dos céus, é isso? – disse o Faraó.

— Não exatamente – disse o astrólogo, cujas barbas já estavam orvalhadas de suor. – Haverá uma revolta entre os astros, de tal sorte que os astros desfavoráveis tomarão ascendência sobre os favoráveis.

— Explique-me, exatamente, como tal se dará – disse o Faraó, erguendo a voz.

— Bem, exatamente como, grande Faraó, eu ainda não saberia precisar...

— Quantas teses magníficas ainda restam?
— Nove teses.
— Se eu estivesse com ânimo para gargalhar, certamente que não sairia daqui sem escutar a última — disse o soberano, com profundo desprezo.

O Faraó estava prestes a mandar pendurar todos os charlatães pelas orelhas no portão principal do palácio, quando observou as cabeças dos magos totalmente pendidas e as barbas coladas aos peitos, e só por causa disso desistiu do projeto.

— Desapareçam todos — disse ele, simplesmente.

Os magos sumiram-se num atropelo, deixando o Faraó entregue outra vez às suas preocupações.

A noite chegou e ele ainda estava sentado em seu trono, numa posição derreada que era a mais perfeita expressão do seu desânimo. Nesse instante, o copeiro-mor adiantou-se para servir-lhe uma taça de vinho.

— Entende, por acaso, de sonhos, copeiro? — disse o soberano, observando de modo displicente o lacaio verter sobre a taça o conteúdo da dourada jarra.

— Infelizmente não, grande Faraó — disse o copeiro, humildemente.

O Faraó tomou a taça em suas mãos e, após estudá-la detidamente, disse:

— Nem tomando uma jarra inteira se animaria a interpretar um sonho que tive acerca de vacas gordas e vacas magras?

— Receio que após uma jarra inteira, grande Faraó, seria bem pouco conveniente o que teria a dizer acerca de vacas gordas e magras.

O Faraó contraiu ligeiramente o músculo do lábio esquerdo, num arremedo de riso.

O copeiro-mor já retirava-se à maneira dos escaravelhos, quando foi assaltado, porém, por uma súbita lembrança.

— Grande Faraó, lembrei-me de alguém que talvez possa auxiliá-lo! — disse ele, quase eufórico.

A taça já vazia caiu da mão do Faraó e foi rolar pelo chão, num ruído saltitante que era um perfeito acompanhamento para o seu novo estado de espírito.

– O que disse? – falou o Faraó, endireitando-se no trono.

– Conheci um homem na prisão que tinha um talento verdadeiramente assombroso nessa arte – disse o copeiro, dando uma grande palmada no joelho.

Instado pelo rei, o copeiro-mor disse tudo que sabia sobre José, de tal sorte que no mesmo instante foi despachado um emissário à fortaleza para libertar o filho de Jacó e trazê-lo até o palácio do Faraó.

José estava entregue às suas atividades na fortaleza quando o emissário chegou. Ao ser informado de que deveria deixar imediatamente o lugar e rumar até a presença do Faraó, José não demonstrou grande surpresa, pois pressentira, desde os dias de Canaã, que um dia chegaria a estar entre os grandes do mundo.

No mesmo instante, largou o que fazia e seguiu os passos do emissário. Quando deu as costas às muralhas da prisão, sabia que jamais tornaria a pisar naquele lugar.

– Amanhã estará diante do Faraó – disse o homem, tão logo haviam deixado a fortaleza. – De como se comportar diante do filho do Sol dependerá o seu destino.

José entrou com o emissário numa embarcação ligeira, e logo ambos desciam o Nilo estuante. O emissário percebeu nos traços de José que ele parecia razoavelmente animado, e concluiu daí que era produto da perspectiva de conhecer o Faraó.

Mas o emissário estava errado. A animação de José provinha da constatação de que era novamente um homem livre – ou, ao menos, de que havia uma grande possibilidade de que muito em breve assim viesse a ser. Pois apesar de ter sido bem tratado na fortaleza, nem por isso ela deixara de representar um outro poço – um poço amplo e arejado, por certo, onde tinha um bom grau de liberdade em seus movimentos, mas ainda assim um poço. Agora, contudo, estava novamente a céu aberto. Do seu recanto podia observar as pessoas saudáveis e bem dispostas irem e virem em suas ocupações cotidianas. Elas eram, bem ou mal, senhoras do seu destino.

O junco que o levava chegou à cidade do Faraó ao final do dia, e já na manhã seguinte foi levado à presença do Faraó.

Assim que José pôs os olhos sobre o grande personagem, sentiu que poderia perfeitamente enfrentá-lo. Ele era apenas um homem, pensou o ex-prisioneiro, e bem longe de estar sob o favor divino. José concluiu, enquanto escutava as palavras iniciais do soberano, que não sentia diante dele nem um terço do respeito que sentia diante de seu pai, no qual sentia pairar uma aura superior, alheia a ele próprio. Jacó só transcendia ao meramente humano por causa daquela aura permanente que o envolvia – e isso o Faraó não possuía de jeito algum.

– Meu copeiro disse que sabe interpretar como ninguém qualquer sonho – disse o Faraó, a quem agradara o aspecto sereno de José.

– Deus é quem o sabe – respondeu ele, definindo as coisas.

Apesar de nutrir um certo desprezo pelo Faraó – príncipe de uma nação de gentios que era –, nem de longe José sentiu o asco que seu pai certamente deveria ter sentido naquele instante, tomando ares naturais daquilo que um futuro distante chamaria de um autêntico cosmopolita.

O Faraó contou então a José os dois sonhos que tivera, com grande expectativa da resposta que teria. O segundo, por sua vez, escutou a narrativa dos estranhos eventos de olhos fechados, como se ele próprio devesse sonhar os sonhos do Faraó.

Assim que o Faraó encerrou a narração, José sentiu-se rejubilado.

"Muito fácil, na verdade!", pensou ele.

– O Faraó teve um único sonho – começou ele dizendo, sem qualquer preâmbulo.

– Um único sonho! – exclamou o Faraó. – Sim, já havia pensado nisso!

José fez silêncio, esperando que o rei terminasse seus comentários.

– Adiante, adiante – disse o rei, pressentindo um feliz resultado.

– O sonho das sete vacas gordas devoradas pelas sete vacas magras quer dizer que estão para vir sete anos de fartura, e que, após estes, outros sete de absoluta carestia sobrevirão.

O Faraó arregalou os olhos e assim que conseguiu ordenar as ideias sentiu que elas tinham aquele mesmo cunho de veracidade que emana de uma charada corretamente solucionada.

– É claro! Por que não pensei nisso antes?

Tão logo o Faraó encerrou suas expansões de entusiasmo, José recomeçou a falar.

– A segunda parte do sonho (já que ambas as visões fazem parte, inequivocamente, de um mesmo sonho), na qual as espigas murchas absorvem as viçosas, quer dizer o mesmo, ou seja, que sete anos de abundância antecederão a sete anos de miséria.

Desta vez o Faraó pareceu um pouco menos entusiasmado.

– Mas que necessidade haveria de dois sonhos iguais?

– Um vem em reforço do outro – disse José, calmamente.

– Enquanto o sonho das vacas refere-se à pecuária, o sonho das espigas diz respeito à agricultura.

"Que gênio!", pensou o Faraó, sendo tomado logo em seguida por uma raiva homicida contra os seus magos de araque.

– E o que mais? – perguntou, esperando escutar outra maravilha.

– O que há mais – disse José, olhando para o Faraó com toda a firmeza, sabendo que jogava naquele instante os dados de toda a sua sorte futura –, o que há mais é que o Faraó deverá se acercar de um homem capaz de levar adiante todas as providências para evitar que os sete anos de abundância se percam nos sete anos de carestia.

Durante alguns instantes os olhos do rei estudaram detidamente as feições de José, como se investigassem nelas o menor sinal da ambição. José suportou o exame com o mesmo ar desassombrado de quem sabe o que diz e o que deve ser feito, sem que com isso pareça estar transpondo os limites da presunção ou da cupidez.

– Você é o homem – disse o Faraó, após alguns minutos.

José não moveu um único cílio, como se aquela conclusão devesse parecer uma consequência perfeitamente natural dos fatos que ele anunciara.

E assim efetivamente foi. Ao consultar seus ministros, o Faraó não encontrou resistência da parte de nenhum deles para levar adiante o seu plano de nomear José o grande provedor do Egito – embora, sem dúvida, devesse parecer extraordinariamente improvável que o soberano do país mais poderoso do mundo houvesse por bem instalar no segundo cargo mais importante do Egito um ex-escravo e prisioneiro hebreu, pertencente a uma raça execrada, e isto pelo simples fato de ele haver decifrado um sonho bizarro. Os espíritos mais piedosos, no entanto, encontrarão aqui a oportunidade que aguardavam para suprirem largamente a ausência de milagres mirabolantes que até este passo ainda não haviam surgido na história de José, tomando essa decisão do Faraó como uma verdadeira intervenção sobrenatural daquele mesmo espírito superior que comandou os passos de Abraão e de Isaac.

Uma vez instalado no cargo – tão importante que o Faraó havia declarado com todas as letras que ninguém levantaria o dedo mínimo em todo o Egito sem a sua anuência –, ficou José de mãos livres para tomar as medidas que julgou cabíveis para enfrentar os dias bons e maus que se aproximavam.

– Durante os sete primeiros anos de fartura construiremos locais para a armazenagem dos grãos em todos os recantos do Egito – disse ele aos seus auxiliares diretos –, de tal sorte que quando sobrevierem os anos de penúria haja comida bastante para distribuir aos necessitados e ainda vender aos povos de todas as nações, que para cá acorrerão em desespero, a fim de não perecerem de fome.

José, como estadista nato que já era, certamente que não planejava seus atos movido unicamente pelos cordéis da caridade. Entre seus planos estava o de cobrar preços elevadíssimos pelo alimento estocado às ricas nações vizinhas e rivais, transferindo, destarte, a riqueza daquelas nações para os cofres do Faraó. Tal plano, decerto, deveria ter contribuído poderosamente para que José fosse cada vez mais bem visto pelos egípcios, pois sempre será bem-vindo, pelos séculos dos séculos, aquele que souber fazer frutificar, de maneira generosa, a árvore sagrada do dinheiro.

Quando teve a certeza de que José era o homem ideal para fazer frente às adversidades, resolveu que ele deveria tornar-se, de certo modo, também um egípcio.

– E se, algum dia, ele resolver voltar para os seus? – disse o Faraó, um dia, secretamente, a amigos e conselheiros.

E que outro meio melhor haveria para fixá-lo para sempre no Egito senão lhe dando uma esposa e posteriormente uma família?, raciocinou, ainda.

Já no primeiro ano, o Faraó tratou, então, de arrumar uma esposa para o provedor, que se chamou Asenat. Ela era filha de Potifera, poderoso sacerdote de On, e dessa união surgiriam os dois filhos de José – Manassés e Efraim –, que mais tarde dariam nome a duas das doze tribos de Israel.

Quando os anos de fartura se acabaram, sobrevieram, com efeito, os sete anos de carência. Se até ali havia ainda alguma dúvida quanto ao valor e à integridade do estrangeiro alçado a tão elevada posição na terra do deus Amon, depois que a primeira cheia do Nilo simplesmente não aconteceu, privando a terra do húmus nutritivo que todo ano ele deitava às terras do Egito, deixou de haver qualquer resistência em relação ao Provedor. Os silos e depósitos de grãos em todo o Egito estavam abarrotados até as bocas, de tal forma que não se podia temer em parte alguma do Egito pela fome severa que se anunciava.

Mas isso foi no Egito. Nos países vizinhos – mesmo nas grandes nações, dotadas de muitos recursos –, já no segundo ano da carestia fizeram-se sentir os primeiros e desesperadores efeitos da fome. Levas imensas de comerciantes começaram a afluir para diante dos portões que cercavam a terra do Faraó, a fim de tentar adquirir, pela mão do grande Provedor – cuja fama já se espalhara por todo o Oriente – o alimento que escasseava por toda a parte.

Enquanto José atendia a toda essa gente – além do seu próprio povo, ao qual dispensava gratuitamente o alimento –, foi certo dia assaltado por uma repentina constatação.

"Meu pai e minha família! Em que situação estarão, na distante Canaã?"

Angustiado por essa nova dúvida – já que até ali não havia tido tempo para pensar em outra coisa a não ser em consolidar o seu poder na terra adotiva do Faraó –, José determinou que doravante todas as sentinelas que guardavam as portas que davam acesso ao Egito deveriam estar de sobreaviso para a possibilidade de que por elas cruzasse algum membro – ou mesmo todos – de sua família, vindos das areias do deserto, que como um mar de pó circundava todo o vasto império. José, de fato, não custaria muito a ter uma notícia a esse respeito.

Prefácio

JOSÉ E A RECONCILIAÇÃO

— Até quando vão ficar aí parados, a olharem uns para os outros?

Quem disse essa frase foi um velho de barbas brancas, apoiado a seu bordão.

— Não escutam suas esposas e filhos gemerem por pão, há já longo tempo?

Os filhos do velho ancião — todos homens adultos e de barbas grisalhas — escutaram a admoestação com evidente constrangimento.

Ruben, o mais velho, tomou a palavra.

— Aguardávamos, apenas, a sua autorização, meu pai.

— De modo que, se eu perdesse a lucidez, pereceríamos todos à míngua? — disse o velho, numa censura fingida à subserviência deles, já que no fundo lhe agradava saber o quanto ainda imperava sobre aqueles homens já quase entrados na velhice.

Na verdade, Jacó, o velho que dirigia a áspera censura, ainda enxergava naqueles onze homens as crianças parvas a que se habituara, desde sempre, a repreender com severidade. Repreendê-los era sua forma de comunicar-se com eles, já que o afeto estava banido desde o dia negro em que uma tragédia terrível se abatera em sua vida. Pois, apesar de tantos anos passados, Jacó ainda não pudera esquecer o dia em que lhe haviam colocado sobre os braços a túnica ensanguentada do seu filho predileto, dizendo-lhe simplesmente: "Veja se esta é a túnica de seu filho José, ou não".

José fora o único filho a merecer o afeto expresso de Jacó, homem avesso a demonstrações de ternura. Sendo filho de Raquel, a eleita do coração de Jacó, era unicamente para ele que este último guardara, depois da morte da esposa, os restos escassos de sua afeição. Desastradamente, cometera o mesmo erro da maioria dos pais ao haver tornado evidente essa preferência, dando origem ao rancor que havia culminado naquele dia negro, quando a túnica rasgada e coberta de nódoas fora deposta em suas mãos.

"Veja se esta é a túnica de seu filho José, ou não."

Desta maneira sinistramente prosaica é que lhe fora dada a pior notícia de sua vida. Uma maneira propositadamente árida para um homem notoriamente seco. Imaginou-se que dessa forma o golpe terrível soasse também de maneira discreta.

Durante muito tempo aquele complemento final da notícia – o falsíssimo "ou não" – lhe ficara a martelar na cabeça. "Ou não" queria dizer que "talvez não fosse dele". Era essa a ideia que aquelas duas minúsculas e enganosas palavras sugeriam, dando à vítima uma última e falaz esperança. Jacó sentiu-se vilipendiado como um afogado a quem se retira por alguns breves instantes do rio, para em seguida mergulhá-lo definitivamente até as profundezas.

Mas não fora só isso que contribuíra para afastar Jacó dos seus filhos (embora ainda mantivesse viva aquela espécie tribal de afeição paterna, expressa pela sua condição de chefe do clã). Ele guardara também uma séria desconfiança com relação ao episódio. Que espécie de participação teriam tido os irmãos na morte de José?

"Não pusemos nossos olhos, em momento algum, no filho de Raquel", haviam dito eles, numa uniformidade de jogral.

Eram inocentes de tudo, portanto, segundo suas palavras. *Ou não?*

Passado o primeiro paroxismo da dor, Jacó começara a pressioná-los para ver se lhes arrancava a verdade. A negativa, porém, estava sempre em suas bocas.

"Nada vimos, de nada sabemos." Era esse o refrão invariável, dito sempre de olhos baixos.

– Por que estudam o chão ao responder? – disse Jacó, um dia.

– Sabemos o quanto lhe é doloroso o assunto – respondiam, laconicamente.

– E a vocês, não é? – retorquia Jacó, desesperado por arrancar-lhes uma expressão solidária de dor, ou mesmo de remorso. (Como seria imensamente reconfortante ver o remorso desenhado em suas feições! Diante do remorso – que equivaleria a uma confissão tácita –, Jacó sentia-se com forças até para perdoá-los.)

Porém, pensando melhor, decidiu que jamais os perdoaria. Mas não tocaria, também, nunca mais no assunto.

Os irmãos de José – à exceção do inocente Benjamin –, entretanto, não respondiam nunca à pergunta do pai, recolhendo-se a um mutismo irritante, pois, apesar da culpa que sentiam, também não era menor o sentimento de inveja que ressurgia em seus peitos toda vez que o velho vinha falar do predileto sumido.

Mas, passada a raiva momentânea, ressurgia logo o remorso, que terminava por tornar-se mais insuportável do que a própria confissão. Era assim que se via os irmãos, depois do regresso, a andarem feito tontos de lá para cá, cruzando entre si de cabeça baixa, e às vezes também de olhos arregalados, como quem tivesse tomado súbita consciência da enormidade que haviam cometido.

Permanentemente assustados, os irmãos de José viviam desde então em contínuo sobressalto, encolhendo-se como crianças à simples aproximação do pai. E foi nesse mesmo estado de espírito que escutaram as suas palavras de censura.

– Ouvi dizer que há cereais em abundância no Egito – disse o velho. – Vão até lá, todos vocês, e tragam alimento para que não morramos de fome.

No mesmo instante, todos haviam se erguido e rumado para suas tendas, para prepararem a longa jornada. Já no dia seguinte, bem cedo, estavam os onze irmãos com os jumentos aprestados. Entre eles estava também Benjamin, o mais novo, que, apesar de ser o caçula, era já um homem perto dos quarenta anos de idade e pai de nada menos que dez filhos.

– O que faz aí, Benjamin? – disse o velho, ao passar em revista a tropa.

– Não nos disse que fôssemos todos? – disse Ruben, o primogênito.

– Querem levar para os dentes do javali, também, o último filho de Raquel? – disse o velho, puxando Benjamin para si.

Apesar do ridículo da situação, ninguém mais, a não ser o próprio Benjamin, sentira-se mal diante do episódio. Todos os outros compreendiam que Benjamin, na condição de caçula e de irmão integral de José, acabasse sendo o substituto do afeto do velho pai. Não que Jacó o adorasse (pois como poderia adorar aquele que tirara a vida, ao nascer, da suave Raquel?), mas não podia suportar a ideia de não ter mais ninguém neste mundo que lhe trouxesse de maneira tão vívida a lembrança da esposa – já que o mais adorado fora devorado pela fera. Na verdade, Benjamin, desde o desaparecimento de José, passara a ser vigiado o tempo todo pelos olhos temerosos de Jacó, o qual, por nada deste mundo, permitia que ele se afastasse de si, tendo chegado a transferir a tenda de Benjamin, com esposas e filhos, para o lado da sua, onde pudesse tê-lo sempre sob o alcance das vistas.

A caravana teve de partir, então, com um a menos dos onze.

Foi uma longa viagem, que culminou com a chegada dos dez filhos de Jacó aos portões do Egito. Ali, depois de inquiridos pelos sentinelas, foram admitidos com surpreendente facilidade, ao passo que os demais companheiros de caravana – ismaelitas, madianitas e mercadores de outros "povos das areias" – foram impedidos de segui-los.

Ruben e Judá, que lideravam o grupo dos hebreus, entreolharam-se desconfiados.

Mas, enfim, era preciso seguir adiante, e logo foram levados ao palácio do provedor do Egito, a quem deveriam fazer seus pedidos.

Introduzidos nas dependências, tiveram de aguardar algum tempo até que José – que eles, evidentemente, sequer imaginavam que o fosse – adentrou o salão.

Caindo de bruços sobre o assoalho, os onze irmãos prestaram-lhe a reverência de praxe. José, sabedor de quem eles eram, trazia um lenço permanentemente posto sobre o rosto, para ajudar a disfarçar sua identidade. (Ruben e seus irmãos haviam sido alertados de que o provedor estava com uma infecção nos olhos, causada pela poeira da seca interminável.)

Nunca, na verdade, um lenço fora tão providencial, pois ao colocar os olhos sobre os irmãos e constatar o quanto o rigor do deserto os havia envelhecido, não pôde impedir que algumas lágrimas lhe rolassem pelo rosto. Auxiliado por um intérprete, para simular que não dominava o idioma deles – considerado baixo e desprezível demais para ser entendido por um egípcio –, José, depois de dominada a primeira emoção, começou a lhes fazer perguntas. Por meio delas, ficou sabendo que eles vinham de Canaã em busca de alimento. Mas não era exatamente isso que o interessava.

– São irmãos todos, ao que vejo – disse ele, por meio do intérprete.

— Sim, com a graça de Deus — disse Ruben.
— Estão todos ou falta algum? — disse José.
— Faltam dois, grande senhor — respondeu Ruben, respeitosamente.
— Dois? Mas se vieram dez, por que não vieram logo os doze?
— O mais jovem, que se chama Benjamin, ficou com nosso pai, que de modo algum quer ver-se dele apartado. Quanto ao outro, não vive mais.

José sentiu outra onda de violenta emoção embargar-lhe a voz. "Jacó ainda vive!", pensou ele.

— E o nome do pai de todos, qual é? — disse José, após ligeira pausa.
— Jacó, filho de Isaac — disse Ruben.
— E o nome do desaparecido?
— José.
— Desaparecido ou morto?
— Desapareceu, mas, por uma evidência certa, é tido por morto.

Ruben baixou os olhos, como sempre fazia diante do assunto.

— Imagino que seu velho pai tenha sofrido muito com isso.
— Quase desceu à casa dos mortos, grande provedor.

José sentiu novo nó na garganta tolher-lhe as palavras.

Depois, controlando os nervos, tratou de levar adiante o que planejara para aquela entrevista. Após fazer um breve silêncio, transmutou seu semblante de doce em irado e disse, suspendendo o queixo:

— Embora tudo isso, quero que saibam que faço um péssimo juízo de todos.

Um grande assombro desceu sobre as feições dos dez irmãos ao escutarem pela boca do intérprete tais palavras surpreendentes.

— Sei perfeitamente que todos vocês não passam de miseráveis espiões — disse José, num tom cavernoso.
— Por certo que não somos espiões — disse Judá, tomando a palavra.

— Como é o nome desse atrevido que toma ao irmão a palavra? – disse José, simulando verdadeira irritação.
— Meu nome é Judá – disse ele, ligeiramente ofendido.
— Seus olhos fulguram como os dos leões – disse José. – Mas não é bom que o façam diante de minha presença.
Judá baixou a cabeça com reverência.
— Não entendemos o que queira dizer com isto de "espiões", grande senhor – disse Ruben, inquieto com o rumo da conversa.
— Eu o entendo – disse José, de maneira brusca, sempre com o lenço a tapar parcialmente o rosto. – Pela vida do Faraó que não sairá ninguém desta terra sem que antes tenha vindo também para cá o mais novo dos filhos do pai de todos vocês.
Os olhos dos dez irmãos arregalaram-se de pavor.
— Perdão, grande senhor, mas creio já haver dito que nosso pai não permite que ele se afaste jamais de sua presença – disse Ruben.
— Ficará, então, doravante, com este único filho – disse José, secamente.
Simeão e Levi, que estavam um pouco mais atrás de Ruben, enterraram os dedos nas barbas grisalhas. Sabiam eles que Jacó, tendo de optar, terminaria ficando com Benjamin, restando aos demais a escravidão perpétua nas terras do Faraó.
A audiência encerrou-se abruptamente, e os dez irmãos foram mantidos prisioneiros no palácio durante três dias, ao cabo dos quais José os trouxe outra vez à sua presença. Ali declarou que todos poderiam regressar a Canaã, com exceção de um, que ficaria na condição de refém até a volta dos demais e de Benjamin.
Apesar de certo alívio, era ainda positivamente uma desgraça.
"Como chegaremos diante de nosso pai sem um de nós?", perguntou-se Judá.
Ruben, como que entendendo sua dúvida torturante, começou então a lamentar-se em altos brados, imaginando que o provedor jamais o entenderia.
— Aí está, irmãos, a conta que nos chega, afinal, de nosso antigo e tão grande crime! Sim, quantas vezes fizemos ouvidos moucos aos gritos de aflição de nosso irmão, pedindo para que o

retirássemos do negro poço em que o lançáramos! Eis aí a conta que nos chega, afinal!

Enquanto Ruben arrepelava as barbas, José ocultava novamente os olhos sobre o lenço, vendo perfeitamente que o irmão referia-se a ele, tomado pelo arrependimento.

Na verdade, José encenava toda aquela cena para avaliar se os irmãos eram merecedores ou não do seu perdão. Desde que se mostrassem arrependidos do crime que haviam cometido contra si – e mais ainda, contra seu pai –, estava ele disposto a perdoá-los, vendo em tudo aquilo apenas a mão de Deus, que assim dispusera das coisas para que José um dia estivesse ali onde estava.

Satisfeito com o que ouvira, José ordenou em seguida que escolhessem o refém.

Depois de uma breve reunião, Simeão acabou sendo o escolhido para ficar. Quanto aos outros nove, receberam todo o trigo e demais cereais que haviam ido buscar, levando os alforjes cheios até as bocas. No topo de cada um deles José ordenou que colocassem de volta o dinheiro que cada qual havia pago pelo alimento, coisa que só foram descobrir no meio da viagem, o que encheu a todos de nova apreensão.

– Como vieram parar aqui? – disseram uns aos outros. – E se o provedor imaginar que furtamos o dinheiro, o que será do pobre Simeão?

De qualquer forma, Ruben e seus irmãos regressaram à terra de Canaã.

Quando Jacó percebeu que eles retornavam, foi recebê-los. Entretanto, logo num primeiro golpe de vista, percebeu que faltava um dos dez que haviam partido.

– Embora tenha havido um pequeno contratempo, fizemos excelentes negócios, meu pai – foi logo dizendo Ruben, para preparar o terreno para a desagradável notícia.

– Partiram dez e voltaram nove – disse ele, antes de qualquer outra coisa. – Onde está Simeão?

– Meu pai, é bom saber que o provedor do Faraó nos foi tão gentil quanto nos foi também molesto – disse Judá, tomando novamente a palavra ao irmão.

– Onde está Simeão? – disse o velho, surdo a qualquer outra coisa.

— Primeiro dissemos que éramos doze irmãos, e que dois de nós não podiam lá estar de maneira alguma, o que lhe provocou a curiosidade de saber o motivo.
— Onde está Simeão?
— Diante da pergunta, fomos obrigados a dizer que Benjamin ficara debaixo de sua asa e que o outro já não mais existia.
— Onde está Simeão?
— Tudo parecia encaminhar-se bem, até vermo-nos tratados, de maneira injusta e inesperada, como reles espiões.
— Onde está Simeão?
— Como se iso não bastasse, ainda o potentado exigiu que lhe levássemos, numa viagem posterior, o caçula de Jacó.
— Pela última vez, falador maldito, onde está Simeão? – disse Jacó, assestando um golpe do seu bordão à cabeça de Judá.
— Simeão ficou no Egito, meu pai.
— Venderam-no a troco de comida?
— Não, ele ficou na condição de refém.
— Refém em nome do quê? Quem lhes deu autorização para deixar um de meus filhos em terras de gentios, a troco de garantia do que quer que fosse?

Ruben e seus irmãos tiveram de explicar longamente, passo a passo, tudo quanto se passara nas terras do Faraó.

— Quer dizer que, além de terem deixado lá Simeão, ainda pretendem levar Benjamin, o filho de Raquel, privando-me assim do terceiro filho?

— Nada podíamos fazer – disse Levi, intrometendo-se. – Ou ficava um de nós ou todos seríamos obrigados a lá permanecer para sempre.

— Preferem, então, ir ficando um a um, até que nenhum filho me reste. É isso?

A conversa tornou-se impraticável. Durante um ano inteiro Jacó não quis nem ouvir falar em deixar apartar-se de si o caçula Benjamin, pai de dez mocetões, até que os víveres se acabaram e a fome veio juntar ao debate o seu invencível argumento.

Um dia Jacó foi até os filhos e disse:
— Não enjoaram ainda de ouvir seus filhos clamarem por pão?

— Pão só há no Egito, meu pai — disse Ruben.

— Qual o mais fácil: que o Egito venha até vocês ou que vocês vão ao Egito?

— Só podemos ir lá se levarmos Benjamin conosco — disse Ruben, emburrado como uma criança birrenta.

— Pois então seja — disse o velho, dando as costas.

No mesmo instante um grande suspiro conjunto elevou-se aos céus. A fome curvara, finalmente, a espinha do grande teimoso.

Na manhã seguinte, os dez irmãos apresentaram-se diante do pai. Benjamin, ao centro, reluzia de alegria — afinal era a primeira vez que saía de baixo da asa do pai.

Jacó, ao ver-lhe o semblante eufórico, lembrou-se imediatamente da manhã em que o jovem José, também prestes a fazer sua primeira incursão pelo mundo, partira para a morte. Assaltado por esse temor, chegou a pensar em arrancar do jumento o caçula de cabelos grisalhos a fim de impedi-lo de consumar a loucura.

— Não se preocupe com o caçula, meu pai — disse Judá. — Que meus filhos sirvam de vingança à sua ira se deixar que toquem num único fio de seu cabelo.

— Vão logo e tragam Simeão de volta — disse Jacó, com o semblante carregado. — Quanto a mim, ficarei aqui, privado de filhos, como se nunca tivesse tido nenhum.

E assim partiram os dez filhos de Jacó de volta ao Egito.

Ruben, Benjamin e os demais chegaram à terra do Faraó depois de nova e cansativa viagem. Desta feita foram recebidos na casa de José, onde foram convidados a privarem da mesa do provedor. Ali já estava Simeão, o qual lançou-se aos prantos aos braços dos irmãos, magoado pelo longo exílio.

— Que tal lhe trataram? — disse Issacar, um dos irmãos.

— Muito bem — disse Simeão. — Na verdade, fui mais um hóspede durante todo este tempo do que propriamente um prisioneiro.

Muito surpresos com mais essa novidade, todos assentaram-se à mesa. Benjamin ficou sentado ao lado de José, que surgira com a cara limpa, à exceção de uma maquiagem sobre os olhos, ao estilo dos egípcios, que lhe serviu, de certo modo, como uma espécie de máscara, ajudando a disfarçar-lhe as feições.

Ruben, antes de mais nada, havia explicado ao mordomo de José acerca do dinheiro encontrado milagrosamente nos sacos, quando de seu primeiro regresso, o que ele colocou à conta do deus deles.

– Foi o deus de vocês quem obrou o feito – disse ele –, pois recebi perfeitamente de suas mãos a quantia exata.

José, tão logo os teve diante dos olhos, lhes perguntou se o pai deles ainda vivia.

– Sim, grande senhor, com a graça de Deus, ainda vive – disse Ruben.

– Ótimo – disse José, tomando assento, sendo seguido pelos demais.

Então fixou seus olhos penetrantes em Benjamin, ao qual imediatamente reconheceu.

– É este, então, o irmão que estava faltando? – disse ele, fazendo um esforço tremendo para não romper num choro descontrolado.

– Sim, verdadeiramente esse é Benjamin, o caçula de Jacó, irmão consanguíneo do outro que já não mais existe.

Então José, não podendo mais conter-se, pretextou qualquer coisa e correu para seus aposentos, onde chorou livremente. Depois de desabafar, retornou, com uma camada extra de tinta sobre os olhos para disfarçar a vermelhidão de suas pálpebras.

Depois de ter tomado lugar em seu assento, ordenou que servissem a todos. Benjamin, no entanto, teve seu prato cinco vezes mais bem servido, o que certamente o encheu de espanto.

Na verdade, ele já havia notado que aquele homem tinha semelhanças muito fortes com seu irmão, ao qual por certo não esquecera jamais. Embora a grande diferença de idade – pois José já havia transposto a casa dos cinquenta anos –, ainda se percebia os sinais de sua juventude, especialmente no modo de olhar e de sorrir, que nem os anos têm o poder de modificar.

"Será verdadeiramente ele?", perguntava-se Benjamin, todas as vezes que o encarava. Vendo o rumo que as coisas tomavam, bem como o interesse que o provedor demonstrava por ele e pelos demais, não lhe era totalmente injustificado que ousasse cogitar em tal possibilidade.

A hora do reencontro, no entanto, ainda não soara para José, pois ele tinha uma última brincadeira a fazer com seus irmãos. Depois de ter-lhes enchido novamente os alforjes de cereais – tomando o cuidado de mandar introduzir o dinheiro deles na boca dos sacos, tal como fizera da outra vez –, ordenou ainda a um dos lacaios que introduzisse sua taça de ouro no alforje de Benjamin.

Os irmãos de José partiram mais uma vez, e iam muito felizes do bom resultado quando escutaram pelas costas o galope e a corrida de alguns carros.

– O que será, agora? – disse Aser, um dos irmãos.

O mordomo de José logo lhes surgiu, de semblante carregado.

– Alto lá, traidores! Onde pensam que vão com o produto do roubo?

– *Roubo?* – exclamou Judá, tomando o aspecto leonino outra vez.

– Sim, velhacos do deserto! – disse o mordomo, com voz estridente.

– Aqui não há velhaco algum! – disse Zabulon, secundado por Gad.

– Oh, não? – disse o mordomo, com áspera ironia. – Diga-me, então, que nome merece quem, após desfrutar da mesa do segundo homem mais importante do Egito abaixo do Faraó, surrupia-lhe em seguida a sua taça de beber e de prever?

(Aquela taça era usada também para práticas de adivinhação.)

Os rostos bronzeados dos viajantes tornaram-se ligeiramente pálidos.

– Que morra aquele de nós com o qual esteja essa maldita taça! – exclamou Judá, encolerizado.

Começaram-se imediatamente as buscas, que foram encerrar-se com a vistoria à bagagem de Benjamin, deixada propositadamente para o fim.

– Aqui está! – disse o mordomo, triunfalmente.

Diante dos olhos de todos surgiu a taça.

– Benjamin, foi então para perder-nos a todos que vieste? – disse Gad, seu irmão, enquanto os demais rasgavam suas vestes em sinal de vergonha.

Por mais que o caçula de Jacó protestasse inocência, ninguém lhe deu ouvidos.

Levados de volta a José, foram recebidos por ele com a frieza natural que seria de se esperar. Todos traziam suas cabeças inclinadas, mergulhados que estavam em profunda humilhação.

– Estamos prontos a servi-lo para sempre como seus escravos – disse Judá ao provedor, depois de lançar-se ao solo.

– Quero somente o culpado – disse José, soturnamente, lançando os olhos sobre Benjamin. – Os demais podem regressar à sua terra de larápios.

Judá tornou-se mortalmente pálido.

– Isto não pode ser, grande senhor – disse ele.

– Como ousa dizer, em minha casa, o que pode ou não ser? – disse José.

– Se o mais moço ficar aqui prisioneiro, nosso pai certamente morrerá.

– Sem dúvida que ele ficará.

– Grande senhor, prometi a meu pai que o filho remanescente de Raquel não sofreria nada em um único fio de seus cabelos – disse Judá, com as faces lavadas em pranto. – Deixe, então, que eu fique em seu lugar, mas não afaste do pai o irmão daquele que todos nós, num dia para sempre funesto, afastamos da sua presença. Não suportaria ser o causador de uma segunda desgraça, semelhante em tudo àquela que já uma vez criminosamente lhe impingimos.

Aquele inesperado ato de contrição foi, então, a gota d'água. José, não suportando mais tanta emoção, deu-se finalmente a conhecer.

– Meus irmãos, sou eu! – disse ele, limpando a maquiagem com um lenço.

Boquiabertos, todos os dez irmãos de José puseram-se a observá-lo.

– Sim, sou eu. José! – repetiu o provedor, lançando-se aos braços de Benjamin.

– José... o desaparecido? – balbuciou Dã, seu irmão.

– O filho de Raquel? – disse Neftali, de braços arriados.

– Sou eu! – disse ele, estendendo os braços aos demais, que foram juntar-se a ele num grande abraço.

Prefácio

Na verdade, os irmãos de José estavam mais apavorados com o ressurgimento de José do que propriamente felizes. Afinal, que espécie de vingança poderia ele estar preparando, agora, sendo o favorito do Faraó?

José, no entanto, tratou logo de acalmá-los, perguntando pelo pai.

– Ele ainda vive? Está bem de saúde?

Sim, ele estava com plena saúde, asseveraram todos.

José, então, permitiu que todos regressassem a Canaã com os víveres e a boa nova, o que eles imediatamente fizeram.

– Tragam-no até mim o mais rápido possível, pois meu coração anseia revê-lo após todos esses anos! – dissera ele, antes que partissem.

Os onze irmãos partiram a toda brida e chegaram logo à terra de seu pai.

A primeira coisa que Jacó fez foi contar, num único apanhado, quantas cabeças retornavam.

– Ali está Benjamin, e ali Simeão, e aí estão todos os onze – disse o velho, sem conseguir disfarçar sua satisfação.

– Doze, meu pai! – disse Benjamin, abraçando-se ao ancião.

– Onze, onze – disse o velho, corrigindo o equívoco do caçula. – Os onze aí estão.

– Não, meu pai – insistiu ele. – Dez partiram, mas doze regressam!

Jacó abanou a cabeça com decisão, a fim de afastar a blasfêmia.

– Não diga asneiras – disse Jacó, impacientando-se. – São onze, pois o décimo segundo não tornará jamais. Não estrague um momento de alegria com uma triste lembrança.

Os olhos de Jacó, que já haviam vertido uma ou duas lágrimas de enternecimento, agora começavam a verter muitas outras de amargura, pois desde que uma perda profunda se instala em uma alma, toda nova alegria transforma-se, como num automatismo, em uma nova e pungente tristeza.

– José não morreu, somos doze outra vez! – disse Benjamin, libertando-se dos braços do velho.

Jacó, que havia deixado cair o bordão, tateou às suas costas, sendo logo amparado pelas mulheres de seus filhos, que ali estavam também a confraternizar.

– Como se atreve a brincar com minha dor? – disse o velho, que parecia disposto a surrar o caçula caso insistisse com aquele disparate.

Logo, porém, os demais filhos de Jacó se associaram a ele para confirmar aos ouvidos incrédulos do pai que assim era, de fato.

– José vive! José vive! – exclamaram todos.

Mas Jacó só acreditou que assim verdadeiramente era quando um dos seus netos, encantado com o coro divertido, se destacou do grupo e desceu a planície numa corrida desenfreada, a gritar para toda a imensa tribo de Jacó:

– *Jojé* vive! *Jojé* vive!

Aquela vozinha esganiçada a ecoar pelos vales, anunciando algo que para ela não passava de uma brincadeira de repetição, soou finalmente ao ancião como a própria trombeta divina.

– José vive – disse mansamente o velho pai, sustentado pelos braços de todos, não como se fosse cair ao solo, mas como se devesse, a qualquer instante, alçar-se ao céu infinitamente azul do Deus de Israel.

José mandou enormes carroções para que toda a sua família fosse transportada às terras do Egito, já que a fome se estabelecera em Canaã. Jacó, confortavelmente instalado, enfrentou a viagem cercado pelos filhos, noras e netos, até alcançar Bersebá, onde novamente conversou com o seu deus, agradecendo por tê-los tirado da fome e levado até o Egito da fartura, onde seu filho José imperava, um degrau abaixo do Faraó.

No Egito, Jacó foi habitar as terras de Gessen, onde viveu com os seus durante mais dezessete anos, até a sua morte. Antes, porém, ainda faltava experimentar a grande alegria de sua vida, que foi rever José, o filho ressuscitado.

Assim que chegou próximo às terras nas quais deveria habitar, já lá ele o esperava, com um grande sorriso no rosto. Entretanto, foi um outro José que Jacó estreitou nos braços, um José algo obeso, com alguns fios de cabelos grisalhos e outras tantas rugas nos olhos. Jacó chorou ao abraçar o filho, e no meio de tantas lágrimas, uma delas, pelo menos, chorava secretamente pela morte definitiva daquele garoto que ele vira partir um dia montado no burrico, cheio de energia e juventude, e que se acostumara a enxergar sempre igual na sua memória.

"José vive". Mas qual José?

José ressuscitara transformado num homem prático e mundano – mundano demais para o gosto do velho Jacó – e perfeitamente integrado àquele povo cuja idolatria repugnante ele sempre condenara.

"São esses os caminhos do Senhor Deus", pensou Jacó, depois de estar longamente a cismar, confirmando mais uma vez o quanto aprazia ao seu deus dar à vida humana a mesma imprevisibilidade de um jogo de enganos. "Bendito seja ele por isso e por tudo o mais", acrescentou, por fim, pois continuava absolutamente fiel ao deus de Noé, que lhe devolvera sadio e bem nutrido o filho que um dia lhe tomara dos braços, repetindo, num outro plano, o drama de Abraão e Isaac.

Os anos se passaram até que Jacó finalmente viu aproximar-se a hora de sua morte. Depois de chamar José à sua presença, fez o filho jurar que iria enterrá-lo no mesmo local onde estavam sepultados Abraão e Isaac. Mais tarde, em outra ocasião, fez com que José levasse até ele seus dois filhos, Manassés e Efraim.

– Vou abençoá-los – disse Jacó, recostado em seu leito –, de tal sorte que passarão a ser como se fossem meus próprios filhos.

José entregou-os às mãos do velho pai, deixando que Manassés, o primogênito, ficasse à sua direita, e Efraim ficasse à sua esquerda – e isto para que a bênção mais forte, vinda da destra, recaísse sobre o primogênito.

No último momento, porém, Jacó cruzou os braços, fazendo com que sua mão direita pousasse sobre a cabeça de Efraim e a esquerda, sobre a de Manassés.

– Meu pai comete um engano – disse José, tentando repor as coisas no seu lugar.

Jacó, no entanto, não permitiu que José efetuasse a troca. Acostumado às linhas tortas do seu deus, decidira inverter a sua bênção também, tal como num dia distante acontecera consigo próprio. Desse modo, Efraim, ao receber a bênção que deveria ter cabido ao primogênito Manassés, entrava também – pelo menos assim supunha o velho ancião – nos direitos que somente a inversão divina proporcionava.

Mas isso ainda não foi o fim de Jacó, o qual somente se deu depois que ele reuniu os filhos ao redor do seu leito de morte, onde pronunciou suas últimas palavras. Um a um, seus filhos foram abençoados – numa bênção curiosa, que era a um só tempo bênção e maldição.

Ruben, por exemplo, teve retirada de si a bênção da liderança, pois havia manchado o leito do próprio pai ao possuir-lhe uma das concubinas. A Judá coube a chefia do povo eleito, já que José – aquele que Jacó naturalmente teria eleito – era agora muito mais um egípcio do que um judeu. Simeão e Levi foram amaldiçoados por causa de sua cólera, que havia manchado o nome de Jacó no episódio do estupro de Diná.

– Maldita seja a cólera deles, tão violenta! – disse ele, encontrando, no próprio leito de morte, energia bastante para exprobrar-lhes a ira e a má conduta.

Todos os demais escutaram sua cota de bênção e de amarga crítica, até que Jacó, perdendo definitivamente as forças, expirou, indo reunir-se aos seus.

Jacó tinha 147 anos quando sua morte se deu. Depois de embalsamado, foi conduzido em grandiosa procissão, que José liderou, até a caverna de Makpelá, em Canaã, onde repousavam Abraão, Isaac e Rebeca.

Assim que Jacó havia sido encerrado na caverna, os irmãos de José tomaram Benjamin de lado e lhe disseram, com os rostos pálidos de medo:

– Vá até o seu irmão e diga que nosso pai rogou que ele não nos fizesse mal algum depois de sua morte, e que nos perdoasse todo o mal que lhe fizemos anteriormente.

José, ao escutar aquelas palavras, que sabia de antemão falsas, em vez de raiva, sentiu, ao contrário, imensa piedade pelos irmãos quando os viu prostrarem-se diante de si, dizendo:

– Aqui estão os seus escravos!

José fez com que se erguessem. E ao ver aqueles rostos enrugados e emoldurados por barbas e cabelos brancos – os quais lembravam antes o de crianças terrivelmente assustadas, pois temiam em seus corações que a ira de José viesse a descer sobre eles e a multidão de seus filhos –, José enterneceu-se ainda mais.

– Meus irmãos – disse, com um sorriso. – Estou eu, por acaso, no lugar de Deus, para exercer a vingança sobre meus próprios irmãos? Pois lhes digo que nada temam. Fizeram-me o mal, é certo, mas Deus o converteu em bem. Por que deverei, agora, converter o bem de Deus em novo mal?

Tão francas soaram as palavras de José, que logo estavam todos os espíritos em paz, e foi assim que retornaram ao Egito, ao mesmo tempo sob o peso do luto e da mais fraternal concórdia.

José ainda governou o Egito por muitos anos, vindo a falecer com a idade de 110 anos. Antes de fazê-lo, profetizou aos irmãos que um dia todos os descendentes das doze tribos de Jacó deixariam o Egito – que se tornaria, então, local de escravidão para eles – e iriam reunir-se na terra que o Senhor prometera um dia a Abraão.

A HISTÓRIA DE TAMAR

Enquanto se davam os eventos importantíssimos da história de José, ocorria, ao mesmo tempo, um episódio não menos importante na vida de seu irmão Judá.

José ainda estava desaparecido em terras do Egito, quando Judá – o filho que Jacó escolheria mais tarde para sucedê-lo no comando do povo escolhido – casou-se com uma mulher cananita e com ela teve três filhos, chamados Her, Onã e Sela.

Her, o primogênito, casou-se com uma mulher chamada Tamar, que é também a protagonista desta curiosa história. Eles viveram juntos até que Her, tendo incorrido, por algum motivo, na ira do Senhor, acabou sendo morto por Ele. (Em se tratando de Her, tudo é mistério, pois nem a razão nem o modo pelo qual morreu foram referidos.) O fato é que a jovem Tamar, depois da morte misteriosa do esposo, ficou viúva. Viúva e sem filhos.

Ora, se havia alguma coisa que Tamar queria neste mundo era gerar um filho.

"Não posso morrer sem uma descendência!", pensava ela, dia após dia, ao perceber que corria o risco de ver-se esquecida por Deus e pelos homens. Não ter um filho era a desonra maior a que podia estar exposta uma mulher naqueles dias.

Porém, ter um filho não lhe bastava. Tamar queria que ele pertencesse à linhagem de Judá. Um novo casamento com descendentes dos outros filhos de Jacó não servia.

"A eleição não recairá jamais sobre qualquer dos irmãos de Judá, o que tornará suas descendências desprezíveis", pensava ela, pois Tamar, a exemplo de Sara e de Rebeca, queria ter seu nome inscrito no drama divino que sabia estar em pleno curso.

"Além de tudo, não passam de uns asnos", pensava ela, duramente. Gad, por exemplo, era "uma nulidade"; Benjamin, "o caçula parvo e mimado"; Aser, "o glutão insosso"; Issacar, "o jumento ossudo".

"Como ter um filho de alguém cujo pai tem esse apelido horroroso?", perguntava-se ela, penteando as madeixas em frente a uma das tendas, enquanto observava o vaivém atarefado dos filhos de Jacó.

"José seria o ideal, mas está morto", disse ela para si mesma, pois o filho predileto de Jacó ainda não reaparecera, e era tido por todos como morto.

Tamar concluiu, pelo método da exclusão, que a bênção terminaria recaindo sobre Judá (já que o primogênito Ruben incorrera na ira de Jacó ao deitar-se com Bala, uma sua concubina) e que de sua descendência abençoada é que surgiriam homens do mesmo porte de Noé, Abraão e Jacó, até culminar no aparecimento de um novo Adão, aquele que forçosamente teria de vir para restabelecer o Éden em toda a Terra. Tamar pensava tudo isso e queria a todo custo que seu nome viesse a constar um dia da honrosa lista dos seus ascendentes.

Isto posto, um dia ela se dirigiu com determinação ao sogro e disse:

– Judá, dê-me seu outro filho, Onã, para que eu possa gerar uma descendência.

Judá não ficou muito surpreso com o pedido, pois, segundo a lei do levirato, era costume que o irmão do falecido gerasse uma descendência à viúva. Erguendo-se, Judá foi logo levar a intimação ao seu filho.

– Onã, venha para fora, um instante – disse o pai.

O jovem estava encerrado numa das tendas e custou um pouco a aparecer.

– Sim, meu pai – disse ele, que tinha olheiras ligeiramente pronunciadas.

– Desde o dia em que Deus levou seu irmão Her, há uma mulher solitária e sem filhos entre nós.

Onã baixou a cabeça, contrafeito, pois já sabia o que o esperava.

– O que aguarda para procurar Tamar e gerar nela uma descendência? – disse Judá, com ares de poucos amigos.

Onã sabia que sua cunhada poderia perfeitamente exigir dele o cumprimento do dever, e caso ele, ainda assim, insistisse em negá-lo, ela estaria autorizada, segundo a tradição, a tomar-lhe o calçado do pé e a cuspir-lhe no rosto, dizendo: "Assim se faz com o homem que não quer dar um filho a seu irmão". Como se isso não bastasse, sua família passaria a ser chamada de "a casa do descalço".

Se Onã, porém, decidiu curvar-se à tradição, o fez à sua maneira.

"Por que deverei gerar um filho que será tido como filho de Her?", dizia a si próprio, inconformado com o papel aviltante que lhe destinavam.

O irmão do morto procurou a cunhada e ambos deitaram-se para procriar.

Entretanto, se Tamar amou a Onã, Onã não amou a Tamar, pois no instante fatal ele interrompeu o ato, lançando seu sêmen sobre a terra.

– Por que fez isto? – disse ela, erguendo-se do leito, furiosa.

Onã nada disse e retirou-se, deixando Tamar a sós com sua decepção.

A cena repetiu-se outras vezes, até que a maldição divina recaiu também sobre Onã, fazendo-o descer à casa dos mortos.

Diante dessa segunda morte quase miraculosa, Tamar convenceu-se, afinal, de que Deus estava ao seu lado.

– Ainda resta Sela – disse ela, lembrando-se do terceiro e último filho de Judá.

Tão logo Onã baixou à sepultura, a viúva negra procurou novamente o sogro.

– Judá, dê-me seu último filho, Sela, para que eu possa gerar uma descendência.

Desta vez, porém, Judá mostrou-se reticente, pois, tendo perdido já dois filhos às mãos daquela mulher de mau agouro, temia muito vir a perder o último.

– Sela é muito jovem para casar-se – disse ele, desconversando. – Fique na casa de seu pai até que ele tenha idade bastante para unir-se a você.

Tamar, não encontrando outro jeito, fez o que o sogro dizia.

Um, dois, vários anos se passaram, e nada de Sela vir procurá-la.

– Basta de paciência, Tamar – disse ela para si mesma.

Depois de procurar novamente a Judá, sofreu nova decepção.

– Espere mais um pouco – disse ele, tentando despachá-la.

Mas ela não queria esperar mais um pouco, e tratou logo de imaginar um plano para ganhar a sua tão sonhada descendência.

– Não estou interessada em Sela – disse Tamar, com decisão.

Seu objetivo, agora, era o próprio Judá.

Todas as vezes que os caminhos da bela Tamar pareciam truncados, a mão do Senhor surgia, lançando para fora o escolho. Tamar teve essa certeza quando uma terceira morte veio trazer-lhe a confirmação.

Dessa feita fora a mulher de Judá quem falecera.

"O Senhor Deus age novamente!", pensou Tamar.

Passado o luto por sua esposa, Judá foi à região de Tamna com seu amigo Hira de Odolam, para a tosquia das ovelhas. Tamar, informada alguns dias antes do projeto de seu ex-sogro, decidiu que chegara a hora e partiu na mesma direção.

Quando Judá passava pela entrada do povoado de Enaim, viu sentada sob a sombra de um alpendre uma mulher, cujo véu denunciava seu ofício.

– Vamos – disse Judá, parando ao pé dela.
– O que me dá? – disse ela, sem descobrir o rosto.
– Eu lhe mandarei, mais adiante, um cabrito de meu rebanho.
– Quero uma garantia.
– Que espécie de garantia?
– O sinete, o cordão e o bastão que traz em sua mão.

Judá entregou os objetos à mulher, pois estava muito interessado nela.

Dali a instantes, Judá estava nos braços da desconhecida do véu, e do amor que fizeram resultou que ela ficou grávida.

– Adeus – disse ele, vestindo-se. – Logo o cabrito lhe chegará às mãos.

Judá encarregou seu amigo Hira de levar o pagamento combinado à mulher, no mesmo local em que a havia encontrado.

– Onde está a mulher que faz a vida sob este alpendre? – perguntou Hira a um passante.

– Não existe prostituta alguma em Enaim – disse o sujeito, ofendido.

Hira retornou até Judá e lhe repetiu o que o sujeito dissera.

– Então em Enaim não há mulheres – disse Judá, com uma ironia séria. – Muito bem, esqueçamos então a tal prostituta antes que o assunto caia no ridículo.

O tempo passou e Judá já havia retomado normalmente a sua vida quando um dia um terrível escândalo estourou.

– Judá, a sua nora está grávida! – disse Hira, com raiva.
– Tamar... *grávida*? – disse Judá, incrédulo.
– Sim, ela não passa de uma rameira imunda!

Logo outras vozes vieram juntar-se à de Hira, exigindo a punição de Tamar:

– Que seja apedrejada! Que seja queimada! – bradavam.

Tamar foi retirada de sua tenda. Seu ventre, inchado de três meses, já não podia ocultar o crime.

– Prostituta! – gritaram-lhe, em meio às cuspidas e aos assovios.

Tamar, entretanto, impassível em meio ao coro, tirou do seio dois pequenos objetos, enquanto erguia com a outra mão um bastão.

— O pai da criança é o dono destas três coisas — disse ela, com serena impassibilidade. — Que o dono delas responda pela minha vida.

Trouxeram até Judá os objetos e imediatamente ele os reconheceu como sendo os seus. Com o rosto escarlate, anunciou o fato à multidão.

— Sou o pai desta criança — disse ele, grandemente vexado. — Tamar foi mais honesta do que eu, pois não lhe dei meu filho Sela para marido, conforme manda a lei.

Tamar foi deixada em paz e pôde retornar à sua tenda. Naturalmente que pagou um preço alto por sua ousadia. Sabia que havia perdido para sempre a respeitabilidade e que nunca mais pessoa alguma da tribo lhe dirigiria a palavra.

Decidida apenas a gerar seus dois filhos — pois eram gêmeos que ela abrigava em seu ventre —, Tamar ignorou olimpicamente a malta dos murmuradores. Agora ela fazia parte do ramo nobre da árvore do Senhor e nada mais tinha a tratar com a "escumalha". Verdade que fora obrigada a fazer, de uma maneira não muito piedosa, o enxerto no tronco sagrado. Mas Deus, que inequivocamente encaminhara tudo para aquele desfecho, daria um jeito também de santificar o fruto do seu pecado.

Tamar estava grávida de gêmeos, está dito. E este fato era mais uma prova de que a mão poderosa de Deus andava naquilo tudo.

"Gêmeos, como os filhos de Isaac", pensou ela. "Deus é grande, nada é por acaso."

Antes, então, de lançar ao mundo os frutos do seu ventre, tratou de ordenar à parteira que cuidasse bem para ver qual dos dois se daria a ver primeiro.

— Importa muito saber isso, pois tal será o primogênito — disse, decidida a evitar equívocos.

Durante o parto, a parteira esteve de olho arregalado a espiar a porta por onde os dois bebês lutavam para atravessar primeiro. E eis que uma minúscula mãozinha surgiu. Rapidamente a parteira atou nela um pequeno laço vermelho, antes que ela retornasse para a cálida escuridão dos não nascidos.

— De todo jeito, este foi o primeiro a sair — disse a parteira à sua senhora.

Tamar reclinou a cabeça e aguardou.

Dali a instantes surgiu, em definitivo, o primeiro dos dois.

— É o segundo que sai em primeiro — disse a parteira a Tamar.

Este se chamou Farés, cujo nome quer dizer "brecha".

Logo depois veio o último, com o laço atado ao pulso.

— É o primeiro que sai em segundo — disse a parteira a Tamar.

Este se chamou Zara, cujo nome evoca a cor vermelha.

O Senhor, no entanto, não aprovou o arranjo, e fez com que a descendência nobre recaísse sobre Farés. De sua descendência surgiram nada menos que dois reis (Davi e Salomão) e um deus (Jesus, o filho putativo de José). Quanto a Tamar, teve, de fato, seu nome registrado para sempre na genealogia de Jesus (Mt 1.3).

DO ÊXODO

NASCIMENTO E MISSÃO DE MOISÉS

José do Egito, o hebreu que se tornara todo-poderoso entre os egípcios, já havia morrido há muito tempo. Fora ele quem levara os judeus para as terras do Faraó, salvando-os da fome que se instalara em Canaã. Seus irmãos também já haviam desaparecido e agora eram seus descendentes que viviam no Egito.

Entretanto, se nos dias de José o povo hebreu era bem tratado, muito diferente passou a ser no período que antecedeu o nascimento de Moisés, o seu futuro libertador. O número dos descendentes de Abraão havia aumentado tanto que o novo Faraó tornara-se incomodado com sua presença.

– Logo começarão as revoltas – disse um dia o Faraó a seus conselheiros. – Além do mais, os hebreus podem resolver aliar-se a nossos inimigos em caso de guerra, o que nos levaria à derrota certa.

Decidido a exterminar aquela população imensa de estrangeiros dentro do seu território, o Faraó impôs aos judeus o trabalho forçado.

– Que trabalhem até a morte.

Chegara a hora da escravidão para os filhos de Abraão, como tantas vezes fora profetizado. Colocados sob o jugo do chicote, os hebreus viram-se obrigados a construir, sob as condições mais exaustivas e desumanas, as cidades de Píton e Ramsés, além de realizar toda espécie de tarefa vil nos campos e nas cidades.

Entretanto, quanto maior era o peso que se punha às costas deles, mais eles cresciam e se multiplicavam, conforme o preceito do seu deus.

– Agora basta – exclamara o Faraó, ao constatar o recrudescimento da ameaça.

Do Êxodo

Depois de refletir longamente, o soberano egípcio mandou chamar ao seu palácio Sefra e Fua, as duas principais parteiras dos egípcios.

– A partir de hoje – disse o Faraó –, sempre que uma hebreia estiver para dar à luz, vocês deverão estar atentas. Se for menino o produto de seu ventre, deverá ele ser morto incondicionalmente. Se for menina, poderá viver.

Evidentemente que não eram apenas Sefra e Fua as duas únicas parteiras em todo o Egito. Elas foram encarregadas de expedir essa ordem a todas as demais colegas, encarregadas de ajudarem as israelitas a dar à luz.

Mas as duas parteiras não se sentiram nem um pouco à vontade com a ordem.

– Em vez de ajudarmos a dar à luz as crianças, ajudaremos agora a dá-las às trevas? – disse Sefra a Fua, inconformada.

Passou-se algum tempo e o Faraó notou que, ao contrário do que esperava, o número de judeus aumentava dia a dia. Furioso, mandou chamar as duas parteiras.

– Idiotas! – exclamou ele. – Por que deixaram viver os meninos?

– Perdoa-nos, Grande Faraó! – disse Sefra. – Acontece que as mulheres hebreias são muito mais fortes e ágeis do que as nossas, de modo que quando uma das parteiras chega para fazer o parto, elas já estão com os bebês aninhados nos braços.

A verdade é que as parteiras, sugestionadas por Séfra e Fua, ignoravam a ordem do Faraó, permitindo que os meninos vivessem, tomadas que estavam pela piedade (que os judeus atribuíam ao temor que elas tinham pelo seu deus).

Então o Faraó decidiu radicalizar.

– A partir de hoje todos os meninos israelitas recém-nascidos serão lançados ao rio. Quem descumprir minha ordem será morto sob a acusação de insubordinação.

Quando essa notícia chegou aos ouvidos dos hebreus, foi grande o terror que se apossou de suas almas. Logo o Nilo tornou-se coalhado de pequenos corpos inocentes a boiarem tristemente.

Por essa época uma mulher hebreia da tribo de Levi, chamada Jocabed, deu à luz um menino. Inconformada com a obrigação de ter de lançá-lo às águas, a mulher manteve-o escondido durante três meses. Mas era impossível mantê-lo ocultado para sempre.

— Miriam! — disse Jocabed, chamando sua filha mais velha. — Não posso mais esconder o pobrezinho.

— O que faremos, então? — disse a garota, tão aflita quanto a mãe.

A mulher surgiu, então, com um cesto feito de papiro.

— Vamos colocá-lo aqui dentro e lançá-lo ao Nilo — disse a mãe.

A pequena Miriam ficou horrorizada.

— Mas é o mesmo que seguir as ordens do perverso Faraó!

— Vou colocá-lo no local onde a filha do Faraó costuma banhar-se todas as manhãs — disse a mulher. — Dizem que ela é uma moça de bom coração. Pode ser que ao encontrá-lo sinta piedade e lhe dê um destino feliz.

Depois de calafetar o cesto com betume e piche, Jocabed introduziu a criança no seu interior. Durante a noite ela rumou silenciosamente para as margens do grande rio, levando consigo o precioso receptáculo. Miriam seguia logo atrás, observando tudo atentamente sob a luz do luar. Logo ambas estavam metidas no meio dos juncos, sentindo bater-lhes pelo corpo as cilíndricas protuberâncias das plantas.

— Acho que aqui está bom — disse a mãe do pequeno garoto, que dormia inocentemente no fundo do cesto.

Com todo o cuidado, ela depositou o cesto em meio aos juncos.

— Adeus, meu menino! — disse Jocabed, com lágrimas nos olhos. — Que Deus o proteja, iluminando o coração da princesa.

A mãe afastou-se, enxugando as lágrimas com o véu. Miriam, porém, decidiu ficar, pois tinha um plano ainda melhor para o pequeno irmão, o qual, caso desse certo, poderia trazê-lo de volta para os braços da mãe. Determinada a levar o plano até o fim, ela esperou, oculta entre os juncos, que a noite se acabasse, enquanto um balanço suave mantinha o cesto a oscilar permanentemente, como um berço flutuante, favorecendo o sono do seu pequeno ocupante.

Quando o sol lançou sobre o Nilo os seus primeiros raios, Miriam, exausta da vigília, estava adormecida sobre o chão.

Do Êxodo

Dentro do cesto, porém, acontecia justamente o inverso com seu pequeno ocupante, pois embora tivesse os olhos protegidos parcialmente pelos caniços ondulantes, nem por isso os tinha inteiramente a salvo dos raios do sol. Feridos pelos primeiros estilhaços de luz, os olhos do bebê abriram-se repentinamente. Um amontoado de formas esguias e compridas agitava-se suavemente acima de si, tendo por fundo uma vasta tela azulada, enquanto o suave balanço continuava a agitar seu improvisado berço. Para quebrar a monotonia que pudesse introduzir-se nesse pequeno idílio aquático, de vez em quando surgia algum pequeno inseto que vinha pousar sobre a borda do cesto. Com os olhinhos fixos no estranho e minúsculo ser, o bebê observava atentamente o percurso que ele fazia ao longo da borda, contornando quase todo o cesto, até alçar um voo repentino para nunca mais reaparecer.

De repente, porém, o menino sentiu um ligeiro baque abaixo de si, e num segundo a grande tela diante dos seus olhos começou a mudar. Os fios verdes e compridos praticamente desapareceram, dando lugar a algumas manchas brancas de diversas formas, que se alternavam sucessivamente sobre o fundo azul.

O cesto rodava – sim, positivamente rodava! – em direção a qualquer coisa.

Enquanto isso, o seu inerte ocupante podia escutar alguns ruídos vindos de fora. No começo, eram apenas piados de pássaros, mas logo misturaram-se a eles vozes humanas, alguns gritos esparsos e muitas risadas.

– Nossa, como está gelada, hoje, esta água! – disse uma voz feminina.

No mesmo instante em que escutou esse som, os olhos do garotinho arregalaram-se nas profundezas do cesto. Pela sua mente passou, como num relâmpago revelador, o retrato de um rosto essencial. E foi somente então que ele descobriu que faltava uma coisa fundamental naquele paraíso: a sua mãe.

Esquecido já de tudo, o pequeno ser começou a mexer-se inquietamente dentro do cesto. Já não o interessavam mais insetos, nem céu azul, nem nuvens que mudavam de forma e tamanho. Com o retrato poderoso da mãe na mente, ele estava cego para tudo o mais, e como a imagem estava associada diretamente ao alimento, logo começou a sentir uma fome terrível que em poucos minutos evoluiu para o desespero. No mesmo instante, as comportas das suas minúsculas glândulas lacrimais foram abertas, e sua voz, liberada do túnel onde estivera aprisionada até então.

O alarido das vozes humanas logo cessou, restando apenas o choro potente do pequeno e solitário navegador. Um ruído de água sendo espanejada chegou aos seus ouvidos, até que viu surgir acima de si a cabeça de uma mulher.

Com os olhos ainda úmidos das lágrimas, foi difícil, a princípio, distinguir de quem se tratava. Mas, apesar da imagem ainda desfocada, podia perceber nitidamente que a criatura possuía cabelos compridos, como os da sua mãe, e que sua voz dizendo "Vamos, venham ver o que achei!" também era muito parecida com a dela.

Um sorriso franco imediatamente suspendeu as bochechas rosadas do menino, que, no entanto, foram aos poucos novamente caindo, à medida que ia descobrindo que, apesar da semelhança, ainda não estava diante da sua mãe.

– É um bebezinho! – disse a mulher.

– Deve ser dos hebreus – disse outra voz. – Eles estão por toda parte.

Então a mulher – que outra não era senão a filha do Faraó, que ali estava a banhar-se desde muito cedo – pegou o bebê nos braços, retirando-o do seu cesto. O garoto, apesar de não reconhecer naquela mulher a sua mãe, nem por isso deixou de perceber que ela tinha à mostra algo muito importante que a sua mãe também possuía, e por isso estendeu logo sua mãozinha até tocar no seio da princesa.

– Oh, pobrezinho! – disse ela, defendendo-se. – Está com fome!

Miriam, a irmã do garoto, acordou com toda a balbúrdia e a primeira coisa que enxergou foi a princesa, cercada por suas aias, a carregar o irmão no colo. Sem pestanejar, lançou-se naquela direção, até estar diante dela.

– Grande princesa, filha do Faraó – disse Miriam, de olhos postos no chão. – Se vossa alteza quiser, posso arrumar uma mulher hebreia que amamente esta criança.

Do Êxodo

— Está bem — disse ela, satisfeita. — Eu tomarei sob a minha guarda tão logo ela esteja desmamada.

No mesmo instante, Miriam correu até Jocabed para lhe dar a boa notícia. Não demorou muito e ambas estavam de volta.

— Eis a mulher, grande princesa — disse Miriam, procurando ocultar a euforia.

A filha do Faraó estudou bem a mulher para ver se servia para a incumbência.

— Parece perfeitamente adequada — disse a princesa, provando que tinha um olho verdadeiramente clínico para as coisas da maternidade. — Mas antes que se vão, deixem-me dar-lhe um nome, já que sou, desde já, a sua mãe.

A filha do Faraó esteve algum tempo pensando, até que finalmente decidiu-se.

— Moisés — disse ela. — Tal será o seu nome, pois que o retirei de dentro das águas.

Moisés, em hebreu, quer dizer "retirado", e em egípcio, "filho de".

E assim o pequeno Moisés, depois de ter sido criado nos primeiros anos por sua própria mãe, foi entregue depois aos cuidados da filha do Faraó, crescendo e tornando-se adulto em plena corte dos egípcios.

Criado no luxo da alta sociedade egípcia, Moisés esteve longo tempo impedido de vivenciar o drama que pesava sobre seus irmãos sob o regime despótico do Faraó. Nem por isso deixou de sentir, ainda que de maneira velada, o preconceito que advinha do fato de pertencer a uma raça execrada por "todo bom egípcio". Ele sabia que, apesar da consideração artificial que muitas vezes alguns figurões da corte lhe rendiam, jamais seria alguém naquele meio. Os dias de glória de José do Egito, seu famoso antepassado, pertenciam ao passado. Os judeus, agora, representavam uma ameaça permanente ao império — um câncer em desenvolvimento que precisava ser cauterizado a qualquer preço.

Então, um dia, Moisés teve um encontro que mudaria a sua vida. Estava andando por entre um canteiro de obras no qual seus irmãos israelitas se esfalfavam, quando deparou-se, num lugar afastado, com uma cena revoltante. Um feitor egípcio, de chicote na mão, surrava impiedosamente um escravo judeu.

— Vamos, preguiçoso! — dizia ele, fazendo zunir o látego sobre as costas do escravo. — Vou lhe ensinar, verme hebreu, a não usar de fingimento para fugir ao trabalho!

O chicote curto subia e descia numa cadência rápida e implacável, arrancando espirros de sangue da pele esfolada do ser humano caído.

Não podendo suportar aquela cena aviltante, Moisés olhou para os lados para ver se havia alguma testemunha próxima. Depois, sacou de seu punhal e avançou decididamente para o feitor.

— Deixe-o em paz, covarde! — disse, tomado pela cólera.

O feitor voltou-se, arquejante, para Moisés, no qual reconheceu logo outro hebreu. Embora pudesse ver pelo traje do seu oponente que este não era um escravo qualquer, ainda assim decidiu tratá-lo como tal.

— Guarde esta faca, hebreu maldito, ou vou cobri-lo também de chicotadas! — disse ele, avançando para Moisés.

Moisés investiu na direção do feitor e ambos atracaram-se numa luta corporal. Aproveitando-se de um descuido do adversário, Moisés enterrou-lhe a faca na garganta. Só depois de ver o corpo inerte do egípcio, deu-se conta da gravidade do que fizera.

— Matei um egípcio! — disse ele, sentindo que selara seu destino.

Jamais Faraó algum admitiria que um hebreu, fosse quem fosse, assassinasse um egípcio.

Depois de constatar a morte do feitor, Moisés voltou os olhos para o local onde estava anteriormente caído o escravo. Mas, para sua surpresa, não havia mais ninguém ali. Quase em desespero, Moisés voltou-se para todos os lados para ver se o avistava. Precisava falar-lhe e pedir-lhe discrição. Mas por mais que procurasse, não pôde encontrá-lo.

Então tratou de cavar na areia, com suas próprias mãos, um buraco para ocultar o corpo do feitor assassinado, fugindo às pressas do local.

Nos dias seguintes, viveu em angustiosa apreensão. Por onde andasse podia sentir — ou seria sua imaginação? — todos os olhos postos sobre si.

Do Êxodo

"Certamente alguém já terá dado pela falta do feitor", pensava, caminhando solitariamente, quando escutou novo altercar de vozes. Dessa vez deparou-se com dois hebreus discutindo por causa de uma ninharia qualquer. Um deles esmurrava violentamente a cara do outro, o que fez brotar novamente em Moisés aquele mesmo desejo de intervir para fazer cessar a querela.

– Vamos, parem já com esta briga estúpida! – disse com autoridade.

O agressor parou por um instante e encarou Moisés com o ódio estampado no rosto.

– Ora, é o maldito protegido da princesa! – disse, debochando. – Quer ser juiz, agora, de todos nós? Vai condenar-me a morte, também, como fez ao egípcio?

Moisés sentiu um medo terrível descer sobre a sua alma. "Então já sabem!", pensou ele.

Sem tempo para verificar se aquele homem era o mesmo que testemunhara o seu crime, Moisés deu as costas aos dois e foi refugiar-se em casa. Mas já ali haviam chegado também os primeiros rumores acerca do seu crime.

– Moisés – disse-lhe alguém, em segredo. – Tome as suas coisas e desapareça do Egito, pois o Faraó já sabe do crime e pretende puni-lo com a morte.

Na mesma noite, ele deixou para sempre o palácio luxuoso que habitava. Acabara, definitivamente, a vida de protegido do Faraó. Doravante, até a sua morte, teria de viver sob tendas improvisadas, exposto às intempéries do deserto. Moisés voltava a ser o que sempre estivera destinado: um pária judeu.

Durante uma noite inteira Moisés errou pelos desertos da Arábia, até chegar a Madiã, uma cidade situada próxima do golfo de Akaba. Tendo sido fundada, provavelmente, por Madiã, filho de Abraão e sua segunda mulher, Cetura, era habitada pelos madianistas, tribo nômade com a qual os judeus haveriam de desavir-se muitos anos depois, para se estabelecerem na terra prometida.

Dessa feita, no entanto, Moisés estava destinado a ter um feliz encontro com aquela gente. Após chegar à beira de um poço – tal como Jacó o fizera num dia distante, fugindo também de um ato equívoco que lhe pusera a vida em risco –, Moisés sentou-se para descansar e beber um pouco de água fresca.

De repente, o fugitivo foi brindado com uma visão que parecia mais um delírio provocado pela sede. Sete lindas jovens avançavam para o poço com seus cântaros coloridos, dando uma nota alegre àquela manhã.

Moisés pôs-se em pé, respeitosamente, cedendo lugar às jovens.

Mas nesse instante chegou também um grupo ruidoso de pastores, que pareciam desconhecer completamente o significado da palavra cortesia.

– Saiam daqui com seus cântaros! – disse o mais ignorante deles. – Primeiro vamos dar de beber aos nossos animais.

Moisés, sentindo outra vez a ira enrijecer-lhe as veias do pescoço, tomou a frente dos tais pastores.

– Elas chegaram antes – disse ele, enfrentando o atrevido. – Não recebeu educação de seus pais, condutor de ovelhas?

Intimidados pela autoridade do forasteiro, os pastores acabaram cedendo a vez às mulheres, que se aproximaram alegremente do poço.

– Deixem que eu encha os seus cântaros – disse Moisés, tomando a dianteira.

E assim não só encheu os recipientes como ainda deu de beber aos animais das sete jovens, que ficaram encantadas com o cavalheirismo do jovem e audaz hebreu.

Feito isso, elas partiram, agradecendo-lhe muitas vezes, até retornarem à casa de seu pai, um certo Jetro, sacerdote de Madiã.

– Por que voltaram tão cedo? – disse ele.

– Um forasteiro fez o serviço por nós, além de nos ter defendido de alguns pastores mal-educados – disse Séfora, uma das filhas de Jetro, e que parecia a mais entusiasmada do grupo.

Jetro mostrou-se muito interessado em saber quem era o tal forasteiro.

– Tragam-no até mim – disse. – Preciso recompensá-lo de alguma maneira.

E desse modo Moisés ficou conhecendo aquele que viria a ser o seu futuro sogro, pois passado algum tempo Jetro lhe deu sua

Do Êxodo

filha Séfora em casamento. Dessa união veio ao mundo Gérson, o primeiro filho de Moisés, cujo nome provinha do hebraico "ger", que quer dizer "estrangeiro".

Moisés e sua família viveram em paz durante muitos anos. Nesse período, o Faraó havia morrido e, embora outro o houvesse sucedido, nem por isso as coisas haviam melhorado no Egito para os judeus. E tantos eram os gemidos que exalavam os filhos de Abraão que o deus hebraico finalmente apiedou-se do seu povo e pôs seus olhos sobre o filho de Jocabed. Deus decidira que era chegada a hora de ter o primeiro de muitos encontros com Moisés.

Foi numa manhã clara que Moisés deixou a sua casa para levar as ovelhas do sogro até o monte Horeb, ou Sinai, como é mais conhecido. Após despedir-se da esposa e do filho, ele desapareceu no rumo do distante Sinai. Um imenso descampado plano e amarelado descortinava-se à sua frente. As ovelhas espalhadas ao seu redor podiam desgarrar-se à vontade que ainda assim o pastor as enxergava, sem medo de vir a perder um único animal.

Quando o sol havia alcançado o zênite, Moisés alcançou o sopé do monte. Iluminado por uma luz plana, o monte parecia misturar-se à própria paisagem, como se tudo – até mesmo o pastor e suas ovelhas – fizesse parte de uma mesma unidade densa e sufocante. Após subir uma encosta suave, Moisés notou que suas ovelhas pareciam subitamente agitadas.

– O que houve, Manhosa? – disse, afagando o pelo espesso de um dos animais.

Então percebeu que pouco mais adiante ardia um arbusto.

– Qual é o problema? – disse ele, tentando acalmar as ovelhas. – É só uma velha sarça a arder.

Moisés ia passando ao largo quando percebeu, no entanto, que por mais que a moita ardesse, jamais se consumia. Intrigado, já deixara para trás as ovelhas e ia se aproximando do estranho fenômeno, quando foi surpreendido por uma voz que partia do meio das chamas.

– Moisés! Moisés! – dizia a voz, com insistência.

O pastor aproximou-se, de maneira ainda reticente.

– Sou eu – disse ele, colocando timidamente a mão sobre o próprio peito.

— Não avances mais sem antes tirar as sandálias — disse a voz. — Este terreno é sagrado!

Moisés estacou, sem mover um único músculo. Permaneceu com o pé direito suspenso no ar, apoiando-se ao bordão que trazia consigo. Logo em seguida desatou as tiras e descalçou seu pé direito, fazendo o mesmo com o outro.

— Agora avança — disse a voz, tão firme que não havia meios de desobedecê-la.

Moisés, descalço, aproximou-se cautelosamente da sarça — que permanecia a queimar como se o incêndio houvesse começado naquele exato instante —, até que a voz finalmente revelou quem se ocultava por trás do brilho das chamas.

— Eu sou o Deus de Abraão, de Isaac e de Jacó! Tomei conhecimento da aflição que oprime o teu povo, e que também é o meu.

Moisés, assustado, cobriu o rosto, temendo que algo de ruim lhe acontecesse se continuasse a olhar para o seu deus como um homem olha para outro.

— Decidi livrar meu povo da escravidão no Egito e levá-lo de volta à terra que prometi a Abraão — continuou a dizer o Senhor. — Lá o leite e o mel correm livremente e sujeição alguma há de pesar sobre o meu povo.

Moisés limitava-se a escutar atentamente.

— Vai até o Faraó e diz a ele que deixe partir os judeus do Egito; depois traze-os a este mesmo lugar para que me seja feita uma oferenda.

— Mas quem sou eu, Senhor, para que o Faraó me ouça?

— Nada temas, pois estarei ao teu lado.

— E como os meus irmãos saberão de que deus lhes falo?

— Diga aos anciãos de Israel que vem da parte de YHWH (Eu Sou Quem Sou), pois eu fui, sou, e serei para sempre o seu deus.

Logo depois deu outras instruções para que Moisés soubesse como agir diante do Faraó quando este quisesse conhecer o poder do Deus de Israel.

Quando terminou de falar, a sarça deixou também de arder, permanecendo viçosa como sempre fora.

Moisés reuniu apressadamente os animais e tomou o caminho de casa, para devolvê-los ao sogro. Sabia que deveria partir novamente, o mais breve possível, desta vez não com a missão singela de guiar ovelhas de um lugar para outro, mas de conduzir seu próprio rebanho em direção à liberdade.

AS DEZ PRAGAS DO EGITO

Moisés, a princípio relutante quanto à sua capacidade em cumprir a missão, foi instruído por Deus para procurar seu irmão Aarão, que ainda vivia no Egito, a exemplo de sua irmã Miriam. Três anos mais velho do que Moisés, Aarão era o homem indicado para convencer os hebreus.

– Falarás pela boca de Aarão – dissera Deus a Moisés, pois este temia não ter aptidão para a oratória.

Depois de despedir-se do sogro, Moisés tomou sua esposa e seu filho e voltou para o Egito. A primeira coisa que fez ao chegar lá foi procurar o irmão.

– Moisés, você de volta? – disse Aarão, ao mesmo tempo feliz e preocupado.

– Sim, uma força superior impeliu-me a retornar – disse Moisés, com o semblante firme e decidido.

Aarão, sem suspeitar da grandiosidade dos planos do irmão, ficou observando-o com preocupação cada vez maior.

– O Senhor mandou-me com a ordem de libertar nosso povo – disse Moisés.

E passo a passo foi explicando a sua missão, até conseguir convencer o irmão da verdade de suas palavras, e só depois é que ambos rumaram ao conselho dos anciãos de Israel para que esses também tomassem conhecimento do que o seu deus pretendia fazer para livrá-los da sujeição egípcia.

Custou ainda outro tanto, mas finalmente todos ficaram convictos da veracidade das palavras de Moisés, principalmente depois de presenciarem certos pequenos prodígios que Deus ensinara ao seu enviado e que ele deveria repetir mais tarde na presença do Faraó.

Moisés ainda descansou alguns dias – pois, além da estafa natural da viagem, trazia ainda a febre de uma operação improvisada que tivera de realizar no meio do deserto. Deus surgira, de repente, decidido a matá-lo, pois descobrira que Moisés era ainda incircunciso. Séfora, entretanto, aplacara a ira divina ao fazer a operação em seu filho e sugerir que o esposo logo faria o mesmo. Somente então Deus o deixara prosseguir, pois a oblação do prepúcio era o sinal da aliança que o Senhor firmara outrora com Abraão, o patriarca supremo dos hebreus.

Alguns dias depois, ambos rumaram para o palácio do soberano egípcio. Moisés era já um velho de oitenta anos, e seu irmão tinha três a mais. Admirado da audácia do hebreu, o Faraó mandou que ambos fossem levados imediatamente à sua presença.

– O que querem, velhos hebreus? – disse o Faraó, em tom cavernoso.

Aarão, que tinha melhor o dom da palavra, respondeu:

– Queremos pedir, Faraó, permissão para que nosso povo possa ir oferecer uma oferenda ao nosso deus no deserto, pois assim ele nos ordenou.

– O que está dizendo? – falou o Faraó, quase incrédulo.

– Estou repetindo o que o Senhor nos disse: "Deixem tudo e partam para o deserto, a três dias de caminhada, para que ali me façam uma oferenda".

– Querem que seu povo abandone o trabalho para ir passear no deserto e lá fazer festas, é isto? – disse o Faraó, sardonicamente. – Vamos, deem meia-volta e retornem às suas tarefas!

Moisés e Aarão foram despedidos da presença do Faraó, que mandou chamar imediatamente um de seus ministros.

– Esses escravos andam sem ter o que fazer – disse ele. – De hoje em diante determine que os hebreus recolham eles mesmos a palha com a qual deverão fazer os tijolos. Mas atenção: nem por isso a produção deverá diminuir! Desse modo deixarão de pensar em festas no deserto e outras frivolidades.

Começou, então, para os judeus, um período de nova e mais dura provação. Obrigados a fazer como o Faraó determinara, os escravos viram aumentados seus trabalhos e também os castigos, já que não conseguiam recolher a palha e preparar os tijolos sem provocar um decréscimo na produção.

Do Êxodo

Com as costas lanhadas pelos açoites, os capatazes judeus foram até Moisés e Aarão fazer-lhes amargas queixas.

– Aí está o que ganhamos com suas ideias de fuga do Egito! – disse um deles. – Agora temos trabalho e açoites redobrados!

Moisés, sem ter o que dizer, afastou-se e foi queixar-se ao seu deus.

– Meu Deus, por que maltratas o teu povo? Fiz o que mandaste e tudo resultou em mais opressão e nenhuma libertação!

Então o Senhor lhe respondeu:

– Nada temas. A partir de agora farei com que o Faraó conheça meu poder e seja, finalmente, coagido a deixá-los partir. Volta à presença do Faraó e faz diante dos seus olhos aquilo que já lhe ensinei. Não imagines, porém, que a coisa se dará já desta vez, pois endurecerei o coração do Faraó para que ainda agora não os permita partir.

Moisés era um homem de fé, e, mesmo sabendo que dessa visita nada resultaria – já que o próprio Deus afirmara que endurecer o coração do Faraó era um de seus propósitos –, lá se foi com o irmão até o soberano empedernido.

– Deixe nosso povo partir, pois assim quer o poderoso Deus de Israel – disse Moisés, pela boca de Aarão.

– Poderoso? – disse o Faraó. – Onde está a prova do seu poder?

Aarão pegou, então, a vara que Moisés trazia nas mãos e lançou-a ao chão. No mesmo instante ela transformou-se numa enorme serpente.

Entretanto, o rosto do Faraó permaneceu impassível.

– É só esse truque vulgar o que o seu deus tem a exibir? – disse, com desprezo.

No mesmo instante mandou chamar seus magos, que entraram no salão com grande pompa.

– Vamos, repitam o conhecido truque do cajado que vira serpente – disse o Faraó, em tom de mofa.

Os magos ergueram seus bastões, balançando as cabeças com um sorriso de superioridade, e os arremessaram logo em seguida sobre o mármore polido. Instantaneamente, os cajados converteram-se em outras tantas serpentes.

— Aí está – disse o Faraó, com profundo desprezo. – Seu deus poderoso não passa de um mago de feira.

Porém, nem bem o Faraó havia terminado de fazer a sua troça quando a serpente de Moisés avançou sobre as demais e engoliu-as uma a uma.

Os magos entreolharam-se, assombrados, e o próprio Faraó hesitou por alguns instantes, antes que seu coração tornasse a endurecer pela vontade divina.

— Tudo isto é muito bonito, mas ninguém sairá do Egito – disse, encerrando a entrevista.

Moisés e Aarão retiraram-se, desgostosos, mas na mesma noite o Senhor tornou a aparecer ao primeiro, dizendo-lhe:

— Retorna amanhã ao Faraó e faz o que ordeno.

No dia seguinte começaram a desabar, uma a uma, as dez pragas do Egito.

Era uma linda manhã de sol. O Faraó e sua comitiva acabavam de deixar o palácio para ir até o Nilo sagrado, onde pretendiam embarcar para uma viagem, quando depararam-se com Moisés e seu irmão Aarão.

— Vocês dois de novo! – exclamou o Faraó, ao avistá-los.

— O Senhor nos remeteu de volta à sua presença – disse Moisés –, com a ordem para que deixe partir nosso povo para o deserto.

— Ah, é? – disse o Faraó, com desdém. – E por que deveria? Qual é o novo truque que tem para apresentar?

Aarão ergueu, então, o cajado de Moisés, e o encostou nas margens do Nilo. Instantaneamente, suas águas tornaram-se tintas de sangue, em toda a extensão. Os peixes subiam à tona, todos mortos, e não só ali, mas em toda parte. Na verdade, não havia uma única poça em todo o Egito que não tivesse se transformado em sangue, prodígio espantoso que aterrou a população inteira, menos o Faraó, cujo coração havia sido endurecido outra vez pelo Senhor Deus.

— Venham, meus magos – disse ele, num tom enfadado.

Os magos destacaram-se da comitiva, trazendo novamente nos rostos sorrisos de autossuficiência.

— Repitam o truque do rio que vira sangue – disse o Faraó.

No mesmo instante, os magos ergueram suas varas e repetiram o milagre de Moisés.

– Tudo isto é muito bonito, mas ninguém sairá do Egito – disse o Faraó, dando as costas a Moisés, Aarão e os magos.

Porém, parece que somente as águas emersas do Egito estavam viradas em sangue, já que os egípcios, depois de cavarem poços, conseguiram encontrar água potável para beber, o que salvou a todos de morrerem de sede.

E esta foi a primeira praga: a praga das águas ensanguentadas.

Sete dias depois da conversão das águas em sangue, Moisés e Aarão apresentaram-se novamente diante do Faraó, quando este regressava de sua viagem.

– Mas como! Ainda estão aí? – disse ele, irritado.

– Viemos pedir uma vez mais, em nome do Senhor Deus, que libere nosso povo para que lhe possamos fazer uma oferenda em pleno deserto – disse Moisés, que perdera a vergonha de falar pela própria boca.

– Ah, sim? – disse o soberano. – E se eu não quiser que seja assim?

– Então infestaremos seu país de rãs, de tal sorte que não se dará um único passo em todo o Egito sem que se tropece num desses animais pegajosos.

– Isso eu quero ver – disse o Faraó, descrente.

Então Aarão estendeu outra vez o cajado sobre as águas e no mesmo instante uma legião de rãs começou a emergir não só do Nilo, mas dos rios, lagos, charcos, banhados e pântanos de todo o Egito. Saltitando alegremente, os pequenos anfíbios invadiram as casas, palácios e templos de todas as cidades e vilarejos, à exceção da terra de Gessen, onde viviam os israelitas. Não havia, na verdade, um único recanto oculto de onde eles não saltassem abruptamente na cara dos habitantes do país do Faraó. Este, entretanto, permanecia irredutível, já que Deus havia endurecido outra vez o seu coração.

– Repitam o truque das rãs multiplicadas – disse ele aos seus magos, que não tardaram a levar a cabo a ordem, aumentando de tal sorte o número daqueles animais em todo o Egito que ninguém dava mais um único passo sobre o solo egípcio sem esmagar um desses animais repulsivos.

Entretanto, a situação se tornara tão insuportável com a presença das rãs que mais tarde o Faraó viu-se obrigado a mandar chamar os dois irmãos hebreus.

– Está bem – disse ele –, façam desaparecer as rãs e deixarei que vocês viajem até o deserto, como quer o seu poderoso deus.

Moisés prometeu que no dia seguinte as rãs cessariam de atormentar os egípcios. Depois de acolher as súplicas de Moisés feitas em favor do Faraó, o seu deus fez com que todas as rãs que estavam fora dos rios morressem – o que foi um alívio apenas parcial, pois eram tantas as rãs mortas espalhadas por toda parte que logo um fedor insuportável inundou o Egito inteiro.

De qualquer modo, no palácio do Faraó as coisas já haviam voltado ao normal, e não seria necessário que o Deus de Israel lhe endurecesse novamente o coração para que ele recaísse outra vez na mais torva intransigência.

– Tudo isto é muito bonito, mas ninguém sairá do Egito – disse ele a Moisés, tão logo ele foi pedir a autorização para a partida dos seus patrícios.

E esta foi a segunda praga: a praga das rãs.

Depois da segunda negativa, o Senhor decidiu que Moisés não precisaria mais lançar advertências ao Faraó, dando cumprimento imediato às suas pragas.

– Diz a Aarão que estenda seu cajado sobre a poeira do chão – disse Deus a Moisés – para que nova praga desça sobre o Egito inteiro e seu Faraó recalcitrante.

Aarão fez o que Deus ordenara e no mesmo instante em que golpeou o solo ergueu-se dele uma multidão incalculável de mosquitos, como se um vento houvesse erguido toda a poeira existente no deserto. Era tão grande o número desses exasperantes insetos que logo o céu encheu-se de um zumbido ensurdecedor e as pessoas viram-se atormentadas pelas suas picadas doloridas. Mosquitos bojudos de sangue, porém cada vez mais insaciáveis, percorriam toda a terra do Faraó, atacando pessoas e animais indiscriminadamente.

O Faraó, cercado por quatro escravos a lhe espanejarem os insetos do corpo, determinou a seus magos que repetissem o milagre dos mosquitos, pois queria estar sempre empatado com a divindade dos judeus. Desta feita, porém, não foram eles capazes de repetir o feito, o que desagradou profundamente ao seu senhor.

Do Êxodo

— Idiotas! — rugiu ele, com a boca cheia de insetos. — Se podem multiplicar rãs, por que não podem fazer o mesmo com reles mosquitos?

Os magos — que estavam com as cabeças cobertas pelos mantos, para se defenderem dos mosquitos — silenciaram, como se não coubesse a eles a resposta.

Então um descobriu levemente o rosto e disse:

— Inequivocamente, há aqui o dedo de Deus!

Ao escutar esse nome o Faraó sentiu o coração endurecer novamente.

— Pois façam saber a esses dois velhacos hebreus que, por mais bonito que seja tudo isso, ninguém sairá do Egito.

E esta foi a terceira praga: a praga dos mosquitos.

No dia seguinte, Moisés e Aarão repetiram a estratégia de pegar o Faraó de surpresa, quando este rumava para o rio.

— Não acredito! — disse ele, enterrando as unhas nas palmas das mãos.

— Deixe que meu povo vá ao deserto prestar culto a Deus — disse Moisés.

— *Não! Não! Não!* — esbravejou o Faraó.

— Se não o fizer, o Senhor mandará à sua terra, e somente à sua, já que a terra de Gessen, onde vivem os judeus, estará excluída, um enxame prodigioso de moscas-varejeiras para atormentar pessoas e animais.

— E quando será isso?

— De amanhã não passará — disse Moisés.

— Então, até amanhã — disse o Faraó, que gostava de pagar para ver.

No dia seguinte, tudo se cumpriu: uma multidão abominável de moscas-varejeiras infestou os céus de todo o Egito, invadindo as casas do Faraó, dos seus ministros e de qualquer cidadão daquela terra amaldiçoada. Os insetos caminhavam por tudo, deixando atrás de si um rastro de fezes hediondo. Os pratos de sopa cobriam-se de moscas esverdeadas, de tal sorte que não se podia erguer uma colher sem que pelos menos quinze delas estivessem ali ajuntadas, de asas amassadas e meio afogadas.

Completamente tomado pelo nojo, o Faraó mandou chamar imediatamente os autores daquela desgraça.

– Muito bem, permito que façam a oferenda ao seu deus, desde que seja aqui mesmo em solo egípcio – disse ele, tentando contemporizar.

– Isso não é possível – disse Aarão. – Os egípcios apedrejariam nosso povo, pois consideram nossos sacrifícios como abominações.

– O Senhor especificou claramente que deveríamos caminhar três dias no deserto até chegarmos ao local que ele próprio indicaria – acrescentou Moisés.

– Está bem – disse o Faraó, aquiescendo. – Assim seja, desde que não se afastem em demasia de minhas fronteiras. Façam cessar a praga e orem por mim.

Moisés disse que assim seria, e que no dia seguinte não haveria mais uma única mosca-varejeira em todo o Egito. Antes de sair, porém, voltou a cabeça para trás e disse ao soberano, com o cenho franzido:

– Esperamos, apenas, que o Faraó não nos engane outra vez.

Sem dúvida, mais que uma advertência, aquilo era uma ameaça.

Mas nem ela pôde contra a dureza de coração do Faraó – uma vez que era patrocinada pelo próprio Deus –, e assim, tão logo a última mosca-varejeira desapareceu dos céus do Egito, o Faraó, mais aliviado, repetiu de novo o seu bordão:

– Tudo isto é muito bonito, mas ninguém sairá do Egito.

E esta foi a quarta praga: a praga das moscas-varejeiras.

Novamente Moisés e Aarão retornaram à presença do Faraó.

– O que lhe dissemos da última vez? – falou Moisés, com uma raiva incontida.

– Não me lembro – disse o Faraó. – O que eu disse, porém, me lembro perfeitamente: ninguém sairá do Egito, nem por bem, nem por mal.

– Melhor fará se der ouvidos ao que o Senhor ordena – disse Aarão.

– Sim, abdique de uma vez de sua intransigência e permita que nosso povo vá oferecer uma oferenda a nosso...

– Basta! – disse o Faraó. – Já sei perfeitamente o que querem, mas vocês fingem não entender que não cederei jamais às suas ameaças!

– O Senhor não desistirá enquanto não fizer o que ele ordena – disse Moisés. – Eis o que acontecerá agora, caso persista em sua teimosia: seus rebanhos serão atacados por uma peste tão devastadora que não restará ao cabo um único filhote de cabra em todo o Egito.

– E isso demorará muito a acontecer?

– Até amanhã, sem falta.

– Até amanhã, também, hebreus – disse o Faraó, dispensando a ambos.

Na manhã seguinte, os bois, ovelhas, cabras e camelos amanheceram cobertos de pústulas totalmente repulsivas aos olhos e ao olfato. Feridas do tamanho de um pêssego negrejavam de vermes, deitando fora um suco leitoso feito de pus azedo e listras de sangue infectado. Em menos de um dia pereceram todos os rebanhos dos egípcios.

Mortos totalmente os rebanhos, o Faraó pensou, então, consigo mesmo:

"Morreu, acabou-se. Foi tudo muito bonito, mas nem por isso judeu algum sairá do Egito".

E esta foi a quinta praga: a peste dos animais.

Moisés estava em casa. Ligeiramente cansado daquela disputa, preparava-se já para ir dormir, quando a voz de Deus soou novamente aos seus ouvidos.

– Levanta, Moisés, e toma em tuas mãos um punhado de fuligem do forno.

Sem pestanejar, Moisés ergueu-se e rumou seus passos cansados até o forno. Depois de abrir a portinhola, tomou em suas mãos a fuligem espessa.

– Agora sai para fora e lança a poeira aos quatro ventos – disse a voz.

Moisés assim fez e logo a fuligem dispersou-se na direção da casa do Faraó e de todas as outras casas onde havia egípcios, sem que tenha restado um único grão entre os dedos do velho servo de Deus.

No dia seguinte os egípcios acordaram com seus corpos recobertos de pústulas e inchaços doloridos. Os animais também foram acometidos do mesmo mal, em que pese tivessem sido exterminados todos os rebanhos egípcios na praga anterior (Êx 9.6).

Os magos, que haviam desaparecido desde o fracasso da multiplicação dos mosquitos, desta vez também não apareceram, pois estavam com seus corpos cobertos de feridas purulentas, de tal modo disseminadas que seus mantos recobertos de estrelas fediam mais que a mortalha dos judeus mortos (já que os egípcios eram embalsamados com essências odoríferas).

O Faraó, no entanto, não fora atingido pessoalmente pela praga, e por isso permaneceu insensível às queixas e lamentos dos pesteados.

– Judeu algum sairá do Egito – ordenou, enquanto ao redor todos coçavam desesperadamente as suas feridas.

E esta foi a sexta praga: a praga dos tumores.

Na manhã do dia seguinte, Moisés e Aarão compareceram novamente à presença do Faraó. Este os recebeu uma vez mais, disposto a ver até onde os hebreus levariam a disputa. Moisés, verdadeiramente encolerizado, dirige-lhe estas palavras:

– Deixe partir o povo do Senhor Deus, para que lhe preste culto no deserto.

O Faraó lhe responde nestes termos:

– Esta parte já conheço. Adiante.

Moisés, impassível, retoma a palavra.

– Até aqui o Faraó tem sido dispensado de sofrer na própria pele os dissabores das pragas de nosso deus. Mas, cuidado! Não será assim para sempre. Se Deus quisesse, já teria fulminado o Faraó há muito tempo. Se foi poupado, foi apenas para que o mundo tomasse conhecimento do poder do Senhor e tivesse com que celebrar seu nome eternamente. Mas agora ouça: se persistir em sua prepotência contra meu povo, amanhã descerá sobre o Egito uma tal tempestade de granizo que, após sua passagem, não restará viva coisa alguma. Mande recolher pessoas e animais, pois todo aquele que estiver sob a inclemência dos céus perecerá com certeza.

Moisés e Aarão, feita a terrível advertência, retiraram-se. O Faraó espreitou o céu da grande janela central. Nada. Nem uma única nuvem manchava o céu egípcio.

– É o que veremos – diz ele, retomando seus afazeres.

O dia amanheceu escuro como um prolongamento da noite. Relâmpagos iluminavam as trevas. Ainda assim os imprudentes saíram para as ruas, levando consigo seus animais (em que pese Êx 9.6), como se fosse um dia normal. Mas não era um dia normal. Logo uma chuva pavorosa de granizo desceu das nuvens pejadas. Pessoas e animais pereciam pelas ruas e campos, num verdadeiro apedrejamento celestial. Casas e templos se esfarelavam com o vigor das pancadas das pedras, do tamanho e do peso de enormes batatas. Era o caos.

– Chamem os dois hebreus, pois temos o caos entre nós – diz o Faraó.

Alguém conseguiu romper a chuva de granizos e trazer incólumes até o palácio Moisés e Aarão. O Faraó os aguardava, transido de terror.

– Desta vez passei dos limites – diz o Faraó, assustado. – Por favor, façam com que cessem estas terríveis trovoadas de granizo! Podem partir, podem partir!

– Quando eu tiver saído da cidade – diz Moisés –, estenderei meu bastão e a chuva cessará, embora saiba que o Faraó e seus ministros ainda assim não terão aprendido verdadeiramente a temer o Senhor.

O Faraó admitiu e consentiu tudo, até que a chuva cessasse. Então o Senhor Deus endureceu novamente o seu coração, pois ainda tinha algo para mostrar a ele e a todas as gerações (especialmente algo muito importante acerca de pães e fermentos).

– Que permaneça tudo como antes – diz o Faraó, mais aliviado.

E esta foi a sétima praga: a praga do granizo.

Os judeus permaneciam sob a odiosa sujeição egípcia. Então o Senhor Deus chamou Moisés e lhe disse:

– Vai até o Faraó, pois endureci novamente o seu coração.

Aarão, que escutava a tudo, teve vontade de perguntar ao seu Senhor por que não lhe amolecia o coração em vez de endurecê-lo continuadamente. As palavras do Senhor, entretanto, foram explicação suficiente para seus ouvidos.

— Endureci o coração do Faraó para que eu possa operar meus prodígios, os quais servirão de ensinamento e lição às gerações futuras acerca do meu poder e do quão perniciosa pode ser ao homem a recusa em obedecer aos meus decretos.

Aarão curvou a cabeça, reverentemente.

— Agora ouve o que dirás ao Faraó.

O Senhor Deus disse e eles repetiram o seguinte ao Faraó:

— Até quando recusarás a me obedecer? Pois fica sabendo que se até amanhã não liberares meu povo para que me preste o culto devido, farei descer sobre o Egito inteiro uma nuvem de gafanhotos que devastará até o último talo de tuas colheitas.

O Faraó escutou essas palavras e prometeu pensar no assunto. E cumpriu, de fato, a promessa, pois pensou no assunto até adormecer. Mas para o Senhor Deus não foi o bastante, e por isso uma gigantesca nuvem de gafanhotos adentrou o Egito, tão grande que escureceu o astro luminoso venerado pela idolatria do Faraó. Um grande tapete esverdeado cobriu todas as ruas e o chão das casas, com os insetos saltando uns por cima dos outros e alimentando-se de tudo quanto encontravam pela frente.

Então os ministros do Faraó, fartos de tanta desgraça, clamaram ao soberano:

— Até quando esses hebreus malditos nos atormentarão com suas pragas? Deixe que partam de uma vez para o deserto, antes que nada mais reste em nosso país.

O Faraó refletiu e mandou chamar de volta Moisés e Aarão.

— Ainda bem, aí estão vocês – disse ele. – Desta vez pequei como nunca e seu deus castigou-me com inteira justiça. Perdoem só mais esta vez a minha perversidade e supliquem ao seu deus para que afaste esses insetos detestáveis do meu reino.

Moisés sabia que o Faraó ainda não aprendera a lição, mas foi fazer o que seu deus ordenou:

— Ergue teu bastão e afugenta os gafanhotos do Egito.

Moisés fez o que Deus lhe ordenara. Todos os gafanhotos foram carregados por um forte vento e lançados ao Mar Vermelho, que neste dia tomou uma coloração fortemente esverdeada.

Quanto ao Faraó, teve seu coração novamente endurecido.

Do Êxodo

— Os gafanhotos saem, mas os judeus ficam – disse ele, empedernidamente.

E esta foi a oitava praga: a praga dos gafanhotos.

Deus aguardou apenas que o Faraó pronunciasse as palavras que ele próprio lhe inspirara (já que era também o autor do endurecimento do seu coração) e disse a seu servo Moisés:

— Ergue tua mão e estende-a na direção do céu.

Moisés assim o fez. No mesmo instante uma treva desceu sobre o Egito, tão espessa que era possível apalpá-la. Durante três dias inteiros – ou antes, *três noites inteiras*, já que o dia confundira-se inextrincavelmente com a noite –, os habitantes do Egito não puderam mover-se dos seus lugares, pois a escuridão era absoluta. Os cegos deram graças ao Senhor, pois enxergaram melhor neste dia do que os de vista sã. Entretanto, na terra de Gessen, onde viviam os israelitas, havia luz de sobra, mesmo à noite.

O Faraó, aterrado com aquela escuridão sinistra, mandou chamar os hebreus.

Moisés e Aarão (os quais podiam mover-se perfeitamente nas trevas, graças à luz interior do Senhor Deus) chegaram à presença do Faraó, que permanecia também imerso nas trevas.

— Estão os dois aí? – disse o Faraó.

— Sim, Faraó empedernido – disse Moisés, enxergando tudo perfeitamente.

— Verdadeiramente excedi-me ao máximo desta vez – disse ele, lamentoso. – Podem ir todos ao deserto prestar culto ao seu Senhor, inclusive as crianças. Os bois e ovelhas, entretanto, deixem-nos aqui, pois já não há mais animal algum em meu reino.

— Isso não é possível – disse Moisés. – Nosso gado deve ir conosco, pois não sabemos ainda quantas cabeças de gado teremos de ofertar ao nosso deus em meio ao deserto.

Então o Senhor tornou a endurecer ainda outra vez o coração do Faraó, que desta vez excedeu a qualquer perfídia.

— Sumam das minhas vistas e cuidem de não tornar a ver a minha face, pois no dia em que isso acontecer, com certeza vão morrer!

Moisés o encarou e disse:

— Bem o disseste, pois nunca mais tornaremos a ver a sua face!

E esta foi a nona praga: a praga das trevas.

Até aqui, as pragas haviam sido como que brincadeiras de criança, destinadas a tirar o Faraó de sua teimosia inconsequente. A décima e última das pragas, entretanto, estava destinada a não ser, nem de longe, uma brincadeira.

— Desta vez, o Faraó não só os deixará partir, como ainda os expulsará definitivamente do Egito — disse o Senhor a Moisés, que escutou essas palavras com infinito alívio.

A seguir, Deus deu uma série de instruções a Moisés e a seu irmão Aarão.

— Que os hebreus, antes de partir, peçam aos seus vizinhos egípcios objetos de ouro e de prata, para que não saiam do Egito de mãos abanando, tendo ao mesmo tempo nisso a paga justa de seus serviços.

Deus fez nesses dias com que o ódio que os egípcios votavam encarniçadamente aos judeus se transformasse em cordialidade e a mais franca simpatia, de tal forma que até o próprio Moisés foi muito bem tratado pelos ministros do Faraó e pelos grandes da corte. E então o Senhor tornou a falar com seu profeta.

— Nos próximos dias farei uma passagem pela terra do Faraó. Será uma passagem terrível, pois, quando minha sombra cair sobre as casas que não estiverem sob a minha proteção, cairão mortos os primogênitos de cada uma delas. Na verdade, até os primogênitos dos escravos e dos animais serão exterminados, para exemplo eterno do que acontece aos que se encarniçam contra a minha vontade.

Moisés e Aarão escutaram as palavras do Senhor com a alma coberta de medo.

— Mas o meu povo nada deve temer — disse Deus —, e eis a razão: num determinado dia deste mês, que passará a ser o primeiro mês de cada ano para os judeus, todas as famílias deverão se reunir em suas casas para sacrificar um animal — um cordeiro ou um cabrito — em meu nome. Morto o animal, separarão o seu sangue para tingir com ele as ombreiras das portas, pois este será para mim o sinal dos justos. Onde enxergar a listra de sangue, ali não porei meus pés e ali também não exterminarei o primogênito. Isto feito, deverão reunir-se todos e fazer às pressas uma refeição desse cabrito ou cordeiro, juntando a ele ervas amargas e pão ázimo.

– Pão ázimo? – disse Aarão.

– Sim, pão sem fermento algum – disse o Senhor Deus, enfatizando bem estas palavras. – Quem comer pão com fermento nos sete dias que antecederem à minha passagem será eliminado de Israel. Este dia deverá permanecer como uma instituição perpétua a todos os judeus: o dia da festa dos pães sem fermento.

Moisés e Aarão instruíram bem o seu povo acerca do terrível prodígio que Deus preparava. Reunidos cada qual em suas respectivas casas, aguardaram pela passagem do Senhor. Onde quer que houvesse uma porta besuntada do sangue do cordeiro, ali Deus não entraria para exercer sua vingança.

Caiu a noite. O Senhor marcara a hora da sua passagem para a meia-noite do décimo quarto dia do mês vigente. Os judeus, reunidos e de cajados na mão – pois que à morte dos primogênitos egípcios deveria seguir-se a fuga imediata dos judeus –, fizeram sua refeição às pressas e aguardaram o terrível momento. Quando a meia-noite soou, escutou-se um primeiro e terrível grito, vindo de muito longe.

– Eis que o Senhor começa a caminhar – disse Moisés à sua família.

Logo em seguida escutou-se outro grito de pesar, e outro, e ainda outro, e num crescendo ensurdecedor todo o Egito foi sendo tomado pelos gritos dos pais e mães dos primogênitos golpeados pela mão poderosa do Deus de Israel.

Os judeus permaneceram quietos, agarrados aos seus pertences e de cajados nas mãos. Meninos, escapulindo à vigilância severa dos pais, conseguiam, às vezes, correr até as janelas para observar a Passagem do Senhor. Uma treva densa inundava as ruas, mas eles podiam sentir a aproximação divina pelo crescendo dos gritos e lamentos.

– Ele está chegando! – disse um desses meninos para os irmãos, agachado à janela.

Todos sentiram um profundo arrepio quando uma sombra mais espessa que a noite pôs-se de frente à porta da casa. O Anjo Exterminador alisou a moldura da porta e se retirou logo em seguida sem cometer dano algum.

Então o Faraó – que também tivera seu primogênito arrebatado pela vingança divina – mandou chamar Moisés até si.

– Desapareçam já do meu país, livrando-o da ira do seu poderoso deus! – disse ele, esquecido de que prometera a morte a Moisés caso tornasse a ver novamente a sua face.

– Partiremos ainda hoje, Faraó – disse Moisés, que também se esquecera de que afirmara jamais tornar a ver a face do Faraó.

Reunidos os judeus – que somavam cerca de seiscentos mil –, partiram todos a pé no rumo do deserto, onde pretendiam fazer, finalmente, a oferenda ao seu deus.

E esta foi a décima e última das pragas: a praga da morte dos primogênitos.

A TRAVESSIA DO MAR VERMELHO

– Que caminho tomaremos? – perguntou Aarão ao líder dos hebreus.

– Vamos adentrar o deserto que costeia o Mar Vermelho – disse Moisés.

Aarão mostrou-se grandemente surpreso:

– Por que simplesmente não entramos pela terra dos filisteus?

– Não julgo conveniente – disse Moisés. – Os filisteus certamente nos atacariam, o que poderia provocar o retorno precipitado dos nossos para o Egito.

Uma imensa coluna serpenteante de seres humanos avançava pelo deserto quando o sol lançou seus primeiros raios sobre ela. Homens, mulheres, velhos e crianças caminhavam penosamente, carregando seus pertences sob o terreno pedregoso, levando no coração a esperança de que dias melhores, de liberdade e abundância, os esperavam na terra "onde corria o leite e o mel". Depois de quatrocentos anos de escravidão – que começara com a chegada das tribos de Jacó, levadas para as terras do Faraó pelas mãos de José, administrador do Egito –, abria-se para o povo escolhido o período das lutas para estabelecer-se na terra prometida.

Moisés, sempre à frente do cortejo, olhava com grande orgulho para o esquife de José, o antepassado que os salvara da fome. Sem esquecer jamais do último pedido deste, que era ter seus ossos levados de volta para a terra de seus pais, Moisés fizera questão de não deixar o Egito sem levar consigo o ilustre antepassado.

Miriam, a irmã de Moisés, também seguia junto com os demais.

– Será uma longa jornada, não é? – disse ela ao irmão Aarão.

– Sem dúvida, mas não esqueça que levamos também Ele conosco – disse o irmão, apontando para a grande coluna de nuvens que os precedia.

O Deus de Israel ali estava, oculto entre as nuvens, a conduzir o seu povo silenciosamente.

– Sob esta proteção divina, que perigo devemos temer? – disse Aarão.

– O mais insidioso de todos, que somos nós próprios – disse Moisés, que escutava atentamente a conversa dos irmãos.

Como bom profeta, ele já pressentia os problemas que teriam de enfrentar no caminho que os levaria à terra prometida, a grande maioria deles provocada pela fé vacilante do seu próprio povo.

À noite acamparam todos em Etam, na periferia do deserto. A coluna de nuvens, que os acompanhara durante todo o dia, fora substituída por uma coluna de fogo, para iluminar os passos dos fugitivos durante a noite.

"Fuga." Desde o começo a história de Israel parecia estar indissociavelmente ligada a esta palavra. Adão expulso do Jardim do Éden; Noé a errar pelas águas com sua arca; Abraão deixando sua terra para seguir o chamado do seu deus; Jacó fugindo de casa para escapar à ira do irmão; José levado para o Egito, como escravo; Moisés a conduzir seu povo para longe da tirania do Faraó. Sempre uma perseguição e sempre uma fuga. Sempre a errância. Sempre o êxodo.

"Será este, para sempre, o nosso destino?", perguntava-se Moisés, sentado sobre uma pedra, enquanto observava a grande coluna vermelha suspensa nos céus.

Não, no fundo ele sabia que não poderia ser sempre assim, que havia uma promessa e um deus poderoso como fiador. Um dia o povo judeu teria sua própria terra, onde viveria a salvo de qualquer opressão. Mas sabia também que isso dependeria da fé que provassem ter pelo deus que os tomara sob sua proteção.

Nesse instante, como que em resposta às suas apreensões, Deus lhe falou.

– Acampa com tua gente às margens do Mar Vermelho, pois mais uma vez irei endurecer o coração do Faraó para que os persiga, tentando impedir a fuga de vocês.

Moisés tornou-se subitamente alarmado:

– Oh, Senhor! – disse ele, erguendo as mãos. – Como farei para evitar que os exércitos do Faraó massacrem esta pobre gente?

– Nada temas, pois endureci o coração dele para que mais uma vez o meu nome se cubra de glória – disse Deus. – Farei isso para que todos saibam que sou o Senhor e que exército algum prevalecerá sobre o meu poder.

De fato, a essa altura os carros de guerra do Faraó, levando o próprio à frente, já rumavam a toda velocidade para impedir a fuga dos judeus.

Instalados às margens do Mar Vermelho, os judeus descansavam, fazendo sua refeição, quando alguém deu o alarma, apontando na direção do Egito.

– Vejam, vejam! Os exércitos do Faraó vêm em nosso encalço!

Gritos de terror encheram o espaço, ao mesmo tempo em que todos se puseram em pé atabalhoadamente, recolhendo às pressas as suas coisas.

– Vamos todos morrer às mãos dos soldados! – bradavam as vozes.

– Maldita hora em que demos ouvidos a esse criador de casos! – bradou outra voz. – Antes tivéssemos ficado no Egito, em pacífica sujeição!

Diante dessa primeira queixa, Miriam e Aarão entreolharam-se, lembrando-se das proféticas palavras de Moisés.

– Ergam-se e preparem-se para a fuga – disse Aarão, animando o povo.

Do Êxodo

— Fuga? Está louco? – disse um homem de semblante irado. – Não vê que estamos encurralados entre os exércitos do Faraó e as águas profundas do mar?

Realmente, as pessoas davam as costas para os carros de guerra que avançavam ao longe, erguendo uma grande nuvem de pó, então defrontavam-se com a imensa toalha d'água, e depois davam as costas a esta para defrontarem-se com os exércitos, e assim sucessivamente, sem conseguir decidir qual deles era o mal menor.

— Fiquem tranquilos – disse Moisés à multidão –, pois hoje assistirão à vitória do Senhor, tão grande como jamais haverá outra igual, em qualquer tempo.

Então Deus ordenou a Moisés que pusesse o povo em marcha, na direção do Mar Vermelho, o que ele fez imediatamente, sem cogitar um único segundo na extravagância de tal plano.

— Está delirando, velho maluco? – disse o sujeito intratável, ao escutar a ordem. – Onde estão os barcos? Quer matar-nos todos afogados?

Moisés sentiu ganas de esbofetear o insolente, mas foi interrompido pela voz do Senhor, que lhe disse:

— Ergue teu bastão na direção do mar.

Moisés obedeceu. Era noite, ainda, e a nuvem que protegia os judeus postou-se entre eles e os exércitos do Faraó. Tão logo o profeta ergueu o braço, um vento leste muito forte começou a soprar, encapelando as águas do Mar Vermelho. Um murmúrio de espanto elevou-se da multidão, enquanto um grande corredor começou a se formar com o afastamento das águas do leito do mar.

— O Senhor está abrindo, dentro do mar, um corredor seco para nós! – disse uma voz, num tom estridente de incredulidade.

Todos acorreram para as margens do mar, que recuavam, lançando para o alto grandes jorros de água e espuma. Durante a noite inteira os exércitos do Faraó, detidos pela nuvem que se interpusera entre eles e suas vítimas, nada puderam enxergar do que se passava com os judeus, que contemplavam, assombrados, o recuo miraculoso das águas.

— Aí está o caminho que o Senhor preparou para a nossa fuga – disse Aarão, feliz por mais essa demonstração inequívoca do poder absoluto do seu deus.

Moisés tomou a frente e disse:

– Vamos, atravessemos todos o leito do mar, a pé enxuto, pois nada de mal nos acontecerá.

A multidão, no entanto, ainda hesitava em lançar-se naquele caminho assustador. Diante dos seus olhos estavam duas colunas imensas de água, que a mão de Deus afastara para os lados, deixando-as imóveis como duas imensas paredes líquidas. Sob o solo estrebuchavam milhares de peixes, sem uma única gota do elemento que os permitia respirar.

– Levaremos um dia inteiro para atravessar o lodo que deve estar sobre o leito – disse um dos recalcitrantes.

– Não há lodo algum – disse Moisés. – Se Deus foi capaz de afastar as águas, por que não seria capaz de secar um resto de água ajuntado sobre a terra?

De fato, o chão estava seco como o solo do deserto, de tal forma que todos puderam lançar-se sobre o corredor e atravessá-lo a toda brida.

– Depressa! – gritava Aarão, agitando a mão. – Não há tempo a perder!

A coluna imensa dos retirantes começou a atravessar o estreito corredor. Alguns mais incrédulos – aos quais não bastava somente ver, mas tocar também – iam esfregando as mãos na parede d'água, durante a corrida, para ver se era verdade o que seus olhos viam. Ao mesmo tempo, descia do alto uma chuva fina, do alto de duas gigantescas paredes de água prestes a desabarem a qualquer momento.

Quando o dia amanheceu, já o último judeu havia alcançado a outra margem, em segurança, para aguardar os acontecimentos.

Somente então Deus liberou a nuvem que confundia os egípcios, os quais imediatamente puseram-se em alerta. O Faraó, montado em sua biga, não acreditou no que seus olhos viram.

– O que é isso? – disse ele, arregalando os olhos.

Os soldados estavam boquiabertos, até que o Faraó, retomando o controle, ordenou peremptoriamente:

– O que estão esperando? Vamos, avancem também!

Montados em suas bigas, eles arremeteram cegamente para o mesmo corredor que os israelitas haviam atravessado, instantes

Do Êxodo

antes, a pé enxuto. Logo um imenso comboio desses carros puxados por cavalos velozes avançava por entre as duas prodigiosas massas d'água, alcançando já a metade do trajeto.

— Aí está! — disse um dos israelitas a Moisés. — Abriu uma passagem para nós, que servirá também para que nossos inimigos nos alcancem!

Moisés nem sequer se dignou a lançar um olhar para o atrevido que pronunciara tais palavras, permanecendo atento e confiante na promessa do Senhor.

Já o último carro egípcio havia ingressado no corredor — menos o do Faraó, que tivera a prudência de ficar com seus oficiais, para ver no que iria dar aquela travessia —, quando as rodas das bigas subitamente emperraram, dificultando o avanço. Chicotes zuniam sobre o lombo dos cavalos, arrancando-lhes da boca uma espuma alva e espessa.

— Vamos, malditos! — gritavam os cocheiros, pressentindo o pior.

E realmente tinham motivos para tanta pressa, pois na verdade haviam caído numa apavorante armadilha.

— Estende teu braço na direção do mar — disse o Senhor Deus a Moisés, que havia galgado uma pequena elevação.

Moisés assim fez e no mesmo instante as duas colunas d'água afrouxaram, como se as duas paredes invisíveis que as sustinham desaparecessem instantaneamente.

Um dos soldados que havia descido da biga para desentravar as rodas sentiu a iminência do desastre quando sentiu nas costas os primeiros respingos da água que descia.

— Voltem, malditos! Voltem todos! — berrou ele, com pavor.

Os condutores tentaram virar as bigas em sentido contrário, mas trombaram com os demais, que tentavam fazer o mesmo. Numa fração de segundos o céu sobre suas cabeças desapareceu, e só houve uma massa única e compacta das duas colunas descendo do alto como duas montanhas de água misturando-se.

Abandonando em pânico as suas bigas já inúteis, os soldados correram de volta para terra, trepando por cima dos carros e dos cavalos e pisoteando os homens mais vagarosos. Mas já era positivamente tarde para qualquer um deles. Logo a massa d'água desabou de uma só vez sobre todos, os quais foram esparramados para todos os lados como miseráveis formigas. Os que não morreram instantaneamente, esmagados pelo impacto, tiveram uma morte mais atroz pelo afogamento. Homens, cavalos e bigas despedaçadas surgiram boiando sobre as águas, depois que o mar havia acalmado e preenchido novamente todo o seu leito, sendo lançados às margens, onde o Faraó se quedara a observar o pavoroso espetáculo.

Nesse dia o Faraó conheceu, em toda a extensão, o poder vingativo do deus daquele povo de escravos que ele tanto menosprezara.

Do outro lado do mar, Moisés observava a tudo, lançando um olhar de vitória sobre o seu oponente, o qual jamais voltaria a fazer descer sobre as costas dos judeus um único golpe de chicote.

– Quantos milagres desde o começo de tudo isto! – disse Miriam, que assistia à cena, embevecida.

– Verdadeiramente o Senhor obrou milagres jamais vistos – disse Aarão –, mas talvez o maior de todos eles tenha sido a inacreditável teimosia desse rei. Quem pois, tendo visto tantos sinais e prodígios, não teria cedido logo?

– Disse bem – respondeu Moisés. – Mas desde o início o Senhor afirmou que faria endurecer o coração desse homem para que, vendo todos os prodígios, ainda mais se encarniçasse no desafio ao seu poder.

– Graças a Deus! – disse Aarão, secundado por Miriam e todos os demais.

De fato, naquele dia, os judeus haviam visto algo que deveria tê-los convencido para sempre de que Deus estava ao seu lado e que nele deveriam depositar incondicionalmente todas as suas esperanças.

Mas Deus – decidido, talvez, a também endurecer seus corações – fez com que eles não fizessem tal, e por causa desta inacreditável descrença teriam os hebreus de suportar ainda quarenta longos anos de errância pelo deserto, até se decidirem a crer naquilo que não precisava ser crido, uma vez que lhes seria demonstrado todos os dias pelo Senhor, das mais diversas maneiras.

Do Êxodo

OS DEZ MANDAMENTOS

Dando as costas ao Mar Vermelho, os hebreus avançaram sobre o deserto de Sur, numa longa caminhada que durou três dias, até alcançarem um lugar chamado Mara. Esse lugar tinha tal nome por causa da água amarga que brotava do seu solo. Como fosse muito grande a multidão que seguia Moisés e demasiado o calor que descia do céu deserto de nuvens (a não ser aquela que os precedia, levando o Senhor Deus no interior), logo surgiram as primeiras queixas.

— Esta água é intragável! — bradou alguém.

— Foi para nos matar de sede no deserto que nos tirou do Egito? — disse outro.

— Queremos voltar à terra do Faraó! — disse ainda um terceiro. — Lá pelo menos tínhamos à vontade água boa e ninguém nos obrigava a caminhar três dias seguidos sob o sol abrasador!

Moisés sentiu ímpetos de mandar apedrejar os mais exaltados, para servir de lição aos murmuradores. Entretanto, nessa época ele ainda era um homem tolerante e por isso afastou-se da multidão e foi clamar ao seu Deus.

— Vê, Senhor, o desespero de toda esta gente! — disse ele, de mãos postas.

Então Deus atendeu ao pedido de Moisés, ordenando que ele apanhasse uma certa planta e a jogasse sobre a fonte de água. Tão logo Moisés fez o que o Senhor ordenara, a água tornou-se instantaneamente doce e potável. O povo inteiro saciou-se daquela água deliciosa e depois seguiu com seu líder até Elim, onde encontraram nada menos que doze fontes de água e setenta palmeiras para descansarem à sua sombra. Nesse dia não houve um único murmúrio.

Terminado o descanso, partiram todos novamente, até alcançarem o deserto de Sin, próximo ao Sinai. Entretanto, assim que puseram o pé sobre as areias escaldantes, recomeçaram as reclamações.

— Quem dera jamais tivéssemos saído do Egito! — disse um.
— A esta hora estaríamos todos sentados à sombra das pirâmides, regalando-nos com a carne de nossas panelas e esfregando no suco o pão abundante!

No mesmo instante dezenas de pares de olhos voltaram-se tantalizados na sua direção, como se ele próprio fosse a panela repleta de carne, de suco e de pão.

– Foi para nos matar de fome que nos tirou do Egito?

Moisés clamou outra vez ao Senhor, e novamente foi atendido.

– Farei chover carne e pão do céu para que conheçam o meu poder – disse Deus.

Mas apesar da promessa, as reclamações não cessaram até surgir, no final do dia, uma grande nuvem no horizonte, que avançou rapidamente na direção dos hebreus.

– Vejam, um terrível temporal se aproxima! – disse um dos que reclamavam. – Com certeza pereceremos todos sob a sua inclemência!

– Sim, foi para isso que esse velho teimoso nos arrancou da segurança do Egito: para que morrêssemos de sede, de fome e de raios! – disse outro.

Mas não era nada disso, como logo puderam constatar. Aquela nuvem era formada de apetitosas codornizes, que começaram a cair mortas sobre o acampamento como uma verdadeira chuva de alimento.

– Vamos, recolham-nas! – disse uma mulher, que já trazia o regaço repleto delas.

As pequenas aves caíam sobre a areia fazendo um ruído seco e continuado, e, ainda a estrebucharem, eram recolhidas avidamente pelas mãos dos viajantes esfomeados. Naquela noite, os hebreus fugitivos comeram codornizes até se fartarem.

Mas a prodigalidade do Senhor ainda não havia terminado. Durante a noite, enquanto todos dormiam sob as tendas improvisadas, desceu mansamente do céu uma chuva de algo parecido com orvalho, só que mais consistente. Quando os primeiros homens ergueram-se, logo ao alvorecer do dia, depararam-se com aqueles flocos macios e apetitosos espalhados por todo o chão.

– O que é isto? – se perguntavam, enquanto pegavam os pequenos flocos, cheirando-os e colocando-os na boca.

– Parece bolo de mel! – diziam os mais gulosos, com os cantos da boca cheios de farelos daquele pão original.

Do Êxodo

Todos chamaram o alimento de maná, pois esta palavra provinha da exclamação "man hu" ou "o que é isto?" que todos haviam feito ao encontrá-lo.

– Esse é o pão que o Senhor lhes mandou – disse Moisés. – Cada qual recolha conforme a necessidade sua e de sua família, mas que ninguém guarde nada para o dia seguinte, pois o Senhor fará descer todo dia um novo alimento.

A julgar, no entanto, pela quantidade que cada homem carregou para sua tenda, poderia-se pensar que cada um deles era pai de um exército. Mas foi tudo em vão, pois no dia seguinte o alimento amanheceu estragado.

– Raça de víboras! – esbravejou Moisés. – O que eu lhes disse?

Na sexta-feira, porém, o Senhor autorizou que recolhessem o dobro de maná, pois sábado era o seu dia de descanso, e, portanto, ninguém podia realizar nele qualquer tarefa. De fato, nesse dia sagrado, o maná que sobrara não bichou nem apodreceu. Ainda assim houve alguns que às primeiras horas do sábado saíram para recolher o maná que não havia. Irritado, o Senhor Deus disse a Moisés:

– Até quando duvidarão da minha palavra?

Moisés, no entanto, intercedeu mais uma vez pelo seu povo.

– Perdoa-os, Senhor! São pobres idiotas que só pensam em comer!

Deus, na verdade, ficou tão satisfeito com sua invenção que mandou recolher um jarro cheio do alimento que ele inventara (e que até hoje ninguém sabe exatamente qual fosse) e depositá-lo diante do seu altar, para que as gerações futuras soubessem com o que Deus alimentara o seu povo durante os quarenta anos que ainda erraria pelo deserto.

Saciada a fome e a sede daquela gente, Deus ordenou que partissem, indo acampar em Rafidim, lugar que logo seria motivo de maldição para o povo, outra vez rebelado.

– Não há uma gota de água por aqui! – disse um hebreu. – Aqui, pelo visto, secaremos todos pela vontade desse velho tratante!

Então Moisés perdeu, pela primeira vez, a paciência.

– Por que estão sempre a altercar comigo? – disse, agitando o bastão na cara dos que reclamavam. – Até quando irão provocar a ira do Senhor Deus?

– Quer que morramos em silêncio? – disse outro.

Os ânimos haviam se exaltado poderosamente. Algumas mãos já apalpavam as vestes à procura do punhal escondido, enquanto olhos irados vasculhavam o chão à procura de pedras pontiagudas.

Moisés tratou logo de afastar-se prudentemente da turba e procurar refúgio em Deus.

– Não sei mais o que fazer com este povo, Senhor! – disse Moisés, atônito. – Veja, por pouco não me apedrejaram!

Então Deus disse ao servo fiel:

– Vai ao monte Horeb e faz o que vou te dizer.

Moisés tomou mais uma vez a frente da multidão, levando ao lado alguns anciãos respeitáveis, até chegar ao sopé do monte que Deus indicara. Depois de subir a encosta, a ponto de ficar à vista de todos, o velho guia tomou nas mãos o mesmo bastão com o qual transformara em sangue o Nilo.

– Agora verão o quanto pode o Deus que nos guia! – disse ele, golpeando a rocha.

O povo, agrupado mais abaixo, observava num estado de agoniada expectativa, quando a ponta do bastão estalou sobre as pedras. No mesmo instante um único fio transparente de água começou a minar da rocha bruta, descendo pelas estrias como uma delgada serpente prateada.

– É água, é água...! – disse uma mulher, transfigurada, pois há dois dias não colocava uma única gota de água na boca.

Aos poucos o fino veio foi se transformando numa grande vertente, que descia em diversas cordas de água. O povo encheu seus cântaros e bilhas, além das peles de animais costuradas, munindo-se de água suficiente para vários dias.

Desde aquele dia o local passou a se chamar de Massa e Meriba, que quer dizer Prova e Discussão, pois ali os hebreus haviam colocado em dúvida as palavras divinas.

As coisas pareciam tranquilas em Rafidim, onde os judeus permaneceram um bom tempo, até que alguns rumores preocupantes chegaram aos ouvidos de Aarão.

Do Êxodo

– Moisés, trago más notícias – disse seu irmão, alarmado.

O velho profeta, que estava sentado à frente de uma tenda, voltou seus olhos cansados para Aarão:

– O que houve, agora? – perguntou.

– Os amalecitas marcham contra nós – disse Aarão, objetivamente.

Moisés esperava que mais cedo ou mais tarde a presença dos hebreus fosse provocar desavenças entre os povos que habitavam as terras vizinhas de Canaã, dando pretexto a que algum rei tentasse expulsá-los da região pela força. Por isso, quando da retirada do Egito, havia insistido para que todos os homens estivessem bem armados e preparados para a eventualidade de algum confronto.

– Traga Josué até mim – disse Moisés, laconicamente.

Josué era um homem corajoso que descendia da tribo de Efraim. Moisés não teve dúvida alguma em chamá-lo para assumir o comando dos combatentes judeus.

Logo Josué, um homem alto, corado e de cabelos negros e compridos como a crina de um cavalo estava diante do ancião.

– Mandou me chamar? – disse, postando-se diante de Moisés.

– Logo teremos de combater – disse o velho, sem qualquer preâmbulo. – Organize nossos homens em grupos de ataque e defesa e coloque-os de prontidão para que possam entrar em ação a qualquer momento. Assistirei ao combate do alto da colina, com o bastão erguido, até que tenham expulsado os amalecitas de volta para o deserto. Sem contrapor nada, Josué retirou-se para dar cumprimento às ordens de Moisés.

Já na manhã seguinte as tropas estavam a postos quando surgiram os exércitos inimigos, erguendo grande nuvem de pó.

– Não espere que eles ataquem. Ataque-os primeiro – disse Moisés, no alto da colina.

Josué despediu-se do grande líder e foi juntar-se na planície com as suas tropas. Junto a Moisés ficaram apenas seu irmão Aarão e Hur, um outro homem temente a Deus.

Os amalecitas eram um povo que descendia de Amalec, um dos netos de Esaú e que vivia há muito tempo na região da península do Sinai. Por isso, identificaram logo na presença dos judeus uma ameaça às suas pretensões possessórias.

— Expulsemos daqui esses errantes antes que decidam permanecer para sempre em nossas terras — disse um dos chefes, pouco disposto a entendimentos.

Surpreendidos pelo avanço das hostes de Josué, os soldados de Amalec tomaram rapidamente as suas posições.

— Em nome do Deus de Israel! — bradou Moisés, erguendo com os dois braços o seu bastão divino.

Quando os dois exércitos finalmente se defrontaram, houve uma grande gritaria de ambas as partes, e como ninguém se mostrasse disposto a recuar, logo começaram a soar os golpes das lanças e das espadas, e muito em breve a areia do deserto começou a beber o sangue dos dois lados. Num primeiro momento a vitória pareceu pender abertamente para o lado de Josué, mas quando Moisés, do alto da colina, sentiu seu braço fraquejar, obrigando-o a depor momentaneamente o seu cajado, a vitória pendeu para o lado dos amalecitas.

Aarão, vendo que a sorte da batalha dependia do fato de Moisés manter suspenso o seu cajado, decidiu ajudar o irmão na penosa tarefa.

— Hur, segure o outro braço! — disse ele ao companheiro.

Moisés permaneceu o restante do tempo que durou o combate sentado sobre uma rocha, enquanto Hur e Aarão mantinham suspensos os seus dois braços, que seguravam, sem jamais largar, o cajado da vitória. O povo, que observava a tudo de maneira apreensiva, não sabia o que mais admirar, se o vigor dos soldados de Josué ou a resistência tenaz do velho líder, o qual, auxiliado por Hur e Aarão, não renunciava jamais à tarefa que Deus lhe entregara.

De olhos fechados, Moisés parecia imerso numa espécie de transe, enquanto um suor copioso descia pela sua fronte, como se ele próprio, personificando os exércitos de Israel, estivesse na planície lutando contra os inimigos do seu deus. Somente quando o sol começou a se pôr foi que a sorte da batalha foi decidida, cabendo a vitória a Josué e seus combatentes.

— Já pode descansar agora, meu irmão! — disse Aarão, abaixando o braço exausto de Moisés.

Hur também ajudou o velho líder a descer a colina e ir repousar, o que este não fez sem antes ir cumprimentar o grande guerreiro que retornara coberto de sangue e de pó, mas com a vitória nas mãos.

— Graças ao Senhor! — disseram ambos, abraçando-se.

Depois disso Moisés ergueu um altar a Deus, conforme este ordenara, com os seguintes dizeres: "Porque levantaste a mão contra o Senhor Deus, por isso ele estará em guerra contra ti, Amalec, de geração em geração".

Jetro, sogro de Moisés, que ficara sabendo de tudo, decidiu levar até ele a sua filha e os netos, que Moisés havia deixado com ele.

Gérson e Eliézer já eram homens feitos, e foi com grande ternura que abraçaram-se ao velho pai. Moisés contou tudo ao sogro acerca dos detalhes da fuga do Egito, gastando nisso todo o restante do dia.

Na manhã seguinte, Jetro observou Moisés receber centenas de judeus para consultar acerca de todos os assuntos possíveis, desde pequenas questões e disputas pessoais, como juiz universal dos feitos, até orientação religiosa, já que era o principal interlocutor do Senhor perante todo aquele povo.

— Como consegue fazer tudo isso sozinho? — disse Jetro, espantado.

Então o genro escutou do velho sogro alguns conselhos que lhe terminaram sendo valiosíssimos.

— Não é possível que esteja a se preocupar o dia inteiro com as questões de toda essa gente — disse Jetro, que era sacerdote e entendia muito do assunto. — Faça o seguinte, para que as suas forças não se acabem em muito pouco tempo: delegue atribuições a alguns juízes, anciãos probos e de conduta exemplar, e resguarde-se para o papel de juiz supremo, ao qual somente se recorrerá em última instância.

A ideia pareceu excelente a Moisés, que passou a adotar, desde aquele dia, o engenhoso sistema sugerido pelo sogro.

Depois de ter dado esse conselho valioso, Jetro partiu de volta para a sua terra, provando que era um homem verdadeiramente discreto e agradável, enquanto o povo de Israel erguia suas tendas para tomar o destino do deserto do Sinai.

Depois de outra longa marcha, os hebreus acamparam ao pé do monte Sinai. Moisés ergueu os olhos para o alto da montanha, sentindo um chamado irresistível descer do alto.

– O que foi, meu irmão? – disse Aarão, observando seu aspecto alheado.

– Muito em breve terei um novo encontro com o Senhor – disse Moisés, entre honrado e atemorizado, pois era sempre um momento difícil para ele ver-se face a face com um ser tão poderoso.

Era o terceiro mês desde a fuga do Egito. Os judeus haviam chegado ao deserto do Sinai depois de muitas privações e agora estavam acampados diante do monte que em breve se tornaria um dos locais mais importantes na história do povo de Israel.

Moisés, sentindo o chamado do Senhor, comunicou a seu irmão a decisão de subir sozinho até o alto do monte.

– Não quer que eu o acompanhe? – ofereceu-se Aarão, sempre solícito.

– Não, este é um encontro que devo manter a sós – disse Moisés, tomando o seu bordão.

O dia amanhecia quando o velho peregrino começou a subir as veredas do monte Sinai. Sabedor de que no deserto o dia não custava a esquentar, Moisés quisera aproveitar ao máximo o pouco tempo de que dispunha para fazer uma subida razoavelmente confortável. Depois de fazer diversas paradas, finalmente chegou às proximidades do topo, onde, envolto numa grande nuvem escura, Deus já o aguardava. Depois de prostrar-se diante dele, Moisés recebeu a incumbência de preparar o povo de Israel para um encontro que Deus queria ter com todos eles.

– Vai e ordena a todos que se purifiquem, lavando suas vestes hoje e amanhã – disse ele –, pois no terceiro dia descerei diante de todos. Incumbo-te de fixar um limite em torno à montanha, para que ninguém ouse transpô-lo sem que recaia sobre si o castigo da morte imediata. Somente depois que escutarem o soar das trombetas é que poderão ascender até mim.

Moisés foi até o povo e repetiu as determinações do Senhor, ordenando que todos lavassem suas vestes e que, além disso, guardassem abstinência até o grande momento do encontro com Deus.

Nos dois dias seguintes, foi grande a lavagem de roupas em todo o acampamento. Enquanto as mulheres esforçavam-se para lavar as vestes que noventa dias de caminhada exaustiva haviam tornado quase podres de pó e suor, as crianças aproveitavam a balbúrdia para divertir-se com aquela inédita profusão de água. Logo em seguida a esse verdadeiro festival da água sucedeu-se um drapejar de vestes que alegrou todo o acampamento até finalmente chegar o grande dia.

Entretanto, o dia que prometia ser um grande evento festivo surgiu mais como um evento algo ameaçador. Os judeus acordaram, de manhã bem cedo, com o ruído de trovões e relâmpagos. Com efeito, a grande nuvem que escondia o Senhor surgira, nesse dia, escura e tonitruante. Aos poucos a multidão foi se reunindo, sob a liderança de Moisés, para que este os levasse até o local do encontro.

Depois que todos estavam próximos à base do monte Sinai, escutou-se um grande ruído de trombetas atroar os céus.

– É este o sinal do Senhor – disse Moisés a Aarão.

Uma fumaça espessa subia do topo da montanha, como se um vulcão houvesse entrado em erupção abruptamente, fazendo sacudir o chão e enchendo a todos de apreensão. Então Moisés destacou-se do seu povo e mais uma vez subiu até o seu deus. Lá, escutou do Senhor as leis que doravante o povo de Israel deveria seguir, as quais repetiu para eles.

– Atenção, todos! – disse Moisés, com autoridade. – Eis que o Senhor manda até vocês os mandamentos de sua vontade! Todo aquele que os guardar no seu coração, obedecendo-os, terá o favor de nosso Deus, e todo aquele que os negligenciar terá o seu castigo.

O povo escutava atentamente as palavras do velho profeta. Dessa vez não eram bolos doces, codornizes ou água refrescante que ele vinha lhes dar, mas leis às quais todos deveriam doravante estar submissos. Uma ligeira decepção errava em todos os rostos, suplantada porém pelo sentimento do poder reverente do deus que estava logo ali, acima de suas cabeças atemorizadas.

– Estes são, pois, os mandamentos do Senhor Deus de Israel – disse Moisés, alteando ainda mais a voz: – Em primeiro lugar, não terão jamais outro deus além dele; em segundo, não farão imagens de nada sobre o céu ou sobre a terra; em terceiro, não pronunciarão o seu santo nome em vão; em quarto, guardarão o sábado como dia sagrado e nele ninguém trabalhará; em quinto, honrarão pai e mãe; em sexto, não matarão ninguém; em sétimo, não cometerão adultério; em oitavo, não furtarão; em nono, não levantarão falso testemunho contra o próximo; e em décimo, não cobiçarão nada que pertença ao próximo.

Moisés fez uma pausa e concluiu:

– Estes são os mandamentos do Senhor para todos aqueles que o temem.

O povo, entretanto, mais do que temente, estava verdadeiramente apavorado diante daquela demonstração de poder de Deus, e talvez, também, porque imaginava que jamais poderia cumprir à risca todos aqueles mandamentos.

– Não o deixe dirigir-se diretamente a nós ou morreremos! – disse a Moisés um sujeito de olhos esgazeados.

Deus repetiu, então, a Moisés, algumas de suas palavras, enfatizando que não se fizessem ídolos de prata ou ouro para substituí-lo. Depois ordenou que fizesse um altar de holocaustos para ele, especificando mais uma série de condutas que lhe eram agradáveis ou desagradáveis. Entre elas estavam a famosa sentença de morte pronunciada contra as feiticeiras, que tem servido, ao longo dos séculos, para justificar a perseguição às pretensas bruxas (Êx 22.17) e aos homens que copulam com animais (Êx 22.18). Deus também incluiu como diretriz ao seu povo uma proibição expressa de que se cobrassem juros aos pobres, afirmando expressamente que os hebreus não deveriam jamais agir como agiotas. (Êx 22.24).

O povo soube de todos os termos da conversa e proclamou com grande alívio:

– Faremos tudo o que o Senhor nos disse!

Todos, então, dispersaram-se, mas Moisés foi convocado a estar novamente com Deus, pois o Senhor queria entregar-lhe as tábuas onde inscrevera todas as leis. Aarão e Hur ficaram junto com o povo até que Moisés retornasse.

– Controle toda essa gente e os mantenha no temor ao deus de Abraão – dissera Moisés a seu irmão antes de desaparecer para o alto do monte Sinai.

Durante o período em que esteve a sós com o Senhor, Moisés recebeu diversas outras recomendações, entre elas a de fazer para si um santuário e uma arca revestida de ouro com querubins postados de cada lado, que chamou de "arca da aliança". Dentro dela Moisés deveria colocar as tábuas da lei.

Mas nem Moisés imaginou que sua visita a Deus poderia demorar tanto tempo. De fato, durante quarenta dias e quarenta noites esteve ele isolado dos homens, a conversar com Deus, sem imaginar que sua longa ausência seria o pretexto para uma nova desobediência, de consequências funestas para todos.

O BEZERRO DE OURO

Depois que os judeus haviam acampado ao redor do monte Sinai e recebido do Senhor os Dez Mandamentos, Moisés, o líder judaico, havia subido outra vez para o monte, a fim de receber novas instruções da divindade. Entretanto, dessa vez sua permanência havia se estendido tanto que o povo começara a tornar-se inquieto.

– Por que Moisés demora-se tanto por lá? – disse um judeu de olhar atrevido a Aarão, irmão do profeta.

Aarão não sabia dizer o que estava acontecendo, pois Deus proibira que qualquer outra pessoa se aproximasse do local onde ele estava se revelando.

– Só nos cabe esperar – disse.

Mas o povo foi tornando-se, com o passar do tempo, cada vez mais inquieto.

– Basta de espera! – disseram várias vozes, um dia. – Até quando permaneceremos sem deus ou um líder nesta solidão embrutecedora?

Como ovelhas desamparadas, os judeus não se sentiam capazes de dar um passo sem a presença protetora de um pastor humano ou divino, e por isso foram em comissão até Aarão para que este tomasse uma providência imediata.

– Queremos um deus! – disse um velhote, com cara de choro.

– Deus está ocupado com o seu servo – disse o irmão de Moisés.

– Não queremos saber! – retrucou o velho.

Aarão tentou de todos os modos acalmar os ânimos, mas sentiu que logo as pedras começariam a voar, caso não apresentasse uma solução.

– Está bem – disse, cedendo, afinal. – Tragam todos os brincos e adornos de ouro que puderem juntar e verei o que posso fazer.

Aarão havia pensado em confeccionar algo que pudesse distrair a atenção do povo enquanto Moisés não regressasse. No mesmo dia, homens e mulheres apresentaram-se e depuseram diante dele uma pilha enorme de anéis, brincos e colares de ouro.

– Aí está – disseram eles, impositivamente. – Dê-nos um deus, agora.

Aarão ordenou a alguns artífices e artesãos que fundissem todo aquele ouro e o mergulhassem num molde com a forma de um bezerro, forma aproximada do boi Ápis, que era uma das principais divindades dos cananeus. Sem dar-se conta, Aarão lançava o povo na idolatria que alguns dias antes o próprio Deus condenara. Numa única tacada, Aarão desrespeitava os dois primeiros mandamentos, que proibiam a adoração de qualquer outro deus além do Senhor Deus e a confecção de imagens.

Durante o restante do dia os artífices trabalharam, derretendo o ouro, obra que o próprio Aarão completou, dando forma ao bezerro dourado.

– Aí está o deus que pediram! – disse Aarão, que a esta altura estava já tomado, ele próprio, pelo espírito da idolatria.

Gritos de júbilo ergueram-se entre a plebe ajuntada.

– Viva o bezerro! Ele é o nosso novo deus! – gritavam as vozes. – De hoje em diante será ele o nosso guia!

Aarão, inflamado pelo entusiasmo da ralé, construiu imediatamente um altar para o bezerro, que esplendia sob a luz dos archotes e das estrelas. O povo, prosternando-se diante dele, começou depois a desnudar-se e a dançar orgiasticamente ao redor da imagem. Homens e mulheres cabriolavam ao redor da estátua, sob o olhar complacente do sacerdote do novo deus – um deus que, no delírio do novo culto, lhe parecia agora bem mais simpático do que aquele outro severo e repleto de leis e ameaças, e que talvez tivesse sido consumido pela própria ira no topo da montanha juntamente com o seu servo dedicado.

— Ora, basta de tirania! — disse Aarão, arrepanhando as dobras do seu manto e indo juntar-se também ao bando ululante dos devotos do bezerro.

Uma vertigem deliciosa, completamente diversa daquela que lhe proporcionava o deus deposto, lhe encheu a alma. Pela primeira vez na vida Aarão sentiu-se invadido por uma irresponsabilidade total que o liberava da submissão a quaisquer ditames morais. Depois daquela enxurrada de ordens e proibições que o antigo deus fizera desabar sobre todos, era com uma espécie de alívio prazeroso que ele celebrava a nova divindade.

De qualquer modo, imerso no seu delírio, Aarão, irmão de Moisés e servo de Deus, foi um bom pagão durante algumas horas de sua vida.

Enquanto isso, no alto da montanha, Moisés recebia de Deus essa má notícia:

— Desce de volta ao teu povo, pois ele corrompeu-se na tua ausência!

Moisés sentiu um desfalecimento total dos membros.

— Corrompeu-se... como? — perguntou, incrédulo.

— Vai e vê tu mesmo! — disse o Senhor, encolerizado. — Estão todos a cultuar um novo deus, proclamando-o como seu novo guia. Verdadeiramente este é um povo desprezível, indigno de ti. Façamos o seguinte trato: exterminarei imediatamente todos aqueles ímpios e farei, a partir de ti, uma nova descendência abençoada.

Moisés, entretanto, apiedado do seu povo e não desejando repetir a história que Noé, de outra maneira, já protagonizara, implorou pelo seu povo:

— Não faça isso, Senhor! O que diriam os egípcios se descobrissem que o Senhor retirou seu povo da tirania do Egito para depois ir exterminá-lo nas montanhas? Perdoa a iniquidade do seu povo!

Deus ouviu os apelos do profeta e decidiu poupar os idólatras, ao menos momentaneamente, ordenando que Moisés fosse até eles, levando consigo algumas tábuas de argila onde a própria mão divina inscrevera os seus mandamentos — as chamadas "tábuas da lei". Carregando-as nos braços, o velho profeta desceu as encostas, com um peso infinitamente maior a oprimir-lhe a alma. "O que encontrarei lá embaixo?", pensava ele. "E Aarão, que papel terá tomado nisso? Por que não impediu a degeneração dos costumes? Ou, impotente para deter o curso do desregramento, terá sido morto pelos adversários?"

Josué, que estivera longe todo o tempo do acampamento, aguardando o regresso de Moisés na base do monte Sinai, recebeu-o com o rosto alarmado.

– Parecem gritos de guerra – disse Josué.

Moisés, que já sabia de tudo, corrigiu-o.

– Não são gritos, mas cantos. E não são de guerra, senão aquela que a impiedade move contra o Senhor Deus.

Os dois seguiram a passos rápidos até alcançarem o acampamento, onde finalmente avistaram o povo reunido ao redor do bezerro infame. Sem dar pela chegada do ancião, os judeus continuaram a requebrar-se como sátiros, e as mulheres, como enlouquecidas bacantes.

– Que horrível impiedade é esta? – bradou Moisés, farto daquela indecência.

Rostos contorcidos pelo esforço voltaram-se em sua direção. Iluminados pela luz dos archotes, pareciam ainda mais repulsivos.

Erguendo as tábuas que trazia nos braços, Moisés arremessou-as sobre o solo, esfarelando-as completamente:

– Raça de víboras! – bradou. – O que fizeram em minha ausência?

Um silêncio aterrador desceu sobre todo o acampamento.

Depois de passar os olhos sobre o povo paralisado, Moisés voltou-se para Aarão, que infelizmente parecia ser um dos líderes daquilo tudo.

– Preferia tê-lo encontrado morto – disse ele, olhando friamente para o irmão.

Sem dizer mais nada, avançou para o bezerro e retirou-o do pedestal em que estava. Nem uma única mão moveu-se para defendê-lo.

– Este é o novo deus de vocês? – disse Moisés, golpeando-o com toda a força. – Vejam o que vale o seu novo deus!

Arrojado ao chão, o ídolo dourado foi lançado em seguida de volta à forja, onde perdeu sua forma, voltando a ser um monte de ouro retorcido. Depois que esfriou, Moisés ordenou que ele fosse reduzido a pó.

– Agora misturem o pó à água e deem de beber a todos aqueles que o reverenciaram – disse Moisés.

Depois, voltando-se para seu irmão, censurou-o severamente.

– Por que permitiu que este povo cometesse tamanho pecado?

Aarão, de cabeça baixa, tentou explicar-se alegando a inclinação natural daquele povo para o mal.

– Eles obrigaram-me a fazer um ídolo – disse Aarão, envergonhado –, dizendo que tanto você, Moisés, quanto o nosso deus nos haviam abandonado.

Moisés estava com o semblante carregado. Nunca antes ele se parecera tanto com o seu deus como naquele momento. Dando as costas ao irmão, dirigiu-se a todo o povo, dizendo:

– Quem for servo do deus verdadeiro, que venha até mim!

Os descendentes da tribo de Levi imediatamente foram postar-se ao lado de Moisés. Vendo que estes eram os mais fiéis, Moisés deu-lhes, então, esta terrível ordem:

– Que cada um de vocês coloque a espada na cintura e percorra todo o acampamento atrás dos instigadores da revolta contra o Senhor. Matem-nos no mesmo instante, sejam eles parentes, amigos ou vizinhos.

Sem ousar contestar a ordem, os levitas partiram de espada em punho para dar início ao expurgo sangrento. Homens e mulheres foram arrancados de suas famílias e mortos a golpes de espada, numa maneira de aplacar a ira do Senhor. "Talvez o Senhor, vendo os culpados punidos, não volte também a sua ira contra os inocentes", pensava Moisés, enquanto reboavam os gritos de desespero por todo o acampamento.

Cerca de três mil israelitas pereceram dessa forma às mãos dos levitas, numa expiação à quebra que haviam feito da aliança com Deus. Quando os executores da ordem retornaram até Moisés, trazendo as lâminas de suas espadas gotejantes de sangue, foram exaltados por ele.

– O Senhor os abençoa – disse Moisés –, mesmo que o tenham feito às custas de seus próprios filhos e parentes.

No dia seguinte, Moisés dirigiu-se outra vez para o monte Sinai, disposto a buscar o perdão para todos os outros que, influenciados pelos sediciosos, haviam tomado parte na adoração do bezerro.

– Perdoa-os, Senhor! – disse Moisés, frente a frente com a divindade. – Perdoa-os, ou risca meu nome do livro da vida!

O Deus de Israel, provando a grande estima que tinha por seu profeta, decidiu que não exterminaria todos os outros, mas que ainda assim iria punir os culpados no dia do castigo. Depois ordenou que Moisés retirasse seu povo daquele lugar e o levasse para a terra prometida.

Moisés recebeu outra vez das mãos do próprio Criador uma segunda cópia das tábuas da lei – já que as primeira o profeta havia destruído no seu ímpeto de raiva –, renovando-se a aliança que o povo havia desfeito por ocasião de sua idolatria.

Quando Moisés desceu da montanha, seu rosto refulgia, a tal ponto que até Aarão e os anciãos de Israel temeram chegar próximos a ele. Então ele disse que era preciso dar início à construção do Tabernáculo, pois ali Deus habitaria entre eles. Fez-se uma coleta entre o povo, homens e mulheres, de tal sorte que sobrou material para a confecção da Casa do Senhor e também da Arca da Aliança, um receptáculo de madeira revestido de ouro, destinado a guardar as tábuas da lei.

Quando a obra ficou pronta, uma grande nuvem desceu sobre o santuário e, somente quando ela se ergueu novamente os judeus puderam dar início à sua jornada rumo à terra prometida. Doravante, o Deus de Israel marcharia junto com o seu povo, dentro de sua própria casa, para levar adiante a promessa que um dia fizera a Abraão, a de que seus descendentes teriam uma terra maravilhosa para morar.

DO LIVRO DOS NÚMEROS

AS VACILAÇÕES DO POVO DE DEUS

No segundo ano após a saída dos judeus do Egito, Deus ordenou a Moisés que fizesse um recenseamento entre o povo, o qual revelou que havia entre eles cerca de seiscentos mil homens aptos para a guerra, que era o que interessava naqueles dias sangrentos. Os membros da tribo de Levi, no entanto, foram recenseados à parte, pois estavam encarregados da conservação do Tabernáculo, uma tenda enorme que servia de local de culto e abrigo dos objetos sagrados hebreus, como a arca da aliança.

Mas guardar a casa do Senhor não era uma tarefa isenta de perigos, como Nadab e Abiú, filhos de Aarão, puderam constatar, pois, estando um dia a adorar a Deus no interior do templo, cometeram não se sabe que grave deslize no culto que fez o Senhor fulminá-los instantaneamente. De qualquer modo, os descendentes da tribo de Levi continuaram a oficiar os serviços divinos, tornando-se, destarte, os mais respeitados membros da grande comunidade judaica.

Durante o dia uma grande nuvem cobria o Tabernáculo, tomando durante a noite a aparência de uma coluna de fogo. Então um dia a nuvem se elevou e Moisés ordenou ao povo que erguesse suas tendas, pois o Senhor ordenara a partida de todos do Sinai.

Todos partiram em nova marcha pelo deserto, com os levitas transportando a tenda do Senhor, até que a nuvem pousou novamente sobre ela, no deserto de Fará.

– Ergamos aqui as nossas tendas – disse Moisés, ao observar o estranho fenômeno.

Entretanto, depois de três dias de viagem e privação, o povo começou, outra vez, a queixar-se das condições de vida a que estava submetido.

— Isto não é vida! — disse um dos queixosos. — Até quando vamos errar por estes desertos horríveis, mal-alimentados e pior vestidos?

— É isto mesmo! — disse outro, não menos exaltado. — Chega de perambulações!

As queixas avolumaram-se tanto que chegaram aos ouvidos do Senhor, o que significava que o castigo não tardaria, como de fato não tardou.

— Fogo! Fogo! — bradou uma voz, em desespero, não muito tempo depois.

Um grande incêndio rompera nas tendas de uma das extremidades do acampamento, alastrando-se com grande velocidade.

Naqueles dias em que Deus andava tão próximo do povo, não se tropeçava numa pedra sem que se atribuísse imediatamente a autoria do desastre ao deus encolerizado. Por isso, logo o povo tratou de procurar socorro junto ao interlocutor privilegiado dessa divindade ameaçadora.

— Moisés! Socorre-nos, pois vamos todos morrer queimados! — diziam os insubmissos, com as mãos na cabeça.

— Reclamar e depois implorar por perdão! — disse Moisés, enterrando seu bastão com fúria na areia. — É só isso o que sabem fazer, miseráveis?

Apesar disso, Moisés intercedeu junto a Deus e este fez cessar o fogo. Desde esse dia aquele lugar passou a ser chamado de Tabera, que quer dizer "incêndio".

Mas aquele castigo só não bastou. Havia no meio dos judeus um grupo de mestiços não israelitas que os judeus chamavam de "rabble", o qual, cessada a função do incêndio, entendeu de começar outra revolta.

— Chega de maná! — disseram eles, lançando longe o alimento que Deus lhes mandava dos céus todas as manhãs. — Já não aguentamos mais comer isso!

Logo os israelitas uniram as suas vozes ao coro dos revoltosos.

— É isso mesmo! — bradaram eles. — Lembram da fartura que havia no Egito? Oh, os nossos queridos peixes, melões, cebolas e alhos!

Do Livro dos Números

Todos pareciam enxergar à frente aquela antiga abundância.

– Se Deus nos mandasse, ao menos de vez em quando, alguma coisa diferente, quem sabe? – disse uma velha, seca como um feixe. – Mas não. Tudo o que enxergamos pela frente é sempre esse maná detestável!

À noite, os queixosos reuniram-se em romaria e foram fazer fila diante da tenda de Moisés, para exigir mudanças. E tanto o importunaram que o pobre profeta não teve outro remédio senão ir importunar, também, ao próprio deus. Este, por sua vez, recebeu-o com a ira habitual.

– Malditos! – disse o Senhor Deus. – Até quando demonstrarão ingratidão?

Moisés, metido entre dois fogos, sentiu, então, pela primeira vez, uma revolta crescer em seu coração, não só contra os sediciosos, mas contra o próprio Senhor.

– Senhor! – disse ele. – Por que maltratas tanto a este seu servo? Por que devem repousar sempre sobre os meus ombros as traições que este povo não cessa de praticar? Por acaso fui eu que pari toda esta gente, para que a esteja a carregar de lá para cá feito uma babá, até depositá-la na terra que foi prometida não a mim, mas a Abraão?

Moisés ergueu-se e pôs-se a caminhar nervosamente sob as estrelas.

– Eles querem carne de novo, Senhor! – prosseguiu Moisés a lamuriar-se. – Mas onde poderei arranjar carne para alimentar toda essa gente, todos os dias? Acaso está em meu poder lançar carne para todos os lados como um chafariz?

Moisés sentou-se, desanimado, e disse, num tom de voz lastimável:

– Já não posso mais suportar sozinho todo esse peso. Se o Senhor pretende continuar a me tratar dessa maneira, peço que me tire logo a vida, ou me livre então de toda essa desgraça.

Um silêncio opressivo envolveu o velho servo. De sua cabeça inclinada pendiam, como um véu prateado e sutil, os cabelos embranquecidos pela longa jornada. Por um momento o velho crente sentiu vontade de abandonar aquela ralé imbecil e seu deus colérico e cair no deserto, onde estaria livre para sempre daquelas malditas querelas, sob o doce abrigo da paz da descrença. Depois de alguns instantes, porém, a voz do Senhor retornou, um pouco mais calma.

– Reúna setenta anciãos de Israel e os leve até a Tenda do Encontro – disse o Senhor. – Ali farei com que reparta com eles um pouco do meu espírito, já que ele tornou-se pesado demais para ti.

Só de ouvir isto, Moisés já sentiu um alívio sobre os ombros. Agradecido, já ia retirando-se quando Deus recomeçou.

– Espera; ainda há mais. Diga ao povo que se santifique, pois amanhã farei chover carne outra vez sobre suas cabeças, e comerão dela a fartar, pois a chuva irá durar não um nem dois dias, mas um mês inteiro.

Moisés, no entanto, chegou a duvidar do Senhor.

– Esta gente conta seiscentos mil homens a pé, fora os inúteis para a guerra – disse Moisés, incrédulo ele também. – Nem que se matassem todos os nossos rebanhos não seria o bastante para lhes aplacar a fome!

– Então vou mostrar-te se minha palavra se cumprirá ou não – disse Deus, laconicamente.

Quando os setenta anciãos estavam postados à frente do Tabernáculo, Deus fez como dissera, espalhando sobre eles o seu espírito e aliviando a carga dos ombros de Moisés. Nesse mesmo instante todos eles começaram a profetizar. Na verdade, sessenta e oito, pois dois haviam ficado no acampamento. Eldad e Medad eram seus nomes. Mas enquanto os demais cessaram logo o surto, esses dois permaneceram a profetizar sem parar, de tal sorte que Josué correu até Moisés para fazer-lhe queixa.

– Moisés, Eldad e Medad não param de profetizar em meio ao povo! – disse Josué, alarmado. – Mande-os se calarem!

– Por que deveria? – disse Moisés, irritado. – Por acaso Deus ficou diminuído por causa disso? Deixe que profetizem à vontade! Quem dera Deus transformasse todos em profetas.

Nas horas seguintes, um vento forte trouxe até o acampamento um bando inumerável de codornizes, tão grande que juncavam o chão por toda a parte. Imediatamente o povo saiu de suas tendas e pôs-se a recolher o alimento abundante, e o fez com tanta gana que aquele que menos recolheu ajuntou dez cargas de asno. Não satisfeitos em cozinhar as carnes, ainda as colocaram a secar ao redor de todo o acampamento, para garantir que não se estragasse.

Deus, no entanto, vendo aquilo, ofendeu-se poderosamente.

– Por que as põem para secar? – perguntou, enfurecido. – Acaso duvidam que eu lhes mande outra leva nova e fresca amanhã?

Farto, então, da descrença daquele povo, o Senhor Deus fez com que a carne se transformasse em veneno no estômago dos glutões. Imediatamente começaram a soar os gritos das vítimas envenenadas a estorcerem-se pelo chão, presas de uma náusea violentíssima. Milhares morreram dessa forma, pois duvidaram da palavra do Senhor, e desde aquele dia aquele local passou a se chamar de Cibrot-Ataava, que quer dizer Sepulcros da Cobiça. Os que sobreviveram partiram com Moisés para irem acampar em Haseroth.

Tudo parecia em paz em Haseroth, até que Aarão e Miriam, irmãos de Moisés, surgiram para levantar nova questão. Enciumados pelo fato de que Deus falava apenas por meio do irmão, ignorando-os completamente, os dois resolveram inventar um pretexto para pôr em dúvida a autoridade de Moisés.

– Sua mulher é uma madianita – disse Miriam, encolerizada. – Não poderia comandar nosso povo, uma vez que tomou uma não israelita para esposa!

Então Deus cochichou ao ouvido de Moisés:

– Leva-os até a Tenda do Encontro.

Moisés fez como o Senhor mandou, e tão logo estiveram os três adiante da tenda, Deus desceu sobre eles sob a forma de uma nuvem e disse aos dois contestadores:

– Moisés é meu servo escolhido. Aos demais faço com que profetizem, mas não a ele, pois com ele falo face a face e não preciso de inspirações ou de enigmas para comunicar-me. Como se atrevem, pois, a criticar meu servo escolhido?

Instantaneamente a nuvem se retirou, fazendo com que a pele de Miriam ficasse coberta com as chagas esbranquiçadas da lepra.

Aarão, apavorado com a visão da irmã, clamou a Moisés para que intercedesse junto a Deus. Moisés, mais uma vez penalizado das loucuras do seu povo – agora patrocinadas pelos próprios irmãos –, atendeu ao pedido de Aarão e foi falar mais uma vez com o Senhor.

– Que ela seja confinada fora do acampamento durante sete dias, e só depois readmitida – disse Deus, decretando o castigo da irmã de Moisés.

Encerrava-se assim mais um capítulo – mas nem de longe o último – das revoltas do povo contra seu próprio Deus. Acampados nas proximidades da terra de Canaã, Deus entendeu que era hora de alguns hebreus irem espionar a terra prometida, para ver quem lá habitava e quais eram as condições para que o povo judeu pudesse nela ingressar com segurança.

– Manda alguns homens para fazer o reconhecimento da terra de Canaã – disse um dia o Senhor a Moisés.

Dentre esses espiões arregimentados estava Josué, também chamado Oseias, que liderou o grupo pelo deserto do Negueb, até que alcançassem, com a máxima discrição, o vale do Escol, que queria dizer vale do Cacho, pois ali havia grande plantação de vinhas, com uvas tão grandes que um único cacho ocupava um galho inteiro. Josué cortou um deles para levar de volta, como prova da fertilidade da terra.

Depois de quarenta dias, a expedição retornou ao acampamento montado em Cades, trazendo muitos frutos, mas também a notícia de que a terra era habitada por muitos povos, os quais possuíam grandes cidades com muralhas sólidas ao redor.

O povo, para variar, mostrou-se revoltado com as notícias, embora o fizesse com a boca cheia das uvas que Josué e seus homens haviam trazido de Canaã.

– Fomos enganados! – bradaram estes. – Fizemos toda esta viagem pelo deserto apenas para nos defrontar com a terra prometida já habitada e fortificada.

– E agora? – gritou outro. – Vamos voltar ao Egito e dizer: "Perdoa, Faraó, aceite-nos de volta, pois fomos enganados. Não havia terra alguma para nós em Canaã!".

Caleb, da tribo de Judá, que tomara parte na expedição, tentou acalmar o povo:

– Marchemos contra eles! – disse, entusiasmado. – Somos fortes e temos Deus ao nosso lado.

Do Livro dos Números

Mas alguns dos outros homens que haviam retornado puseram-se a contestar amargamente as palavras de Caleb.

– Você está delirando! – disseram. – Eles são muito mais fortes do que nós. Como poderemos enfrentá-los, se há entre eles até mesmo uma raça de gigantes?

Eles referiam-se aos descendentes de Enac, raça descomunal que vivia em Canaã, e da qual surgiria um dia um certo Golias.

Uma grande choradeira ergueu-se de novo, para tormento renovado de Moisés.

– Vamos voltar para o Egito! – diziam uns.

– Escolhamos um novo líder, já que esse perverso pretende entregar nossos pescoços ao fio da espada dos caananitas!

Josué e Caleb escutavam, horrorizados, o discurso daquela gente.

– A terra que o Senhor nos prometeu é excelente! – disse Josué. – Se Deus disse que nela irá nos introduzir é porque não nos deixará perecer às mãos da gente que lá vive!

– Sim, o Senhor nos ajudará a conquistar a terra que prometeu a Abraão! – disse Caleb, tentando encorajar novamente o seu povo.

Mas de nada adiantaram as palavras dos dois. O povo, amotinado no último grau e aterrado com a possibilidade de ter de enfrentar as armas dos cananeus, amalecitas, amorreus, jebuseus e outros povos que viviam na terra da promissão, intentaram apedrejar Josué e Caleb e, finalmente, o próprio Moisés.

Mais uma vez o Senhor chamou Moisés para lhe repetir a velha ameaça.

– Agora basta! – disse ele, dominado novamente pela cólera. – Desta vez exterminarei totalmente esta raça de víboras, fazendo a partir de ti uma nova e justa descendência.

Outra vez Moisés viu-se obrigado a interceder, para evitar a catástrofe definitiva.

– Senhor, peço que reconsideres! – disse o seu servo mais fiel. – Pensa no que dirão os povos quando souberem que retiraste teu povo da escravidão no Egito para depois ir exterminá-lo no deserto como a escorpiões daninhos. "Ele quis dar uma terra a seu povo, mas como não conseguiu, achou melhor massacrá-los para que não testemunhassem seu fracasso!" Eis o que dirão do Senhor! Perdoa, e mesmo que decidas punir mais esta ofensa, não permita que por meio dela pereça todo o teu povo!

Deus fez novamente aquele silêncio angustiante que Moisés tão bem conhecia, até que a voz divina tornou a soar aos ouvidos do profeta.

– Muito bem, eu os perdoarei, uma vez mais. Mas juro que nenhum desses que por mil vezes afrontaram minha autoridade chegará a colocar os pés na terra do promissão. Todos aqueles com mais de vinte anos que se opuseram de maneira vil aos meus decretos terão os ossos enterrados nestas areias. Nenhum desfrutará da promessa, a não ser Josué e Caleb.

A sentença severa dessa vez alcançou o próprio Moisés, o qual aceitou a sua parte da punição sem esboçar o menor sinal de contrariedade. Afinal, fora ele o guia daquele povo, e fora sob as suas ordens que tantos motins haviam surgido para contestar a palavra do Senhor. Nada mais justo, portanto – pensava ele – que recebesse juntamente com eles a mesma punição. Moisés, coerente consigo mesmo, mais uma vez não fugia à sua responsabilidade.

Deus decretara em quarenta o número de anos que os judeus deveriam errar ainda pelo deserto, até que o último dos revoltosos houvesse deixado de existir. Somente então os restantes ingressariam na terra prometida.

Mas a primeira parte do castigo aconteceu naquele mesmo instante. Dez dos companheiros de Caleb e Josué, que haviam ido com eles espionar a terra prometida e se associado depois aos queixosos, caíram mortos diante dos olhos de todos.

O povo, atemorizado diante da demonstração do poder de Deus, veio, então, até Moisés, declarando-se pronto a marchar imediatamente contra os inimigos.

– Estão loucos? – disse o velho líder. – Já não viram que Deus os abandonou e que não contam mais com o favor divino?

Mas os hebreus amaldiçoados teimaram que deveriam enfrentar os cananeus, mesmo sabendo que Deus não estaria com eles, e partiram armados de espadas e lanças, subindo a montanha, no rumo de Canaã. Moisés, no entanto, permaneceu no acampamento, proibindo que a arca da aliança fosse levada para o campo de combate.

– Desistam! – bradou Moisés, vendo as forças partirem para a derrota inevitável. – Deus não estará, em momento algum, ao lado de vocês!

Todos os seus avisos, porém, não foram suficientes para impedir mais este gesto de loucura da parte estragada do rebanho divino. Os amalecitas e os cananeus, percebendo por meio de espiões que parte dos israelitas marchavam contra suas cidades, decidiram mandar-lhes ao encontro uma força militar muito mais numerosa, que terminou por destroçar miseravelmente os agressores israelitas.

Mas os desentendimentos entre Deus e seu povo não terminaram por aí. Logo depois do desastre militar, três israelitas chamados Coré, Datã e Abidam decidiram levantar novo motim contra Moisés e Aarão, comandando cerca de outros 250 revoltosos. Dessa feita a disputa girava em torno do sacerdócio e dos privilégios que os sediciosos alegavam recair somente sobre os dois irmãos.

– Por que isso, se todos os membros da comunidade são consagrados? – disse Coré a Moisés, com inveja.

No dia seguinte, o deus dos israelitas anunciou a Moisés que o atrevimento dos revoltosos não ficaria impune.

– Afastem-se deste bando, pois liquidarei com todos – disse o Senhor.

Moisés tentou moderar mais uma vez a ira desmedida do seu Deus, mas ele repetiu novamente, com a mesma ênfase, a sua advertência.

– Afastem-se das proximidades das moradias de Coré, Datã e Abidam.

Moisés, sabendo que a sorte daqueles desgraçados estava definitivamente selada, ordenou aos membros da comunidade para que se mantivessem longe das tendas dos insubmissos, os quais permaneceram ali com suas famílias, mulheres e filhos.

– Agora irão saber se sou ou não o escolhido de Deus e se as atitudes desses rebeldes ofenderam ao Senhor! – disse ele, com o semblante carregado.

Mal Moisés acabara de pronunciar estas palavras e um grande tremor atingiu o local onde estavam situadas as tendas dos rebeldes. Um grito de pavor ergueu-se não só das bocas dos atingidos, mas de todos que contemplavam a cena.

– Vejam, a terra está se abrindo! – gritou alguém, apontando para o grupo.

De fato, num segundo a terra se abriu e as tendas de Coré, Datã e Abidam foram engolidas, junto com eles e seus familiares. Depois a terra os cobriu, como a um sepulcro, silenciando para sempre as suas vozes, sem deixar deles um único vestígio sob o sol. Ao mesmo tempo, o restante dos 250 seguidores de Coré, que portavam incensórios diante do Tabernáculo, na presunção de serem também admitidos ao ofício divino, foram instantaneamente consumidos pelo fogo que Deus mandou.

– Pegue o que restou dos incensórios – disse Moisés a um dos sacerdotes, filho de Aarão – e os reduza a lâminas para revestir o altar.

Essa foi a forma que Deus usou para advertir aos israelitas de que ninguém estranho à descendência de Aarão poderia se aproximar de seu altar para oferecer sacrifícios.

Depois de um castigo de tal magnitude, era de se esperar que os recalcitrantes retornassem à razão – ou, ao menos, à prudência. Mas tal não se deu, e assim, já no dia seguinte, novo motim se estabeleceu no acampamento. Dessa vez a revolta se espalhara por toda a comunidade, de tal modo que uma grande comitiva dirigiu-se ao Tabernáculo, onde estavam Moisés e Aarão, disposta a fazê-los em pedaços.

– Foram vocês que mataram o povo do Senhor! – disseram eles, irados.

– O sol cozinhou, então, os miolos de todos, neste maldito deserto? – exclamou Aarão ao seu irmão, sem conseguir compreender a persistência de toda aquela gente em querer provocar a ira de Deus. – Decerto que desta vez não sobrará viva uma única pessoa!

E a julgar pelas palavras do Senhor, era justamente isso que estava prestes a acontecer.

Do Livro dos Números

— Afastem-se daqui para que eu possa acabar com eles num instante — disse o Senhor, e Moisés e seu irmão mais uma vez se lançaram de joelhos diante dele para implorar que não o fizesse.

Deus, surdo aos apelos, começou a mortandade. Uma terrível peste espalhou-se por todo o acampamento, dizimando milhares de pessoas, até que Moisés ordenou a Aarão que fosse fazer expiações a Deus em nome do povo.

Aarão permaneceu com um incensório nas mãos, no meio dos mortos e dos agonizantes, até cessar a ira de Deus. Quatorze mil e setecentas pessoas morreram, as quais, somadas aos 250 homens e mais as famílias de Coré, Datã e Abidam, perfaziam um número assombroso de mortos por conta de desentendimentos entre Deus e seu povo.

Então o Senhor decidiu esclarecer de uma vez por todas o assunto da primazia de Aarão como sacerdote principal do Tabernáculo — querela que ameaçava, cedo ou tarde, exterminar toda a comunidade israelita.

— Que o chefe de cada uma das doze tribos traga até ti uma vara, cada qual com o nome de sua casa nela inscrita — disse o Senhor Deus. — Depois coloquem todas diante da arca da aliança para que eu declare qual será a escolhida, pondo um fim nesta disputa, a qual nem mesmo eu posso mais suportar.

Assim se fez, e durante toda a noite as varas estiveram depositadas na Tenda do Encontro, até que na manhã seguinte Moisés entrou lá dentro e encontrou a vara de Aarão, da casa dos levitas, recoberta de brotos, flores e até amêndoas maduras.

— Aqui está a confirmação da eleição divina! — disse Moisés, mostrando ao povo a vara de Aarão, num milagre que punha em evidência a escolha do Senhor.

(Milagre ainda maior foi que o povo não tivesse acusado Moisés de embusteiro, já que fora ele o único a ter acesso à Tenda do Senhor desde que as varas haviam sido ali depositadas.)

De qualquer modo, serenados, finalmente, os ânimos, tiveram todos tempo para, numa trégua, prantear e sepultar Miriam, a irmã de Moisés, que havia falecido, para só então retomar as disputas.

O ASNO DE BALAÃO

Acampados em Cades, próximo ao deserto de Sin, os israelitas aguardavam uma boa oportunidade para ingressar na terra da promissão. Moisés, que fora eleito líder pelo próprio deus dos judeus, teve de enfrentar diversas revoltas daquela multidão que ele devia pastorear pelos desertos até lhes dar o destino final, profetizado por Deus. Ele próprio, no entanto, sabia que seus pés jamais haveriam de pisar na terra onde corria o leite e o mel, mas nem por isso descuidara um instante do seu dever. A essa altura, depois de tantas revoltas e punições que se vira obrigado a pôr em prática, o velho Moisés não esperava outra coisa senão concluir sua tarefa e regressar ao seio de Abraão, como então se dizia.

Antes disso, porém, ainda deveria enfrentar grandes percalços em sua longa jornada. Depois de ter enfrentado uma nova revolta provocada pela falta de água e de ter repetido o milagre de fazer jorrar água das pedras, Moisés, sabendo que deveria atravessar as terras dos edomitas (descendentes idólatras de Esaú) para poder chegar à terra prometida, resolvera enviar emissários aos líderes dessa poderosa tribo para que dessem livre acesso à multidão errante que ele liderava.

– Não passaremos por dentro de suas cidades nem beberemos uma única gota de sua água, mas seguiremos sempre pela estrada real, sem jamais nos desviarmos dela – asseverara Moisés, pela boca dos seus emissários.

O rei de Edom, no entanto, recusou-se terminantemente a permitir a passagem dos israelitas, temeroso de que estes logo desencadeassem uma pilhagem em suas terras.

– Ninguém pisará as minhas terras sem que eu lhes saia ao encontro de armas em punho – disse ele, eliminando qualquer possibilidade de diálogo.

Então Moisés decidiu desviar prudentemente a marcha das terras de Edom, chegando depois de dias de penosa marcha ao monte Hor. Ali o Senhor anunciou a Moisés que seu irmão Aarão estava prestes a morrer.

– Suba com Aarão e o filho dele, Eleazar, até o topo do monte, e entregue as vestes sacerdotais a este.

Do Livro dos Números

Tudo fez-se conforme as ordens do Senhor. Eleazar foi investido na condição de sacerdote e logo depois Aarão faleceu, fazendo com que Israel inteiro lamentasse o desaparecimento daquele que tantas vezes contestara.

Cessado o luto, a imensa leva de expatriados seguiu seu rumo até chegar às proximidades de Arad, no deserto do Negueb. Ali vivia um rei que não era menos desconfiado que o rei de Edom, e por isso resolveu impedir também a passagem dos judeus. O rei de Arad ordenou a seus homens que atacassem os israelitas, o que estes fizeram com sucesso, aprisionando alguns judeus. Então Moisés decidiu que era hora de enfrentar os inimigos de Israel e pediu auxílio ao seu deus, pois sabia que sem o auxílio Dele não poderia jamais derrotar os inimigos bem armados.

Dessa vez o Senhor esteve ao lado dos israelitas e deu-lhes a vitória sobre o rei de Arad. Inspirados pela sua fé, os homens de Israel lutaram bravamente até derrotar o inimigo. Entretanto, vencido o inimigo externo, logo ressurgiu o interno, sob a velha forma da vacilação da fé – talvez o mais perigoso dos inimigos que Israel deveria enfrentar em suas inúmeras campanhas. Exaustos de percorrerem aquele deserto, sem água e roupas, o povo começou novamente a reclamar das péssimas condições de vida a que estava submetido. E assim, pediram água, outra vez. E reclamaram do maná intragável, outra vez. E o Senhor tomou-se de ira contra eles, outra vez. Só que desta feita Deus mandou sobre o povo um conjunto de serpentes venenosas, que aos poucos foi levando a morte aos revoltosos.

– Senhor! Senhor! Livra-nos dessas serpentes venenosas! – clamava o povo, em desespero, pois não sabia mais como livrar-se daquele terrível flagelo.

Então Moisés, mais uma vez, viu-se obrigado a interceder.

– Ergue uma cruz no meio do acampamento e enrola nela uma serpente de bronze – disse o Senhor. – Todo aquele que for picado pelas cobras e olhar para a serpente no alto do poste estará salvo.

Moisés fez tal como seu Deus ordenara, e logo multidões de envenenados rojaram-se diante do poste, recebendo a benção da cura. "Graças ao Senhor que também não transformaram a serpente em novo deus!", pensou Moisés, temeroso de que estivesse para surgir um novo bezerro de ouro.

Dali os israelitas partiram, indo acampar em Obot, e mais tarde em Abarim, nas proximidades do reino dos moabitas, que eram descendentes de Moab (filho de Lot com uma de suas próprias filhas). Dali seguiram até o poço de Beer e percorreram ainda muitos outros lugares, sempre na rota para Canaã, até se defrontarem com o reino dos amorreus (amorreu era uma palavra semita que significava "oeste", pois esse povo estava instalado a oeste da Mesopotâmia). Moisés repetiu o mesmo estratagema que empregara com os edomitas e não obteve melhor resultado.

– Em minhas terras não entrarão – disse Seon, rei dos amorreus.

Mas Seon não ficou só nisso, e no mesmo instante mandou preparar seus exércitos para expulsar de suas fronteiras aquele povo errante.

Entretanto, seus planos deram totalmente errado, pois ao travar batalha contra os israelitas, em Jasa, foram os amorreus inapelavelmente derrotados, e os judeus apoderaram-se de suas terras, expulsando-os de suas moradias. Mais adiante os israelitas também enfrentaram e derrotaram, da mesma maneira, Og, o rei de Basã. Desta feita não deixaram vivo um único homem, apoderando-se de toda a terra.

E então chegou a vez dos israelitas subirem as planícies de Moab. Situada a leste do rio Jordão, era um local perfeito para que a comunidade de Moisés – a essa altura convertida em verdadeiro exército de nômades – se instalasse e se preparasse para os próximos embates. Moisés era agora o verdadeiro chefe militar, e seu povo era temido em toda região como uma nação de invasores.

– Não passam de bárbaros – disse Balac, o rei dos moabitas, que estava apavorado diante da ameaça concreta de invasão do seu país. – Se entrarem em nossas terras devorarão tudo, como o boi devora um pasto abandonado.

O rei de Moab conhecia, entretanto, uma espécie de "profeta de aluguel" que vivia numa localidade próxima do Eufrates. Ele se chamava Balaão e suas adivinhações, bênçãos e maldições eram tidas e havidas como muito poderosas.

— Que Balaão lance a maldição divina sobre estes bárbaros — disse Balac, rei dos moabitas, certo de que o profeta itinerante iria resolver o seu dilema.

O que o rei de Moab não sabia era que o Deus de Israel guardava para o profeta um de seus milagres mais surpreendentes.

Então, era uma vez um profeta itinerante chamado Balaão, que vivia às margens do Eufrates, em Petor, no nordeste da Mesopotâmia. Tendo sido agraciado por Deus com o dom da previsão, era ele muito requisitado por todos os reis e potentados da região, cumprindo muitas viagens para tal fim. Ora, um dia, estando a orar em sua casa, teve interrompida sua prática com a chegada de vários anciãos de Moab.

— Balac, rei de Moab, tem um trabalho para você — disse o líder dos anciãos.

Balaão olhou para o velho sem deixar transparecer o menor sinal de espanto.

— Já esperava por isso — disse ele, com as pálpebras entrecerradas.

— O verdadeiro profeta vive em estado de permanente espanto — dissera certa vez um rival, que sabia interpretar à perfeição o tipo do "profeta estarrecido". — Nem que seja para afastar a suspeita de charlatanismo — acrescentara.

Mas Balaão, fiel ao papel que Deus — dizia — lhe confiara, permanecia sempre firme na serena impassibilidade de quem já tudo sabe porque tudo previu.

— Vou consultar Deus — disse ele — e amanhã lhes darei a resposta.

Balaão despediu a comitiva, mas nem por isso deixaram de ressoar em sua cabeça, ainda por muito tempo, estas palavras sublimes que o rei de Moab lhe dissera no fecho do discurso: "Porque sei que abençoado fica aquele que você abençoa, e amaldiçoado aquele que você amaldiçoa".

Os anciãos ficaram alojados na casa de Balaão, enquanto este consultava a vontade de Deus.

— Quem são esses homens que aí estão em sua casa? — disse Deus a Balaão, durante a entrevista que ambos entretiveram na calada da noite.

Deus estaria testando a sua sinceridade?, pensou Balaão. Porque, sendo Deus, deveria saber perfeitamente quem eram aqueles homens.

– São emissários do rei Balac, dos moabitas – disse, como quem descobre um segredo que só a Deus se revela. – Ele quer que eu vá até ele e amaldiçoe um bando de nômades rapineiros que estão às portas do seu reino para devastá-lo e pilhá-lo.

– Não faças tal – disse Deus –, pois este povo é um povo abençoado.

"Nômades rapineiros *abençoados*?", pensou o profeta itinerante, suspeitando de outra cilada. Nesse momento, porém, a frase do rei moabita, que tanto o impressionara, retornou com um vigor ainda maior: "Porque o que ele abençoa está abençoado, e o que ele amaldiçoa está amaldiçoado".

Ora, o que valia alguma coisa para ele, mísero profeta, deveria valer um milhão de vezes mais para Deus, pensou Balaão, e esse argumento pôs um fecho na questão.

No dia seguinte Balaão reuniu os anciãos e lhes disse, sem rebuços:

– Digam ao rei de Moab que Balaão, príncipe dos profetas, não irá.

Os velhos entreolharam-se, profundamente contrariados.

– E por que não irá? – disse o líder.

– Balaão, príncipe dos profetas, não irá porque Deus não quer que vá – disse Balaão, de maneira categórica.

Os anciãos regressaram até Moab e repetiram a Balac os termos do profeta.

– Balaão, príncipe dos profetas, manda dizer que não vem porque Deus não quer.

Balac, rei dos moabitas, mandou, então, outra embaixada até Balaão, carregada de tesouros a fim de encorajar o profeta itinerante a vir até si.

Balaão recebeu os embaixadores e lhes deu abrigo outra vez, enquanto foi entreter nova conversa com Deus.

– Já que eles insistem, vai – disse Deus. – No entanto, dirás apenas o que eu mandar.

Balaão comunicou a boa nova aos embaixadores, que arreganharam os dentes de satisfação, e foi depois aprestar o seu jumento, velho companheiro de jornadas pelas estradas poeirentas do Oriente Médio.

No mesmo dia, Balaão partiu no rumo da terra dos moabitas.

Nesse meio tempo, porém, Deus havia se irritado – um tanto tardiamente – com a decisão de Balaão de ir ao encontro de Balac, rei de Moab. Na verdade, fora uma cólera um tanto incompreensível também, já que ele próprio dissera expressamente ao profeta "Levanta-te e vai com eles". De qualquer modo, Deus resolveu impedir o avanço de Balaão, postando no meio da estrada um anjo com uma espada ameaçadora.

Um pouco antes, vinha vindo Balaão montado em seu jumento, sem saber do anjo. Num trote pausado, nem apressado e nem vagaroso, decorria a viagem, enquanto Balaão aproveitava o trajeto para observar a paisagem, ao mesmo tempo árida e convidativa à reflexão. De repente, porém, viu o asno estacar o passo abruptamente, lançando-o de encontro ao pescoço do animal.

– Mas o que foi isto? – disse ele, lutando para manter-se sobre as ancas do asno.

"Talvez tenha visto uma serpente", pensou ele, lembrando-se de episódios parecidos. Mas se o asno vira alguma serpente, ele, Balaão, não vira nada. Quase de ponta-cabeça, revistou tudo, atrás, embaixo e adiante do animal. O jumento, no entanto, mantinha os olhos esgazeados de pavor.

Metido numa estreita plantação de vinhas, ladeada por dois muros de pedra, Balaão decidiu seguir adiante, e para tanto empunhou a sua vara de comando.

– Eia, adiante, animal! – disse, vergastando as ancas do jumento.

As orelhas pontudas do animal tremeram e ele sacudiu sua grande cabeça, que antes convidava ao afago que à agressão, pois à sua frente permanecia postado o anjo de carranca severa – coisa que só o asno podia enxergar.

Decidido a não enfrentar aquela figura ameaçadora, o animal desviou-se dos muros e ganhou os campos.

– Aonde pensa que vai, animal estúpido? – disse seu condutor, tomando as rédeas nas mãos, com redobrado vigor.

O asno zurrou, mas de nada adiantou, e ele viu-se obrigado a tomar o rumo anterior, bem na direção do anjo, que vibrava a espada ameaçadoramente.

Entre a vara e a espada, o jumento concluiu que a primeira ainda representava um mal menor, e por isso desviou-se radicalmente, indo de encontro ao muro. Porém o fez com tanto descuido que a perna de Balaão raspou na pedra áspera, rasgando-lhe o manto e ferindo a pele da perna.

Enfurecido, Balaão desceu do jumento e pôs-se a chicoteá-lo.

– Animal estúpido! – bradou, enfurecido. – Veja só o que fez!

Mas a mula, vendo que era impossível avançar sem ter de enfrentar o anjo, estacou definitivamente e caiu sobre o solo, recusando-se a seguir adiante.

– Maldito animal! – disse o profeta, no último grau da ira.

Balaão surrou tanto o pobre animal que o teria matado caso Deus não intercedesse e pusesse em ação um milagre verdadeiramente singular.

– Por que me bate desta maneira? – perguntou o jumento, voltando finalmente a cabeça na direção do seu dono.

Balaão estava tão inflamado pela ira que não percebeu o milagre e prosseguiu surrando o indefeso animal.

– Maldito provocador! – disse Balaão. – Se eu tivesse uma faca na mão, acabaria de uma vez com a sua raça!

– Mas não sou eu a mula que sempre o guiou confiavelmente pelos caminhos? – disse ainda o animal, arreganhando seus grande dentes amarelos na cara de Balaão. – Alguma vez agi mal com você?

Balaão, acalmada a ira, pôs-se aos poucos a raciocinar.

– Não, você nunca agiu mal para comigo – disse ele, dando-se conta, de repente, da maravilha que Deus operara.

No mesmo instante em que percebeu o milagre da mula falante, percebeu também o milagre do anjo postado à sua frente com a espada. Balaão ingressara naquela mesma esfera mágica na qual entrava quase todos os dias quando fazia seus miraculosos oráculos. Caindo de joelhos, cobriu a cabeça com as mãos.

– Por que teima em espancar o animal? – disse o anjo. – Se ele tivesse avançado eu teria matado você, para que não seguisse adiante.

Do Livro dos Números

Balaão imaginou, então, que Deus não aprovava a sua ida até os moabitas.

– Voltarei sobre os meus passos, se esta é a vontade divina! – declarou, reverentemente.

Mas não era isso o que Deus desejava.

– Segue adiante, mas fala somente o que eu te inspirar – disse ele.

Então Balaão ficou sabendo que Deus não dava tanta importância ao fato de que ele tivesse resolvido ir até os moabitas, afinal. Deus surgira ali por outro motivo, e esse outro motivo só podia ser este: queria demonstrar a ele que, a exemplo do jumento, o profeta só falaria aquilo que Deus desejasse. Sim, era essa a lição.

"Mas se não está nas minhas mãos impedir que Deus fale por mim, como não o pôde impedir o jumento, por que, afinal, a advertência?", pensou Balaão, enquanto avançava.

Nesse momento o jumento sacudiu a grande cabeça, fazendo esvoaçar a crina sedosa, com o que espantou uma mosca importuna que o incomodava.

Balaão tomou isso como um novo sinal de Deus e calou seus pensamentos.

Doravante, nem ele – nem o jumento, decerto – deram mais um único pio até estarem diante de Balac, rei dos moabitas, que aguardava o profeta ansiosamente.

– Balaão chegou – disse um servo a Balac, rei dos moabitas.

O rei recebeu o profeta itinerante com todas as honrarias e na manhã seguinte fez com que ele subisse o monte Bamot-Baal ("Topo de Baal"), de onde poderia avistar parcialmente o imenso acampamento dos hebreus.

– Ali estão os bárbaros invasores – disse o rei Balac.

Milhares de tendas encardidas estendiam-se a perder de vista, drapejando os seus panos, enquanto os hebreus perambulavam como formigas de lá para cá.

– Quero que ergam sete altares e que imolem sobre cada um deles um touro e um carneiro – disse Balaão ao rei moabita.

Balac cumpriu e logo os sete altares arderam, enquanto o profeta afastava-se sozinho para o pico de uma colina sem vegetação.

— Vá e amaldiçoe lindamente esses bárbaros — disse o rei moabita.

Balaão, porém, ao chegar lá foi visitado pelo Deus de Israel. Dominado por uma força infinitamente superior à sua, Balaão, em vez de amaldiçoar o povo hebreu, começou a fazer um discurso completamente oposto.

— O rei de Balac chamou-me dos montes do Oriente para que amaldiçoasse a toda essa gente — disse o profeta, de mãos erguidas na direção do vasto acampamento. — "Venha e rogue lindas pragas ao povo de Israel", disse ele. Mas como amaldiçoarei a quem Deus não amaldiçoou? Verdadeiramente, este é um povo imenso, inúmero como o pó! Que forças terei eu para fazer o que Deus não quer que se faça? Que meu destino seja igual ao deles, nação eleita pelo Senhor!

Balac, rei de Moab, ao escutar essas palavras, bradou de punho cerrado na direção do profeta:

— Que asneiras está dizendo aí? Disse para que os amaldiçoasse lindamente, mas em vez disto os abençoa horrendamente!

Balaão voltou-se para o rei e respondeu com serena altivez:
— Da minha boca não deve sair somente o que Deus inspira?

Balac, imaginando que o profeta não podia cumprir a ordem por não ter senão a visão parcial do acampamento israelita, decidiu fazer uma segunda tentativa.

— Desça daí e venha comigo — disse o rei, encaminhando-se para o cume do monte Fasga ("A Espreita"). — Do alto daquele pico poderá ver o povo inteiro e amaldiçoá-lo corretamente.

Outra vez foram erguidos sete altares e, em cada um deles, imolados um touro e um carneiro. Depois Balaão afastou-se de Balac e foi ter novamente com o Senhor. Enquanto o profeta afastava-se, produzindo um ruído de pedrinhas esmagadas, o rei lhe preveniu:

— Veja lá, hein? Desta vez quero que os amaldiçoe lindamente!

Mas novamente o profeta teve sua língua tolhida e as maldições foram substituídas por novas bênçãos, de tal sorte que quando Balaão repetiu ao rei moabita as palavras que dissera, este o censurou amargamente.

— Imbecil! Se não consegue amaldiçoá-los, ao menos não os abençoe!

— Não sou eu quem o faz, mas o próprio Deus – disse Balaão, imperturbável.

Balac, então, tomou Balaão pela mão e lhe sugeriu que repetisse as mesmas coisas num terceiro monte.

Confiante de que dessa vez seus ouvidos escutariam as mais lindas maldições já proferidas por uma boca humana, Balac, rei de Moab, instalou o profeta no alto do monte Fegor e lhe disse:

— Amaldiçoa-os, agora, com todo o seu vigor!

Balaão ergueu os braços e disse vigorosamente:

— Como são belas as suas tendas, ó Jacó, e as suas moradas, ó Israel! Bendito quem os abençoar e maldito quem os amaldiçoar!

— Maldito seja você, idiota! – rugiu Balac, arrancando os cabelos. – Já pela terceira vez mandei que fizesse uma coisa e você fez outra!

Então, perdendo o resto da sua paciência, Balac desistiu da empreitada.

— Vá embora de volta para sua casa – disse o rei dos moabitas. – Porque não fez o que lhe pedi, dando ouvidos a Deus, perderá a maravilhosa recompensa que eu tinha em mente lhe dar.

— Nem que você me desse o seu palácio cheio de prata e de ouro poderia falar outra coisa que não o que o Senhor me inspirou – disse Balaão, irredutível. – Antes, porém, ainda tenho outras coisas a lhe dizer acerca deste povo e seu futuro.

Balaão profetizou grandes triunfos para os hebreus e grandes desgraças para os moabitas e nações rivais de Israel, o que não soou nem um pouco bem para os ouvidos endurecidos do rei de Moab.

— Adeus, charlatão – disse Balac, já que não ouvira nada do que quisera ouvir.

O MASSACRE DOS MADIANITAS

Os israelitas haviam se instalado provisoriamente em Setim, após chegarem próximo à fronteira de Canaã, a terra que Deus havia prometido um dia ao patriarca Abraão e a toda a sua inumerável descendência.

Moisés era o líder militar e espiritual daquela imensa multidão de errantes que há anos vagava pelos desertos escaldantes do Oriente Médio. Apesar de seus 120 anos de idade, continuava a comandá-los, embora soubesse que jamais haveria de entrar com eles na terra da promissão. Tendo enfrentado inúmeras rebeliões do povo – provocadas pela péssimas condições de vida a que estavam todos submetidos desde a fuga do Egito –, Moisés ainda não encontrara um único instante de sossego desde que começara sua longa peregrinação pelo deserto. Depois de tantos percalços, uma nova apostasia surgiu no meio dos israelitas.

– Moisés, o povo está adorando os deuses de Moab – disse-lhe um dia Josué, seu mais fiel e valoroso soldado.

– Quando acabará tudo isso para mim, ó Senhor? – disse o velho guia, levando as mãos à cabeça.

A verdade é que Moisés já não fazia mais questão de ingressar na terra prometida, mas antes ser enterrado no seio dela, único lugar onde poderia encontrar a paz tão almejada.

De fato, os israelitas haviam começado agora a cultuar Baal, o deus dos moabitas, provocando grande ira no Deus de Moisés. Imediatamente ele deu ordem a este para que os apóstatas fossem mortos:

– Reúna os chefes de cada tribo e ordene que pendurem os idólatras no patíbulo, ao sol, como castigo.

Como se tudo isso não bastasse, Zambri, um israelita, havia surgido no acampamento acompanhado de uma madianita. Fineias, filho de Eleazar e neto do falecido Aarão, vendo aquilo, enchera-se de ira contra ele:

– Por que traz essa idólatra para nossa comunidade?

– Ora, que mal há nisso? – disse o infrator, com um ar de deboche. – O próprio Moisés não se casou com uma madianita?

A madianita – que se chamava Cozbi – deu uma gargalhada de escárnio, estreitando-se ainda mais ao peito de Zambri. Logo em seguida, ambos rumaram para uma das tendas, onde pretendiam consumar a relação proibida.

Fineias, inconformado com o desafio, tomou de uma lança à vista de todos e rumou para a tenda onde o atrevido Zambri fora misturar seu sangue abençoado ao sangue impuro dos idólatras. Ao abrir o pano, descobriu o hebreu deitado sobre a madianita, a gozar do seu prazer e alheio a tudo o mais. Sem hesitar, Fineias suspendeu a enorme lança e a atravessou nas costas do desgraçado, matando a ambos, homem e mulher, no melhor momento da vida.

Deus apreciou tanto o gesto de Fineias que decretou a suspensão das mortes que havia ordenado em todo o acampamento – que já haviam chegado a 24 mil –, além de ter garantido a toda a descendência de Fineias o sacerdócio do Templo.

Quanto aos madianitas, a ira do Senhor recém havia começado.

– Ordena a teus homens – disse o Senhor a Moisés – que ataquem e matem os madianitas, como castigo pela insolência desse povo para comigo.

Outra vez as espadas de Israel, depois de terem justiçado os membros impuros de seu próprio povo, correram a massacrar aquele povo rival e idólatra.

Depois de mais essa matança foi preciso fazer-se novo recenseamento, para ver quantos israelitas ainda haviam nas hostes de Moisés e quantos haviam perecido no castigo e nos combates. Haviam, aptos para a guerra, exatos 601.730 homens. Nesse censo não constava mais nenhum dos homens que haviam saído do Egito – à exceção de Moisés, Caleb e Josué –, pois Deus os amaldiçoara por suas reiteradas desobediências, garantindo que jamais pisariam na terra prometida.

Entretanto, ainda faltava desaparecer o último homem daquela geração, e este era o próprio Moisés, já que o servo mais fiel de Deus também fora incluído na maldição por haver duvidado do poder divino durante uma revolta.

– Sobe, Moisés, ao topo do monte Abarim – disse o Senhor ao velho de 120 anos –, pois lá te farei contemplar a terra que darei a teu povo.

Moisés sentiu um frêmito interior, que lhe anunciava que sua longa jornada estava prestes a chegar ao fim. Tomando de seu cajado, sem jamais discutir, fez o que Deus ordenara e galgou o alto monte, não se importando com a exaustão da penosa subida.

Tão logo alcançou o topo, Moisés pôde observar, em toda a extensão, a terra que Deus havia prometido num dia muito distante a Abraão, o patriarca dos hebreus. Era um fim de dia; o sol batia às costas do velho profeta, iluminando toda a terra, que se tornara de variadas cores, com seus montes e picos repletos de luz e de sombra."Aí está ela!", pensou Moisés, emocionado.

Por alguns instantes seus olhos nublaram-se de lágrimas ao dar-se conta de que jamais iria colocar seus cansados pés naquela terra. Mas Moisés, mais que profeta, era homem prático e vivido, e por isto mesmo pouco dado a sentimentalismos. Algo no seu interior lhe dizia que seus olhos seriam poupados de ver novas e espantosas desgraças e que as alegrias ali seriam contadas um dia nos dedos de uma só mão.

Recompondo o semblante, Moisés preparou-se para a sua grande hora.

– Logo chegará o momento de te reunir a Abrão, a Isaac, a Jacó, a teu irmão Aarão e a todos aqueles que te precederam no caminho da morte – disse o Senhor, com satisfação, pois sabia que logo teria em seu seio um de seus servos mais fiéis.

Moisés recebeu a notícia com alívio, mas apesar disso ainda guardava uma preocupação em sua alma.

– Senhor – disse ele –, não posso partir sem que designes o meu sucessor, para que este povo imenso não fique como um rebanho de ovelhas desprovida de pastor!

Então o Deus de Israel designou Josué como sucessor legítimo no comando do povo escolhido. Seguindo as instruções do Senhor, Moisés impôs suas mãos sobre Josué, o qual foi indicado novo líder de Israel à vista de todos e de Eleazar, sacerdote do Templo.

Antes de morrer, entretanto, Moisés recebeu mais um encargo: o de armar um poderoso exército para marchar contra os madianitas. Doze mil homens postaram-se diante do velho profeta, além do sacerdote Eleazar, encarregado de conduzir com os demais oficiantes do Templo a arca sagrada, que tanto pavor incutia nos adversários.

Israel saiu-se vitorioso nos combates, nos quais tombaram os cinco reis de Madian, além do profeta Balaão.

Do Livro dos Números

    Todos os prisioneiros – somente mulheres e crianças, já que os homens haviam sido passados todos a fio de espada – foram levados até o acampamento judeu, às margens do Jordão. Moisés, tomado por uma cólera incomum num homem de 120 anos, correu até os soldados que traziam os prisioneiros e lhes disse rudemente:
    – Por que deixaram vivas as mulheres? Não foram elas que induziram os homens de Israel ao pecado, instigadas por Balaão?
    Centenas de mulheres e crianças cativas escutavam aterrorizadas a conversa que o enfurecido ancião entretinha com seus oficiais, pressentindo o destino que as aguardava.
    – Matem todos os meninos e toda mulher madianita que já teve relações com algum homem! – disse Moisés, que nunca se parecera tanto com o seu próprio deus como naquele instante. – As meninas virgens, porém, tomem para vocês.
    Uma das condenadas bradou, então, em desespero:
    – Oh, perversa contradição! Então esse homem manda matar nossas mulheres porque fornicaram com os hebreus – ele, o esposo de uma madianita! –, mas autoriza que a partir de agora eles possam fazer o mesmo com nossas meninas? Pune com a morte um delito que logo em seguida autoriza, de um modo ainda mais vil!
    Sua voz, no entanto, perdeu-se em meio aos gritos desesperados das mulheres e das crianças, as quais foram levadas rapidamente para longe dali para serem executadas. Era a lei do deserto – lei universal naqueles tempos bárbaros – que mais uma vez triunfava. Moisés sabia que as coisas seriam assim, também, com a sua gente, caso se invertessem os papéis.
    Os soldados que procederam ao morticínio foram impedidos de pisar dentro do acampamento durante sete dias, para que se purificassem do contato com as crianças e mulheres impuras, e somente depois de cumprido o prazo é que foram readmitidos novamente ao convívio de Israel. Enquanto durou o período de purificação, Moisés procedeu a partilha dos despojos com seus soldados e oficiais: bois, jumentos, ovelhas, pilhas de ouro e 32 mil meninas virgens, que os soldados hebreus repartiram entre si.
    Moisés estava ultimando os preparativos para a travessia do Jordão – passo fundamental para o ingresso de Israel na terra

prometida –, quando recebeu emissários de algumas de suas tribos (dentre os quais destacavam-se os descendentes de Ruben e de Gad), que pediram encarecidamente para permanecer naquelas terras, sem precisarem atravessar o rio para ir enfrentar os canaanitas.

– Querem, então, que seus irmãos vão à guerra, enquanto vocês ficam aqui, pastoreando pacificamente seus rebanhos? – disse Moisés, irando-se outra vez. – Corja de pecadores! Repetem, então, o erro de seus pais, quando se recusaram a ir para a terra da promissão por mera covardia? Não sabem que por causa disso Deus os condenou a vagar pelo deserto durante quarenta anos, sem jamais poderem ingressar em Canaã? Querem que a ira do Senhor, depois de ter descido sobre os pais, desça agora também sobre os filhos?

Mas, ainda assim, os recalcitrantes teimaram:

– Estamos dispostos a marchar com os demais e a enfrentar também as armas dos canaanitas – disse o porta-voz do grupo –, desde que nossos filhos permaneçam nestas terras aqui, pastoreando os animais em segurança. Depois que os demais estiverem instalados na terra prometida, nosso grupo retornará para a margem oriental do Jordão, pois aqui está a herança que decidimos tomar para nós.

– Se for assim, então está bem – disse Moisés.

E assim ficou acertado que os gadistas, rubenitas e também os descendentes de Manassés (um dos filhos de José) ficariam com as terras de Galaad, na margem oriental do Jordão, depois que tivessem ajudado os demais israelitas a tomar posse da terra da promissão, na margem ocidental.

Então o Senhor falou novamente a Moisés, instruindo-o sobre a maneira como deveriam proceder à invasão das terras de Canaã.

– Quando tiverem entrado na terra que prometi a Abraão – disse o Senhor –, deverão expulsar de lá todos os seus habitantes, destruindo todas as imagens e ídolos, fazendo o mesmo com seus altares. Se não expulsarem todos os habitantes de Canaã, eles serão futuramente para vocês como espinhos nos olhos e aguilhões nas costas e continuarão a hostilizá-los para todo o sempre.

E dessa maneira ficou quase tudo pronto para que os judeus pudessem finalmente ingressar na terra prometida.

DO DEUTERONÔMIO

A MORTE DE MOISÉS

Moisés, depois de ter libertado o povo hebreu da servidão no Egito e de o ter conduzido por mais de quarenta anos pelos caminhos sufocantes dos desertos, pressentia que seu fim estava próximo. Com 120 anos de idade, o velho profeta era já um homem alquebrado, embora seu espírito ainda se mantivesse plenamente lúcido.

"Deus meu, o que mais, ainda?", pensava ele todas as manhãs, ao erguer-se do leito para mais um novo dia de tensa expectativa. Sabia que tanto ele quanto seu povo estavam prestes a fazer uma travessia, e que a dele seria absolutamente solitária.

– Não ingressarás na terra prometida – dissera-lhe Deus, muitos anos antes, por causa de uma vacilação que Moisés demonstrara durante uma apostasia do seu povo.

Moisés, contudo, nem por isso desanimara de levar adiante o duro encargo de pastorear o seu povo, persistindo com firmeza na tarefa de conduzi-lo até as portas da terra da promissão. Na verdade, isto não o incomodava muito, pois os anos de experiência lhe haviam ensinado que o caráter dos homens não mudava com as latitudes. Sem precisar exercitar dom profético algum, era perfeitamente capaz de prever que a Canaã tão ambicionada nem de longe seria para os descendentes de Adão um novo jardim do Éden. "Josué terá muito trabalho pela frente", pensava, quase penalizado daquele homem cuja robustez talvez não chegasse a bastar para arcar com o pesado encargo de comandar toda aquela multidão instável de homens e mulheres.

Moisés estava entregue a essas reflexões quando foi abruptamente arrancado pelo chamado inesperado do seu Deus.

– Vai e dirige tuas últimas palavras aos israelitas – disse-lhe o Senhor.

Moisés ergueu-se e mandou que organizassem todo o povo à sua vista. Depois, pronunciou um longo discurso, no qual relembrou todos os episódios, bons ou ruins, desde a fuga do Egito até a chegada às margens do Jordão. À maneira de um pai conscienioso, juntou à rememoração dos fatos algumas prédicas úteis, a fim de prevenir os israelitas de que se mantivessem sempre fiéis à palavra do seu Deus. Essa, acrescentou, seria a única maneira de não serem derrotados e expulsos da terra que agora estavam prestes a receber como fruto da aliança que haviam firmado com o Senhor de Israel.

– Não pratiquem jamais a idolatria – disse ele, alertando-os em sonora voz –, pois o Senhor é um deus que não admite parceiros na adoração.

Moisés também explicou a razão de tantos padecimentos a que foram submetidos os israelitas em seu duro peregrinar pelo deserto.

– Ele os pôs à prova – disse o ancião –, para saber se teriam constância na observação dos seus preceitos. Depois de tê-los feito provar da fome, lhes deu do céu o seu divino pão para que soubessem que nem só de pão há de viver o homem, mas de tudo quanto saia da boca de Deus. Agora, depois de tudo isso, ele vai introduzi--los na boa terra, onde manam em abundância o leite e o mel. Ali, se souberem guardar zelosamente o pacto que com ele acertaram, viverão imersos nas delícias, fartando-se e bendizendo o Senhor por toda a eternidade.

Moisés fez uma pausa, enquanto observava as feições dos milhares de israelitas a olharem-no fixamente. Um misto de piedade e raiva misturava-se em sua alma, pois sabia que muitos daqueles que ali estavam – e não só eles como seus descendentes –, uma vez na terra santa, ainda infringiriam mil vezes cada uma daquelas regras que ele recapitulara com o zelo cuidadoso de um bom professor. Mas nem por isso deixou de seguir adiante em sua prédica, lembrando e acrescentando nova série de normas materiais e espirituais a serem observadas perpetuamente.

Foi um longo discurso. Ao cabo dele, estava quase sem fôlego, e seus membros tremiam. Mas, ainda assim, encontrou forças para comparecer à Tenda do Encontro, onde deveria conversar com Josué, seu sucessor.

Do Deuteronômio

Entretanto, quem encontrou ali foi novamente o Senhor, oculto numa coluna de nuvens, o que lhe deu a confirmação de suas mais negras previsões com relação ao destino dos israelitas na terra de Canaã.

– Tão logo tenhas ido reunir-te a teus pais, este povo vil me desobedecerá outra vez, indo prostituir-se alegremente aos deuses dos cananitas, já dentro dos limites da terra que lhes darei em herança. Pois tal é o povo com o qual firmei minha aliança.

Moisés, embora já tivesse há muito essa intuição, não pôde, ainda assim, deixar de cerrar as pálpebras e contrair o rosto numa expressão de desgosto. Entretanto, logo ele relaxou serenamente as feições cansadas, como se tivesse resolvido abandonar-se ao mais profundo alívio. "Por mais que digas, nada disso verei", pensou, enquanto a voz retumbante do Senhor prosseguia com o seu discurso cavernoso.

– Nesse dia minha ira tornará a acender-se, e então eu os abandonarei! – esbravejou Deus, inflamado por uma cólera premonitória.

"Grande é o Senhor", pensou Moisés, sem uma única ruga na testa.

– Esconderei meu rosto e eles serão devorados!

"O cetro da justiça pertence ao Senhor."

– Imensos males se abaterão sobre esse povo amaldiçoado!

"Porque nada se faz sem a sua vontade."

– E então eles dirão: "O mal nos sobreveio porque demos as costas ao Senhor!".

"Assim, com certeza, dirão os réprobos."

– Mas eu continuarei a lhes esconder o meu rosto!

"O Senhor concede ou não o seu perdão."

Então um longo minuto de silêncio pesou sobre ambos. Moisés, de olhos cerrados, perguntava a si mesmo se finalmente chegara a sua hora.

Mas dali a pouco a voz do Senhor fez-se ouvir novamente.

– Compus alguns versos. Repita-os ao povo, para que os decore.

– *Versos*? – disse Moisés, incrédulo, abrindo os olhos.

– Sim – disse o Senhor. – Eles servirão de justificativa à minha ira, quando ela descer sobre eles.

Os olhos de Moisés voltaram a se fechar e a sua testa tornou-se lisa outra vez.

"Ouvirei e reproduzirei os versos do Senhor, tantos quantos forem."

Foi um cântico bem curto, na verdade, e Moisés, apesar dos seus 120 anos de idade, pôde guardá-lo inteiro na cabeça. Nele, o Senhor fazia questão de afirmar que sabia de antemão que seria traído por seu povo, e que este, tão logo estivesse instalado na terra prometida, desfrutando livremente das suas delícias, se entregaria impudentemente aos pérfidos deuses de Canaã.

O Senhor mandou que seu servo repetisse o cântico, o que ele fez com perfeição.

– Ótimo – disse o Senhor. – Ensine-o logo aos israelitas.

– Assim farei – disse Moisés, preparando-se para mais essa tarefa antes da morte infinitamente anunciada.

"Deus manifesta por esse estranho artifício a sua piedade para com o seu velho servo", pensou Moisés, iluminado subitamente por um raio de compreensão, "eis que intenta exaurir-me até o último fio de energia para que quando a morte sobrevenha eu possa dizer-lhe, de braços abertos: 'Vem, refrigério dos exaustos, deixa-me pousar para sempre a cabeça em teu regaço!'.

Agradecido, Moisés deixou Josué a sós com o Senhor, para que este o abençoasse, o que ele fez logo em seguida, dizendo ao novo líder que fosse forte e corajoso, pois que estaria sempre ao seu lado.

Moisés fez cessar o alarido disparatado do povo, mas foi incapaz de repetir com exatidão, depois de algumas tentativas, a primeira linha do cântico que o Senhor exigira que ele decorasse. Repetiu-lhes pausadamente os primeiros versos, que diziam: "Pois, quando fizer entrar Israel na terra que jurei dar a seus pais, terra onde corre leite e mel..." e o povo lhe respondeu com pelo menos seis versões conflitantes, uma das quais dizendo: "Pois quando fizer entrar em Israel, juro que farei jurar aos meus pais dar na casa onde escorre o pão e o mel...". Então Moisés compreendeu que seria muito mais difícil do que imaginara.

Armado, entretanto, da fé e da perseverança dos justos, conseguiu, finalmente, fazê-los repetir o curto poema. Logo em seguida, dirigiu-se até o Tabernáculo, onde ordenou aos levitas – tribo judaica encarregada do sacerdócio do Templo – que depositassem as leis sagradas junto da arca sagrada, para que servissem de testemunho contra as apostasias do povo.

– Pois se hoje, quando ainda estou no meio do povo, ele mostra-se rebelde, que tal será quando eu não mais estiver por aqui? – disse o velho líder, severamente.

Depois, inspirado pelos versos do Senhor, reproduziu perante todos um cântico dez vezes maior do que aquele que Deus lhe ensinara. Nele o servo mais fiel de Deus começou elencando todas as qualidades do seu Senhor, afirmando que ele era o rochedo, que eram perfeitas as suas obras e justos os seus caminhos.

Depois desse preâmbulo poético, Moisés passou às ásperas invectivas, chamando os israelitas de geração depravada e perversa e de povo louco e insensato. Lembrou aos depravados o quanto seu Deus era generoso e de quantos dons e benesses dotara os seus pais. Depois, do mesmo modo, lembrou as infinitas apostasias do povo, cometidas e por cometer, e de como o fogo da cólera divina arderia até o abismo mais profundo, consumindo os fundamentos das montanhas; afirmou em seguida, num rojo poético verdadeiramente magnífico, que o Senhor acumularia desgraça sobre desgraça, lançando sobre os réprobos todas as suas flechas, punindo-os com a fome, com a febre, com a peste mortal, com os dentes das feras e com o veneno das serpentes que se arrastam pelo pó. Disse que incluiria no mesmo castigo a criança de peito e o ancião, e que só não os exterminaria de todo para que os inimigos de Israel não se vangloriassem, invocando para eles a derrota do povo de Deus.

Então, tomado de súbito rancor contra seus verdadeiros inimigos, o profeta anunciou que o Senhor também abateria a estes, porque só Ele era capaz de ferir e de curar e de matar e de ressuscitar. Moisés concluiu seu poema afirmando que o Senhor embeberia de sangue as suas flechas e que sua espada se fartaria da carne e do sangue dos mortos e dos cativos e das cabeças dos chefes inimigos, e que esta seria a sua maneira de vingar o sangue de todos os seus servos, purificando para sempre a sua terra e o seu povo.

Feito isso, o Senhor ordenou a Moisés que subisse ao topo do monte Abiram, para que dali descortinasse uma vez mais a terra de

Canaã, uma vez que nela jamais pisaria. Assim como Aarão morrera no alto do monte Hor, assim Moisés, seu irmão, morreria no alto do monte em que agora estava. Moisés acatou suavemente a ordem de Deus, pois entendeu que desta vez, sem dúvida, era o fim.

Mas não era.

– Abençoa agora teu povo – disse o Senhor, dando a feliz oportunidade ao servo de despedir-se da sua gente para todo o sempre.

Moisés fez mais uma vez o que seu Senhor ordenara e rezou uma bela oração de despedida àquele povo junto do qual, durante mais de quarenta anos, sorrira e padecera e se desentendera e se desesperara e se impacientara e se encolerizara a ponto de mandar matar milhares, já que outro meio não havia de manter sob controle, em pleno deserto, toda aquela multidão, que era mais uma turba de ignorantes sempre pronta a abraçar a insubmissão e a revolta e o deboche e a lascívia e o pecado.

Todas as tribos, enfim, foram abençoadas pelo velho e amado líder – tantas vezes também odiado –, antes que ele restituísse seu alento ao Senhor (e diz-se alento porque ninguém, então, acreditava possuir uma alma imortal distinta do corpo), e mais uma vez o Senhor mostrou ao seu servo dileto, do alto do monte, tudo quanto ele não poderia jamais desfrutar, porque foi essa a maneira que Deus encontrou de dar consolo ao servo dileto na hora de sua morte.

Moisés expirou e seu corpo foi enterrado nas terras de Moab, além de Canaã, e desde então todos os israelitas tiveram a certeza de que nunca mais surgiria entre eles alguém que tivesse tamanha intimidade com Deus e que lhe dirigisse a palavra face a face, ou que fizesse prodígios como os que Moisés fez, em nome do Senhor – à exceção do Messias divino, que um dia certamente haveria de vir, para logo depois partir, e depois retornar novamente, para todo o sempre.

DO LIVRO DE JOSUÉ

AS MURALHAS DE JERICÓ

Josué – cujo nome significa "O Senhor é o Salvador" – foi o sucessor indicado por Moisés para comandar o povo israelita após a sua morte. Ele fora, quarenta anos antes, um dos doze homens escolhidos para fazer a primeira inspeção na terra que Deus prometera dar à descendência de Abraão. Como somente ele e outro israelita chamado Caleb haviam demonstrado fé nas possibilidades de vitória do povo israelita, o Senhor determinara que apenas eles, dentre aquela geração, poderiam um dia ingressar na terra prometida. Deus os premiara, dessa maneira, pela fé e pela confiança que haviam demonstrado no plano divino para Israel.

Agora Josué era o líder militar e espiritual dos judeus, que estavam acampados às margens do rio Jordão, ultimando os preparativos para a invasão de Canaã.

Entretanto, ali viviam muitos povos, os quais os israelitas deveriam expulsar para que pudessem apossar-se integralmente da terra que, segundo eles, Deus lhes dera em herança. Josué, na condição de chefe militar, deveria dar início à guerra inevitável.

– Josué, levanta e atravessa o Jordão – disse o Senhor. – Conduz meu povo até a terra da promissão e subjuga todos aqueles que se antepuserem à tua frente, eis que estarei sempre contigo, onde quer que estejas.

Josué marcou para três dias depois de sua entrevista com o Senhor a partida das tropas e de toda a população israelita rumo a Canaã. Antes, porém, certificou-se de que os descendentes de Ruben, Gad e Manassés, que haviam proposto a Moisés permanecer nas terras orientais do Jordão, também iriam lutar contra os canaanitas.

– Assim como prometemos a Moisés, agora também prometemos a ti – disse a Josué o porta-voz daquelas tribos.

Josué, inspirado pela velha estratégia de Moisés, decidiu também mandar à frente do exército alguns espiões. Chamando dois homens, lhes disse com firmeza:

– Vão e vejam o que os canaanitas tramam contra nós.

Os dois espiões embuçaram-se e partiram, chegando já noite fechada diante das muralhas bem guarnecidas de Jericó, a cidade mais importante de Canaã. Ali havia, numa espécie de contraforte que dava para a ponte da cidade, a residência de uma prostituta muito famosa no lugar. Seu nome era Raab, e foi a ela que os dois espiões se dirigiram, simulando serem dois clientes estrangeiros.

– Olá, podemos entrar? – disse um deles, olhando para o alto, onde a prostituta escorava seus seios voluptuosos sobre o vão de uma estreita janela.

A prostituta dirigiu o olhar para os forasteiros e, depois de estudá-los detidamente, disse:

– Trazem dinheiro?

– Certamente! – disse um dos espiões, agitando uma pequena bolsa.

A mulher desapareceu do vão para reaparecer logo em seguida na porta que dava acesso à residência. Suas vestes de seda caíam sobre as suas formas como uma fina gaze, projetadas para amoldarem-se perfeitamente ao desenho do seu corpo.

Ela recebeu-os e seguiu à frente deles, penetrando por um vão escuro.

– Cuidado – disse, laconicamente, enquanto os três mergulhavam num trecho de completa escuridão.

Os dois hebreus avançaram seguindo o rastro forte do perfume da bela Raab e o ruído cantante das pulseiras que ela trazia nos pulsos e nos tornozelos. Quando ressurgiram à luz de uma candeia colocada no centro do outro aposento, perceberam também que anéis e brincos não lhe faltavam, espalhados pelo corpo todo. Um, em especial, chamou a atenção do mais novo dos hebreus: era um brinco de prata, com finas estrias em relevo, ajustado à narina direita, que ela seguidamente alisava, de maneira distraída, como num antigo hábito.

– Vocês são hebreus, não é isso? – disse ela, assim que os acomodou em sua pequena peça.

Do Livro de Josué

Os dois espiões ficaram pálidos como a lua.

O sorriso franco da prostituta, entretanto, acalmou os seus piores receios.

– Não há ninguém por aqui que ainda não tenha ouvido falar dos prodígios que seu povo tem realizado – disse ela, alisando o anel do nariz com a ponta do dedo anular graciosamente estendido e destacado dos demais.

Depois de alguns instantes de um silêncio constrangedor, ela disse ao mais novo dos espiões:

– Fale-me mais sobre o seu povo e o seu Deus.

O jovem, bastante atrapalhado, não sabia exatamente como começar, pois temia blasfemar ao referir o nome do Senhor àquela mulher idólatra e de má vida.

Raab, percebendo a atrapalhação do jovem, voltou seus olhos para o outro.

– Diga-me você, então, quem exatamente são e que Deus poderoso é esse que guia seus passos de modo tão exigente, e ao mesmo tempo tão zeloso.

O espião mais experiente disse algumas coisas vantajosas acerca de seu povo, enquanto ela o observava com atenção, desviando eventualmente seus olhos pintados de sombras azuis na direção do outro. Este, pego sempre de surpresa, não tinha tempo de disfarçar a admiração que sentia por aquela mulher – que, muito ao contrário de ser vulgar, era a mais serena e comedida que já vira em sua vida –, e por isso passava todas as vezes por uma grande aflição. Mas tão logo a prostituta tornava a voltar o rosto na direção do seu companheiro, o jovem quedava-se novamente a observar o estriado anel nasal e os movimentos involuntários que ele fazia sempre que a delicada asa do nariz de Raab dilatava-se para aspirar o ar com mais profundidade.

De repente, porém, foram todos surpreendidos por violentas batidas na porta.

– Subam até o terraço e escondam-se sobre os feixes de linho – disse ela, tomando a mão do israelita mais jovem.

Os dois subiram por outro vão escuro – desta vez sem perfume ou ruído de pulseiras a guiá-los. Ao mesmo tempo, Raab foi rapidamente até a porta, pois já imaginava quem seria pela violência das batidas.

– Por que demorou tanto? – disse o intruso, que era um dos guardas da muralha.

Depois de observá-la dos pés à cabeça, num rápida olhada, ele disse com uma evidente nota de desprezo:

– Está com visitas?

– Não, não estou com visitas – disse ela, com uma raiva surda.

O guarda tomou a prostituta violentamente pelos ombros.

– Mentirosa, como sempre! – disse ele. – Testemunhas viram dois homens entrando hoje em sua casa!

– E quem disse que não entraram? – disse ela, sustentando bravamente o olhar.

O guarda afrouxou as suas garras e foi o bastante para que ela se desvencilhasse rapidamente dos seus braços e do seu hálito fétido.

– Entraram, mas já foram embora – disse Raab, fuzilando um olhar de ódio.

– Ótimo, então não receba mais nenhum estranho esta noite – disse o guarda, ligeiramente intimidado –, pois há rumores de que os malditos hebreus pretendem infiltrar espiões em Jericó.

Raab simulou um ar de espanto.

– Então... irão *mesmo* nos invadir? – disse ela, juntando apressadamente as abas superiores do seu manto.

Os olhos do guarda recaíram sobre as mãos crispadas da prostituta.

– São nômade traiçoeiros e desta raça pérfida tudo se pode esperar – disse ele. – Faz tempo que saíram?

– Não muito. Se correr, talvez os alcance, pois cruzaram há pouco o portão.

No mesmo instante, o guarda deu as costas a Raab e foi perseguir os espectros, já que os dois judeus permaneciam escondidos sob os feixes de linho.

– Já podem sair – disse a prostituta aos hebreus.

Os dois surgiram com as roupas e os cabelos cheios de felpas, que ela ajudou a retirar do mais jovem, num evidente sinal da sua eleição, enquanto dizia:

– Sei o que pretendem – disse ela, com o semblante sério.

Do Livro de Josué

O outro hebreu não fez questão de esconder mais nada.

– O Senhor vai nos dar esta terra em herança – disse ele – e ninguém poderá impedi-lo de fazer isto, como ninguém até hoje pôde impedi-lo de fazer qualquer coisa que quisesse, pois só ele é o Deus verdadeiro.

Raab, intimidada, viu nas palavras do judeu uma ameaça à sua própria vida. "Certamente irão me matar, para que não os delate!", pensou, numa súbita vertigem.

Acostumada a situações perigosas e inesperadas, Raab lançou-se imediatamente aos braços do mais jovem.

– Por favor, não façam nada de mal contra mim ou o meu pai! – disse ela, derramando lágrimas verdadeiras, já que todas o são.

O jovem, tendo aquela mulher maravilhosa nos braços, não sabia o que dizer.

– Nada tema – disse o outro, com altaneria. – Deixe-nos partir sem que nos percebam e a sua vida e a de seu pai serão poupadas no dia de nossa entrada.

Raab retirou a cabeça dos ombros do jovem israelita, e como se ele próprio tivesse dito aquilo, lhe deu um terno beijo de gratidão.

– Muito obrigada – disse ela.

O jovem quase perdeu os sentidos ao ver aquele rosto tão próximo do seu – e, em especial, aquele misterioso anel, agora umedecido pelas lágrimas, vibrando na mesma intensidade com que vibravam as narinas da moça, agora quase escarlates.

– Vamos, antes que nos descubram – disse o outro, alarmado.

Raab correu a buscar uma corda grossa e a estendeu pela janela, já que na escuridão da noite dificilmente alguém os perceberia.

Depois que o mais velho havia se pendurado e começado a descer, o jovem voltou-se para Raab e disse, estendendo-lhe algo:

– Quando nossos exércitos transpuserem os portões de Jericó, você deverá pendurar nesta mesma janela este cordão vermelho, para que saibam todos que aqui vive uma mulher que foi fiel a Israel. Neste dia ninguém erguerá a mão contra você ou contra ninguém da sua família.

Raab tomou o cordão com ambas as mãos, penhor maior de sua segurança, e deu novo beijo no jovem antes que ele desaparecesse na escuridão. Somente quando ele colocou novamente os pés sobre o chão foi que percebeu que na beleza enfeitiçante do rosto da prostituta o anel nada era, e que a narina – aquela asinha lindamente rósea e quase sempre dilatada – era tudo.

– Canaã inteira treme de medo diante de nosso Deus! – disseram, radiantes, os espiões, assim que estiveram diante de seu comandante Josué.

Este, entretanto, sem pretender deixar-se levar por excessos de entusiasmo, dispensou-os com uma boa recompensa, tornando a ficar a sós.

Depois de refletir bastante e de orar ao seu Deus, Josué disse aos seus auxiliares que logo ao amanhecer deveriam ser desfeitas todas as tendas do acampamento, pois pretendia começar a marcha rumo a Canaã com o sol ainda bem baixo.

Quando o novo dia surgiu, os sacerdotes levitas já estavam de pé, com a arca sagrada suspensa em dois enormes varapaus, que eles sustinham sobre os ombros.

O povo, tendo diante de si o emblema do seu deus, apressou-se em desfazer as tendas e preparar suas coisas para a travessia do Jordão.

– Vamos finalmente para a nossa casa! – diziam as mulheres umas às outras, sem acreditar que se acabaria de uma vez por todas aquele horrível perambular pelos desertos.

Os sacerdotes tomaram a dianteira – numa distância de cem metros, que nenhum israelita podia encurtar sob pena de um castigo instantâneo –, conduzindo o povo eleito no rumo do rio que deveriam transpor até chegarem às muralhas de Jericó.

Josué, vendo chegar aquele instante, sentiu-se poderosamente inflamado, e bradou a todo o seu povo:

– Hoje Deus realizará proezas jamais vistas aos olhos humanos!

Então a voz do Senhor soou aos seus ouvidos.

– Faça com que os sacerdotes que carregam a arca suspendam a marcha tão logo seus pés toquem as margens do rio Jordão.

Do Livro de Josué

Josué obedeceu às ordens, e assim que seus pés tocaram as águas, eles detiveram seus passos.

– Como faremos para transpor o Jordão caudaloso? – disseram os mais incrédulos.

Josué, entretanto, ordenou imediatamente que se calassem.

– Imbecis! Já não fez uma vez o Senhor com que se abrissem de par em par as águas do mar? O que será, então, para ele, deter as águas de um simples rio?

Todos os olhares voltaram-se para o curso impetuoso do Jordão, cujas águas normalmente eram rasas, mas que na época da colheita – justamente aquela que o Senhor escolhera para demonstrar o seu poder – tornavam-se abundantes por causa do derretimento das neves do monte Hermon e das chuvas primaveris.

Então, subitamente, um prodígio desenhou-se diante dos olhos estarrecidos de todos. As águas acima de onde os israelitas estavam pararam de correr, como que detidas por uma barreira invisível, enquanto as águas de baixo seguiam seu rumo natural, até que o trecho que os sacerdotes deveriam atravessar, conduzindo a arca da aliança, tivesse se tornado completamente seco. Então Josué ordenou que um representante de cada uma das doze tribos tomasse de uma das inúmeras pedras que juncavam o leito seco do rio para que estas servissem de prova às gerações futuras de que tal prodígio havia realmente sido obrado pelo poder do Deus de Israel. Assim, Deus engrandeceu a Josué como engrandecera anteriormente a Moisés, para que o povo aprendesse a respeitá-lo como seu novo e confiável líder.

Colocando-se à parte, os levitas aguardaram, então, que todo o povo atravessasse o leito ressequido do rio, para que só então eles próprios abandonassem, fazendo com que as águas retomassem seu curso anterior e habitual.

Quarenta mil homens armados tomaram a dianteira dos israelitas, pois chegara a hora de tomar formação de combate e foram tomar posição em Guilgal, no limite oriental de Jericó. Enquanto isto, os amorreus e todos os demais reis de Canaã foram tomados por um terror sobrenatural diante daquele prodígio que o deus dos invasores havia operado diante de todos os olhos.

Enquanto estiveram acampados provisoriamente em Guilgal, os israelitas que não havia ainda sido circuncidados tiveram de passar por esta dolorosa operação, já que eram muitos os que, nascidos no deserto, ainda não haviam firmado em seus corpos o sinal da aliança com o Deus de Israel. Desde então aquele local passou a ser chamado de Morro da Circuncisão.

Enquanto as feridas dos homens cicatrizavam, os hebreus comemoraram no acampamento a festa da Páscoa, que relembrava os dramáticos episódios da fuga do Egito. Josué estava retemperando as forças para o combate que se avizinhava, quando avistou nas proximidades das muralhas de Jericó um homem enorme, de espada erguida. Intrigado, correu até ele.

– É amigo ou inimigo de Israel? – disse Josué, com a mão no cabo de sua espada.

– Eu sou o chefe dos exércitos do Senhor – disse o anjo.

Josué caiu de joelhos diante da aparição e disse:

– O que me ordena, Senhor?

– Tira dos pés as suas sandálias, pois este lugar é sagrado.

Josué fez o que o Senhor lhe ordenara.

– Logo entregarei às suas mãos a cidade de Jericó! Desde hoje, e nos próximos seis dias, todos os guerreiros de Israel darão uma volta em torno às muralhas uma vez por dia. Adiante da arca seguirão sete sacerdotes empunhando trombetas de chifre de carneiro. No sétimo dia darão sete voltas em torno à cidade e então os sete sacerdotes farão soar as suas trombetas, enquanto o restante erguerá tremendo clamor.

Josué escutou o restante das instruções do Senhor e foi levá-las aos demais. No mesmo dia, tendo à frente os levitas com suas sete trombetas, os israelitas marcharam ao redor das muralhas de Jericó, para grande estarrecimento do povo sitiado.

– O que pretendem estes loucos? – disse um dos chefes amorreus. – Será que pretendem tornar-nos surdos, para que não possamos entender-nos em combate?

O desfile impressionante durou mais cinco dias, até que no sétimo os israelitas, tendo sempre à frente a arca e o som das trombetas, deram sete voltas ao redor das muralhas, para espanto infinito dos canaanitas.

Do Livro de Josué

Josué, por sua vez, ordenara aos seus homens que não dessem uma palavra até que ele ordenasse. Quando finalmente completou-se a sétima volta, Josué voltou-se para o seu povo e bradou com todas as forças:

– Agora gritem!

Neste instante as trombetas soaram com toda a força, enquanto um espantoso alarido ergueu-se dos milhares de israelitas comprimidos diante das majestosas muralhas de Jericó. Os de dentro das muralhas taparam os ouvidos com as duas mãos, pois aquilo parecia um sortilégio maldito destinado a enlouquecer a todos. Mas antes que pudessem destapar os ouvidos, viram um grande pedaço da muralha destacar-se do alto e cair ao solo com um estrondo maior do que qualquer outro.

– O que é isto? – exclamou o rei dos amorreus, tomado pela incredulidade.

Como num jogo de dominó, começaram a ruir uma por uma as torres das guarnições, e por fim as próprias muralhas, levando consigo milhares de guerreiros que escondiam-se no alto. Os gritos estertorantes passaram então para as gargantas dos canaanitas, que não podiam acreditar no que seus olhos assistiam.

Não houve um único trecho da muralha que tivesse ficado inteiro, de tal sorte que os soldados de Israel só tiveram o trabalho de olhar para a frente e entrar no caminho livre que tinham diante de si.

– Não poupem a vida de ninguém, à exceção da prostituta Raab e de todos quantos estiverem com ela, pois ela foi fiel ao Deus de Israel! – disse Josué, autorizando expressamente o massacre da população e a pilhagem das riquezas de Canaã para que fossem enriquecer o tesouro do Deus de Israel.

De espada em punho, os israelitas invadiram Jericó, passando a fio de espada homens, mulheres, velhos e crianças, sem poupar a nenhum. Logo em seguida ele lançou a maldição divina sobre todo aquele que pretendesse reconstruir um dia Jericó.

– Maldito seja diante do Senhor aquele tentar reconstruir esta cidade! Os alicerces lhe custarão o primogênito, e as portas, o caçula!

Depois, voltando-se para os dois espiões, disse:

— Não esqueçam de salvar Raab!

Ambos correram até a casa da prostituta, que reconheceram logo pelo cordão vermelho pendurado à janela. Abraçada aos seus pais e irmãos, escutando o terrível ruído da batalha e dos agonizantes, estava Raab no último limite do pavor.

Neste momento os dois israelitas bateram à porta.

— São eles! – disse a prostituta, arremessando-se à porta.

— Nada tema – disse o judeu mais jovem, que havia guardado sua espada.

Imediatamente todos foram retirados da casa e levados para os limites externos do acampamento judeu. Desde então a ex-prostituta de Canaã passou a fazer parte do povo judeu, tendo-se tornado, inclusive, antepassada em linha direta de Davi, Salomão e Jesus, conforme a genealogia proposta por Mateus (Mt 1;5).

O ARDIL DOS GABAONITAS

Logo após a tomada de Jericó pelos hebreus liderados por Josué, aconteceu um episódio que serviria para mostrar como o pecado de apenas um israelita tinha o dom de levar todo o resto da nação à perdição.

Acã – cujo nome significa "encrenca" – foi o protagonista deste episódio. Descendente da tribo de Judá, ele apropriara-se às escondidas de alguns tesouros saqueados de Jericó, depois que os soldados de Josué haviam exterminado sua população até o último habitante (pois tal era o hábito naquela época rude de conquistas).

Sem saber do furto desautorizado, Josué enviara um destacamento para inspecionar a cidade de Hai ("Ruína"), a leste de Betel. Este punhado de homens retornara logo em seguida para dizer que não seria necessário um grande contingente para tomar posse da cidade.

— Três mil homens bastarão – disse, confiante, um dos espiões.

Mas não bastaram. Apesar de poucos, os defensores de Hai mostraram-se surpreendentemente audazes na defesa da sua cidade e do seu credo, rechaçando totalmente o pequeno contingente dos

Do Livro de Josué

hebreus. Trinta e seis judeus pereceram nesta frustrada investida, enquanto o restante teve de fugir vergonhosamente, sendo finalmente derrotados, de maneira miserável, na descida de uma encosta.

    Diante desta notícia o coração do povo derreteu-se e tornou-se como água. Josué, comandante dos hebreus, cobriu seus longos cabelos grisalhos de cinzas e rasgou as suas vestes.

    – Vergonha e infâmia para Israel! – disse ele, inconsolável, diante de sua primeira e aviltante derrota.

    Prostrado diante da arca da aliança, desde a tarde até a noite, Josué e os anciãos de Israel puseram-se a lamentar em altos brados a desdita.

    – Por que nos fez atravessar o Jordão, Senhor, se era para nos entregar, de maneira ignominiosa, à espada de nossos inimigos? – clamou Josué, com as lágrimas empastadas pela cinza. – Por que permitiu que tivéssemos de dar as costas a eles, perecendo de maneira vil e desonrosa, para descrédito eterno de nossa descendência?

    Então, subitamente, fez-se ouvir a voz do Deus de Israel.

    – Por que está aí a lamentar-se? – disse o Senhor. – Israel pecou. Alguém furtou os objetos destinados a mim, e por isto abandonei-os diante do inimigo. E assim será daqui por diante caso não seja punido com a morte o autor da infração ao interdito.

    Interdito era tudo aquilo quanto estivesse destinado ao Senhor por ocasião das conquistas, inclusive a vida dos homens e animais conquistados, que eram também sacrificados a ele.

    Deus deu, então, instruções expressas a Josué para que na manhã seguinte fosse sorteada entre as tribos uma vítima expiatória para o crime.

    Um clima de terror se estabeleceu nas hostes de Israel. Como descobrir quem havia cometido o furto antes que o sorteio decidisse a sorte de algum inocente? Pois nisto tudo somente uma coisa era certa: alguém deveria pagar pelo pecado para que o Senhor voltasse a estar ao lado dos israelitas. Se o crime era individual, a punição era coletiva, pois Israel era para o Senhor uma esposa una e indivisível.

    A noite passou e a manhã chegou sem que ninguém houvesse se apresentado. Então Josué tirou a sorte entre as tribos, recaindo a indicação na tribo de Judá. Dentre os membros desta tribo, foi sorteado Acã, o autor do furto.

– Apresenta-te e confessa teu crime – disse Josué, pois depositava inteira confiança no sorteio do Senhor.

Acã, sentindo que a própria mão de Deus o apresentara, caiu de joelhos e disse com as mãos no rosto:

– Sim, fui eu que pequei contra o Senhor! – disse, aterrorizado.

Acã confessou que havia furtado uma capa babilônica durante a pilhagem de Jericó, e mais duzentas moedas de prata e uma barra de ouro, que havia escondido sob o chão de sua tenda.

– Revistem o lugar – disse Josué, tão logo Acã terminara de falar.

Dali a instantes os homens retornaram trazendo o produto do furto.

– É tudo verdade – disseram eles, lançando os objetos ao chão.

Nada mais havia a ser dito. Josué ergueu a cabeça e disse com severidade:

– Apedrejem até a morte Acã e sua família.

Acã, sua esposa e seus filhos e filhas – e até mesmo os seus animais – foram conduzidos até o vale de Açor.

– Porque trouxeste a desgraça a Israel, a desgraça agora também descerá sobre ti – disse Josué, momentos antes de ordenar o começo do apedrejamento.

Logo as pedras pontudas começaram a voar sobre os desgraçados, que procuravam defender-se inutilmente com as mãos, até que os corpos finalmente jazeram imóveis e desfigurados sobre o solo, repleto de manchas vermelhas e pedras manchadas pelo sangue amaldiçoado.

Os pertences de Acã foram consumidos pelo fogo, enquanto os corpos foram sepultados sobre uma pilha enorme de pedras, para que todos soubessem que desta mesma forma seria punida toda desobediência aos decretos do Deus de Israel.

A partir desse dia, Josué teve a certeza de que Deus estava outra vez ao lado dos israelitas. Tomando o seu exército, subiu novamente até a cidade de Hai. Desta vez trinta mil homens – em vez

Do Livro de Josué

dos primeiros três mil – marcharam armados de espadas, lanças e flechas, para levar a cabo a obra de conquista.

– Nada temam, guerreiros de Israel, pois o Senhor Deus está novamente conosco! – bradara Josué, à frente de suas tropas.

De fato, mais uma vez a arca sagrada precedia o exército, infundindo pavor no inimigo e enchendo de confiança os guerreiros das doze tribos.

Josué havia colocado de emboscada um grande número de soldados por trás da cidade, enquanto ele e um número limitado de homens haviam se aproximado dos portões da cidade. Era já madrugada quando os generais de Hai perceberam a chegada do pequeno grupo.

– Vejam, os ratos do deserto querem levar outra surra! – disse um dos oficiais da cidadela.

No mesmo instante, os portões foram abertos e um grande contingente de homens saiu para enfrentar Josué e seus homens. Este, percebendo que tudo saía conforme seus planos, ordenou a imediata – e fingida – retirada dos judeus.

Tão logo os hebreus começaram a correr desabridamente pelo campo, os soldados inimigos urraram de prazer.

– Vamos massacrá-los novamente! – disse um dos generais inimigos, saindo todos da cidadela para ir caçar os hebreus e deixando a cidade à mercê de um ataque imprevisto, o que de fato aconteceu, pois assim que o último homem de Hai transpôs os portões da cidadela, os homens de Josué, escondidos na retaguarda, surgiram para entrar livremente na cidade desprotegida.

– Traição! Traição! – berrou um dos soldados de Hai. – É uma maldita traição!

Mas já não havia mais tempo para nada. Os soldados de Josué já haviam entrado todos na cidade e começavam a passar a fio de espada toda coisa viva que encontravam. Aturdidos, os soldados que perseguiam Josué e seus homens viram-se obrigados a retroceder, ficando entre dois inimigos.

– Malditos idólatras! – disse Josué, com rancor. – Chegou a hora de descer sobre vocês a vingança do Deus de Israel!

Os inimigos foram todos chacinados, à exceção do rei, que foi levado vivo até Josué. Na cidade de Hai, cerca de doze mil homens e mulheres pereceram pela espada ou pela lança – ou seja, toda a população. Não satisfeito, Josué ainda ordenou – sempre sob as ordens do seu Deus – que a cidade fosse inteiramente queimada.

– Agora vamos dar um jeito no último deles – disse, olhando com fúria para o rei de Hai, que curvou a cabeça, sabendo de antemão o que lhe esperava.

Levado até uma árvore, foi ele ali enforcado e assim permaneceu durante todo o dia até que ao anoitecer foi retirado, pois assim ordenava o preceito que Moisés estabelecera, ainda no deserto. O cadáver do rei foi lançado à porta da cidade e um monte de pedras empilhado sobre ele, jazendo assim para sempre.

Para comemorar a vitória, Josué ergueu um altar para o Senhor no monte Ebal, onde foram feitas as ofertas e depositada uma cópia das leis que Moisés havia escrito por inspiração divina. Depois leu-as para todo o povo, que estava espalhado ao redor do altar.

Diante desta demonstração de poder, os reis de todas as nações vizinhas – heteus, amorreus, cananeus, fereseus, heveus e jebuseus – decidiram se aliar para combater os hebreus, que haviam se tornado uma ameaça permanente.

Entre estes povos, contudo, havia o dos gabaonitas, os quais, sendo dotados de um pouco mais de malícia, decidiram usar um ardil para salvar, ao menos, as suas vidas, já que os judeus haviam dado prova bastante de que não pretendiam poupar a vida de nenhum estrangeiro. Como os judeus ainda não soubessem de sua existência – já que estavam a uma boa distância de Hai e Jericó recém-conquistadas –, um belo dia partiu de seu reino (que não era nada pobre) um grande grupo de homens, mulheres e crianças, todos esfarrapados, levando nas mãos embrulhos contendo pedaços mofados de pão e odres velhos contendo um resto de vinho azedado. Depois de marcharem longamente sob o sol inclemente – o que lhes tornou ainda pior o aspecto –, chegaram finalmente diante de Josué, implorando por uma audiência.

– Quem são estes mendigos? – perguntou Josué aos seus oficiais.

– Afirmam ser habitantes de um reino distante e paupérrimo, chamado Gabaon – disse um auxiliar –, e vieram implorar

Do Livro de Josué

pela sua clemência, já que não dispõem de riqueza alguma para acrescentar ao tesouro do Deus de Israel.

Josué ordenou que lhe trouxessem os líderes, e logo viu diante de si alguns anciãos maltrapilhos e muito malcheirosos que se rojaram aos seus pés, como escravos infinitamente miseráveis.

– Chegaram a nossos ouvidos as notícias do grande poder do seu Deus – disse o porta-voz, aspirando o pó das sandálias de Josué –, e por isso viemos pedir clemência para nosso miserável povo. Somos teus servos desde hoje, mas poupa-nos a vida, pois nada mais temos a oferecer além da nossa lealdade!

O velho, erguendo-se com infinita dificuldade, tomou, então, das profundezas de sua túnica esfarrapada algumas migalhas de pão que se esfarelaram na palma de sua mão encardida e deu a Josué, para que este provasse, o conteúdo de um odre rasgado.

– Este é todo nosso alimento e toda nossa bebida – disse ele, com as lágrimas umedecendo a remela amarelada de seus olhos cansados.

Josué olhou para aqueles pobres restos e lembrou-se imediatamente dos terríveis dias de penúria que tanto haviam atribulado os judeus no deserto, e do maná e das codornas que Deus fizera então desabar generosamente sobre eles. Mas o que o decidiu mesmo a não mandar exterminar imediatamente com aquele bando de idólatras miseráveis foi os queixumes do velho e seu aspecto repugnante.

Os homens de Josué provaram do pão e do vinho e viram que eram mesmo duas solenes porcarias, afiançando ao comandante judeu que o velho dizia a verdade.

– Eia, basta! – disse ele, erguendo a mão com rapidez, para expulsar ao mesmo tempo o velho e o seu insuportável mau hálito da fome. – Firmemos logo um pacto de aliança para que eu não precise mais suportar os choramingos e o bafo de cloaca que se exalam de tua boca.

O velho, agradecido, entrançou os dedos encarquilhados de tal modo que parecia ser impossível que um dia pudesse vir outra vez a separá-los.

Josué prometeu solenemente, em nome do Deus de Israel, que iria poupar a vida dos gabaonitas, desde que estes se lhe mostrassem sempre fiéis.

– Sempre fiéis! – disse o velho, rojado novamente ao chão, antes de ser erguido novamente e de partir, felicíssimo, com o nariz cheio de pó.

Ora, três dias depois chegou ao conhecimento de Josué de que era tudo um embuste, e de que nada mais podia fazer contra a vida daqueles tratantes.

– Os desgraçados vivem aqui, quase ao nosso lado – esbravejou Josué –, e não são nem de longe os miseráveis que aparentavam ser!

Então ele decidiu que doravante os gabaonitas deveriam tornar-se rachadores de lenha e carregadores de água para todo o povo de Israel.

– Porque nos enganaram com um vil artifício, serão a partir de hoje nossos escravos – disse ele ao rei de Gabaon.

– Trata-nos como teu Deus quiser, pois ele é sobre todos o mais poderoso, mas guarda o pacto que em nome Dele selaste de poupar nossas vidas – disse o rei, que conseguiu, afinal, o que pretendia, que era poupar a vida sua e a de seus súditos.

E foi assim que os gabaonitas ludibriaram Josué, com o consentimento tácito do próprio Deus israelita, provando definitivamente que à divindade de Jacó não aborreciam tanto as artimanhas da astúcia quanto os queixumes abertos da rebeldia.

O DIA EM QUE O SOL "PAROU"

Josué, depois de ter posto abaixo as muralhas de Jericó, graças à intervenção miraculosa do Deus hebreu, havia derrotado, também, o rei de Hai, outra importante cidade de Canaã que Deus prometera dar em herança a Israel.

Entretanto, depois destas duas magníficas vitórias, Josué havia sido também ludibriado pela astúcia do rei de Gabaon, o qual lhe mandara uma embaixada de fingidos mendigos para im-

Do Livro de Josué

plorarem que ele os poupasse do extermínio (já que o Deus dos judeus havia ordenado a morte de todos os habitantes dos países considerados idólatras – ou seja, daqueles que não o cultuavam).

O ardil redundara em pleno êxito e Josué ficara de mãos atadas para punir os gabaonitas.

– Nada posso fazer, pois, quer queiramos ou não, Gabaon a partir de hoje está sob a proteção do Senhor – dissera Josué a seus conselheiros, ao ver que a maioria deles exigia a morte daqueles que haviam ludibriado a boa-fé de Israel.

Adonisedec, rei de Jerusalém, ficara sabendo de todos estes acontecimentos.

– Hai e Jericó ainda ardem e todos os seus habitantes estão mortos – disse ele, alarmado, aos seus oficiais. – Para piorar tudo, a traiçoeira Gabion aliou-se aos invasores. Precisamos fazer alguma coisa, ou seremos os próximos a ser mortos!

Um clima de terror instalara-se no conselho e ninguém ousava dizer uma palavra.

– Todos aqui sabem da importância do reino de Gabaon, da sua riqueza e do seu grande poderio militar – prosseguiu o rei de Jerusalém. – Não podemos permitir que os gabaonitas combatam ao lado do pérfido invasor.

No mesmo dia, Adonisedec enviou uma mensagem a outros quatro reis amorreus para que o ajudassem a lançar um ataque sobre Gabaon, o que logo ocorreu.

Tomados de surpresa, os gabaonitas correram logo a pedir socorro ao seu novo e poderoso protetor.

– Não nos abandone às mãos dos amorreus! – disse o emissário do rei agredido a Josué. – Que teu Deus poderoso venha em nosso auxílio!

Josué estava acampado em Guilgal, e no mesmo instante recebeu a ordem de Deus para que partisse na direção do conflito.

– Nada temas, pois entregarei meus inimigos às tuas mãos! – disse o Senhor.

Durante toda a noite os judeus marcharam na direção de Gabaon, até que ao amanhecer se defrontaram com os exércitos reunidos dos quatro reis amorreus. Um tremendo combate iniciou--se e depois de algumas horas de luta Israel triunfou plenamente, obrigando as forças inimigas a partirem numa fuga desordenada pelas encostas de Bet-Horon.

Então uma grande nuvem escura surgiu no horizonte e logo cobriu os exércitos inimigos de Israel, fazendo com que uma pavorosa chuva de granizo descesse sobre os fugitivos, tão intensa que provocou mais mortes entre eles do que a espada dos israelitas.

– Grande é o nosso Deus! – disse Josué, animado com esta prova evidente de que o Senhor combatia ao lado do povo.

Como em resposta, Deus voltou a dirigir a palavra a Josué, em pleno campo de batalha, para lhe anunciar aquele que seria, provavelmente, o maior milagre de todos quantos operara – ou ainda viria a operar – em toda a história do povo eleito.

– Persegue-os até exterminá-los – disse o Senhor Deus –, pois terás todo o tempo necessário para isso, eis que o sol permanecerá parado no céu até que esteja morto o último dos inimigos de Israel.

Sem duvidar um único instante do prodígio que seu Deus anunciava, Josué arregimentou os seus homens e deu a ordem para que perseguissem os amorreus colina abaixo, onde travariam um combate sem hora marcada para terminar.

– Mas eles são muitos! – disse um dos seus oficiais. – Mesmo que lutemos até a noite, ainda assim não conseguiremos desbaratá-los todos.

Josué, no entanto, surdo aos apelos do oficial, ordenou mais uma vez que atacassem.

– Tempo para isto não nos faltará, pois foi o próprio Senhor quem o garantiu – disse Josué, erguendo os olhos para o disco solar, que brilhava no zênite. – Desde este instante o sol não se moverá um único passo, até que tenhamos nos vingado dos inimigos do Senhor!

Os exércitos lançaram-se, então, no encalço dos amorreus com tanta gana que os alcançaram em pleno campo, onde nova e encarniçada batalha se acendeu.

Enquanto tudo isto se dava, o sol permanecia sem se arredar do topo do céu.

As horas passavam e a luta prosseguia cada vez mais acirrada, até que os amorreus, exaustos, perceberam que algo estranho acontecia.

Do Livro de Josué

— Parece que estou lutando há mais de um dia! – disse, exausto, um dos reis amorreus, erguendo os olhos para o céu.

De fato, aquele meio-dia revelou-se o mais longo da história – um meio-dia que durou um dia inteiro! – e foi somente quando os reis inimigos de Israel deram as costas aos exércitos do Senhor que o astro recomeçou novamente a movimentar-se.

Apavorados, os cinco reis foram refugiar-se numa gruta em Maceda, enquanto seus homens eram miseravelmente massacrados pelos soldados de Josué.

Ao saber que os reis haviam se escondido na gruta, o chefe judeu deu a ordem de que os trancafiassem lá, rolando grandes pedras à entrada da caverna.

— Ali permanecerão cativos até que tenhamos exterminado com todos estes cães – disse ele, referindo-se aos soldados amorreus.

De fato, Josué procedeu a um verdadeiro massacre – do qual pouquíssimos soldados inimigos escaparam com vida –, findo o qual ordenou que reabrissem a entrada da gruta fatídica.

Presos e amarrados, foram levados os cinco reis – de Jerusalém, de Hebron, de Jarmut, de Laquis e de Eglon – até a presença do comandante hebreu. Uma grande multidão assistia ao momento culminante daquela batalha. Os soberanos não eram nada, agora, diante daquele comandante investido da nobreza suprema que somente a vitória dá.

Josué recebeu-os com o semblante carregado, denunciando que seu coração não conheceria a piedade. Depois de ordenar que os reis fossem postos deitados sobre o chão, dirigiu o olhar a alguns dos seus oficiais e lhes ordenou que se aproximassem.

— Agora coloquem o pé sobre os seus pescoços – disse ele, com dureza, pois assim procedia-se naqueles dias.

Com os rostos congestionados e as barbas pisadas, os reis assim estiveram até que Josué finalmente revelou um traço de humanidade. Infelizmente, para os cinco reis abatidos, a piedade destinava-se exclusivamente aos seus homens.

— Nada temam – disse ele, ao ver o receio dos seus oficiais de humilhar daquela forma os reis abatidos –, pois é assim que o Senhor esmagará todos os seus inimigos.

Logo em seguida Josué ordenou que matassem os soberanos, pendurando-os em árvores, à vista de todos, para que tal castigo infundisse pavor nos futuros adversários de Israel.

A campanha de Josué não terminou com a morte dos cinco reis amorreus. Logo depois de mandar retirá-los das árvores, onde jazeram expostos durante todo o dia, o comandante ordenara que seus corpos fossem lançados de qualquer maneira no interior da gruta onde anteriormente tinham ido se esconder, e que a entrada fosse tapada com pedregulhos, para que ali eles jazessem para sempre, longe da vista de Deus e dos homens.

Mas Josué queria tirar vingança do rei de Maceda, que havia dado refúgio aos soberanos, e assim o fez, ao tomar a cidade e exterminar toda a sua população. Não houve um único sobrevivente, sequer seu próprio rei.

Seguindo adiante, Josué tomou pela espada os reinos que o haviam atacado, e não deixou sobrevivente algum destes lugares, tornando-se senhor de toda a região, e isto graças ao Deus de Israel, que estava o tempo todo ao seu lado, ordenando os ataques e os massacres para maior glória sua e do seu povo.

Findas todas as batalhas, Josué regressou com seus guerreiros de volta ao acampamento de Guilgal, onde todos receberam um justo descanso pelas proezas que haviam praticado.

Mas enquanto Josué descansava, outros soberanos, de reinos um pouco mais distantes, tramavam a queda de Israel, temerosos de que sua vez logo chegasse. Nova coligação se armou contra Josué, a qual foi acampar nas margens de Merom com seus exércitos inumeráveis como as areias na praia do mar.

Josué, entretanto, não se deixou impressionar, pois seu Deus lhe afiançara que ainda desta vez estaria ao seu lado. Marchando de improviso, o comandante hebreu caiu, então, sobre seus inimigos, e os expulsou até Sidônia a Grande, cortando os tendões de seus cavalos e exterminando todo aquele que tivesse levantado a espada contra Israel, e não só estes, mas as populações inteiras das cidades por onde passava o vento de fúria do Senhor Deus de Abraão.

Somente os gabaonitas, de todos os trinta e um povos com os quais Israel havia se defrontado, conseguiu um tratado de paz.

Do Livro de Josué

Todos os outros povos foram ou aniquilados ou reduzidos à escravidão, única maneira que houve de se restabelecer a paz naquela região que a piedade futura haveria de chamar um dia de "Terra Santa".

Quando Josué teve tempo para depor a sua espada, era já um homem velho. Deus, então, vendo que não poderia mais contar com aquele servo fiel – pois, em verdade, ainda faltavam muitas terras para conquistar, as quais ele elencou uma a uma a Josué –, ordenou-lhe que procedesse a partilha das terras que já havia conquistado.

Feito tudo isto, Josué chamou até si os judeus das tribos que haviam pedido para retornar às terras do Jordão oriental, onde haviam deixados suas famílias.

– Podem partir, mas não esqueçam jamais de seguir a Lei e os mandamentos que o Senhor nos deu por meio de Moisés – disse Josué.

Tão logo estas três tribos chegaram do outro lado do Jordão, edificaram um altar para o Senhor, mas Josué, temendo que aquilo fosse o começo de outra idolatria, mandou até eles uma expedição para preveni-los do mal que sobre eles se abateria.

– Erigimos o altar tão somente para que fosse um elo entre os povos das duas margens do Jordão, para que amanhã os descendentes de Canaã não dissessem de nós "Estes, que lá estão do outro lado, não são adoradores do mesmo Deus que nós!", e por isto nos ultrajassem injustamente – disse um dos membros daquelas tribos.

A explicação agradou a Josué, e assim todos puderam viver pacificamente nos últimos dias que restavam de vida ao conquistador hebreu. Este, ao pressentir o fim, chamara todos os anciãos e juízes de Israel, para lhes fazer um último discurso.

Josué relembrou a todos que tudo quanto os israelitas haviam conquistado fora graças ao favor de Deus, afastando todos os povos que constituíam impedimento ao estabelecimento de Israel na terra da promissão.

– Não se misturem nunca com esta gente, nem tampouco com seus falsos deuses – disse o guerreiro moribundo –, mas antes sirvam sempre ao Senhor Deus com devoção e fidelidade, pois somente assim Ele continuará a combater ao nosso lado. Um só homem dos nossos vencerá mil deles enquanto o Senhor estiver ao nosso lado. Se, porém, quebrarem o pacto com Ele, então todas estas nações que nos espreitam serão como armadilhas montadas permanentemente, até que tenham nos derrotado e expulso da terra que o Senhor deu a Abraão, por legítima herança.

O velho líder curvou a cabeça, pois estava no mesmo estado em que Moisés outrora também estivera, ao proferir suas últimas palavras.

— Hoje tomarei o caminho que é o de todo ser na terra — disse ele, conformado. — Todas as promessas que o Senhor lhes fez foram cumpridas diante de seus olhos. Mas não esqueçam que, assim como o Senhor cumpriu as promessas, do mesmo modo cumprirá as ameaças, caso venham a desobedecê-lo.

O povo jurou, então, que jamais quebraria a aliança com o Senhor, pois era um pacto que lhes tinha sido imensamente benéfico.

— A partir de hoje são todos testemunhas de que escolheram servir a Deus — disse Josué, firmando novamente um severo pacto.

— Sim, somos para sempre testemunhas de Jeová! — disse o povo, reunido, repetindo entusiasticamente o nome do seu Deus.

Josué mandou que colocassem uma grande pedra sob a sombra de um carvalho, para que fosse um sinal indelével daquele pacto renovado. Depois disto, finalmente faleceu, com a idade de 110 anos, e foi enterrado em Tamnat-Sare, na montanha de Efraim. Ao mesmo tempo, os israelitas aproveitaram para sepultar os ossos de José — o sempre lembrado filho de Jacó — em Siquém, lugar onde José havia vivido boa parte de seus primeiros anos. Por esta mesma época faleceu também Eleazar, o filho de Aarão, que seu filho Fineias enterrou com todas as honras.

DO LIVRO DOS JUÍZES

DÉBORA, A JUÍZA GUERREIRA

Após a morte de Josué, os israelitas permaneceram em Canaã. Mas, a despeito de terem conquistado grande parte do território, ainda assim viram-se obrigados a conviver com remanescentes das antigas populações que ali habitavam, pois muitos reinos permaneceram intocados pela espada dos israelitas. Isto implicava num convívio forçado de homens dotados de costumes e religiões diferentes, o que daria motivos para muitas guerras e disputas territoriais. Convictos de que seu deus era superior ao de todos os outros povos da região, os líderes judeus encontrariam razões de sobra para promover conflitos sangrentos com seus vizinhos, temerosos de que o culto dos deuses "falsos" do paganismo circundante pudesse contaminar – como de fato o fez – o culto do "deus único" de Israel.

Desta forma, abria-se para os judeus o período dos Juízes, no qual o povo de Deus seria governado por líderes essencialmente militares, mais ou menos justos.

Antes, porém, que o primeiro destes juízes fosse indicado, Israel ainda teve de enfrentar alguns inimigos poderosos. Um destes foi Adonibezec, rei cananeu que os judeus enfrentaram em Bezec, derrotando-o em encarniçada batalha.

Adonibezec fugiu, mas terminou aprisionado, tendo os dedos das mãos e dos pés cortados pelos israelitas.

– Mandei cortar os dedos das mãos e dos pés de setentas reis que recolhiam as migalhas da minha mesa – disse o rei, prostrado. – Ai de mim! Hoje o Senhor me fez pagar, da mesma maneira, por todos estes crimes!

Adonibezec foi levado a Jerusalém, onde morreu.

Dando prosseguimento à campanha militar, os israelitas – representados pelas tribos dos descendentes de Judá e Simeão –

derrotaram os cananeus que viviam em Sefat, passando a fio de espada toda a população. Depois, apossaram-se também de Gaza, Ascalon e Acaron, mas não conseguiram expulsar os habitantes das planícies, nem os jebuseus que moravam em Jerusalém, obrigando os israelitas a terem de conviver com este povo que sua fé exclusivista acusava de idólatra.

Em Betel os hebreus, além de tomarem a cidade – graças às informações que lhes prestou um homem dali, obrigado a mostrar a entrada da cidade –, ainda mataram toda a sua população, poupando apenas o informante e sua família.

Outros lugares permaneceram habitados por cananeus, já que era impossível exterminar todos os habitantes antigos de Canaã – embora fosse este o desejo expresso dos líderes israelitas –, ficando todos estes povos submetidos à escravidão ou à tributação.

Mas por que razão o Senhor permitira que os judeus não conseguissem se livrar para sempre da companhia dos idólatras?, perguntavam-se os líderes hebreus, diante de cada nova derrota.

Esta resposta eles tiveram no dia em que um anjo do Senhor apareceu em Boquim e lhes disse com o semblante carregado:

– Porque romperam com a minha aliança, adotando o culto idólatra destes povos, permitirei que eles permaneçam espalhados em toda a terra prometida, para que sejam vossos adversários perpétuos e artífices de vossa futura ruína.

O povo ficou tão triste com este castigo que se pôs a chorar em altos brados, e por isto o lugar passou a se chamar Boquim, ou seja, "lugar dos que choram".

A verdade é que alguns israelitas, mais de uma vez, haviam cultuado os deuses cananeus, sem que com isto tivessem abandonado de todo o culto ao seu deus. O mais importante rival do Jeová hebreu era Baal, o deus cananeu da agricultura, e Astarte, sua esposa, deusa do amor e da guerra. O culto destes dois deuses envolvia inclusive rituais de fertilidade protagonizados por prostitutas do templo, o que contribuía para aumentar o escândalo entre os israelitas mais puritanos.

O Deus de Israel, em retribuição, deixara de socorrer os israelitas submetidos aos ataques de salteadores, que tudo faziam para reduzir o poderio dos adoradores de Jeová, na esperança de, mais cedo ou mais tarde, expulsarem-nos inteiramente de Canaã.

Então sobrevieram os juízes. Israel estava submetido ao poder do rei de Aram, da Mesopotâmia – submissão que durava já oito anos –, quando o Senhor suscitou entre os judeus o primeiro dos seus juízes, que se chamou Otoniel. Ele era irmão de Caleb (companheiro de Josué na primeira expedição que se fez à terra prometida) e liderou a campanha militar que pôs fim à sujeição dos hebreus.

Depois disto, Israel desfrutou de um período de quarenta anos de paz, até que o marasmo deste período deu ensejo a que o povo, sempre instável e mal-agradecido, voltasse novamente a prostituir-se alegremente aos deuses interditos de Canaã.

Como castigo, o Senhor fez com que Eglon, rei de Moab, se aliasse a outros povos da região e lançasse um ataque vitorioso contra Israel. Os judeus passaram, assim, a estar sob o império dos moabitas, numa sujeição que durou dezoito anos, até que Deus fez surgir do meio do povo um novo juiz, que se chamou Aod, o qual se notabilizou por um feito de invejável destemor.

Um dia este juiz pediu a um ferreiro que lhe fizesse o punhal mais afiado que sua arte pudesse criar. Tão logo o obteve, escondeu-o sob as vestes, junto à coxa direita, e foi pessoalmente até o rei moabita, sob o pretexto de lhe levar o tributo devido.

– Seja bem-vindo, servo hebreu – disse Eglon, um homem apocalipticamente gordo, ao ver o israelita adentrar o seu palácio.

Aod cumpriu o dever, pagando o tributo, e retornou com os seus, até que, estando perto de Guilgal disse que devia retornar, pois tinha algo a oferecer ao rotundo rei.

– Oh, você de novo, servo hebreu? – disse o soberano, inflando as bochechas escarlates. – Traz mais alguma coisa para mim?

Aod observou os ávidos e arregalados globos oculares do rei, banhados num líquido ambarino parecido com o azeite.

– Tenho uma mensagem secreta para ti – disse Aod, num ar de cumplicidade.

Envaidecido, Aglon mandou que os serviçais se retirassem. Depois, confortavelmente instalado em seu descanso reforçado, no andar superior – neste que era o seu lugar de refúgio preferido durante o verão –, afiou os ouvidos para escutar as palavras do servo hebreu.

Aod, por sua vez, vendo-se absolutamente a sós com o rei moabita, aproximou-se mais dele, como quem pretendesse alcançar uma perfeita intimidade antes de lhe revelar o conteúdo de sua mensagem. O rei, verdadeiramente curioso, tentava colocar-se em pé quando foi surpreendido pelo gesto absolutamente inesperado do visitante sacando alguma coisa de sob a sua túnica e a enterrando rapidamente em seu prodigioso ventre.

Aod sentiu sua mão afundar numa massa mole e úmida. Logo um suco espesso e avermelhado lhe escorreu pela mão, como se ele houvesse furado um odre imenso de vinho. O sangue, entretanto, logo cessou de verter, pois a gordura se fechou por cima da ferida, deixando o rei obeso com o enorme punhal enterrado até o cabo no ventre.

O rei moabita arregalou ainda mais os olhos, a ponto de parecer que ambos fossem cair no chão, enquanto um mugido acolchoado escapava-se do interior de suas bochechas de máscara. E depois nada mais disse ou fez neste mundo, a não ser tombar de quatro sobre o chão, com as duas mãos postas sobre o cabo do punhal.

Aod, sem fazer qualquer ruído, retirou-se por uma abertura, mantendo a porta principal fechada, de tal sorte que quando os servos estúpidos do rei vieram para ver como estava o senhor de suas vidas, não puderam entrar na peça.

– Decerto está fazendo as suas reais necessidades – disse um dos lacaios.

O tempo passou até que ambos ficaram verdadeiramente confusos.

– Tanto tempo assim? – disse o segundo lacaio ao autor da conjectura.

Um mau pressentimento acometeu a ambos, até que resolveram bater na porta para ver se o rei dava sinal de vida. Bateram: nada. Bateram novamente: nada novamente.

– Vamos entrar, de qualquer jeito! – disse o primeiro, que era um pouco mais audaz que o segundo.

– Ah, é? E se ele nos mandar cortar a cabeça por isto? – disse o segundo.

Mas algo lhes dizia que Eglon, o poderoso rei de Moab, não tinha mais poder algum para mandar cortar coisa alguma de ninguém. Ambos entraram nos aposentos com a mesma cautela com que se adentra um lugar onde paira a suspeita de um assassinato, até que viram o corpo do rei caído de bruços. Depois de um esforço poderoso para virá-lo, descobriram-no com as mãos postas sobre o ventre.

– Finalmente a cólica monstruosa o matou! – disse um dos lacaios.

– Não, não, veja! – disse o outro, apontando para uma mancha de sangue.

Então, depois de afastarem as duas mãos bojudas e cinzentas, descobriram o cabo do punhal hediondamente enterrado.

A notícia recém começara a correr pelas ruas de Moab quando surgiram os exércitos dos hebreus, conduzidos por Aod, os quais, depois de atravessarem os vaus do Jordão, apoderaram-se de Moab, derrotando cerca de dez mil soldados. Os israelitas não pouparam a vida de nenhum deles, dando início a um novo período de paz, que Israel desfrutou durante largos oitenta anos.

A história dos hebreus é cheia de existências menores que parecem ser anúncios de outras mais importantes, que ainda estão por surgir. Foi assim, por exemplo, que tendo desaparecido Aod, foi este sucedido por Samgar, um homem que prefigurou de maneira notável a fortaleza de Sansão, o último dos juízes, pois num certo dia abateu com uma relha de arado – sozinho e de uma só vez – a seiscentos filisteus.

Com a morte deste temido Samgar, o terreno estava livre para o surgimento daquela que viria a ser a mulher mais surpreendente de todas as israelitas do Antigo Testamento: Débora, a juíza guerreira que derrotou espetacularmente os cananeus.

Israel, depois de nova recaída na idolatria, havia recaído também nas mãos de seus inimigos. Desta feita, o algoz dos judeus era um certo Jabin, um certo rei cananeu que reinava num certo reino de Hasor. Mas o verdadeiro carrasco da nação israelita se chamava Sísara, general daquele rei que dotara seu exército de novecentas bigas de ferro. Para aquele tempo era o mesmo que hoje ter-se de enfrentar a pé enxuto um exército dotado de tanques. Mas ainda assim o Senhor poderia tê-lo derrotado facilmente – como verdadeiramente o fez, mais adiante –, caso o seu povo não o tivesse ofendido mortalmente ao abraçar mais uma vez os odiados deuses de Canaã.

Faziam já vinte anos que o rei de Hasor oprimia os hebreus quando Débora – juíza que Deus surpreendentemente escolhera para dirigir os destinos de Israel – recebeu um aviso do Senhor, dando conta de que fosse combater o inimigo.

No mesmo instante, ela mandou chamar Barac, chefe dos exércitos de Israel, até a verdejante palmeira situada nas montanhas de Efraim, sob a sombra da qual ela estudava os litígios e proferia as suas decisões.

– Aqui estou, Débora, juíza de Israel – disse Barac, postando-se à sua frente.

A mulher, cujo aspecto era o de uma senhora de meia-idade, permaneceu sentada abaixo das folhas largas, que pendendo do alto esbatiam-se suavemente, refrescando a cabeça da sábia juíza.

– O Senhor determina que tome dez mil combatentes e os conduza ao monte Tabor – disse ela, com autoridade. – Lá deverá aguardar, pois em breve levarei até você Sísara, o comandante dos cananeus com suas bigas de ferro. Ali, o Senhor o entregará às suas mãos para que nele exerça a nossa vingança.

Barac, que não era um primor de valentia, concordou, mas com uma condição.

– Se você for comigo, irei; se não for, não irei – disse ele, irredutivelmente.

Débora dirigiu-lhe um olhar de irreprimido desprezo.

– Está bem, irei – disse ela. – Mas por causa disto, não caberá a você a honra de matar Sísara, mas a uma outra mulher.

Os dois puseram-se em marcha até que Jabin, o rei de Hasor, avisou a seu comandante Sísara que os judeus estavam acampados no monte Tabor.

O comandante cananeu reuniu todas as suas novecentas bigas de ferro e rumou até a planície que defrontava com o monte. Débora havia dito a Barac que nada temesse, pois o Senhor lutaria com ele, e isto fez com que ele descesse com seus dez mil homens para ir fazer frente às novecentas bigas de ferro comandadas por Sísara.

Foi uma refrega verdadeiramente espantosa, pois os hebreus não recuaram um instante diante daquela massa de soldados inimigos, e os enfrentaram com tanta valentia e denodo que, mesmo com seus poderosos carros de guerra, foram os cananeus derrotados fragorosamente, pois no auge do combate desceu sobre todos um temporal só igualado por aquele no tempo de Noé.

Ora, este temporal veio como uma ajuda divina, pois, sendo o terreno macio, logo os carros de Sísara emperraram e não puderam mais andar sobre a lama ajuntada, o que facilitou em muito o trabalho dos soldados judeus de aniquilar com os seus ocupantes. Muitos destes, com efeito, morreram ainda com as rédeas nas mãos, na tentativa desesperada de arrancar as rodas dos seus carros do barro.

Então Sísara compreendeu que estava tudo perdido. Depois de dar um salto muito bem calculado, largou a sua biga e saiu correndo campo afora para salvar a sua vida.

– É covardia! – disse ele, fugindo a toda brida. – Um deus mais poderoso que novecentas bigas luta ao lado deles!

Por mais que Sísara esbravejasse, todo o seu exército foi liquidado.

A ele, no entanto, ainda estava reservada uma sorte talvez menos desagradável.

Depois de correr como um alucinado, ele chegou à tenda de Jael, esposa de um quenita que viva em paz com o rei de Hasor. Julgando-se em perfeita segurança, ele pediu asilo à boa mulher.

– Jael... sei que és uma boa mulher...! Por favor... deixe-me ficar aqui.... por esta noite!

Jael, como boa mulher que era, respondeu:

– Claro, Sísara. Meu esposo é amigo de teu rei, logo sou amiga dele e tua também.

Depois de conseguir escapar vivo de um bando de guerreiros enfurecidos, estas palavras caíram como mel nos ouvidos do comandante derrotado, que logo entrou na tenda da suave Jael para ir repousar.

— Puxa, como estou exausto! — disse ele, estendendo-se no próprio leito da suavíssima Jael. — Estou com sede, também. Por favor, dê-me um pouco de água.

A bondosa Jael sumiu e retornou com um odre fresco de leite.

— Leite fresco! — disse Sísara, lambendo os bigodes.

"Uma mulher destas me servia!", pensou ele, enquanto molhava as barbas do líquido, sujando o leito da dedicada Jael.

— Muito bem, agora vou dormir — disse ele, virando de lado e puxando o cobertor até a orelha. — Se por acaso alguém perguntar à entrada da tenda se me viu passar por aqui, dirá que nada viu, está bem?

A doce Jael confirmou que assim faria. O grandalhão Sísara mastigou o ar algumas vezes e logo mergulhou num sono profundo, que os sábios dizem irmão da morte. Então Jael — a doce Jael — desceu o seu rosto até o rosto do bruto e constatou verdadeiramente que ele dormia. Depois, ergueu-se e foi procurar alguma coisa, pois pretendia retornar com algo que garantiria um sono profundo ao seu protegido.

De fato, Jael retornou logo depois, pisando mansamente, pois jamais passaria em sua mente atrapalhar o sono de um homem que dorme sob a sua proteção. Novamente ela aproximou seu rosto do homem que dormia de lado e constatou que ele ainda estava preso de um sono absoluto. Então a dulcíssima Jael retirou de dentro de seu manto uma estaca, que servia para fixar as tendas no chão, e encostou-o com uma suavidade admirável na têmpora do adormecido Sísara. Logo a outra mão ergueu-se empunhando um martelo, o qual, apesar do peso, ela mantinha no ar sem o menor tremor.

— Em nome do Senhor Deus de Israel — sussurrou ela, baixinho, para não despertar o sono de Sísara adormecido, antes de fazer descer o martelo com toda a força sobre a cabeça chata do enorme prego.

Sísara não deu um único grito. Assim que o martelo enterrou o prego em sua têmpora, ele sacudiu-se um pouco, num espasmo horripilante. E foi só. Sísara ainda babou mais um pouco, desta vez um fio escarlate de sangue, que definitivamente inutilizou para sempre o travesseiro da doce Jael.

Quando Barac, o comandante judeu, chegou, Jael (decerto uma péssima anfitriã, mas amiga fidelíssima do Senhor) mostrou-lhe o cadáver do inimigo placidamente morto sobre o seu leito. Desde então, apesar de ser uma não judia, Jael passou a ser respeitada por todos os israelitas como se fora uma delas, sendo celebrada nos versos do Cântico de Débora como a mulher que "a marteladas esmagou a cabeça de Sísara, partindo-lhe e atravessando-lhe as têmporas".

E foi assim que Israel ingressou num período de quarenta anos de paz.

GEDEÃO, O LAVRADOR GUERREIRO

Encerrado o governo de Débora, os judeus voltaram a reincidir na idolatria, sendo castigados por isto com sete anos de sujeição às mãos dos madianitas, povo nômade do noroeste da Arábia e rival encarniçado dos israelitas.

A exemplo dos judeus, este povo era também descendente de Abraão, já que seu patriarca fora Madiã, filho de Abraão e Cetura, uma concubina. Infelizmente, para ele, Abraão decidiu um dia expulsá-lo de sua companhia, pois temia que ele pudesse reivindicar os direitos de seu filho predileto, Isaac.

Como bons primos que eram, hebreus e madianitas não se entendiam de jeito nenhum e viviam querendo destruir-se mutuamente. Mas nem sempre fora assim. Moisés, por exemplo, após a sua primeira fuga do Egito, fora acolhido por um sacerdote madianita, que chegou a lhe dar uma das filhas em casamento. O fato de ele, mais tarde, ter retribuído a gentileza de forma um pouco rude, ao mandar matar centenas de crianças e mulheres da tribo de seu sogro, deve ter contribuído, de alguma maneira, para azedar o relacionamento entre os dois povos.

De qualquer forma, o conflito estava novamente estabelecido, agora que os israelitas estavam parcialmente instalados em Canaã. Os madianitas, bem como outros povos inimigos dos judeus, estavam inconformados com a presença daqueles usurpadores e manifestavam seu ódio não deixando que os hebreus plantassem um único grão sem que em seguida lhes fossem pisotear as plantações, levando ainda consigo seus bois, jumentos e ovelhas.

Israel, reduzido quase à miséria diante das investidas das nações rivais, clamou, então, ao seu Deus, como fazia sempre que as consequências de sua infidelidade se faziam sentir de uma maneira insuportável. Deus, mais uma vez disposto a condescender, mandou, então, que um anjo fosse até o seu povo para lhe indicar um novo líder na pessoa de um quinto juiz.

Foi assim que, certo dia, estando Gedeão, o mais humilde dos lavradores, a debulhar pacificamente o seu milho, deparou-se repentinamente com um anjo sentado debaixo de um carvalho.

Assim que pôs seus olhos sobre Gedeão, o anjo disse:
– O Senhor é contigo, valente guerreiro.

Gedeão ficou olhando fixamente o seu divino interlocutor. "Valente guerreiro, eu, um juntador de esterco?", pensou, coçando a orelha.

Então o anjo lhe explicou que fora ele, Gedeão, o escolhido para libertar os judeus da opressão madianita.

– Isto não pode ser – disse o jovem. – Sendo o último em minha casa, como poderei ser o primeiro em Israel?

Mas o Senhor conhecia melhor a Gedeão do que Gedeão conhecia ao Senhor.

– Estarei contigo – disse o Senhor, falando pela boca do anjo. – Derrotarás os madianitas como se fossem um único homem.

Gedeão, o camponês que até ali não servira senão para enfeixar a palha, logo estaria investido na condição de chefe militar de Israel. Fora isto que o anjo dissera.

– Definitivamente, isto não pode ser – disse o jovem, já que os homens do campo costumam ser muito desconfiados. – Dá-me uma prova de que és verdadeiramente um anjo do Senhor – completou Gedeão, audaciosamente.

O jovem não sabia o risco que corria, pois não era hábito do Senhor suportar dúvidas quanto ao seu poder. Desta vez, no entanto, o Senhor dispôs-se a lhe dar a prova que pedira, o que foi uma evidência incontestável do quanto apreciava a Gedeão.

– Traze-me uma oferenda – disse o anjo.

Do Livro dos Juízes

Gedeão foi correndo providenciar uma bela oferenda ao Senhor.

Quando retornou, trazia nos braços um cabrito com uma medida de farinha, além de pães ázimos e um caldo suculento, que ele pôs numa pequena vasilha.

– Aqui está, Senhor, uma saborosa oferenda para as suas narinas – disse ele, estendendo ao anjo a refeição.

O anjo observou tudo com seus olhos anis verdadeiramente gulosos.

– Coloca a carne e os pães ázimos sobre esta pedra e derrama-lhes por cima o caldo suculento – disse o anjo.

Gedeão fez como dissera o anjo.

– Pronto, Senhor.

Então o anjo tomou de uma vara que surgira abruptamente em suas mãos e encostou-a sobre a carne e os pães ázimos colocados sobre a pedra e cobertos pelo caldo suculento, e logo tudo começou a chiar poderosamente, levantando uma enorme labareda e consumindo todo o alimento e o próprio anjo, que desapareceu no meio da fumaceira.

Então Gedeão teve a certeza de que estivera, realmente, diante do Senhor.

– Ai de mim, que vi o Senhor face a face! – disse Gedeão, com um tremor incontrolável nos joelhos, pois acreditava-se, então, que ver Deus era ver a morte.

Uma voz retumbante, entretanto, vinda de algum lugar, lhe acalmou os receios:

– Nada temas, Gedeão, pois não morrerás!

Gedeão, em retribuição, ergueu ali mesmo um altar ao Senhor.

Nesta mesma noite, Deus voltou a falar com Gedeão, pois tinha uma ordem importante a lhe dar.

Praticamente toda a população da cidade onde vivia o escolhido de Deus havia recaído na mais sórdida idolatria. Tendo erguido um altar a Baal, divindade rival dos cananeus, entregara-se abertamente à sua veneração, talvez por ver no deus da agricultura uma divindade mais propícia à lida nos campos.

Entretanto, na mesma noite em que se revelara a Gedeão, o Deus de Israel ordenara ao seu eleito que fosse derrubar o altar a Baal que os israelitas haviam erguido na cidade.

– Toma um touro de teu pai e corta a estaca de Asera que está junto do altar – dissera o Senhor.

(Asera era a deusa da fertilidade, cujo culto estava associado ao de Baal.)

Depois Gedeão recebeu ordens de tomar o touro e a lenha que restara da figura de madeira e queimar em sacrifício naquele mesmo local onde o Senhor se revelara.

Gedeão fez o que o Senhor ordenara, porém na calada da noite, para não atrair sobre si a ira do pai e dos adoradores do deus cananeu.

No dia seguinte, porém, tudo foi descoberto, e logo os habitantes da cidade foram até Joás, exigir a cabeça de seu filho pela afronta feita a Baal.

– Gedeão deve morrer! – exclamavam a Joás os devotos do deus profanado.

– Silêncio! – disse Joás, irado. – Acaso Baal precisa que alguém tome a sua defesa? Se ele é mesmo um deus, que se defenda a si mesmo!

Desde então Gedeão passou a ser chamado também de Jerobaal, que significa "Deixa Baal brigar".

Baal, entretanto, não brigou coisa nenhuma, nem fez nada para punir a ofensa de Gedeão, coisa que o Deus de Israel certamente não teria deixado impune.

Com o passar do tempo, os madianitas, bem como os amalecitas e outros povos rivais de Israel, haviam decidido abandonar suas táticas terroristas e unir-se num único exército para esmagar de vez Israel. Depois de atravessarem o Jordão, haviam instalado acampamento às margens das fronteiras israelitas.

Inflamado pelo Senhor, Gedeão, entronizado já como novo juiz de Israel, tomou de uma trombeta e foi convocar dentre as doze tribos os exércitos do Deus de Israel. Mas, no fundo, Gedeão ainda tinha dúvidas se realmente Deus depositava tanta confiança assim no seu servidor.

Do Livro dos Juízes

– Dá-me outra prova de que verdadeiramente confia em mim! – disse Gedeão, em súplica ardente endereçada ao Senhor.

Estendendo, então, um manto de lã sobre a grama, ele disse:

– Se o orvalho que cair durante a noite umedecer somente este manto, então é porque o Senhor está verdadeiramente ao meu lado.

A noite passou e logo ao alvorecer Gedeão correu até o manto, que estava encharcado, enquanto a grama ao redor permanecia completamente seca.

– O Senhor é comigo! – disse Gedeão, com um grande sorriso, enchendo uma bacia inteira com a água que encharcara o manto.

Porém, logo em seguida seus lábios caíram outra vez, pois a dúvida novamente o acometera.

– Que sua ira não se inflame contra mim, Senhor, se eu ainda lhe pedir uma última prova – disse ele, imprudentemente, ao Deus de Israel. – Se esta noite ocorrer o contrário, ou seja, o manto ficar seco e a terra toda molhada, então terei finalmente a certeza de que o Senhor estará comigo na batalha contra nossos inimigos.

E assim foi. Na manhã seguinte a terra estava toda encharcada de orvalho, enquanto o manto permanecia completamente seco. De posse destas duas provas irrefutáveis, Jerobaal – que era o outro nome de Gedeão – foi acampar com suas tropas junto à fonte de Harad, enquanto o exército de Madiã estava mais ao norte, nas colinas de Moré.

Então o Senhor apareceu a Gedeão e lhe disse que havia gente demais com ele.

– Não quero que amanhã Israel diga que deveu a vitória somente a si mesmo – acrescentou o Senhor, pois era muito cioso dos seus triunfos.

– Mas quantos homens deverei dispensar? – disse Gedeão, ligeiramente contrafeito com aquela inesperada perda de braços para uma guerra que prognosticava difícil.

– Lança a todos o seguinte pregão – disse o Senhor –: quem estiver apavorado que deixe já o acampamento.

Gedeão fez o que o Senhor dissera, e viu, para sua grande surpresa, dar-se uma debandada quase geral, pois dos trinta e dois mil homens que até então estavam ali ajuntados, só restaram pobres dez mil.

"Não deixa de haver, também aqui, uma coragem inaudita!", pensou Gedeão, espantado. "Pois vinte e dois mil homens tiveram hoje a audácia de confessar abertamente, diante de mim e do Senhor, que não passam de covardes miseráveis!"

– Pronto, Senhor, restam ainda dez mil valentes – disse Gedeão.

– Ainda é muita gente – disse o Senhor. – Leva todos até às margens do rio e os põe a beber a água.

Gedeão fez o que seu Deus dissera.

– Agora separa toda esta gente em dois grupos – disse o Senhor. – Aqueles que beberam a água lambendo-a na cova das mãos, estes chama para o teu lado. Quanto aos que beberam ajoelhados, dispensa-os imediatamente.

Em momento algum o homem de fé que era Gedeão pensou em indagar de um critério tão estranho.

– Mas, Senhor, restaram-me apenas trezentos homens! – disse ele, desolado.

– É quanto basta – disse o Senhor. – Salvarei Israel com estes trezentos homens, entregando às suas mãos os madianitas, amalecitas e todos estes povos idólatras que enxameiam por aqui como gafanhotos.

Naquela mesma noite, o Senhor voltou a falar com o seu eleito.

– Se ainda está com medo, vai escondido até o acampamento inimigo e ouve lá o que dizem.

Gedeão tomou seu escudeiro Fara e foi espionar os madianitas.

Ao chegarem lá, imersos na escuridão, os dois escutaram um dos soldados relatar a um companheiro um sonho que tivera.

– Vi um pão de cevada gigante descer rolando das colinas até derrubar uma tenda – disse o sujeito, com o ar mais sério deste mundo.

Gedeão, inflamado pelo que escutara, voltou imediatamente ao acampamento, dando ordens para que seus homens se preparassem para o ataque.

– Hoje o Senhor entregará em nossas mãos os madianitas! – disse ele, quase eufórico.

– Mas o que queria dizer o sonho? – perguntou Fará, o escudeiro, que não tinha lá muita sutileza no espírito.

– Ora, é óbvio que o sonho era uma premonição de nossa vitória! – disse Gedeão, entusiasmado. – O pão de cevada representa nossos homens, lavradores e guerreiros, que derrubarão o poderio dos nômades, representados pela tenda derrubada.

Depois de arregimentar os trezentos homens, os dispôs à sua frente em três batalhões iguais e fez distribuir entre eles as armas que utilizariam no combate.

– Uma trombeta e uma bilha d'água com uma tocha dentro! São estas as nossas armas? – disse um dos soldados, incrédulo.

Sim, aquelas eram as armas que os trezentos homens usariam para derrotar os inimigos de Israel, garantiu Gedeão.

– Nossa verdadeira arma, entretanto, é a fé que depositamos em nosso Deus – afirmou ele aos trezentos homens.

Antes de partir, Gedeão deu as instruções de como deveriam proceder ao chegarem aos postos avançados do acampamento. O filho de Joás tomou a frente do seu batalhão e avançou silenciosamente, até avistar as tendas dos madianitas e amalecitas. Alguns homens andavam de lá para cá, mas a maioria já dormia, obedecendo às ordens dos seus comandantes.

Gedeão aguardou mais um pouco, até que começasse a troca da guarda.

– É agora – disse ele, fazendo um sinal aos seus homens.

No mesmo instante todos começaram a tocar suas trombetas, no que foram seguidos pelos outros dois batalhões, espalhados estrategicamente ao redor do acampamento. Ao mesmo tempo começaram a espatifar contra o chão as suas bilhas vazias, fazendo tudo um alarido tão aterrador que os madianitas saíram de suas barracas pálidos de medo.

– Pelo Senhor e por Gedeão! – bradavam as vozes dos trezentos homens, avançando sobre o acampamento de tochas e espadas nas mãos, como um exército de espectros.

Aturdidos, os soldados madianitas largaram tudo e saíram correndo campo afora.

— Persigam-nos até exterminá-los! — bradou Gedeão.

O exército de Israel — composto basicamente de homens das tribos de Aser, Neftali e boa parte da de Manassés — perseguiu os madianitas, tal como lhes ordenara Gedeão.

— Convoquem também os homens da tribo de Efraim, para que ocupem as fontes de Bet-Bera e os vaus do Jordão — disse ele aos seus auxiliares.

Os efraimitas fizeram tal como Gedeão lhes ordenara, e trouxeram como prêmio de sua expedição vitoriosa as cabeças de Zeb e Oreb, os dois principais chefes madianitas. Entretanto, os membros da tribo de Efraim mostraram-se ofendidos.

— Como ousou ir enfrentar aos madianitas sem nos convocar antes para a luta? — disse um dos líderes desta tribo descendente de José.

— O que vocês fizeram colhendo as sobras das uvas dos parreirais foi tão importante quanto o que fizemos no campo de batalha — disse Gedeão, depois de escutar as ásperas censuras do efraimita. — Além do mais, cumpriram honrosamente seu papel ao capturar os líderes madianitas, que o Senhor colocou às suas mãos. Que mais eu poderia ter feito de maior?

Gedeão sabia que uma boa lisonja é o melhor bálsamo às feridas do amor-próprio, por isto viu logo serenarem os ânimos dos filhos de Efraim.

Mas a batalha ainda não havia terminado. Tomando seus homens, Gedeão foi perseguir o que restara dos madianitas, até chegar ao reino de Sucot, onde foi muito mal recebido pelos seus chefes, que se recusaram a dar alimento aos seus homens.

— Por acaso já capturaram os chefes madianitas, que perseguem com tanta empáfia? — perguntou o chefe do lugar, com um atrevimento que raiava a insensatez.

— Ainda não — disse Gedeão, escarlate de fúria. — Mas quando regressarmos com eles, de pés e mãos atados, podem estar certos de que não esquecerei de mandar açoitá-los com abrolhos e espinhos do deserto.

Subindo para Fanuel, Gedeão também foi ali desfeiteado pelos seus governantes.

— Quando retornar, colocarei abaixo esta torre — disse, apontando para uma construção que era o orgulho dos habitantes de

Fanuel. Ora, a esta altura, dos cerca de 135 mil homens de que se compunham originalmente os exércitos de madianitas, não restavam vivos mais do que 15 mil. Portanto, 105 mil homens haviam perecido às mãos de meros 300, o que, sem dúvida, atestara um feito bélico tão espantoso quanto o que praticara anteriormente o velho Samgar com sua relha de arado, liquidando sozinho seiscentos filisteus.

Diante disto, Gedeão tinha agora uma tarefa fácil pela frente: derrotar 15 mil homens com seus 300 valorosos soldados (os quais, influenciados pelo Senhor, eram imensa maioria). Outra vez o vibrante grito de guerra "Pelo Senhor e por Gedeão!" soou pelos campos, e as armas dos filhos de Israel trabalharam com vigor renovado, até terem exterminado com o restante da chusma de madianitas, amalequitas e outros povos idólatras e inimigos de Deus.

Chegara, então, a hora de voltar para casa. Gedeão, tendo capturado os reis madianitas, não esqueceu, naturalmente, de cumprir sua outra promessa ao passar próximo de Sucot, a localidade onde fora ridicularizado. Ao aproximar-se, mandou capturar o primeiro desgraçado que viu passar.

– Dê-me o nome de todos os chefes de Sucot – disse Gedeão, laconicamente.

O pobre homem, apavorado, deu o nome dos 77 principais anciãos que tomavam parte no governo de Sucot.

– São estes, então, os tais que me desfitearam – disse ele, correndo os olhos pela lista. – Entremos imediatamente na cidade.

Diante dos habitantes, Gedeão apresentou os dois reis que havia capturado, tal como prometera.

– Aqui estão os reis, a respeito dos quais me disseram da primeira vez: "Traze-nos os dois cabecilhas madianitas, antes que demos de comer a tua gente!" – disse o juiz israelita, com um olhar fuzilante.

Os 77 anciãos de Sucot – que os soldados de Gedeão já haviam também aprisionado – surgiram com os pulsos e canelas amarrados com cordas ásperas como urtigas. Empurrados até Gedeão, foram imediatamente expostos ao sol

– Agora açoitem as pelancas destes miseráveis com abrolhos e espinhos do deserto, pois também isto prometi antes de partir –

disse Gedeão, que não fez cessar o suplício antes de ver formada uma piscina de sangue ao redor do patíbulo das punições.

Seguindo adiante, foi até Fanuel, onde também o haviam desprezado.

– Derrubem esta torre! – disse, pondo abaixo a construção que era o orgulho dos habitantes da perversa cidade.

Os habitantes, entretanto, não tiveram muito tempo para lamentar a destruição da malfadada torre, pois logo todos tiveram seus pescoços passados a fio de espada.

Ajustadas as contas com aquelas duas cidades, Gedeão voltou seu olhar raiado de sangue para os dois reis madianitas, os quais, diante dos exemplos edificantes a que haviam assistido, não auguravam nada de bom para si mesmos.

– Que tais eram os homens que mataram em Tabor? – perguntou Gedeão.

– Tinham o teu mesmo ar principesco – disseram os reis.

– Certamente, pois eram meus irmãos aqueles que vocês degolaram! – disse o israelita, encolerizado. – Pelo Senhor, que se tivessem poupado a vida dos filhos de minha mãe, agora teriam poupadas as suas próprias!

Gedeão voltou a cabeça na direção de Jeter, seu filho primogênito:

– Levante-se e mate-os! – esbravejou.

Mas Jeter não se levantou e nem matou os dois reis madianitas, pois era muito novo e ficou paralisado de medo diante da ordem.

Os dois reis condenados, vendo tudo perdido, exclamaram:

– Mata-nos você mesmo, confirmando sua bravura!

Mais que a vaidade própria de serem mortos pelas mãos da suprema autoridade israelita – já que eram reis e deveriam, por força de honra, serem mortos antes pelo pai do que pelo filho medroso –, na verdade pretendiam antes bajular a vaidade do algoz, temerosos de que antes de matá-los ele se lembrasse de mandar supliciá-los, como fizera aos 77 anciãos.

Gedeão matou, então, com a sua própria espada, Zebá e Sálmana – pois tais eram os nomes dos reis madianitas –, levando consigo, como prêmio do feito, os broches em forma de meia-lua que pendiam dos pescoços dos camelos, que mais adiante iriam lhe dar alguma dor de cabeça.

ABIMELEC E JEFTÉ

Gedeão, o quinto juiz israelita, ainda governou por muitos anos o destino de Israel antes que a morte o levasse deste mundo. Depois de ter expulsado de Israel os idólatras que haviam submetido os hebreus a infinitas humilhações, havia recebido uma comissão de seus patrícios, implorando que ele se tornasse rei de Israel.

– Que o governo de Israel esteja às suas mãos, de seus filhos e de seus netos, pois você é o homem mais justo que há em toda Canaã – dissera o porta-voz.

– Quem governa Israel é o Senhor, e ninguém há que seja mais justo do que ele – disse Gedeão.

Inexplicavelmente, depois de ter proferido palavras tão pias, Gedeão cometeu um deslize imperdoável que contradisse inteiramente a sua bela profissão de fé.

Alguns dias depois de haver derrotado os madianitas, Gedeão dera a ordem de recolher todos os objetos de ouro dos derrotados – incluindo os broches tirados dos pescoços dos camelos – e com o produto da pilhagem fabricara um *efod*, que era uma espécie de objeto de culto, que fez colocar num altar em Efra, sua cidade natal.

Instantaneamente ergueu-se contra ele a ira dos sacerdotes e anciãos, que viram naquele ato um gesto de idolatria e rebeldia às leis de Deus.

A despeito disto – pois ignora-se que fim teve o incidente –, Gedeão governou em paz o resto de sua vida, período de paz que durou quarenta anos, até que o juiz morreu e foi enterrado no sepulcro de seu pai Joás.

Não é preciso dizer que a morte de Gedeão foi o novo toque de rebate para que os israelitas voltassem a prostituir-se às divindades cananeias. Baal-Berit foi o escolhido, e assim todo o ciclo amaldiçoado de idolatria e punição recomeçou.

Desta vez, porém, o castigo viria de dentro do próprio ventre dos israelitas. O homem que se tornaria o flagelo dos israelitas nos próximos anos chamou-se Abimelec, e era um dos setenta filhos que seu pai Gedeão havia tido com várias mulheres de Israel.

Ora, Abimelec era muito ambicioso, e como todo homem ambicioso temia muito toda e qualquer coisa que pudesse antepor-se aos seus planos pessoais. Por isto contratou logo um verdadeiro exército dos seus irmãos por parte de mãe – já que ele era filho de Gedeão com uma concubina – e mandou matar todos os seus irmãos por parte de pai, para que nenhum ousasse usurpar-lhe um mando que já julgava seu.

Deste massacre escapou com vida apenas Joatão, o caçula.

Mortos todos os demais, Abimelec fez-se proclamar rei diante de um carvalho na cidade de Siquém, pelos habitantes do lugar.

Joatão, aproveitando que seu pérfido irmão utilizara-se de uma árvore para sagrar-se rei, desceu do monte Garizim, onde fora buscar refúgio, para fazer um discurso em frente à mesma árvore, a fim de abrir os olhos do habitantes de Siquém, que haviam tomado parte na conspiração que roubara a vida aos irmãos do perverso rei.

– Cidadãos de Siquém! – começou dizendo Joatão. – Havia outrora uma grande floresta, e um dia as árvores decidiram escolher dentre elas um rei para si. Primeiro dirigiram-se todas à oliveira, dizendo: "Seja nosso rei!", mas ela lhes respondeu dizendo que não renunciaria jamais ao seu azeite, que fazia as delícias dos deuses e dos homens para ir reinar sobre as demais árvores. Logo depois as árvores dirigiram-se à figueira e disseram: "Seja nosso rei!", mas ela também negou-se a renunciar à doçura dos seus frutos para ir reinar sobre as suas irmãs. Então foram todas as árvores até a videira, dizendo: "Seja nosso rei!", mas ela recusou-se a abrir mão do seu saboroso vinho, que alegrava aos deuses e aos homens para ir governar alguém.

O público seguia atentamente o discurso de Joatão, o qual continuou assim:

– Diante de todas estas recusas, as árvores decidiram ir até o espinheiro, e diante dele disseram: "Seja o nosso rei!". O espinheiro, então, respondeu: "Se querem mesmo que eu seja vosso rei, venham deitar-se à minha sombra, mas se não o quiserem, que o fogo saia do espinheiro e devore todos os cedros do Líbano!".

Joatão encerrou, assim, a sua fábula, embora a maioria não tivesse entendido o seu significado.

– Talvez ele tenha querido dizer que o espinheiro, com toda a sua esterilidade, teve ainda a empáfia de aceitar o que os outros logo recusaram – disse um dos ouvintes, um pouco mais atilado.

– E que nossa recusa em servi-lo fará acender uma tremenda revolta em todo Israel – disse um segundo.

Joatão encerrou seu discurso censurando os habitantes de Siquém por terem tomado parte no assassínio dos seus irmãos.

– Se Abimelec agiu bem, desonrando seu pai e sua família, então sejam felizes com ele. Se, porém, ele agiu mal, que o fogo da discórdia acenda-se entre ele e vocês, de tal forma que Abimelec consuma-se em seu próprio fogo.

Como estas últimas palavras haviam soado demasiado rude aos ouvidos sensíveis dos cidadãos de Siquém – que começaram a manifestar o incômodo varrendo com os olhos o chão, à procura de pedras pontudas –, Joatão, que era justo mas não era bobo, deu por encerrado seu discurso e foi esconder-se em Bara.

Três anos já durava a tirania de Abimelec quando o Senhor, farto dos crimes da ovelha negra de Gedeão, decidiu espalhar entre seus aliados o espírito da discórdia.

Logo o dente afiado da inveja começou a roer o espírito dos antigos aliados de Abimelec, que passaram até a ameaçá-lo com atentados à sua própria vida.

Por esta época o quadro complicou-se com a chegada a Siquém de um certo Gaal, filho de um certo Obed, que começou a insurgir o povo contra Abimelec.

Zebul, o prefeito de Siquém, partidário do tirano, ficou sabendo da conspiração e foi alertar em segredo a Abimelec.

– Saia da cidade – disse ele – e vá refugiar-se no campo. Quando os homens de Gaal saírem da cidade atrás de você, livre--se deles como puderes.

Abimelec fez o que Zebul, o pérfido prefeito, dissera e montou quatro emboscadas à saída de Siquém para receber os homens de Gaal.

Os homens de Gaal saíram da cidade, tal como Abimelec esperava.

Abimelec saiu da escuridão da tocaia, tal como Gaal não esperava.

Então o revoltoso Gaal disse a Zebul, o pérfido prefeito:

– Parece-me que uns homens avançam na escuridão em nossa direção.

Zebul, o pérfido prefeito, respondeu ao revoltoso Gaal:

– Você se engana.

(Antes deveria ter dito "Engano-te".)

– São apenas as sombras das árvores dos montes, que parecem homens – completou Zebul, o pérfido prefeito.

– Não, são homens, deveras – insistiu Gaal.

Então Zebul, o pérfido prefeito, perdeu as estribeiras e disse:

– Onde está a sua coragem? Saia e combata contra Abimelec, pois é ele mesmo quem lá vem com seus exércitos!

Então feriu-se o combate: Gaal saiu contra Abimelec e Abimelec veio contra Gaal. Os dois exércitos engalfinharam-se numa efusão de sangue até que as forças de Abimelec se sobrepuseram às de Gaal, provocando uma correria dos partidários deste de volta para dentro das muralhas de Siquém.

Por fim, Abimelec triunfou e Gaal foi expulso de Siquém, juntamente com seus irmãos, por Zebul, o pérfido prefeito.

Mas, embora isto, Abimelec ainda não havia conseguido alcançar o seu principal objetivo, que era entrar na cidade e promover um massacre geral, a fim de punir o povo de Siquém por sua rebelião contra a sua autoridade. Isto ele fez logo na manhã do dia seguinte, quando o povo saía das portas da cidade para ir mourejar nos campos, conforme seu milenar e pavoroso hábito.

Abimelec esfregou as mãos e disse aos seus homens:

– É agora.

Divididos em três grupos, os soldados do tirano investiram contra o povo, enquanto Abimelec e seu grupo tomaram as portas da cidade, promovendo o seu sonhado massacre, matando quase todos os seus habitantes e depois salgando o seu amaldiçoado terreno.

– Aí está o preço da afronta que me fizeram! – esbravejou o cruel Abimelec.

Do Livro dos Juízes

Os habitantes da Torre de Siquém, no entanto, ainda estavam com vida, e por isto Abimelec decidiu que devia privá-los deste luxo. Correu até lá com seus homens, o que obrigou as suas vítimas a buscarem refúgio nos subterrâneos do templo de El-Berit.

Sabedor do ardil desesperado dos fugitivos, Abimelec nem por isto deteve a sua ira, e correu até o monte Selmon, onde cortou um grande galho de árvore e retornou para a entrada do esconderijo.

– Façam todos como eu – disse ele aos seus homens.

Logo havia empilhada sobre a entrada do abrigo uma grande pilha de lenha, que o tirano não hesitou em mandar acender de uma vez.

– Toquem fogo nesta galharada – disse ele, com um sorriso cruel.

Alguém chegou uma tocha aos galhos e logo uma imensa labareda cobriu a entrada do abrigo, fazendo com que perecessem todos os que lá estavam escondidos.

Feliz com o resultado de sua vingança, Abimelec seguiu até a cidade de Tebes, a qual conquistou sem dificuldade. Outra vez seus habitantes correram a buscar refúgio em algum lugar, desta feita numa torre fortificada.

– Eles refugiaram-se no terraço da torre – disse um soldado.
– Ótimo – disse o tirano. – Façamos o mesmo que da outra vez.

De novo os machados trabalharam avidamente, enquanto as toras de madeira eram empilhadas na base da torre funesta. Abimelec acompanhava os preparativos, pronto para desfrutar de um novo genocídio.

Neste momento, porém, alguém lá em cima – mais exatamente uma mulher – teve uma ideia feliz. Tomando de uma grande pedra de moinho, ela debruçou-se sobre o parapeito e deixou cair o pedregulho exatamente sobre o tampo da cabeça de Abimelec, que depois de ter o crânio rachado, tombou ao chão quase sem sentidos.

Alguns homens correram para ver se ainda era possível fazer algo, e descobriram que realmente havia, graças a estas palavras que o usurpador ainda encontrou forças para pronunciar:

— Toma tua espada e mata-me, para que não digam que fui morto por uma mulher.

O soldado fez tal como o moribundo dissera, e este foi o fim de Abimelec, o primeiro tirano que Israel conheceu.

Morto Abimelec, retomou-se a cadeia dos juízes – já que o usurpador morto não fora, em momento algum, juiz de Israel –, com a subida ao cargo do sexto juiz, que era membro da tribo de Issacar. Tola, considerado um dos "juízes menores", não teve grande destaque, pois governou Israel pacificamente durante 23 anos. A ele sucedeu o galaadita Jair, outro juiz menor, que governou Israel um ano a menos que seu antecessor. Jair e o número trinta foram amigos inseparáveis durante toda a vida, pois teve ele trinta filhos, que montavam em trinta jumentos, e que se tornaram donos de trinta cidades em Galaad, as chamadas "aldeias de Jair".

Mas, enfim, Jair também morreu, preparando a chegada de Jefté, que seria, depois de Sansão, o mais trágico dos juízes que Israel conheceria.

Neto de Manassés, Jefté era filho ilegítimo de Galaad e de uma prostituta de Israel. Como geralmente acontecia, os filhos legítimos de Galaad, desgostosos com a presença do bastardo Jefté, o expulsaram de sua terra, receosos de que ele quisesse tomar parte na herança do pai.

— Vai e não volta, filho da prostituta – disseram eles.

Expulso, Jefté foi buscar refúgio na terra de Tob, que ficava ao norte de Galaad, um lugar habitado por arameus, aliados dos amonitas (tribo nômade, inimiga de Israel, que descendia de um dos filhos de Ló).

Por esta época, os hebreus já haviam reincidido novamente na idolatria, recaindo nos braços de Baal e Astarte, as duas principais divindades rivais do Deus de Israel. Fazendo uso do seu habitual castigo, o Senhor permitiu que novamente os israelitas fossem atacados e subjugados, desta vez pelos amonitas. Durante dezoito anos os inimigos oprimiram os israelitas que viviam no outro lado do Jordão, nas terras de Galaad, chegando mesmo a atravessar o rio para combater as tribos de Judá, Benjamin e Efraim, provocando grande clamor do povo para que o seu Deus lhes perdoasse os grandes pecados que haviam cometido.

Enquanto isto Jefté, alheio a tudo e escondido nas montanhas de Tob, tornara-se um bandoleiro, junto com um grupo de foragidos iguais a ele.

Diante de tudo isto, o Senhor tomou-se uma vez mais de piedade e inspirou os anciãos de Israel a escolherem um novo juiz para o seu povo.

Sempre surpreendente, depois de ter escolhido anteriormente a Gedeão, o mais humilde dos lavradores, para que liderasse militarmente o seu povo, desta vez o Senhor ultrapassara todas as expectativas ao ordenar que fossem buscar o bandoleiro e filho da prostituta nas montanhas de Tob.

— Será ele o novo juiz de Israel — disse Deus, categoricamente.

Sem pôr em discussão a vontade do Senhor, os anciãos dirigiram-se para o refúgio de Jefté, onde lhe deram a inesperada notícia.

— Além de ter sido escolhido por Deus, você é um guerreiro nato — disseram eles, nem um pouco dispostos a escutarem uma recusa.

Jefté, ainda magoado com o banimento, relutou um pouco em aceitar a oferta, mas terminou cedendo. Afinal, passar da noite para o dia de reles bandoleiro a comandante militar do povo eleito não era coisa que sucedesse a qualquer um.

Assim, Jefté, a quem haviam dito um dia para que fosse e não voltasse, finalmente voltou, com o beneplácito, inclusive, daqueles que lhe haviam dado o rude ultimato.

A primeira medida que tomou o filho de Galaad (porque não era mais chamado de "filho da prostituta") foi enviar uma amistosa embaixada ao chefe dos amonitas para que fizesse cessar a opressão sobre o seu povo.

— Ora, um bandoleiro com falas mansas...! — disse o amonita.

Depois de escutar a mensagem, o rei amonita mandou outra, na qual dizia que não estava a fazer outra coisa senão tomar de volta o que os judeus haviam tomado ilegitimamente para si, ao chegarem maltrapilhos do Egito.

— Retomar uma coisa furtada nunca foi furto, nem aquém, nem além do Jordão — completou o amonita, com razões que não pareciam tão más.

— Todos os idólatras são maus, logo também o são as suas razões — disse Jefté ao conselheiro que compartilhara da observação anterior.

Mas Jefté não tinha somente esta única razão — a qual, é preciso admitir-se, parecia bem fraca —, mas, dotado de boa memória, desfiou uma série de outras razões, relembrando todos os passos da errância que os israelitas haviam feito pelo deserto, até chegarem nas proximidades de Canaã.

— Onde quer que tenhamos chegado, pedimos sempre antes a permissão para passar — disse Jefté, relembrando um pouco da história de Israel. — Foi assim em Edom e foi assim em Moab, e como nenhum destes nos deu a permissão, em vez de invadirmos suas terras, as contornamos gentilmente. Depois — prosseguiu o juiz hebreu —, fizemos o mesmo com os amorreus, mas estes não só nos negaram a passagem, como ainda nos atacaram covardemente. Então o Senhor autorizou que os enfrentássemos e os derrotássemos, dando-nos, em prêmio, as suas terras, já que esta é a lei da guerra.

Este é o resultado que colheram — completou Jefté. — Agora que o Senhor de Israel expulsou justamente os amorreus das suas terras, você vai nos expulsar? Você teve trezentos anos para retornar as terras do Arnon e não o fez. Por que o quer agora, que já estamos todos instalados nas duas margens do Jordão?

Mas o rei amonita não estava para conversas, e por isto passou imediatamente a palavra à sua espada, que como todas as outras só dominava um único e sólido argumento: o da força.

Jefté, pronto para a guerra, marchou com seus soldados até Masfa, nas proximidades de Galaad, de onde podia avistar as tropas amonitas. Então, diante daquela visão assustadora — pois havia um exército verdadeiramente gigantesco à sua espera —, o ex-bandoleiro fez uma promessa ao Senhor.

— Se o Senhor entregar os amonitas em minhas mãos, prometo que lhe oferecerei em holocausto a primeira pessoa que surgir da porta de minha casa para me dar os parabéns pela vitória.

Do Livro dos Juízes

Uma péssima promessa, em verdade. Em primeiro lugar, porque o Senhor, por meio de Moisés, proibira há muito tempo os sacrifícios humanos em Israel, e em segundo lugar porque era uma ingratidão monstruosa eleger-se como vítima uma pessoa que viria espontaneamente render-lhe uma homenagem.

De qualquer modo, a promessa estava feita, e Jefté lançou-se com seu exército, a toda brida, ao encontro das espadas, lanças, fundas, escudos, adagas, arcos, flechas, pedras e tudo o mais que tenha serventia para arrancar de dentro das carnes a alma indefesa de um ser humano.

Durante várias horas tudo retiniu de encontro a tudo debaixo do sol da Terra Santa, até que Jefté arrasou seus inimigos, conquistando-lhes vinte cidades e invertendo as coisas, tornando doravante os amonitas escravos dos israelitas.

Mergulhado na euforia, Jefté regressou à sua casa, esquecido de tudo a não ser da sua glória e do seu Deus. Tão logo entrou em Masfa foi recebido pelo povo nas ruas como um César hebreu, com gritos e pétalas de flores a juncarem o pó do chão, até que, sem dar-se conta disto, aproximou-se de sua morada.

Neste instante viu sair da porta da casa uma moça vestida numa túnica curta e branca, a vibrar um grande pandeiro de couro amarelado. Descalça, ela juntava ao ritmo das pancadas manuais um sapatear alegre, como se a terra inteira fosse um outro e gigantesco pandeiro empoeirado posto sob os seus delicados pés.

Fazendo graciosas circunvoluções, a jovem encantadora erguia do chão uma pequena nuvem de pó, enquanto no alto seus cabelos negros, lustrosos e perfumados de um óleo almiscarado, agitavam-se como uma grande e incontida ave negra, ansiosa por libertar-se num voo cego em direção ao sol.

Jefté custou a reconhecer aquela como sendo a sua filha, mas quando o fez quase sentiu-se desfalecer. Depois, tendo a certeza de que realmente tinha diante dos olhos a sua filha única, começou a rasgar desesperadamente as suas vestes.

— O que fiz, Senhor Deus? — bradava ele, para assombro dos circunstantes.

Sua filha — cujo nome, infelizmente, a tradição não refere — parou subitamente de dançar e de agitar o seu pandeiro ao ver a reação do pai.

"Julgará leviana a minha atitude?", se perguntou ela, procurando ocultar-se inteira atrás do redondo instrumento.

– Minha filha, até ver você era eu o mais feliz dos homens que andam sob o sol, e já agora sou o homem mais desgraçado que o mesmo sol contempla! – disse o pobre Jefté, que custou a encontrar coragem para dizer de uma só vez à filha amada que deveria matá-la em cumprimento de um miserável voto.

No entanto a jovem atilada compreendeu logo que tantas lágrimas só podiam significar a pior das catástrofes.

– Esteja calmo, meu pai – disse, resignada. – Imagino que voto seja este, uma vez que não consegue reproduzi-lo àquela que, sem dúvida, deverá remi-lo.

Jefté, que a esta altura já tinha a cabeça coberta de pó e de cinza, deixou-a pender desoladamente sobre o peito, em muda aquiescência. Um pouco do pó foi cair sobre o pequeno e encoberto seio da adolescente, manchando a alva veste que o envolvia com aquele mesmo elemento ao convívio do qual ela deveria, muito em breve, ser novamente – e tão cedo! – restituída. Como um Agamenon hebreu, Jefté havia cometido a loucura de pôr em jogo a vida de sua filha em nome de um triunfo militar, o qual, para todo o sempre, lhe traria a mais amarga das lembranças.

– Acato qualquer que seja o voto que você fez, meu pai, porque o nome do Senhor está impresso nele com o seu selo indelével – disse a menina. – Apenas peço que me conceda mais dois meses de vida para que, junto de minhas amigas, possa ir chorar pelas montanhas a tristeza de minha virgindade, que agora, vejo, há de ser perpétua.

Dois meses depois, com efeito, ela retornou espontaneamente – virgem como partira – e foi oferecer-se ao cumprimento da promessa.

Jefté, que durante todo este tempo orara ao Senhor, na esperança de que a si acontecesse o mesmo que acontecera com Jacó, também posto na obrigação de imolar seu próprio filho ao Senhor, conduziu a filha ao local do sacrifício.

Jefté postergou, até o último momento, o gesto fatal, na esperança de que a simples intenção bastaria ao Senhor, como bastara ao velho patriarca, pai de Isaac. Várias vezes suspendeu a mão para recomeçar tudo outra vez. Porém, por mais que aguardasse, anjo algum surgiu dos céus para liberá-lo da negra prova, talvez porque, desta feita, a prova partira do homem, e não da divindade, de uma vaidade e não de uma verdadeira prova de amor e lealdade.

Somente então, quando Jefté compreendeu a amarga e infinita diferença que separava os dois gestos, foi que tudo verdadeiramente consumou-se.

Desde então, todos os anos, as filhas de Israel juntam-se para chorar o sacrifício da filha de Jefté.

Depois deste acontecimento, houve um novo incidente com os descendentes de Efraim, os quais, a exemplo do que anteriormente haviam feito com Gedeão, foram queixar-se do fato de Jefté ter ido combater os amonitas sem antes convocá-los também para a luta.

– Por causa disto vamos queimar você e a sua casa! – disseram os mais exaltados.

– Vezes sem conta pedi auxílio à tribo de Efraim, mas dela não recebi qualquer resposta – argumentou Jefté. – Por que agora, covardes, vêm me pedir satisfação de uma luta que tive de travar sozinho?

Então, tendo os ânimos se exaltado poderosamente, lançaram-se todos numa guerra civil – já que a guerra intestina, desde Abimelec, parecia haver chegado para instalar-se definitivamente no seio do povo de Abraão.

Os homens de Galaad derrotaram, afinal, os homens de Efraim, e não mostraram a menor piedade para com estes, pois toda a vez que um efraimita fugitivo lhes caía às mãos, nada mais precisavam fazer que obrigá-lo a pronunciar a palavra *xibolet*. Se o desgraçado a pronunciava *sibolet*, então era porque provinha de Efraim, sendo degolado no mesmo instante, nos vaus do Jordão. Nada menos que 42 mil efraimitas pereceram por conta deste engenhoso ardil, que fez escola em muitas partes do mundo.

Depois de tantas desgraças, Jefté, que havia governado por apenas seis anos, entregou seu corpo ao mesmo pó ao qual ele entregara a sua filha, ficando enterrado para todo o sempre em Galaad.

Em seguimento a Jefté, vieram mais três juízes. Chamaram-se eles Abesã, Elon e Abdon.

O primeiro, Abesã, teve trinta filhos e trinta filhas, todos os quais, não se sabe bem por quê, ele casou com gente de fora. E por ter sido este o seu grande feito, resta dizer que depois de sete anos de juizado foi juntar-se a Abraão e seus antepassados.

O segundo, Elon, foi juiz de Israel durante dez anos.

Finalmente, o terceiro, chamado Abdon, governou durante oito anos e foi enterrado em Faraton – e dele a única coisa de sólida que se pode dizer é que foi o antecessor do maior de todos os juízes, chamado Sansão.

OS PRODÍGIOS DE SANSÃO

Israel teve muitos adversários desde a sua chegada à terra prometida: edomitas, moabitas, amalecitas, amorreus, madianitas e muitos outros povos que desde o primeiro momento recusaram-se a admitir a companhia dos israelitas nas terras de Canaã. Mas dentre todos, um pode ser considerado o seu arqui-inimigo: os filisteus.

Acredita-se que este povo tenha vindo de Creta, devido a alguns traços que guardou de sua cultura mediterrânea. Vasos e outros objetos atestam isto, em especial cerâmicas, decoradas profusamente, à maneira dos gregos.

Os filisteus instalaram-se originalmente na faixa costeira do Egito e foram chamados pelos egípcios de "Peleset", que em hebraico derivou para "Pelishtim". Mais tarde o termo passou para o grego, que deu origem à palavra "Palestina", denominação que identifica hoje, de maneira algo arbitrária, a nação que continua a disputar com os mesmos adversários de ontem a velha Canaã dos tempos bíblicos.

Hábeis artífices, os filisteus dominavam a arte do ferro e da fundição, tornando-se poderosíssimos militarmente – numa época em que a guerra era uma constante em estados incipientes e sujeitos a frequentes conflitos –, até que por volta de 1200 a.C. eles invadiram a planície costeira de Judá, um dos domínios dos israelitas, dando início a novos confrontos na região.

Segundo o livro sagrado dos judeus, o novo domínio recaíra sobre os israelitas por culpa deles próprios. Mais uma vez, após a morte do juiz Abdon, eles haviam voltado a adorar as divindades dos povos rivais, dando as costas ao seu próprio deus.

Durante quarenta anos, os israelitas estiveram submetidos ao poder dos filisteus, e tão danoso foi este período que a tribo de Dã – uma das doze tribos de Israel – terminou sendo expulsa do lugar que ocupara durante muitos anos, tendo de ir habitar a parte setentrional do país.

Mais uma vez os judeus ergueram súplicas ardentes a deus, até que algo finalmente aconteceu. Desta feita o Senhor decidira fazer surgir um verdadeiro prodígio no meio do seu povo, pois a opressão tornara-se demasiada e um simples homem não seria capaz de expulsar os inimigos de Israel.

Como todo bom herói da Antiguidade, Sansão – o predestinado que Deus escolhera para ser o libertador do seu povo – teve um nascimento miraculoso.

Manué, membro da tribo expulsa de Dã, era casado com uma mulher que, a exemplo de Sara e Rebeca, era estéril. Ora, um dia, tendo já perdido todas as esperanças de gerar um filho, foi ela visitada por um anjo do Senhor.

– Gerarás um filho – disse ele, à queima-roupa.

A mulher de Manué caiu sobre os joelhos, enquanto o anjo, impassível, lhe prescrevia algumas ordens expressas para a criação do menino que sairia de suas entranhas.

– Não beberás nenhuma bebida embriagante e conservarás intactos os cabelos de teu filho, pois ele será, desde o seu nascimento, um nazireu.

Nazireu era, em Israel, toda pessoa votada ao Senhor desde o nascimento, para o cumprimento de um propósito elevado. Durante toda a sua vida Sansão deveria manter-se afastado da bebida e do contato com coisas impuras, a fim de que o Senhor pudesse manifestar-se livremente por seu intermédio.

A mulher de Manué, encantada não só com a notícia de que iria ser mãe, mas ainda com a perspectiva honrosa de vir a abrigar em seu ventre um nazireu, correu logo a contar a espantosa novidade ao marido.

— Manué! Manué! — gritava ela, a correr pelos campos.

Sem ter certeza de quem era aquele estranho ser que lhe aparecera, ela disse ao esposo tudo quanto ocorrera. Manué, tomado por dúvida, orou ao Senhor, pedindo-lhe que fizesse voltar o misterioso ser.

O Senhor atendeu e fez o seu anjo reaparecer à mulher de Manué.

— Manué! Manué! — gritava ela, outra vez, a correr pelos campos.

Desta vez o esposo quis verificar com seus próprios olhos, e por isto foi até o lugar onde estava o tal ser misterioso.

— Foi você quem conversou com minha mulher? — disse ele, tão logo pôs os olhos sobre o anjo, que não tinha aparência de anjo.

— Sim, fui eu — disse o ser intrigante, sem pestanejar.

— Diga-me, como haveremos de criar nosso filho? — disse Manué.

— Fazendo tudo quanto prescrevi — disse o ser, repetindo novamente todas as instruções.

Mas Manué ainda não estava convicto de que aquele ser estranho era, de fato, um anjo do Senhor, e por isto decidiu fazer mais uma prova.

— Fique conosco — disse ele. — Vou preparar-lhe um bom cabrito.

Mas o anjo não estava para comilanças.

— Ainda que fique, não provarei de sua comida — disse o anjo. — Fará melhor oferecendo ao Senhor um oloroso holocausto.

Derrotado, Manué ofereceu, então, o holocausto, queimando o cabrito sobre uma rocha. Logo as chamas ergueram-se sobre a carcaça, desprendendo um espesso fumo que subiu diretamente ao céu, junto com o espírito do anjo.

Manué e sua mulher caíram de quatro sobre o pó, admitindo finalmente que haviam estado diante do Senhor (para os hebreus um anjo era um ser despersonalizado, visto sempre como uma extensão do próprio Deus).

– Ai de nós, que vimos a face do Senhor! – gemeu Manué, por si e por sua mulher, já que o maior terror de um israelita era defrontar-se com o seu Criador.

Mas a mulher de Manué resolvera raciocinar um pouco, e fora o quanto bastara para arredar de si o ultrajante medo.

– Manué, pensa comigo – disse ela, suspendendo o nariz e pondo as mãos nas cadeiras. – Por que haveria o Senhor de nos fulminar, se foi ele próprio quem nos procurou para nos avisar de todas estas coisas, sendo nós, além disso, parte fundamental do cumprimento da sua vontade?

Manué pensou com sua mulher e chegou bem perto de estar tão tranquilo quanto ela, não fosse a pequena dúvida que ainda restara em sua alma, a de que talvez ele, Manué, não fosse mais parte indispensável alguma no plano divino, já que sua mulher, trazendo no ventre o fruto do milagre – produto da semente dele ou do próprio Senhor –, não precisava mais dele para nada.

Manué só conheceu a paz quando o menino nasceu, sem que isto tivesse acarretado, em momento algum, em qualquer desgraça para a sua carne.

Sansão nasceu na ultrajada tribo de Dã. Sua pobre mãe sofreu bastante ao dar à luz a um menino enorme, o qual, fazendo jus às promessas do Senhor, cresceu com uma rapidez extraordinária.

Os ditos e feitos de sua infância, entretanto, são todos apócrifos e repletos de prodígios.

Na juventude, já de barba montada na cara e com suas sete tranças largas e negras derramadas pelos ombros maciços da cor do bronze, vamos encontrá-lo agora em plena estrada, de volta de Tamna, uma localidade filisteia, onde se apaixonara por uma bela jovem.

No caminho de casa cismava ele na dificuldade que encontraria para convencer seus pais a darem a aprovação à sua amada. "É bela, mas idólatra", pensava, desanimado, ao sair de Tamna.

Mas enquanto andava, seu coração argumentava, até que ao chegar diante dos pais o músculo engenhoso já havia dado um jeito de embaralhar as palavras em sua boca.

– É idólatra, mas é bela – disse ele, justificando a escolha.

Os pais, entretanto, não se satisfizeram com o prosaico argumento.

– Ela não é das nossas – disse seu pai. – Por que, em vez de tantas mulheres israelitas, foi escolher logo uma filha de idólatras e incircuncisos?

Sansão, contudo, teimou:

– Não amo nenhuma israelita como amo a bela filisteia!

Como Sansão não era um frangote qualquer, Manué resolveu usar de cautela, embora sabendo que seu filho jamais infringiria o quinto mandamento.

– Está bem, vamos até lá pedir a mão dela – disse ele, novamente vencido.

No dia seguinte Manué e sua mulher partiram para Tamna, sendo seguidos pelo robusto e ansioso filho, que ia um pouco atrás.

Sansão, apesar da expectativa, estava alegre, e cumpria o trajeto como quem faz um passeio, admirando todas as coisas belas e amenas ao redor, tais como as árvores, os pássaros, os insetos, as flores e um leão enorme que pulou inesperadamente à sua frente. Felizmente ele foi capaz de abandonar logo o seu estado de espírito idílico e compreender que aquele ser enorme e cabeludo não estava ali para ser admirado, mas enfrentado.

Totalmente desarmado, Sansão, vendo a fera avançar com suas quatro presas arreganhadas, fez um meneio veloz de cintura, pondo-se de lado e sentindo passar rentíssimo ao corpo aquela massa compacta de pelos, músculos e presas. Cegado momentaneamente pela juba espessa do leão, o herói sentiu nesta rapidíssima fração de segundos que uma força sobre humana incorporara em si, muito maior do que aquela que ele tinha armazenada naturalmente em seus músculos.

Antes que a juba tivesse desobstruído os seus olhos, Sansão, num reflexo ainda mais rápido, abraçou-se num arremesso veloz às costas do leão e deu-lhe uma poderosa gravata que acabou levando ambos ao chão. Um ruído tremendo sacudiu o solo, como se algo monstruoso embaixo dele tivesse se remexido violentamente. Deitado sob a fera, o jovem gigante sentiu o braço direito afundar-se inteiro numa manta de pelos que não parecia ter mais fim, até

Do Livro dos Juízes

atingir-lhe a musculatura rígida do pescoço. Neste instante o animal, agoniado, pedalou as quatro patas no ar e arremessou-se para o lado com seu algoz, fazendo ambos rolarem velozmente sobre o pó.

Sansão sentiu todo o peso da fera depositado sobre si, enquanto ambos redemoinhavam num ciclone sufocante de pelos, até sentir um doloroso impacto sobre as costas. Um ufff! profundo escapou de seus pulmões amplos como foles antes que pudesse perceber que ambos haviam se chocado contra uma espessa árvore, a qual, com a força do impacto produzido por aquele poderoso aríete, feito de um leão e um gigante amalgamados, partira-se imediatamente em duas. Mas nem assim Sansão desgrudou da fera, e logo deu um jeito de introduzir a mão na mandíbula inferior do leão, sem descolar o braço do pescoço da fera. Depois, com a outra mão tomou da mandíbula superior, e ainda deitado, abriu-as violentamente, com toda a sua força. Um ruído apavorante de ossos que se partem estalou no ar, seguido de um rugido fenomenal que abalou as montanhas das redondezas.

Convicto de haver matado o pobre leão, Sansão abandonou-o, pondo-se em pé.

O pobre leão, entretanto, ainda vivia, e também pôs-se em pé, com um rugido atroador. Seu aspecto, no entanto, tornara-se lamentável, quase convidando ao riso, pois suas duas mandíbulas partidas pendiam inúteis, enquanto uma cachoeira de sangue despejava-se do buraco rasgado em sua face.

Tudo parecia acabado, mas Sansão sabia perfeitamente que tudo o que parecia acabado nem sempre estava realmente acabado. Esta certeza ele teve quando viu saltarem das patas dianteiras do leão um jogo de unhas compridas e recurvas como punhais malaios. Num arremesso imprevisto o leão lançou-se sobre o seu oponente, obrigando-o a desviar-se. Desta vez, no entanto, eram tantas as armas que tinha contra si que Sansão não pôde evitar que uma destas unhas abrisse de alto a baixo a sua túnica, deixando em seu peito um grande talho escarlate.

Então foi a vez de Sansão rugir.

– Muito bem, patife, foi você quem começou isto! – disse ele, lançando-se destemidamente, face a face, contra o leão do queixo pendido.

Outra vez ele ajustou seu corpo ao do leão, agora num abraço frontal, e assim permaneceu algum tempo a aspirar o fedor hediondo que se escapava da caverna ensanguentada que era a boca do animal. Então Sansão repetiu seu gesto e tomou outra vez nas mãos as duas mandíbulas, apartando-as até estripar a cabeça inteira do miserável felino, pondo um fim definitivo à sua vida.

Sansão desmembrou todo o leão como se fosse um cabrito e abandonou a carcaça ao sol, apertando depois o passo para alcançar seus pais, que já iam bem adiante pela estrada que levava à terra de sua amada.

Sansão não contou nada a eles do terrível duelo que tivera com o leão, e assim continuaram todos até Tamna, onde conversaram com a moça filisteia e os pais puderam constatar, realmente, o quanto ela era bela.

– Apesar de idólatra – disse o velho Manué, que só engolira a futura nora por causa de sua encantadora beleza.

Na volta Sansão cruzou outra vez com a carcaça do leão, longe das vistas dos pais, e percebeu que por baixo das costelas expostas havia um enxame de abelhas a esvoaçar alegremente.

– Ora vejam, as abelhas fizeram ali a sua colmeia! – disse ele, surpreso.

Aproximando-se, tomou um pouco do mel em suas mãos, sem que as abelhas o incomodassem minimamente, e foi ter novamente com os pais.

– Mel para todos! – disse Sansão, que como bom filho, repartiu logo a delícia com seus progenitores.

O dia do casamento chegou, e houve uma grande festa. No meio dela, alguns filisteus aproximaram-se de Sansão, e este, talvez porque a festa estivesse meio chata, lhes propôs um enigma para alegrar os ânimos.

– Se acertarem a resposta, ao cabo dos sete dias que durará a festa, lhes darei trinta túnicas de linho e trinta mudas de roupa.

Os filisteus esfregaram as mãos, certos de que iriam passar a perna no hebreu grandalhão e presunçoso.

– Vamos, diga lá qual é o enigma! – disse um deles.

Sansão olhou-os bem e disse:

– "Do que come, saiu comida; e do forte, saiu doçura".

Durante três dias os filisteus queimaram inutilmente o cérebro para decifrar o extravagante enigma, até que no quarto decidiram recorrer ao expediente ilícito de ameaçar a esposa de Sansão.

– Não esqueça que você é uma filisteia – disse o líder dos estultos. – Não deve, pois, permitir que um hebreu venha nos humilhar ou nos roubar.

– O que querem de mim, afinal? – disse a bela idólatra.

– Descubra o segredo do enigma – disse o outro –, ou então queimaremos você e seu pai dentro de sua própria casa. Entendeu bem?

Ela entendeu bem. Dali até o sétimo dia a bela filisteia ancorou seus olhinhos no ombro possante de seu esposo e lavou-o metodicamente com as suas lágrimas.

– Por que não revela à sua esposa a solução do enigma? – dizia ela,

– Não o revelei sequer aos meus pais – disse ele, amuado.

A jovem esguichou um torrente de lágrimas e disse, chorosa:

– Po-porque... s-sou... s-sua... e-esposa!

Mas tudo está na persistência. Na primeira vez, Sansão deu-lhe as costas e deixou-a em pé, sem ombro algum para recolher as suas lágrimas. Na segunda, foi o mesmo. Na terceira, ele já vacilou, mas mesmo assim a abandonou. Na quarta, ela redobrou as lágrimas, e assim conseguiu fazer com que Sansão revelasse o segredo.

Chegou, então, o sétimo dia. Sansão estava no último dia das comemorações de sua boda quando os filisteus apareceram para lhe dar a resposta do enigma.

– Digam lá – falou Sansão, certo de que ouviria apenas asneiras.

– A resposta é a seguinte – disse um deles –: "O que é mais doce do que o mel? O que é mais forte que o leão?"

Para quem não entendeu, convém repetir o enigma:

"Do que come, saiu comida": ou seja, do leão que Sansão abatera.

"Do forte saiu doçura": ou seja, o mel que brotara do leão morto.

Sansão, vexado da derrota, deixou bem claro aos filisteus – que deixavam escapar um risinho fungado e precavido – que sabia perfeitamente por quem fora traído.

– E então, vai ou não vai pagar a aposta? – disse um, mais atrevido.

– Vou – disse Sansão, desaparecendo rapidamente.

No mesmo dia, o gigante afrontado dirigiu seus passos até a cidade de Ascalon e ali ficou parado como um pilar, numa beira de estrada, a esperar a passagem de qualquer filisteu.

– Sua túnica de linho é nova? – disse ele, ao ver surgir um sujeitinho careca, cujo peito estufado surgia pela abertura da túnica.

– Ora, está estalando de nova! – disse o filisteu.

Sansão agarrou rapidamente o pescoço do desgraçado e fê-lo estalar em suas mãos. Depois, ficou aguardando a passagem de um segundo, e de um terceiro, e de um quarto, até completar os trinta trajes de que necessitava.

– Aí estão – disse ele, lançando as trinta túnicas às faces dos filisteus.

Logo em seguida retornou para a sua terra, magoado com a atitude de sua traiçoeira mulher.

Alguns dias depois, Sansão retornou a Tamna, pois sentira saudades de sua traiçoeira mulher. Trazia consigo um cabrito, mas tanto ele quanto o animal foram barrados na porta da casa pelo pai da sua esposa.

– Quero estar com a minha mulher! – disse Sansão.

– Ela não é mais sua esposa – disse o sogro. – Você a repudiou, e ela já tem um novo marido.

Sansão ficou vermelho de cólera.

– Mas ela tem uma irmã mais nova; se quiser, pode ficar com ela – disse o velho, cuja proposta lembrava uma outra feita há muito tempo por um certo Labão.

Sansão, que trazia na alma um certo remorso pela morte dos trinta filisteus bem-vestidos, disse para si mesmo: "Desta vez não sentirei culpa alguma em infligir mal a estes filisteus!".

No mesmo dia Sansão capturou trezentas raposas, amarrou-as de duas em duas e colocou uma tocha acesa nas caudas amarradas de cada parelha.

Do Livro dos Juízes

– Agora vão! – disse ele, espantando-as na direção das plantações dos filisteus.

As trezentas raposas, enlouquecidas de medo pelo fogo que ardia em suas caudas, lançaram-se numa corrida enlouquecida, metendo-se pelo meio dos trigais, vinhas e oliveiras, de tal sorte que em questão de minutos estava tudo em chamas.

– Maldição! – esbravejaram os filisteus. – Quem foi o responsável por isto?

Não foi necessária muita perspicácia para saber-se que o responsável fora Sansão.

Tomados de fúria, os filisteus correram até a casa da ex--esposa de Sansão, e depois de trancarem dentro dela a mulher e o pai, puseram fogo na casa, para que ambos pagassem pela catástrofe.

Sansão, sabedor do crime, correu até eles e provocou grande matança entre os filisteus. Depois da desgraça, foi morar numa gruta de Etam, enquanto os filisteus tramavam um meio de oprimir ainda mais os israelitas.

Depois de acamparem em Judá, os inimigos de Israel invadiram a região de Lequi, que significa "Queixada". Os judeus, temerosos daquela invasão, correram até seus opressores para saber do motivo da nova agressão.

– Queremos a cabeça de Sansão – disse o líder filisteu, explicando as razões.

Então os habitantes de Judá foram até a gruta onde Sansão estava refugiado para lhe pedir contas do agravo feito aos filisteus.

– Por que os provocou desta maneira, sabendo que nos exporia à vingança deles? – disse o líder dos hebreus.

– Eu os fiz pagar pelo que me fizeram, apenas isto – disse Sansão, irredutível.

– Pouco importa – retrucou o outro. – Temos de levá-lo preso para que a ira deles cesse.

– Vão entregar-me às mãos de nossos inimigos? – perguntou Sansão, incrédulo.

– Havíamos pensado em matá-lo nós mesmos, mas preferimos deixar que eles o façam – respondeu o hebreu, muito naturalmente.

Sansão, estranhamente, pareceu muito satisfeito com aquela decisão, e chegou a pedir aos seus patrícios que não o matassem, pois voluntariamente renderia seus pulsos às cordas que eles traziam.

E assim, de fato, aconteceu. Sansão, de mãos amarradas, foi levado até os filisteus pelos seus próprios irmãos israelitas.

Ao chegar a Lequi, Sansão foi abandonado à própria sorte, nas mãos dos inimigos.

– Vai pagar, agora, hebreu maldito, as mortes e os prejuízos sem conta que provocou entre nós! – disse o líder dos filisteus, rangendo os dentes.

Sansão, vendo avançar sobre si uma malta de mais de mil filisteus enfurecidos, sentiu o mesmo fortalecimento sobrenatural que sentira quando vira o leão investir sobre si. Imediatamente expandiu o peito e os braços, rompendo as cordas novas como se fossem linhas de costura. Depois, estando completamente desarmado, viu no chão a queixada de um jumento. Num pulo ele agarrou o comprido osso – que se assemelhava vagamente a um enorme bumerangue – e postou-se sobre as duas pernas, com toda a firmeza.

Os filisteus, que vinham todos em bando, estacaram diante daquela visão, ao mesmo tempo risível e assustadora.

– O que estão esperando para atacar? – rugiu o líder dos filisteus. – Ele é apenas um contra mil!

Animados pelas palavras, os soldados avançaram com suas lanças e espadas, mas antes que pudessem ferir Sansão, este derrubou a primeira fileira com um único golpe da sua arma improvisada. Os outros avançaram num atropelo desesperado, mas, por mais que fizessem, nenhum deles conseguia chegar próximo o bastante para desferir um golpe no gigante, pois seu braço largo manejava a queixada com tanta destreza, vigor e rapidez que o único som que se ouvia em todo o vale era o das cabeças partidas dos seus agressores.

Cem, duzentos, trezentos, mil homens foram assim abatidos pela fúria sagrada de Sansão, o qual, sem dizer uma única palavra, foi devastando todos aqueles que se antepunham à sua frente. Sua voz só fez-se ouvir ao final da carnificina, quando, terminado o transe enfurecido, viu a pilha de corpos estendida ao seu redor.

Do Livro dos Juízes

Então ele exclamou, com grande júbilo:
– Com uma queixada de burro matei mil homens!
Sansão somente largou a sua estranha arma quando percebeu que estava com uma enorme sede. Então ergueu os olhos ao céu e clamou por água ao Senhor.

No mesmo instante uma fonte cristalina d'água brotou das rochas e o gigante ajoelhou-se para beber o líquido em grandes sorvos. Naquele dia, a fonte passou a chamar-se "Fonte do Suplicante", e Sansão, graças à sua espantosa vitória, foi investido na condição de juiz de Israel.

Alguns dias depois do seu grande feito, Sansão viveu um outro episódio que não ficou em nada a dever ao da queixada do burro. Tendo ido ele a Gaza, encontrou uma bela prostituta, e decidiu dar livre curso aos seus poderosos instintos.

Entretanto, os filisteus, sabendo do caso, decidiram armar-lhe uma emboscada na saída da cidade. Ali havia uma enorme porta de cedro encravada no meio da muralha, como era hábito nas cidades antigas, sempre temerosas de invasões e pilhagens. Ali estiveram os conspiradores de tocaia, protegidos pela escuridão da noite, até que por volta da meia-noite viram surgir, ao longe, o gigante hebreu.

– É ele! – ciciou um dos conjurados.

Todos sacaram de suas espadas, ávidos por cravá-las no arqui-inimigo, e assim ficaram até que Sansão esteve ao alcance de suas afiadas lâminas.

– É agora, ataquem! – bradou o líder dos filisteus.

Sansão, contudo, alertado pelo rumor e pelas sombras que avistara ao longe, não foi pego de surpresa e desvencilhou-se com facilidade dos agressores, esmagando suas cabeças de encontro à muralha. Mas esmigalhá-los não bastara para que o gigante descarregasse a sua raiva, e por isto decidiu arrancar com suas próprias mãos a imensa porta da cidade.

– É para que saibam que a partir de agora entro e saio de Gaza a hora que quiser – disse ele, destruindo de uma só vez a porta de folha dupla.

Colocando a enorme porta sobre as costas, Sansão saiu campo afora até alcançar o monte que estava em frente a Hebron, onde abandonou, com desdém, o antigo – e agora inútil – símbolo da impenetrabilidade da cidade.

Israel, animado com o feito prodigioso do mais forte dos seus filhos, tinha agora a esperança de ver-se finalmente livre da opressão dos filisteus. Havia, entretanto, uma outra filisteia no caminho de Sansão, justamente aquela que iria guiar os passos do gigante o rumo à sua ruína – mas também à dos próprios filisteus.

SANSÃO E DALILA

Havia no vale de Sorec uma linda filisteia chamada Dalila. Seu nome, de graciosa sonoridade, significava "flerte", ou "delicadeza", e condizia bem com o seu aspecto misteriosamente dúbio, em que uma sensualidade natural convivia harmonicamente com uma inesperada delicadeza. Tudo em seu corpo era um convite irresistível – e ao mesmo tempo, sedutoramente austero –, desde os seus lábios rubros e sempre úmidos até os dedos bem-cuidados dos seus pés atraentes. Dotada de uma pele morena, Dalila andava sempre envolta em túnicas de linho negro que se ajustavam ao seu corpo como uma segunda pele escura e sedutora, como a das panteras.

Dalila, no entanto, não era, nem de longe, uma mulher vulgar. Apesar de sua vida amorosa ser um tecido de romances clandestinos – afinal, era a mulher mais cobiçada de toda a Filisteia –, pouco tinha, porém, da cortesã fatal. Ela não era um modelo de virtudes, mas tinha classe. Não era confiável, mas atraía.

Atração e traição. Certo ou errado, Dalila era ambos.

Porém, de sua vida pregressa nada se sabia, até o instante em que passa a dividir a cena com o seu novo e robusto amante.

– Sansão, estar em seus braços é como estar espremida entre as duas colunas que sustentam o mundo! – dizia ela, perfeitamente à vontade sem a sua segunda pele, nos raríssimos instantes em que se permitia elogiar, sem cálculo, a um homem.

Isto porque o dinheiro de um homem bem situado era o único meio que possuía uma mulher – que ambicionava ser mais do que uma mera escrava de um macho sisudo – de não ser ultrajada diariamente por sua condição servil de mulher.

Para Sansão, por sua vez, ter em seus braços rijos aquela serpente dotada de braços e de pernas era, ao mesmo tempo, um revigorante exercício de virilidade que envolvia um risco vagamente mortal.

Mas o que era, afinal, o desejo, sem o menor traço do risco?, perguntava-se ele, mesmo já tendo provado da falsidade que podia provir de uma mulher – e pior, ainda, de uma mulher idólatra, que servia voluntariamente a um deus de abominações.

O desejo tinha de ter algo de ameaça. Um beijo envolvia sempre um risco, ou então não era nada. Assim pensavam os dois, e por isto permaneciam tanto tempo juntos, durante os seus encontros furtivos, procurando extrair daquela espécie de duelo sensual o maior número de situações deliciosas e perigosas.

– Às vezes, em seus braços, sinto a volúpia da morte, uma outra morte que não sei explicar – dizia ela, depois de cessados os jogos amorosos. – Uma morte de tudo quanto há de aborrecido neste mundo, e dentro de mim mesma!

Sansão também sentia o mesmo, pois ele também transgredia. Ambos trangrediam, pois o amor de um israelita e de uma filisteia só podia ser mal visto por ambos os lados, entregues a uma disputa permanente e mortal.

Mas cessados os prazeres – durante os quais Sansão perdia a cabeça –, Dalila voltava a ser a mesma de antes de sua subida ao leito. Submetida às injunções de um mundo implacável, assim que tocava o primeiro dedo do seu pé sobre o frágil tapete, ela colocava a cabeça de volta no seu devido lugar e punha-se a raciocinar.

Isto ela fez com maior intensidade quando recebeu, certo dia, a visita de uma comissão de chefes filisteus – príncipes que governavam cada uma das cidades que compunham a confederação da chamada Filisteia – para lhe fazer uma gravíssima imposição.

– Dalila, sabemos que você mantém um romance, que imagina secreto, com o líder supremo de nossos inimigos – disse o líder do grupo, um velho filisteu de barbas brancas que trazia um segundo e inconfesso interesse naquela embaixada.

A bela filisteia, que recém havia se levantado do leito, tentou esconder o que estava à vista de todos.

– Não perca seu tempo tentando negar, pois será pior – disse o velho, que parecia verdadeiramente enciumado.

Dalila sabia reconhecer quando a situação lhe era irremediavelmente desfavorável. Nesses instantes, o princípio da realidade assomava em si, soberano. "Agora estou a sós com meus inimigos", pensou, repetindo as palavras que sempre lhe acudiam à mente em situações parecidas.

Dalila, como todos os destemidos, capitulou apenas com o olhar.

– Queremos que descubra de onde Sansão retira sua força prodigiosa – disse o velho. – Pagaremos, por isto, mil e cem siclos de prata.

Dalila ficou paralisada. Todo e qualquer escrúpulo que lhe viera à mente diante das primeiras palavras do velho desaparecera diante da segunda parte de sua fala.

"Mil e cem siclos de prata!", pensou, perdendo novamente a cabeça.

Então o escrúpulo inicial cedeu passo ao cálculo, expediente mental infinitamente mais útil e necessário a uma mulher que não deseja servir a ninguém. "Cedo ou tarde, Sansão me abandonará", pensou ela.

Aquele foi um subterfúgio pouco nobre. Mas quem disse que ela amava a nobreza? Tudo o que Dalila queria era fugir da pobreza. Além do mais, mil e cem siclos de prata valiam cerca de 275 vezes o preço de um escravo.

"Duzentas e setenta e cinco vezes liberta!", pensou ela, inebriada por aquela exorbitância de liberdade. Sim, aquilo era o bastante para fazê-la esquecer que seu gesto implicava não só uma traição, como também a possível morte do homem com o qual ela dividira apaixonadamente seu leito nos últimos meses.

"Sansão é homem, e esta é uma briga de homens", pensou novamente. "Além do mais, ninguém ama uma prostituta, senão o prazer que ela dá."

Com este pensamento esquivo, Dalila lançou a última pá de cal sobre os restos agonizantes de sua dignidade moral – pois se

Do Livro dos Juízes

havia uma coisa de que estava inteiramente convicta era a de que num mundo material o que realmente importava era a dignidade material.

O velho não julgou necessário revelar a alternativa que restaria a Dalila, caso recusasse aquela estonteante oferta. Ela própria sabia que só tinha, agora, diante de si, a opção entre o luxo desonroso e o martírio moral. Dalila não tinha vocação alguma para mártir e fechou ali mesmo o negócio.

Naquela mesma noite ela recebeu Sansão novamente em seu leito, e depois de renovadas as carícias, pediu que ele revelasse a origem de sua força descomunal.

Sansão respondeu com novos afagos e um sorriso enigmático. Dalila enroscou, então, suas pernas na cintura do amante, voltando à carga.

– Que corda seria forte o bastante para segurá-lo? – disse ela, colando sua boca à dele.

Sansão gostou do brinquedo e resolveu também brincar.

– Se me amarrassem com sete cordas de arco novas e não curtidas eu estaria solidamente aprisionado – disse ele, num tom de voz convincente.

No outro dia, os filisteus conseguiram para ela as tais cordas, com as quais Dalila amarrou o gigante, como se aquilo fizesse parte de um novo jogo de amor.

– Agora está bem preso? – perguntou ela, depois de atar firmemente os nós.

– Preso para sempre! – disse ele, num tom deliciosamente dúbio.

Então, para testar sua sinceridade, ela fingiu escutar um ruído às suas costas.

– Depressa, meu amor, os filisteus estão vindo!

No mesmo instante, Sansão pôs-se de pé, esfarelando as sete cordas que envolviam seu tórax como se fossem sete teias de aranha.

– Seu mentiroso! – disse Dalila, terrivelmente amuada. – Por que me fez de boba?

Sansão abriu um grande sorriso, tomando-a nos braços.

Mas Dalila não desistia, e por isto renovou seu pedido, depois das mais ardentes carícias.

– Diga-me, agora, qual o segredo de sua força! – disse ela, quase desfalecida, fazendo deslizar por seus dedos uma das sete longas tranças do amante.
– Está bem, sua teimosa, direi a você! – ele falou, e fez uma pausa.– Amarre-me com sete cordas novas e grossas e estarei solidamente aprisionado.
Na noite seguinte, ela fez como ele dissera, mas outra vez o pretenso segredo revelou-se um novo ardil.
Com os olhos rasos de água, Dalila correu até ele e esmurrou contra o seu peito maciço os seus frágeis punhos de prostituta.
– Seu falso! Seu falso! – gritava, sinceramente ofendida.
Dalila sabia que cada insucesso seu aumentava-lhe o risco de ver não só desaparecerem os seus mil e cem siclos de prata, como também a sua linda cabeça.
– Muito bem, desta vez direi a verdade – disse ele, dizendo uma nova mentira. – Se tecer as sete tranças de minha cabeleira com a urdidura de um tear e fixá-las num único pino, estarei privado de toda a minha força.
Na noite seguinte, Dalila fez como ele dissera, até ver as sete tranças presas pelo pino que julgava fatal. Então repetiu seu estratagema de alertá-lo subitamente.
Sansão ergueu-se e arrancou o pino, liberando suas tranças.
Então Dalila compreendeu que teria de recorrer ao mais eficaz de todos os recursos, privando-o daquilo que ele tanto necessitava.
– Não provará mais do meu corpo até que tenha me revelado o seu segredo – disse a filisteia, de maneira taxativa.
Durante uma infinidade de noites Sansão ficou sem provar do corpo de Dalila, tendo, ao mesmo tempo, de escutar as suas lamúrias, até que perdeu finalmente a sua capacidade de resistência.
– Por que quer saber tanto o meu segredo? – perguntou Sansão, num último lampejo de bom senso antes do desastre final.
– Só acredito no amor de um homem que confia plenamente em mim – disse ela, vencendo o homem mais forte do mundo com uma simples frase de efeito.
Sansão, enfarado de tantas e úmidas indagações, revelou, então, o seu segredo:

— Minha força está nas minhas sete tranças – disse ele. – Sou consagrado ao Senhor desde meu nascimento, e a navalha não pode cortar jamais os meus cabelos.

Dalila sentiu que aquela resposta era sincera, e por isto avisou aos filisteus que na noite seguinte Sansão estaria em suas mãos.

Assim que ela teve o amante outra vez em seus braços, esperou que ele adormecesse para fazer um sinal ao barbeiro que cuidava dos seus próprios cabelos para que avançasse.

No mesmo instante, um anão surgiu por detrás de uma espessa cortina, trazendo em suas duas mãozinhas bojudas uma enorme tesoura de jardineiro – pois, esperto, não deixara de prever que os cabelos de um homem forte deveriam ser igualmente resistentes – e foi pé ante pé até onde estava o gigante hebreu adormecido.

Um sorriso matreiro enrugou ainda mais a pequena e repulsiva face do pequeno ser quando ele aproximou as duas lâminas da primeira trança.

A tesoura cortou na raiz a primeira trança, que foi cair ao solo como uma cobra d'água sem vida.

Um risinho fungado acompanhou a queda da serpente capilar esmorecida.

Logo em seguida, o anão – depois, é claro, de verificar se o gigante ainda dormia – aproximou as duas lâminas da segunda trança e começou a cortá-la.

E a tesoura deitou abaixo a segunda trança, sob o som silvado do riso nasal que escapava do nariz esborrachado do anão.

E assim foi até que a enorme tesoura houvesse extirpado a última das sete tranças de Sansão. Concluído o serviço, o anão retirou-se com tamanha empáfia que pareceu até haver aumentado alguns centímetros, enquanto Dalila preparava-se para despertar seu amado para o pesadelo que o esperava.

De repente, porém, viu irromperem de todos os lados os filisteus escondidos, decididos a não esperar mais nada para pôr suas mãos sobre o adversário odiado.

— Sansão, depressa, são os filisteus! – disse ela, com uma secreta esperança de que ele ainda possuísse força bastante para livrar-se dos seus agressores.

Mas não foi assim. Sansão, livrou-se dos primeiros, mas sentiu que a força maior que até então o sustentara em seus combates o havia abandonado miseravelmente.

Agarrado por uma centena de braços, Sansão teve seus membros imobilizados, e antes que pudesse ver qualquer outra coisa sentiu que lhe agarravam a cabeça. A seguir, foi tudo tão rápido como se um raio cegante o houvesse atingido. Um dos filisteus havia vazado seus olhos com a lâmina ardente de sua espada, tornando-o cego para sempre.

Dalila retirara-se no mesmo instante em que os inimigos de Sansão haviam entrado no recinto e não chegou a ver a barbárie que praticaram contra seu ex-amante.

Na verdade, Dalila nunca mais pôs os olhos sobre o homem que desgraçara, pois não queria ver empanado, de jeito nenhum, o brilho das suas mil e cem moedas de prata – a passagem definitiva para a sua tão sonhada independência.

Sansão foi amarrado com duas pesadas correntes de bronze e conduzido até Gaza, debaixo de açoites, sem enxergar nenhum dos vilipêndios que lhe faziam, embora os sentisse perfeitamente em sua pele martirizada. Ao cruzar pela porta que alguns dias antes ele próprio arrancara dos gonzos, alguém lhe disse sardonicamente:

– Aí está a porta, gigante careca! Arranca-a, agora, se ainda tem força!

Um coro de risos estrugiu na escuridão, enquanto bofetadas traiçoeiras estalavam em sua face ensanguentada.

Levado até um moinho, Sansão, com as vestes em tiras, escutou outra voz dizer:

– Desatrelem o burro!

Um ruído rascante de arreios sendo retirados antecedeu um golpe violento nas suas costas, que o impeliu para diante.

– Vamos, assuma o seu lugar! – disse a mesma voz, golpeando-lhe novamente o flanco ensanguentado.

Sansão sentiu as grossas tiras de couro serem amarradas em sua cintura, enquanto suas mãos eram colocadas violentamente sobre a barra que deveria empurrar, no lugar do asno. Uma violenta chicotada foi o sinal para que começasse a realizar sua aviltante tarefa.

Um novo e repugnante coro de risos preencheu a escuridão do cérebro do gigante, que, ainda assim, encontrou forças para dar graças ao seu deus por não poder ver os sorrisos hediondos que podia perfeitamente imaginar desenhados nas faces dos seus inimigos.

"Graças ao Senhor que nada vejo", pensou, buscando ânimo justamente na sua maior desdita.

Durante meses Sansão, preso aos arreios permanentemente melados do seu próprio sangue e suor, arrastou de sol a sol a pesada mó do moinho, tendo por alimento o mesmo pasto que mantivera em pé o seu pobre antecessor.

Algum tempo depois, realizaram-se os festejos em homenagem a Dagon, um dos mais importantes deuses dos filisteus. Reunidos em seu majestoso templo, os devotos de Dagon entregaram-se a toda espécie de festejos, com muita comida, bebida e danças – que era, naturalmente, a parte mais apreciada da homenagem.

Mas apesar de tudo isto, ainda houve quem se sentisse entediado.

– Ora, mas que chatice! – disse um figurão enfastiado, que não por acaso era também o sacerdote oficiante do culto ao deus filisteu.

Então, antes que chegasse a hora dos ritos repetitivos e das homilias e das pregações e das cantorias das filhas santíssimas de Dagon, teve ele a iluminada ideia de animar os festejos com uma boa cena de humilhação pública. "Por que não desfeitear uma vez mais o maldito hebreu?", pensou ele, animando-se um pouco.

Dando voz imediata ao seu pensamento, o sacerdote de Dagon, o deus magnífico, mandou que trouxessem Sansão do moinho.

Quando o prisioneiro surgiu, entretanto, não era nem sombra daquele ser assustadoramente forte que havia feito seus inimigos tremerem diante de sua simples aparição. Sansão, além de ter emagrecido espantosamente por força do severo regime a que fora submetido, parecia ter também diminuído de tamanho, devido ao hábito constante de andar em círculos e encurvado aos arreios.

Um silêncio involuntariamente constrangido desceu sobre o templo quando Sansão surgiu trazendo apenas um trapo rasgado pendido de sua cintura, detalhe que aumentava ainda mais a afronta dirigida à sua antiga dignidade de ex-juiz de Israel.

O sacerdote enfastiado que ordenara a vinda de Sansão enfureceu-se, entretanto, diante daquele silêncio, que parecia mais uma homenagem do que um vilipêndio ao maior dos inimigos da sua nação.

– Por que o silêncio, cretinos? – rugiu ele, espalhando perdigotos para todos os lados. – Vamos, riam...! Riam todos...!

Um dos algozes de Sansão deu um forte tapa na cabeça do prisioneiro e isto foi o estopim para que um rastilho de gargalhadas explodisse por todo o templo.

– Isto, riam, desgraçados! Riam mais, muito mais! – disse o sacerdote entediado, a rinchar uma paródia grotesca do riso humano, já que ele próprio, um impotente da alegria, era incapaz sequer de sorrir, quanto mais de rir.

Sansão, imobilizado na sua humilhação, permanecia, no entanto, com a cabeça erguida. Seus olhos vazados, cegos para tudo o mais, só tinham agora uma única coisa a enxergar: o velho deus de Abraão e de Jacó, que tantas vezes o engrandecera diante daquela malta de idólatras – o deus que ele seguidamente afrontara ao insistir em se envolver com as pérfidas mulheres da Filisteia amaldiçoada.

Nem por um único instante Sansão se preocupou em saber se Dalila, a amante que o atraiçoara de maneira tão vil, ali se encontrava. Ela simplesmente não existia mais em seu pensamento – nada mais existia a não ser o Deus de Israel.

– Silêncio, imbecis! – disse o filisteu, autor da humilhação. – Quero ouvir o que o escravo hebreu está cantarolando.

Novo e opressivo silêncio desceu sobre as paredes jaspeadas do antigo templo. Entre os ruídos esparsos e ignóbeis de alguns arrotos e outras expulsões ainda mais torpes, escutou-se a voz grossa de Sansão entoar algumas palavras desconexas, que os ouvidos embriagados dos convidados tomaram por uma pequena canção.

– Vejam, o escravo canta! – disse uma voz em falsete, procurando imitar os resmungos desconexos do gigante.

Logo outros começaram a imitar os salmos que Sansão cantava, numa imitação vil da sua oração entristecida.

— Por que não dança para nós? – disse outra voz perdida no meio da chusma.

A ideia pareceu tão magnificamente original ao grão-sacerdote que ele não pôde evitar de esconder-se alguns instantes sob a mesa para dar vazão à sua frustração, mordendo a mão de despeito.

"Morrerá ainda hoje", pensou o figurão vaidoso, ao erguer-se outra vez, antes de repetir a mesma ideia do outro, porém num tom autoritário que chamava imediatamente para si a sua autoria.

— Ponham-no para dançar! Que cante e dance para nós!

Nova onda de aplausos ergueu-se entre a massa, fazendo com que o plagiário fosse ovacionado muito mais do que o verdadeiro autor.

"Ainda assim morrerá", pensou o sacerdote, habituado a perdoar profissionalmente – ou seja, a só perdoar as ofensas que não lhe diziam respeito.

Sansão, recebendo nos rins os golpes violentos dos bastões dos seus algozes, viu-se obrigado a ensaiar os passos de uma dança esquisita – que aos olhos dos idólatras não passavam de grosseiras contrafações das suas danças promíscuas, mas que, na verdade, nada mais eram do que uma espécie de premonição dos passos extasiados que Davi, o futuro rei de Israel, repetiria um dia pelas ruas de Israel.

Nova remessa de risos subiu até a cúpula côncava do templo, descendo de maneira ampliada até o ponto onde as cabeças agitavam-se, exibindo o aspecto lamentável de suas bocas arreganhadas, onde negrejavam alguns restos de dentes podres e gengivas escuras, como que besuntadas de carvão.

O sacerdote enfarado, vendo, entretanto, o adiantado da hora, esperou que o último riso se extinguisse para declarar encerrados os festejos. Além do mais, ele tinha um certo compromisso secreto para logo mais, que o obrigava a passar de uma vez para a parte séria da homenagem.

— Basta! – disse ele, cerrando os olhos e dando um novo tom à homenagem.

Enquanto isto, Sansão foi deixado abandonado ao centro do templo. Tateando, ele procurava algo no qual se escorar, quando sentiu sua mão tocar numa pilastra. Com a outra mão ele apalpou o ar até encontrar a outra pilastra gêmea.

Então, subitamente, sua mente se iluminou. Ajeitando-se melhor entre as duas colunas, disse ao carcereiro que estava prestes a conduzi-lo de volta aos arreios da sua detestável prisão:

– Permita que eu me apoie a estas colunas, um pouco, para descansar.

O carcereiro franziu o canto inferior do lábio direito, mas acabou concordando.

– Só um instante! – disse ele, vibrando novo golpe nos rins do escravo, só para não perder de todo a autoridade.

Então, com os dois braços abertos e apoiados frouxamente nas duas colunas, Sansão começou a orar fervorosamente ao seu deus.

"Senhor Deus, não me abandone! Hoje sei que toda a minha força não era minha, na verdade, e que tudo quanto obrei foi por tua única e exclusiva vontade! Se hoje estou mais fraco do que jamais estive, minha fé está mais robustecida do que jamais esteve. Faz com que sua força desça somente mais uma vez sobre mim para que eu possa vingar todas as afrontas que me foram feitas, punindo-os pela perda de meus dois olhos!"

Os músculos das pernas e dos braços de Sansão, apesar do regime de fome a que estivera submetido, não encontraram dificuldade para retesarem-se uma vez mais, já que os empregava todos os dias no movimento da mó do moinho. Logo ele todo inteiriçou-se de tal maneira entre os dois sólidos pilares, com os braços inteiramente esticados, que parecia estar verdadeiramente crucificado a eles.

O esforço hercúleo que despendeu de seus músculos fez com que a frágil proteção de pano que recobria seus rins se desprendesse, deixando-o inteiramente nu diante da multidão, que a princípio não percebera suas reais motivações. Logo, contudo, alguns dedos apontaram na sua direção e outras vozes cochichadas exclamaram, como que abismadas, diante do que o gigante nu estaria pretendendo fazer.

Mas de repente todas as atenções desviaram-se da arenga que o sacerdote-mor pronunciava, e isto porque um estalo seco partira de uma das colunas. Um grito de terror varou o silêncio que se seguiu.

Do Livro dos Juízes

– Ele está derrubando os pilares!

Um uivo único subiu das gargantas filisteias quando todos perceberam o que estava prestes a acontecer. Sansão tinha os músculos do peito distendidos a tal ponto que os ossos lhe rompiam para fora da pele fazendo pequenas listras de sangue escorrerem pelo corpo, alcançando as pernas, também distendidas.

Logo outros dois ruídos pavorosos e quase simultâneos deram início à catástrofe final. Sansão finalmente conseguira romper as duas pilastras, que se partiram em quatro ou cinco pedaços, e suas partes desencaixadas rebolaram por alguns segundos aterrorizantes antes de ruir com um fragoroso estrépito.

Num segundo o teto côncavo do templo veio abaixo como uma prodigiosa tigela invertida de pedra e granito, indo cair bem ao centro do templo, onde estava a frágil estatueta do deus poderoso. Os destroços da cúpula, depois de caírem sobre o solo, esmagando centenas de devotos, saltaram novamente para cima, iniciando nova queda.

O sacerdote-mor, que durante a primeira fração de segundo julgara-se milagrosamente posto a salvo, teve de mudar seus prognósticos quando viu descer novamente do alto um enorme pedaço redondo de pedra manchado de sangue, como uma grande pedra de moinho, bem na sua direção. Ele deu dois passos para trás, erguendo o braço, mas nem que desse dez outros teria escapado ao seu destino fatal, pois a pedra colossal lhe caiu inteiramente por cima, esmagando instantaneamente a sua cabeça e o seu corpo, indo depois saltar alegremente noutra direção.

Ninguém houve que se salvasse na catástrofe, incluindo o próprio Sansão, o qual conseguiu, no entanto, vingar o ultraje de que fora vítima, graças ao poder que o Deus de Israel lhe infundira.

Ignora-se se a suave Dalila esteve no templo naquele dia. Tudo quanto se disser a este respeito não passará jamais de especulação, razão pela qual o leitor estará sempre livre para imaginar o desfecho que melhor lhe convenha: Dalila esmagada sobre os pedregulhos ou a gozar ainda, por longos anos, dos mil e cem siclos de prata tão arduamente conquistados.

DOIS EPISÓDIOS LAMENTÁVEIS

Após a morte de Sansão – que fora juiz de Israel durante vinte anos –, os israelitas continuaram a viver sob o regime dos juízes. O penúltimo deles chamou-se Eli e foi sacerdote do Tabernáculo em Silo durante quarenta anos.

Neste período, aconteceram dois episódios que fortaleceram no povo o desejo de pôr um fim àquele regime incapaz de realizar a unidade espiritual e territorial de Israel, dividida em diversas tribos nem sempre amistosas.

Havia, pois, em Efraim, um homem chamado Micas, que certo dia foi à presença de sua mãe para lhe confessar um crime praticado contra ela própria.

– Perdoa, minha mãe – disse ele, contritamente. – Fui eu quem furtou as suas mil e cem moedas de prata.

De fato, haviam desaparecido dos guardados da velha senhora as tais moedas, e por conta deste furto ela havia lançado uma maldição ao misterioso culpado.

– Que Deus o abençoe por isto! – disse ela ao filho, trocando imediatamente a maldição pela benção. – Agora já posso aplicar parte do dinheiro na fabricação de um ídolo de metal que tenho cá em mente.

A velha senhora, contaminada pelo convívio com os povos vizinhos, havia adotado o culto doméstico de um dos seus deuses, sem, no entanto, descuidar do Deus de Israel – ou seja, estava fazendo tudo quanto o Senhor mais abominava, que era ter parceiros no seu culto. Sem ligar para o fato de que estava infringindo dois mandamentos divinos de uma só vez, a mulher levou rapidamente as duzentas moedas para o fundidor do lugar para que lhe fizesse logo a tal estatueta.

Alguns vizinhos, entretanto, observando a conduta da velha, exclamavam raivosamente, fazendo coro com outros que ansiavam também por uma mudança:

– Não termos rei dá nisso! Cada qual faz o que lhe dá na veneta!

Então um dia chegou à casa de Micas um levita (membro do clã escolhido por Deus para o serviço do Templo). Ele vinha de Judá e procurava nas terras de Efraim um lugar para viver.

Do Livro dos Juízes

– Fica conosco – disse Micas, após saber os objetivos do visitante, pois dizia-se que ter um sacerdote dentro de casa atraía a sorte.

Micas contratou o jovem levita, pagando-lhe dez siclos de prata por ano, além da roupa e da comida, e assim viveram ambos satisfeitos até que um dia chegaram a Efraim cinco homens da tribo de Dã, tribo esta que estava sem terras para habitar. Sua missão era encontrar um lugar onde os danitas pudessem se estabelecer.

Os cinco foram recebidos por Micas, e depois de perceberem que havia na casa um sacerdote levita, pediram a este que consultasse a Deus.

– Queremos saber se teremos sorte em nossa missão – disse um dos danitas.

O sacerdote disse que tudo sairia bem e que Deus estaria com eles.

Felizes, os cinco partiram e chegaram à região de Lais, onde vivia uma população isolada, pacata e inimiga de toda e qualquer discórdia. Imediatamente retornaram ao local onde estavam vivendo provisoriamente para avisar que haviam descoberto uma região agradável para morar, onde vivia um povo inimigo da guerra.

– Eles são pacíficos e vivem num país de abundante riqueza – disse um dos cinco.

– Deus é grande – respondeu um dos chefes danitas. – Vamos atacá-los.

Seiscentos homens armados até os dentes partiram em direção à nova terra prometida, pois estavam todos convictos de que o Senhor lhes destinara, desde Adão, a posse perpétua daquela região.

Depois de passarem pelas terras de Judá, os seiscentos guerreiros de Dã atravessaram confiantemente as montanhas de Efraim, até avistarem a casa de Micas.

Um dos cinco que haviam desfrutado largamente da hospitalidade de Micas teve, então, a feliz ideia de lembrar aos guerreiros armados até os dentes de que naquela casa se cultuava um deus proibido.

– Vamos ver se tal coisa é verdade – disse um dos soldados mais inflamados.

Eles entraram na casa e retiraram a estatueta do altar, mas o sacerdote levita que ali residia viu tudo e lhes indagou por que faziam aquilo.

— Silêncio! — disse um dos soldados. — Pegue as suas coisas e venha conosco, pois será nosso sacerdote nas terras que pretendemos conquistar. Ou prefere continuar aqui, oficiando o culto sacrílego de um ídolo?

O sacerdote levita gostou da ideia e seguiu alegremente com os danitas. Iam todos, porém, já bem adiante, quando Micas os alcançou com alguns homens.

— Onde pensam que vão, levando nosso deus e nosso sacerdote? — perguntou, enfurecido, aos danitas armados.

— Cale a boca! — disse o mesmo sujeito que antes lhe ordenara fazer silêncio. — Se gritar outra vez conosco, cultuador de ídolos, não faltará quem faça um estrago a si e a toda a sua família.

Micas, aconselhado pela prudência, deu meia volta e retornou para casa. Satisfeitos, os danitas seguiram até a região chamada Lais e ali passaram a fio de espada toda a população isolada, pacata e inimiga de toda e qualquer discórdia.

— Agora incendeiem a cidade — disse o líder dos seiscentos guerreiros danitas armados até os dentes.

A antiga cidade de Lais ardeu até a última trave e depois foi reconstruída sob o nome de Dã, para que todo o mundo soubesse a quem ela verdadeiramente pertencia.

Jônatas, descendente de Moisés, estabeleceu ali o culto ao Deus de Israel, porém não exclusivo, pois agradara-se tanto da estatuazinha do deus rival que decidiu manter o seu culto, certo de que o Senhor não teria nada a temer daquele bonequinho inofensivo de metal.

E este foi o fim do primeiro episódio lamentável, ocorrido nos distantes e miseráveis dias em que Israel, para sua desgraça, ainda não possuía um rei.

O segundo episódio dos distantes e miseráveis dias em que Israel, para sua desgraça, ainda não possuía um rei, começa da seguinte maneira: havia, certa feita, um levita forasteiro que vivia nas montanhas de Efraim. Ora, este levita — quem quer que fosse — havia tomado para si uma concubina de Judá, a qual, por sua vez,

Do Livro dos Juízes

tendo incorrido na infidelidade, voltara para a casa do pai, em sua terra natal.

Porém, depois de quatro meses de ausência e solidão, o levita traído decidiu ir atrás dela, levando consigo um criado e um par de jumentos. Assim que chegou diante da casa do sogro, este saiu para recebê-lo com grandes mostras de alegria.

– Seja bem-vindo, querido genro! – disse o velho.

Durante três dias, o levita esteve na casa do sogro, até que na manhã do quarto dia anunciou a sua partida, junto com a concubina que o traíra.

– Mas não pense que vai fazer a viagem sem antes fazer uma boa refeição! – disse o velho, cruzando os braços com decisão.

Comeram e beberam os dois, até que o velho, vendo que o dia passara, sugeriu ao querido genro:

– Vamos, fique mais esta noite, pois já escureceu.

O levita traído ficou mais uma noite, pois já havia escurecido.

Na manhã seguinte, já estava pronto para partir junto com a concubina infiel, o criado e mais os dois jumentos, quando o velho lhe disse:

– Não irá, decerto, sem tomar a sua refeição.

O levita não teve outro jeito senão tomar a bendita refeição. Mas comida vai, bebida vem, o tempo passou e já o sol desmaiava outra vez no horizonte.

– Fica mais esta noite, pois viajar no escuro é perigoso – disse o velho.

Então o levita perdeu a paciência e disse:

– Não, parto agora mesmo.

– Parte agora mesmo? – disse o velho, descruzando os braços.

– Sim, parto agora mesmo.

– Quem sabe dorme aqui e parte amanhã bem cedinho?

– Não, parto agora mesmo.

E partiu, junto com a concubina, o criado e os dois jumentos, viajando toda a noite e a maior parte do dia seguinte até chegarem a cidade de Jebus (ou Jerusalém).

Então o criado, exausto, disse ao seu senhor:

– Passemos a noite aqui, para retomarmos a viagem pela manhã.

Mas o levita traído não queria estar muito tempo ali.

– É terra de gentios – disse ele. – Continuemos até Gabaá, que é terra de israelitas.

De fato, Gabaá era habitada por membros da tribo judaica de Benjamin.

– Aqui estaremos em casa – disse o levita traído, ao entrar na bela cidade.

Infelizmente casa alguma aceitou dar-lhes pousada, e por isto tiveram todos – o levita traído, a concubina infiel, o criado e os dois pobres jumentos – de acomodar-se na praça da cidade, onde estiveram até que um ancião bondoso apareceu.

– Olá – disse ele, que morava também nas montanhas de Efraim, não sendo, portanto, membro da tribo dos benjaminitas. – Para onde estão indo?

– Somos de Efraim e estamos no rumo de casa – disse o levita traído. – Infelizmente aqui ninguém mostrou-se disposto a nos dar pouso por esta noite.

– Oh, mas eu não sou daqui! – disse o velho, como quem diz "Oh, mas eu não sou mal-educado!". – Por isto darei, de bom grado, pouso a todos vocês.

Todos suspiraram de alívio, inclusive os jumentos, que agitaram alegremente as orelhas, sentindo-se imediatamente incluídos no benfazejo convite.

Levados para a casa do velho de Efraim, ali estiveram gozando um bom tempo das delícias da hospitalidade quando subitamente escutaram, vindo do lado de fora, gritos irados de uma multidão suspeita.

– Eia, velhote! – disse uma voz levemente asquerosa. – Sabemos que você introduziu em sua casa um homem. Faça com que saia, pois queremos divertir-nos com ele!

– Querem o homem? – disse o velho, só por perguntar, pois conhecia bem o gosto daquela súcia depravada.

– Sim, queremos abusar dele enquanto mandar a nossa vontade! – disse outra voz, algo esganiçada.

Então o velho adiantou-se e disse:

– Isto não pode ser! Este homem está sob a minha proteção.

Novos gritos mandaram claramente ao diabo o seu argumento.

Do Livro dos Juízes

— Façamos, então, o seguinte – disse o velho –: mandarei a vocês minha filha virgem e a esposa deste homem, para que sirvam-se delas à vontade.

Mas os depravados não se sensibilizaram com a generosa oferta, o que obrigou o levita traído a sair porta afora, levando consigo a sua esposa.

— Aqui está – disse ele, lançando-a nos braços da escória com um gesto viril e retornando com passo firme para dentro da casa, como quem diz "E é só, pois não haverá novas concessões!".

Durante a noite e a madrugada inteiras os depravados (que se mostraram, afinal, mais dispostos a transigir do que aqueles outros do episódio antigo) abusaram de todas as formas da concubina que o levita traído entregara valentemente às suas mãos, até que ao primeiro despontar da aurora abandonaram-na à própria sorte.

Depois de rastejar longamente pelo pó dos caminhos, com o corpo nu e recoberto de hematomas, ela foi parar diante da porta da casa de onde fora raptada, mais morta do que viva. Ali esteve, nua, desmaiada e machucada, até que o levita traído, exausto dos sucessos da noite anterior, finalmente conseguiu erguer-se do seu leito e rumar até a porta para ver se a esposa já retornara do divertimento.

— Oh, ela já está aí – disse ele, voltando a cabeça para dentro.

Ao ver, no entanto, que ela não se mexia – pois já estava morta –, lhe disse:

— Vamos, levante-se, pois já estamos de partida.

Mas ela não se mexeu, o que o obrigou a suspendê-la nos braços, colocando-a depois, de qualquer jeito, sob o lombo de um dos jumentos.

Dando adeus ao velhote bondoso, que tão amavelmente os acolhera, o levita partiu, então, levando consigo o cadáver da esposa violada, o servo fiel e os dois jumentos apavorados. Ao chegar em casa, lançou o corpo ligeiramente putrefato da esposa sobre o chão. Depois, tomando de uma faca, retalhou o corpo da miserável em doze pedaços e os deu a doze mensageiros, dizendo:

— Espalhem-nos por todas as tribos de Israel, para que saibam o que fizeram os benjaminitas com minha esposa.

Ignora-se de que forma tal história foi contada, mas o fato é que logo a revolta tomou conta de todos aqueles que não faziam parte da tribo de Benjamin.

– Temos de vingar o levita traído – diziam todas as vozes.

Quatrocentos mil combatentes reuniram-se imediatamente sob as ordens dos chefes de todas as tribos abençoadas pelo Senhor, dispostos a exterminar os amaldiçoados filhos de Benjamin.

Diante dos líderes dos exércitos, o levita traído repetiu toda a história, esquecendo, na pressa e na emoção do instante, de declarar que fora ele próprio quem entregara sua esposa nos braços dos depravados benjaminitas.

A fúria acendeu-se nos olhos de todos os guerreiros e logo os exércitos partiram no caminho de sua terrível e excitante expedição punitiva.

Adiante seguiram alguns mensageiros, encarregados de avisar aos benjaminitas de que deveriam entregar os depravados às mãos do exército de Israel, caso não quisessem ser protagonistas de um banho de sangue.

– Nada feito – disseram os líderes de Benjamin, que não temiam retóricas.

Logo formou-se um exército para receber aquele que avançava, também de quatrocentos mil homens, o que prenunciava, indiscutivelmente, um tremendo embate seguido de um pavoroso massacre, fosse quem fosse o vencedor.

Os israelitas, temerosos das notícias, mandaram seus sacerdotes consultar o Senhor, nos montes de Betel, sobre a sorte da batalha.

– Quem de nós deverá seguir na frente? – disseram os sacerdotes.

– Os filhos de Judá – respondeu o Senhor.

Vinte e dois mil filhos de Judá perderam, assim, as suas vidas, às mãos dos filhos de Benjamin.

Os sacerdotes, com lágrimas nos olhos, voltaram a Betel para consultar novamente ao Senhor dos exércitos.

– Ainda devemos lutar contra os filhos de Benjamin? – disseram eles.

– Ataquem-nos! – respondeu o Senhor.

Mais dezoito mil israelitas pereceram, assim, nesta nova e notável refrega.

Então não só os sacerdotes, mas a tropa inteira, subiram ao monte onde estava o Senhor e começaram a chorar abertamente.

Do Livro dos Juízes

Depois de jejuarem e oferecerem holocaustos a deus, os israelitas prostaram-se diante do Senhor e da arca da aliança, que ali fora levada para lhes dar a vitória.

— Devemos atacar os benjaminitas outra vez? – indagou um dos sacerdotes, temerosamente.

— Ataquem-nos, pois amanhã os entregarei às suas mãos – disse o Senhor.

A última parte da resposta animou os israelitas, que se puseram imediatamente em campo. Adotando uma estratégia hábil, alguns israelitas atraíram os benjaminitas para fora da cidade de Gabaá, enquanto outros esperavam para invadi-la pelas suas costas. Tão logo uma coluna de fumaça ergueu-se do interior da cidade – sinal combinado para que os demais israelitas contra-atacassem –, começou a virar a sorte daquela guerra. Confundidos pelo ataque simultâneo, os benjaminitas tentaram retornar à fortaleza, mas foram abatidos sob dois ataques opostos.

Vinte e cinco mil homens da tribo de Benjamin pereceram, desta forma, às portas da cidade de Gabaá, a qual foi tomada e sua população passada inteira a fio de espada, conforme a regra daqueles tempos francamente rudes. Apenas seiscentos homens de Benjamin restaram vivos da batalha, os quais correram a buscar refúgio nos rochedos do deserto de Remon, onde permaneceram durante quatro meses.

Terminada a luta fratricida, restara ainda na alma dos israelitas um resto de rancor pelos filhos de Benjamin.

— Nenhum de nós dará nossas filhas em casamento aos benjaminitas – disseram os líderes vitoriosos.

Entretanto, cessada a fumaça da cidade incendiada e enterrados os corpos da população massacrada, aos poucos foi surgindo no coração dos israelitas um certo sentimento de piedade para com os remanescentes da tribo de Benjamin.

— Foi descartada uma das tribos de Israel! – dizia-se boca a boca, com indizível tristeza.

Então novamente o Senhor foi consultado, e durante esta assembleia, que reuniu todas as tribos de Israel, chegou-se a perceber que ali não havia nem um único representante da cidade de Galaad. Isto enfureceu tanto aos demais que resolveram enviar até lá doze mil homens armados até os dentes.

— Por que não enviaram um único homem para a assembleia que pretendia reabilitar nossos irmãos benjaminitas? – perguntou o chefe da expedição.

E sem esperar resposta, ordenou que a cidade inteira fosse posta sob interdito – palavra medonha que significava que todas as pessoas e objetos ali existentes seriam imolados ao Senhor. Homens, mulheres, velhos e crianças foram mortos a espada, e, a cidade arrasada, em nova vindicação feita ao Senhor.

As moças solteiras, no entanto, foram poupadas, pois estas seriam dadas como esposas aos filhos de Benjamin, os pobres, que haviam ficado sem mulheres para reiniciarem a repovoação de sua honrosa tribo.

Infelizmente estas poucas mulheres não bastaram, e a tribo de Banjamin continuou sob a ameaça de extinção. Então os israelitas tiveram outra brilhante ideia.

— Raptemos as mulheres de Silo – disse alguém, decidido a ver repetir-se, de alguma forma, em terras de Canaã, o delicioso episódio do rapto das sabinas.

Acontecia, por esta época, uma festa em honra ao Senhor em Silo, que ficava ao norte de Betel. Os anciãos de Israel – decerto baseados em alguma experiência – disseram aos benjaminitas que se escondessem nas vinhas dos campos, preparando uma emboscada às moças de Silo, que rumariam neste dia para as danças dos festejos.

Os jovens de Benjamin, encantados com a ideia, assim fizeram, e tão logo tiveram sob os olhos aquele verdadeiro exército de jovens, avançaram sobre elas como verdadeiros faunos, cada qual agarrando uma das jovens e levando-a embora. Logo a cidade reverdesceu de mulheres e de crianças, de tal sorte que não se chegou mais a temer pela sorte da tribo de Benjamin, a qual, por um desvio originado pela desobediência dos sagrados preceitos do Senhor, quase havia sido votada ao extermínio.

E este foi o final feliz do segundo e lamentável episódio dos distantes e miseráveis dias em que Israel, para sua desgraça, ainda não possuía um rei.

DO LIVRO DE RUTE

RUTE E BOOZ

Ainda no tempo em que Israel estava sob o governo dos juízes, desenrolou-se uma terna história de amor protagonizada por uma estrangeira, a qual, após algumas amenas peripécias, terminou integrando-se à nação israelita e tornando-se bisavó de Davi, o maior dos reis que Israel conheceria.

Antes, contudo, é preciso falar-se de Noemi, uma filha legítima de Israel. Era ela casada com um homem de Judá que teve de abandonar Belém ("Casa do Pão") porque um período intenso de seca privara de pão quase todas as casas.

Noemi (cujo nome significa "Doçura") e seu esposo Elimelec ("Deus é rei") viajaram até as terras de Moab, levando consigo seus dois filhos, que não prognosticavam um futuro muito promissor, a julgar pelos nomes que tinham: Maalon ("Doença") e Quelion ("Fraqueza").

Pouco depois de ter chegado às terras de Moab – terra estrangeira, e, portanto, rival de Israel –, a doce Noemi viu desaparecerem um a um, diante dos seus olhos, o esposo e os dois desafortunados filhos, personificações vivas da morte.

Antes de morrer, no entanto, Maalon e Quelion havia exaurido o resto de suas energias ao casarem-se com duas moabitas, chamadas Orfa ("Costas") e Rute ("Amiga"). Diante do infortúnio de ver-se numa casa sem homens, numa terra estrangeira, restou a Noemi retornar para Belém. Mas embora as duas noras tivessem se prontificado a retornar com ela, Noemi recusou a oferta.

– Fiquem aqui na sua terra, pois não tenho mais filhos em Israel para lhes dar em casamento – disse ela, fazendo uso de seu melhor argumento.

Entretanto, Rute teimou e quis a todo pano ir para a terra de sua sogra, mesmo sabendo que lá seria uma estrangeira, tal como Noemi o fora em Moab.

— O teu deus será o meu deus e o teu povo será o meu povo — disse Rute.

Da pobre Orfa, que lá ficou, não se soube mais nada. Quanto a Rute, ainda teremos muito a dizer.

Quando Noemi chegou a Belém, era bem outra daquela que saíra. Velha e alquebrada, foi recebida com espanto por suas antigas amigas.

— Você não é a Noemi? — diziam, mal a reconhecendo.

— Não. Fui Noemi, mas agora sou Mara — respondia ela, amargamente, pois Mara queria dizer "Amargura".

As duas viúvas instalaram-se na casa da mais velha e ali começaram a tocar de novo a sua vida.

Ora, duas mulheres viúvas, naquele tempo, não tinham muitos meios de se manter com dignidade, de modo que certa manhã, bem cedinho, Rute chegou à sua sogra — a quem já tratava de mãe — e lhe disse:

— Vou ao campo, minha mãe, catar as espigas que sobrarem.

A isto chamava-se "respigar", pois era costume em Israel deixar-se as sobras das plantações para que os pobres, os órfãos, as viúvas e os estrangeiros pudessem retirar dali algum sustento para si. Noemi, entretanto, receosa de que algum lavrador pudesse abusar de Rute — a quem já tratava de filha —, respondeu:

— Vá, minha filha, mas toma cuidado com os homens.

Rute, enrolando um lenço branco na cabeça e um grande avental vermelho na cintura, para juntar as sobras das espigas, dirigiu-se à uma grande plantação, que por um feliz acaso pertencia a Booz ("Forte"), parente do falecido marido de Noemi.

Enquanto os plantadores iam à frente recolhendo as espigas, Rute, bem mais atrás, seguia seus passos, recolhendo aquelas que ficavam caídas pelo chão.

Neste instante, Booz chegou da cidade para inspecionar o campo, pois era um homem muito zeloso dos seus negócios. Estava observando a conclusão dos trabalhos da ceifa quando enxergou, um pouco afastada, a frágil Rute, descansando.

Do Livro de Rute

– Quem é aquela moça? – perguntou a um dos empregados.
– É a nora de Noemi – disse o empregado. – De manhã bem cedo ela pediu que a deixássemos respigar as espigas que ficassem pelo caminho.

Booz dirigiu seus passos até ela e lhe disse:
– Bem fez, minha boa menina, em vir respigar em minhas terras. Não procure outras para tal, pois aqui estará em segurança e ninguém a molestará. Junte-se às empregadas da plantação e colha com elas quantas espigas quiser.

Rute, surpreendida pela acolhedora recepção, lançou-se aos pés de seu benfeitor.
– Oh, senhor! Como pude agradar-lhe tanto, sendo uma estrangeira em Israel?
– Sei perfeitamente da dedicação que demonstrou para com Noemi, nas terras de Moab – disse Booz, com bonomia. – O fato de ter abandonado a sua gente e a sua terra para vir morar conosco, adotando nosso deus e nossos costumes, a torna merecedora do nosso afeto e reconhecimento.

Os mimos, no entanto, não cessaram aí, pois o generoso Booz, na hora do almoço, convidou Rute para que viesse juntar-se aos trabalhadores da eira.
– Coma livremente da minha carne e do meu pão – disse ele, estendendo-lhe, ainda, por acréscimo de gentileza, o vaso do vinagrete.

Rute, um pouco vexada, tomou o bocado de pão que ainda tinha nas mãos e roçou-o ligeiramente na superfície do molho, levando-o em seguida aos lábios.

Booz observava-a com um sorriso deliciado. Então, tomando ele próprio outro pedaço de pão, mergulhou-o até os dedos no molho saboroso e o ofereceu à parenta.
– Coma bastante – disse ele, observando com infinito deleite o constrangimento da jovem, que se lambuzara inadvertidamente com o pão encharcado.

Tomando do mesmo avental vermelho que usara para ajuntar as espigas, Rute enxugou graciosamente os lábios engordurados, enquanto o ruído ameno do canto dos pássaros e da brisa que filtrava por entre as largas folhas das árvores tornava tudo ainda mais aprazível.

Assim que o sol se tornou mais fraco, Rute retomou seu trabalho, enquanto Booz instruía seus homens para que deixassem cair de propósito algumas boas espigas dos feixes, para que ela não estivesse a levar somente a parte ruim das sobras.

De tudo isto resultou que Rute acabou levando para casa, no fim do dia, quase uma saca inteira de cevada.

– Deus seja louvado! – disse a velha Noemi, maravilhada, ao ver tanta fartura. – Onde conseguiu tantos grãos para nós?

– Fui respigar na colheita de Booz, um parente seu – disse a moça, cujo brilho nos olhos traía um encanto indisfarçado.

Então, vendo que Rute simpatizara poderosamente com o bondoso parente, a velha sogra lembrou-se de um velho costume de Israel.

– Booz é nosso parente, e sendo você viúva, tem ele o dever de dar-lhe descendência.

– Dar-me um filho? – disse Rute, intrigada.

– Sim, minha querida – disse a velha. – Booz, como parente mais próximo que é de nós, tem o dever de socorrê-la, não permitindo que você fique sem descendência.

Rute, a moabita, não ficou nem um pouco incomodada com aquele costume e quis saber como se dariam as coisas, afinal.

– Não podemos nos precipitar – disse Noemi. – Continue a realizar a colheita junto com os trabalhadores, até que ele tome a iniciativa.

Rute fez como a sogra mandara e nos dias seguintes foi colher na seara de Booz, levando sempre no coração a esperança de que o parente bondoso, cedo ou tarde, acabaria finalmente por fazer o gesto tão esperado.

A colheita acabou, mas Booz nada disse que pudesse dar algum alento à esperança de Rute. Noemi, então, sabendo que logo o parente iria fazer a separação do joio e da cevada no chão da debulha, tomou a nora pela mão e levou-a até o quarto.

– Vamos, esta é a sua chance – disse a sogra, tentando dar um tom impessoal à sua frase, pois sabia que era também a *sua* chance.

Noemi, depois de ter trazido um grande jarro cheio de água, despiu a nora até deixá-la nua em pelo.

Do Livro de Rute

– Por que devo banhar-me agora, tão cedo? – disse Rute, sem nada entender.

– Porque você irá, depois que eu terminar com isto, apresentar-se ao nosso parente – disse a velha, enquanto lançava canadas de água sobre os cabelos negros de Rute. – Depois que eu lhe perfumar, você tomará o seu manto e irá até o pátio da debulha. Mas atenção, não deixe que ele a veja antes de ter jantado. Quando ele se dirigir para o seu lugar de repouso, que será ali mesmo, ao lado dos grãos, você se insinuará ao seu lado, deitando-se ao seu lado e unindo seus pés aos dele.

– Oh, mas e por quem ele me tomará? – disse Rute, parando de se ensaboar.

– É um empurrão no costume – disse a velha, sorrindo da sua ingenuidade.

Noemi enxugou o corpo da nora e perfumou-o inteiro com uma deliciosa essência almiscarada, desde os cabelos até seus desvãos mais secretos.

– Agora vai – disse Noemi, levando-a até a porta da casa. – Se tudo correr bem, você voltará já comprometida.

A velha sogra ficou observando a nora até ela desaparecer, e só depois retornou às suas lides.

Rute chegou ao campo da debulha e ali esteve a joeirar a cevada junto com os demais, procurando sempre ocultar-se do parente rico. As demais companheiras a receberam com a cortesia habitual, embora estranhassem o perfume.

Logo, porém, todos os trabalhadores começaram a sovar com paus e tábuas os feixes espalhados pelo chão. O lugar era aberto, ficando inteiramente à mercê dos ventos, para que quando o forcado lançasse para o alto todos os talos o vento separasse a cevada, fazendo com que os grãos pesados caíssem ao chão, enquanto os restos eram carregados pela ventania quase inclemente.

Rute, entretanto, evitou desta vez de fazer esforços demasiados – simulando uma providencial dor nas costas –, pois queria manter-se limpa e perfumada para a noite.

Assim que Booz terminou de comer, foi procurar descanso junto aos próprios grãos, pois era costume o proprietário dormir ao lado deles, temeroso de que ladrões lhes furtassem o produto de todo um ano de plantio e colheita.

Booz, que trazia consigo o seu manto xadrez, acomodou-se confortavelmente ao lado daquela verdadeira montanha dourada, que mais parecia um grande monte de ouro em pó.

Um vento muito forte ainda soprava, acrescido agora de uma chuva intensa, acompanhada de trovões e relâmpagos, o que obrigou-o a proteger-se com sua manta até a cabeça, pois o telhado de colmo alto que ali havia não era o bastante para protegê-lo das rajadas laterais.

Neste instante, Rute, que permanecera até então oculta atrás de um renque de feixes, aproximou-se do parente, pé ante pé, acobertada pelo ruído dos trovões e denunciada somente pelo espocar eventual de alguns relâmpagos. Bem de mansinho, ela ajoelhou-se aos pés de Booz, que ressonava profundamente depois de um dia de intenso trabalho, e após erguer a ponta do manto deslizou para baixo dele, unindo não somente os seus pés, mas o seu corpo inteiro ao do parente adormecido, encomendando-se de todo o coração ao deus que abraçara por livre e espontânea vontade ao chegar à sua nova morada.

Aflita pelas consequências do seu ato ousado, Rute cobriu também a própria cabeça, enquanto escutava o ruído violento da chuva, que o vento lançava em espirros continuados sobre eles, sabendo que tinha bem ao seu lado, com o corpo cosido ao seu, aquele que dentro de instantes seria o autor da sua ventura ou da sua desonra.

No meio da noite, como não poderia deixar de acontecer, Booz remexeu-se no leito improvisado e deparou-se com a moça deitada ao seu lado.

– Quem é você? – disse ele, sem a reconhecer.

Rute descobriu a cabeça e repetiu as palavras que sua sogra a havia feito decorar antes de vir para o encontro:

– Sou Rute. Estende a barra de seu manto sobre mim, pois sou sua serva e você o meu redentor.

Booz ficou encantado com o gesto de Rute e logo acalmou seus piores temores.

– Bem aventurada é você, minha filha, pois não saiu a procurar homens entre o povo, mas antes veio a mim, conforme manda

Do Livro de Rute

a lei. Antes, porém, é preciso que saiba que há um redentor mais próximo do que eu, e deverei antes consultá-lo para que me ceda o privilégio de tê-la para mim.

Rute ficou entristecida com aquela notícia.

– Agora permanece aqui ao meu lado e dorme até o amanhecer, pois o dia de amanhã decidirá o que será feito de nós.

Rute não deu mais uma palavra e permaneceu ali deitada, enquanto a chuva e o vento aos poucos cessavam, propiciando um sono grato e reconfortante.

Ainda estava escuro quando Booz levantou-se e disse a Rute:

– Agora vai, minha menina, pois não é bom que saibam de sua presença por aqui.

Antes de ela partir, porém, Booz tomou seu manto e foi até a pilha dourada, enchendo-o com seis boas medidas de cevada.

– E então, minha filha, como foram as coisas? – disse Noemi, ansiosa, ao receber a nora de volta.

Rute contou-lhe, passo a passo, todos os deliciosos incidentes da noite anterior.

– E isto foi um presente? – disse a velha, enterrando os dedos na cevada como uma avara enterra seus dedos num saco de moedas.

– Sim, deu-me seis medidas da melhor cevada – disse Rute, com orgulho.

"Tudo se encaminha pelo melhor!", pensou Noemi.

Entretanto, teve sua felicidade ligeiramente empanada pela notícia de que havia, ainda, um outro parente mais próximo, com quem Booz deveria negociar para poder ficar com a sua nora.

Mas logo seus olhos voltaram-se para as seis medidas maravilhosas e cresceu em seu coração a certeza de que Booz daria logo um jeito de resolver o negócio.

– Não se preocupe, ainda hoje ele resolverá tudo – disse ela, confiante.

E resolveu mesmo. Enquanto as duas mulheres especulavam sobre o futuro, já Booz e o redentor estavam no portão da cidade, que era o melhor local para se fazer negócios, uma vez que as testemunhas enxameavam de lá para cá.

– Ei, você – disse ele, chamando um sujeito, e logo em seguida outros dez conselheiros da cidade. Depois voltando-se para o redentor, disse:

– Nossos parente Elimelec, como bem sabe, faleceu, e sua esposa Noemi pretende vender o terreno que era dele. Sendo o parente mais próximo, quero saber de você se deseja ser o redentor desta viúva.

– Sim, aceito – disse o sujeito.

– Junto com o terreno, entretanto, deverá levar a nora de Noemi, já que ela também enviuvou e não tem com quem fazer descendência.

Então o sujeito torceu o canto esquerdo da boca e disse, encaixando as pestanas de cima com as de baixo:

– É mau negócio.

Tomando de uma das suas próprias sandálias – que era a melhor garantia fiduciária da época –, o homem entregou-a a Booz, afirmando, assim, que renunciava à proposta.

Booz, radiante, afirmou diante das testemunhas ali reunidas que desde aquele instante assumia a propriedade dos bens do falecido Elimelec, bem com dos filhos deste, também falecidos, e que tomava por legítima esposa a Rute, nora de Noemi.

Booz foi a toda pressa, montado em seu jumento, levar a boa nova a Rute, que quase desfaleceu de gozo ao receber a confirmação de que se tornaria sua esposa.

Dentro de pouco tempo Rute engravidou e deu à luz a um menino, que se chamou Obed ("Servo"), que mais tarde geraria a Jessé, pai de Davi, rei de Israel.

GLOSSÁRIO DOS PERSONAGENS*

AARÃO: irmão de Moisés, era sacerdote e três anos mais velho que ele. Esteve junto com Moisés e foi seu braço direito durante todo o período do êxodo pelo deserto, após a fuga do Egito.

ABEL: filho de Adão e Eva, foi morto por seu irmão Caim.

ABDIAS: administrador do palácio do rei Acab, salvou cem profetas da morte, após as perseguições patrocinadas pela rainha Jezabel.

ABDON: décimo primeiro juiz de Israel, nada fez de notável em seu juizado.

ABESÃ: nono juiz de Israel, sobressaiu-se unicamente pelo grande número de filhos que teve.

ABIAM: filho de Roboão e pai de Asa, foi, como estes, rei de Judá.

ABIAS (1): filho de Samuel, foi rejeitado como sucessor de seu pai no juizado de Israel por suas práticas corruptas.

ABIAS (2): filho de Jeroboão, foi morto por Deus como castigo às idolatrias perpetradas por seu pai.

ABIDAM: um dos três judeus insubmissos que desafiaram a autoridade de Moisés, às portas de Canaã. Foi morto por Deus, ao ser engolido pela terra com sua família.

ABIGAIL: era esposa de Nabal, um rico criador de ovelhas que se negou a ajudar Davi. Abigail ajudou-o, às escondidas, e por isso acabou tornando-se, após a morte de Nabal, mulher de Davi.

ABIMELEC (1): rei de Guerar, raptou a esposa de Abraão, mas restituiu-a logo depois, temeroso de uma punição divina.

ABIMELEC (2): primeiro tirano de Israel, Abimelec era filho de Gedeão e mandou matar seus irmãos para usurpar o poder. Morreu de uma pedrada que levou na cabeça, lançada por uma mulher, durante um cerco em Tebes.

ABISAG: concubina de Davi, foi-lhe dada na velhice para esquentar o corpo do velho rei.

ABISAI: companheiro de Davi; durante o exílio, acompanhou-o numa incursão que fez ao acampamento de Saul, onde quase matou-o com uma lança, não fosse a intercessão de Davi.

ABIÚ: filho de Aarão, cometeu um deslize no culto ao Senhor e acabou fulminado por ele.

ABNER: comandante militar de Saul, terminou morto numa cilada armada por Joab, amigo de Davi, durante a guerra civil que opôs este a Isbaal, filho de Saul.

---

* Os personagens deste glossário aparecem nos volumes 1 e 2 desta obra. (N.E.)

ABRAÃO: patriarca dos hebreus e dos árabes, pai de Isaac e de Ismael.

ABSALÃO: filho de Davi, tentou usurpar-lhe o trono e terminou morto por Joab.

ACÃ: membro da tribo de Judá, furtou alguns despojos de guerra após o cerco vitorioso a Jericó. Josué puniu-o e à sua família, a mando de Deus, com o apedrejamento.

ACAB: filho de Amri, foi rei de Israel, casou-se com Jezabel, mulher de Sidon, que favoreceu o culto do deus estrangeiro Baal-Melcart. Acab foi também o responsável indireto pela morte do vinhateiro Nabot e terminou morrendo nos campos de Galaad, num combate contra os exércitos de Aram.

ACAZ: rei de Israel, incentivou a idolatria a níveis nunca vistos, chegando a sacrificar o seu próprio filho ao deus Moloc, tornando-se posteriormente vassalo do rei assírio.

ADÃO: o primeiro homem criado por Deus, pai da espécie humana, foi expulso do Paraíso por haver desobedecido a Deus.

ADONIAS: filho de Davi, pretendeu usurpar o trono de Salomão e acabou morto por ordens deste.

ADONIBEZEC: rei cananeu que teve os dedos das mãos e dos pés cortados pelos judeus após a sua derrota.

ADONIRAM: emissário de Roboão, foi enviado às tribos rebeladas do norte, onde morreu apedrejado pela população, fato que consolidou a separação de Judá e Israel.

ADONISEDEC: rei de Jerusalém que se aliou a quatro outros reis para atacar o reino de Gabaon, aliado de Josué, dando origem ao célebre episódio em que o sol "parou".

ADRIEL: casou-se com Merab, a filha mais velha do rei Saul, depois que Davi se negou a tomar a sua mão.

AGAG: rei amalecita derrotado por Saul, foi depois degolado e estripado por Samuel.

AGAR: escrava de Abraão, teve deste um filho chamado Ismael. Terminou sendo expulsa para o deserto, graças à inveja que provocou em Sara, esposa de Abraão.

AÍAS: profeta de Judá que anunciou a Jeroboão que ele seria rei das tribos do norte de Israel.

AICAR: sobrinho de Tobit, auxiliou a este no desterro de Nínive.

AMÃ: potentado da corte do rei persa Assuero, que tentou provocar o genocídio dos hebreus, sendo impedido pela habilidade de Ester, judia tornada esposa do rei.

AMALEC: neto de Esaú, deu origem à tribo dos amalecitas, que vivia nas penínsulas árabes e do Sinai. Inimigos contumazes dos israelitas, foram os primeiros a atacá-los quando estes vagavam pelo deserto, sob o comando de Moisés.

AMNON: filho de Aquinoam, era o primogênito de Davi. Depois de ter violado a meia-irmã Tamar, foi morto por ordem de seu meio-irmão Absalão.

AMON: sucessor de Manassés, governou por apenas dois anos em Judá, antes de ser assassinado.

AMÓS: profeta que viveu no século 8 a.C., tornou-se famoso por suas preocupações sociais.

AMRI: chefe militar israelita que se revoltou contra o rei Zambri, tomando-lhe o cetro de Israel. É conhecido por ter comprado as montanhas da Samaria.

ANA (1): esposa de Elcana, era estéril, mas concebeu a Samuel, o último dos juízes de Israel, depois de tê-lo prometido para o serviço do Senhor, no templo de Silo.

ANA (2): esposa de Tobit e mãe de Tobias.

ANA (3): profetiza que, junto com Simeão, esteve presente à apresentação do menino Jesus no Templo, reconhecendo no filho de Maria o redentor de Israel.

ANANIAS: judeu convertido a Cristo que foi morto por Deus por ter tentado enganar a Pedro na hora de ceder seus bens à comunidade.

ANÁS: sogro de Caifás, que era o Sumo Sacerdote por ocasião da morte de Jesus.

ANDRÉ: irmão de Pedro e discípulo de João Batista, tornou-se o primeiro apóstolo a ser recrutado por Jesus Cristo.

AOD: segundo juiz de Israel, assassinou pessoalmente o rei de Moab, enterrando-lhe um punhal em seu ventre.

AQUIMELEC: sacerdote de Nob, foi morto por Saul por ter ajudado seu rival Davi.

AQUINOAM: uma das esposas de Davi.

AQUIOR: amonita que auxiliou os judeus de Betúlia na resistência ao cerco patrocinado por Holofernes, no episódio de Judite.

AQUIS: rei de Gat, diante do qual Davi, fugitivo de Saul, se fez de louco para não ser reconhecido.

AQUITOFEL: ex-aliado de Davi, passou-se para o lado de Absalão na disputa que opôs este a seu pai.

ASA: rei de Judá, firmou um pacto com o rei de Aram para guerrear contra o rei Baasa, de Israel, depois da cisão entre as tribos do norte e do sul.

ASAEL: irmão de Joab, foi morto por Abner durante uma perseguição, após a batalha que opôs os exércitos de Davi aos de Isbaal, filho de Saul.
ASENAT: esposa egípcia de José, filha do sacerdote de On.
ASER: filho de Jacó e da escrava Zelfa, é pai de uma das doze tribos de Israel.
ASERA: deusa cananeia da fertilidade.
ASMODEU: demônio que causou a morte de sete maridos de Sara, futura esposa de Tobias.
ASTARTE: deusa cananeia, era a deusa do amor e esposa do deus Baal.
ASSUERO: rei da Pérsia, casou-se com a judia Ester.
ATALIA: mãe do rei Ocozias, de Judá, ordenou o assassínio de todos os sobreviventes da família real depois que Ocozias foi assassinado por Jeú. Joás, entretanto, foi salvo pela irmã de Ocozias e tornou-se rei alguns anos depois, ao mesmo tempo em que Atalia era morta.
AZARIAS: nome fictício que o anjo Rafael assumiu quando apresentou-se a Tobit como guia para conduzir seu filho Tobias até a cidade de Ecbátana.
BAAL: deus cananeu da fertilidade, rival do Deus de Israel.
BAANA: chefe militar que matou Isbaal, filho de Saul, para agradar a Davi. Terminou morto a mando deste.
BAASA: rei de Israel, matou o seu antecessor, Nadab, numa cilada.
BALA: escrava de Raquel, deu dois filhos a Jacó (Dan e Neftali).
BALAC: rei de Moab, contratou o profeta Balaão para que amaldiçoasse os hebreus acampados nas fronteiras de suas terras.
BALAÃO: profeta não israelita que abençoou os hebreus. Teve um curioso episódio com um jumento falante. Acabou morto pelos israelitas num confronto com os madianitas.
BALDAD: um dos amigos de Jó, que censurou-lhe a revolta contra Deus.
BALTASAR (1): rei babilônio, patrocinou o famoso festim no qual surgiu uma inscrição na parede, que o profeta Daniel decifrou como sendo um prognóstico divino do fim do seu reinado.
BALTASAR (2): segundo a lenda, um dos reis magos que teriam visitado o menino Jesus recém-nascido.
BARAC: comandante hebreu que derrotou a Sísara, comandante dos cananeus, a mando da juíza Débora.
BARNABÉ: discípulo que viajou com Paulo em várias expedições evangelizadoras.
BARTIMEU: cego que, segundo Marcos, Jesus curou em Jericó.
BARTOLOMEU: um dos doze apóstolos, também chamado de Natanael, ficou famoso pelo chiste com que pretendeu ridicularizar Jesus antes de tornar-se seu discípulo.

Glossário dos personagens

BEELZEBUB ou BELZEBU: divindade de Ascaron à qual o rei Ocozias recorreu para tratar de uma doença. Teria, mais tarde, o seu nome associado à figura do Satanás dos cristãos.

BEEMOT: animal fabuloso citado no Livro de Jó, tido como personificação do mal.

BEN-ADAD: rei de Aram, foi derrotado duas vezes pelo rei Acab, de Israel, mas teve sua vida poupada graças a um pedido de clemência.

BEN-AMIN: filho incestuoso de Lot com uma de suas próprias filhas, deu origem à tribo dos amonitas, que se tornaria ferrenha inimiga de Israel em Canaã.

BENJAMIN: filho de Raquel e Jacó, foi o caçula dos filhos do patriarca judeu.

BESELEEL: hábil artífice, confeccionou a arca da aliança, a pedido de Moisés.

BETSABEIA: esposa de Urias, um heteu convertido ao judaísmo, teve um romance com Davi, rei de Israel, o que provocou a morte de seu esposo. Mais tarde tornou-se mãe de Salomão, sendo o pai o mesmo Davi.

BETUEL: filho de Naor (irmão de Abraão), era pai de Rebeca, esposa de Isaac.

BOOZ: casou-se com a moabita Rute depois que seu marido faleceu, deixando-a sem descendência.

CAIFÁS: Sumo Sacerdote dos judeus à época da morte de Jesus.

CAIM: primogênito de Adão e Eva, cometeu o primeiro assassinato ao matar seu irmão Abel.

CALEB: tomou parte, junto com Josué, na primeira expedição à terra prometida.

CAM: filho de Noé, é pai dos cananeus e dos egípcios. Foi amaldiçoado pelo pai por tê-lo visto nu e embriagado em sua tenda.

CETURA: segunda esposa de Abraão, deu-lhe mais seis filhos, além dos já existentes Isaac e Ismael.

CIS: pai de Saul, o primeiro rei de Israel, havia mandado o filho em busca de algumas jumentas perdidas, sem imaginar que no caminho seria ele ungido rei de Israel pelo profeta Samuel.

CLÉOFAS: discípulo de Cristo que, a caminho de Emaús, avistou-se com o mestre ressuscitado.

CORÉ: tomou parte numa rebelião contra Moisés e terminou, por conta disso, tragado pela terra, junto com seus familiares.

COZBI: mulher madianita que foi morta por Fineias por ter se envolvido com um israelita.

CUSAI: espião de Davi que se infiltrou no conselho de Absalão e provocou a queda deste por meio de um comentário desfavorável.

DÃ: filho da escrava Bala e de Jacó.

DAGON: um dos deuses mais importantes dos filisteus, estava associado à agricultura. Foi durante um grande sacrifício ao deus que Sansão destruiu seu templo, matando a todos e a si próprio.

DALILA: amante filisteia de Sansão, traiu-o após fazê-lo contar o segredo de sua prodigiosa força.

DANIEL: um dos mais importantes profetas bíblicos, acompanhou os judeus no exílio, tornando-se figura de destaque na corte babilônica. Num dos tantos episódios em que se envolveu, terminou lançado numa cova cheia de leões, sendo salvo pelo Senhor.

DARIO: rei persa, viu-se obrigado a mandar lançar o profeta Daniel na cova dos leões por força de uma intriga urdida por cortesãos invejosos.

DATÃ: tomou parte numa revolta contra Moisés e foi punido por Deus quando o chão abriu-se a seus pés, sepultando-o vivo com seus familiares.

DAVI: filho de Jessé, foi o mais importante dos reis de Israel. Depois de derrotar o gigante Golias, tornou-se rei dos hebreus. Apaixonado por Betsabeia, livrou-se do marido desta enviando-o para a linha de frente do campo de batalha. Mais tarde teve de enfrentar a revolta de seu próprio filho, Absalão, que terminou morto, garantindo Davi no comando de Israel.

DÉBORA: única mulher a governar os judeus; era juíza e derrotou os cananeus em combate.

DOEG: oficial de Saul que reconheceu Davi quando este foi a Nob pedir auxílio ao sacerdote Aquimelec. Foi o autor da chacina dos sacerdotes de Nob, a pedido de Saul.

EDOM: outro nome de Esaú, que deu origem à tribo dos edomitas, inimigos de Israel.

EFRAIM: segundo filho de José do Egito, tornou-se líder de uma das doze tribos de Israel.

EGEU: chefe dos eunucos que cuidavam do harém do rei persa Assuero. Foi ele quem escolheu Ester para levá-la à presença do rei, que procurava para si uma nova esposa.

EGLON: rei moabita que morreu apunhalado por Aod, juiz de Israel.

ELA: sucessor de Baasa no trono de Israel, matou toda a descendência do antecessor para evitar ameaças ao seu governo. Foi morto por Zambri, seu oficial.

Glossário dos personagens

ELCANA: esposo de Ana (futura mãe do profeta Samuel), tinha também uma outra esposa, chamada Fenena. Foi o pai de Samuel.

ELDAD: homem que se pôs a profetizar em meio ao povo, no deserto, depois que Deus repartira os dons do seu espírito sobre diversos membros da comunidade israelita.

ELEAZAR: filho de Aarão, assumiu as funções sacerdotais do pai, após a morte deste.

ELI: sumo sacerdote do templo de Silo, foi também o penúltimo juiz de Israel.

ELIAB: filho mais velho de Jessé, foi preterido por Samuel em favor de Davi para receber a Unção que o tornaria novo rei de Israel.

ELIAS: um dos mais importantes profetas de Israel, censurou asperamente as apostasias dos reis hebreus, em especial de Acab e de sua esposa Jezabel. No fim da vida foi elevado aos céus numa carruagem de fogo.

ELIFAZ: um dos amigos de Jó que o assistiram em sua provação.

ELIÉZER (1): servo de Abraão, foi encarregado de encontrar uma esposa para Isaac.

ELIÉZER (2): filho de Moisés.

ELIMELÉC: esposo de Noemi, faleceu em terras de Moab, obrigando-a a retornar para Israel com sua nora Rute.

ELISEU: profeta hebreu, foi o sucessor de Elias. Fez diversos milagres, ao mesmo tempo em que tentou deter, sem sucesso, a marcha inexorável de Israel para a sua queda.

ELIÚ: quarto contestador de Jó, que surgiu quase ao final do debate entre este e seus três amigos Elifaz, Baldad e Sofar para lhe dizer que seu sofrimento era um aprendizado.

ELON: décimo juiz de Israel, governou por dez anos.

ENAC: homem que deu origem à tribo dos anecitas, uma raça de gigantes da qual se originaria Golias, rival de Davi.

EVA: a primeira mulher e mãe do gênero humano. Por ter comido do fruto proibido, foi expulsa, juntamente com Adão, do Jardim do Éden.

ENOQUE (1): filho de Caim, foi homenageado por seu pai quando este fundou uma cidade na região de Nod.

ENOQUE (2): descendente de Set, foi levado por Deus no final da vida, sem passar pela morte, por causa de sua grande retidão.

ESAÚ: filho primogênito de Isaac, foi enganado pelo irmão Jacó no episódio da bênção furtada.

ESTER: filha adotiva de Mardoqueu, casou-se com o rei da Pérsia, impedindo, mais tarde, que se consumasse o genocídio dos judeus que viviam nas terras do rei.

ESTEVÃO: judeu convertido a Cristo, tornou-se o primeiro mártir cristão após morrer apedrejado pelos judeus.
ÊUTICO: jovem que caiu de uma janela enquanto Paulo pregava. Depois de morto, foi ressuscitado pelo mesmo Paulo, que prosseguiu a pregação.
EZEQUIEL: profeta hebreu que teria vivido em cerca de 6 a.C. e que se caracterizou por suas visões e crítica ácida aos líderes hebreus que, no seu entender, haviam levado Israel à ruína.
EZEQUIAS: filho de Acaz, tornou-se rei de Judá. Conseguiu impedir a tomada de Jerusalém pelos assírios.
FACEIA: rei de Israel, foi assassinado por Oseias, que se tornou o novo rei.
FARA: escudeiro de Gedeão, foi com este até o acampamento dos madianitas inimigos para descobrir seus planos antes de um combate.
FARÉS: primogênito de Tamar e de Judá, tornou-se ascendente de Davi e de Jesus.
FENENA: uma das esposas de Elcana, pai de Samuel.
FILIPE: apóstolo de Jesus, celebrizou-se por pregar entre os gentios e por ter protagonizado junto com Jesus o episódio da multiplicação dos pães.
FINEIAS (1): filho de Eleazar e neto de Aarão, foi sacerdote do Templo. Matou o hebreu Zambri com uma lança por este ter-se envolvido com uma mulher madianita.
FINEIAS (2): um dos filhos do sacerdote Eli, levou a casa de seu pai à perdição por abusar dos direitos que lhe conferia o cargo do pai.
FUA: uma das parteiras egípcias que descumpriram a ordem do Faraó de matar os bebês do sexo masculino dos israelitas.
GAAL: tentou deter a tirania de Abimelec, tirano israelita, mas foi derrotado e expulso de Siquém.
GAD (1): filho da escrava Zelfa e de Jacó.
GAD (2): profeta que acompanhou Davi em seu exílio, durante a perseguição de Saul.
GALAAD: neto de Manassés, fundou a tribo dos galaaditas, que se instalou a leste do Jordão.
GAMALIEL: doutor da lei que recomendou a libertação de Pedro e João, após a prisão destes por estarem pregando ideias cristãs entre os judeus do Templo.
GASPAR: um dos três reis magos míticos (seu nome, a exemplo dos outros, não consta na Bíblia).
GEDEÃO: quinto juiz de Israel, derrotou os madianitas graças a um hábil ardil.

Glossário dos personagens

GÉRSON: filho primogênito de Moisés.
GIEZI: servo do profeta Eliseu, teve o corpo tomado pela lepra ao tentar tirar vantagem de uma cura que o profeta operara num oficial arameu.
HAMOR: governante das terras de Siquém, foi morto pelos filhos de Jacó depois que estes vingaram o rapto de Diná.
HANON: filho de um rei amonita, entrou em guerra contra Davi, depois que desfeiteou os embaixadores que este enviara à sua coroação.
HEBER: um dos descendentes de Noé, cujo nome serviu de raiz ao termo "hebreu".
HER: filho primogênito de Judá, morreu após casar-se com Tamar.
HERODES, O GRANDE: governador da Judeia, foi o responsável pelo massacre dos inocentes, logo após o nascimento de Jesus.
HERODES ANTIPAS: filho de Herodes, o Grande, governou a Galileia sob mando romano. Ordenou a morte do profeta João Batista a pedido de sua sobrinha Salomé.
HERODÍADES: esposa de Herodes Antipas e mãe de Salomé.
HIRA: amigo de Judá, foi com ele até Tamna, onde o primeiro teve um envolvimento com sua nora Tamar, que se disfarçara de prostituta.
HIRAM: rei de Tiro, ajudou Salomão a construir o seu famoso Templo.
HOFNI: um dos filhos do sacerdote Eli que levaram o pai e Israel à perdição por culpa de seus abusos na administração do templo de Silo.
HOLOFERNES: comandante de Nabucodonosor, que chefiou o cerco à cidade de Betúlia e terminou morto por Judite em sua própria tenda.
HUR: ajudou Moisés a manter erguido o cajado durante a batalha que Josué manteve contra os amalecitas, ainda antes da entrada dos hebreus na terra prometida.
ICABOD: filho de Fineias (um dos filhos do sacerdote Eli), nasceu órfão, pois seu pai morrera às mãos dos filisteus, e sua mãe, durante o parto.
ISAAC: filho de Abraão e de sua esposa Sara. Depois de quase ter sido sacrificado por seu pai, num teste que Deus lhe impôs, casou-se com Rebeca e tornou-se pai de Esaú e Jacó.
ISABEL: mãe do profeta João Batista.
ISAÍAS: um dos profetas mais importantes do Antigo Testamento, foi incansável em alertar as lideranças hebreias sobre os efeitos nefastos da idolatria no futuro de Israel e Judá.
ISBAAL: filho de Saul, disputou a coroa de Israel com Davi numa sangrenta guerra. Terminou morto por dois de seus aliados, numa traiçoeira armadilha.
ISMAEL: filho de Abraão e da escrava egípcia Agar, foi expulso com a mãe para o deserto.

ISSACAR: filho de Lia e de Jacó.

ISTAR: deusa cultuada em quase todo o Oriente antigo, foi muito combatida pelos profetas judeus.

JABIN: rei cananeu de Hasor, enfrentou a juíza Débora e foi por ela derrotado.

JACÓ: segundo filho de Isaac, era irmão gêmeo de Esaú, a quem enganou ao tomar o seu lugar na hora de receber a bênção de morte do seu pai. Foi pai de José do Egito e dos fundadores das Doze Tribos de Israel.

JAEL: mulher quenita que vingou os israelitas ao martelar um prego na cabeça de Sísara, comandante cananeu, enquanto este dormia.

JAFÉ: filho de Noé, é o pai dos povos gentios.

JAIR: sétimo juiz de Israel, é tido como um juiz menor.

JAIRO: pai da menina que Jesus ressuscitou.

JECONIAS: revoltou-se contra Deus, logo após o retorno da arca sagrada (que fora raptada pelos filisteus) a Betsames. Foi morto junto com outros setenta de seu clã.

JEFTÉ: oitavo juiz de Israel, derrotou os madianitas, mas ao preço de um juramento que acabou por custar a vida de sua filha única.

JEOVÁ: pronúncia aproximada do nome hebraico do Deus dos judeus (YHWH).

JEREMIAS: profeta hebreu que viveu nos séculos 7 a 6 a.C., tornou-se célebre por suas Lamentações, conjunto de textos nos quais lamenta a destruição de Jerusalém.

JEROBAAL: apelido dado a Gedeão, juiz israelita, que significa "Deixa Baal brigar".

JEROBOÃO: oficial do rei Salomão que se rebelou, tornando-se rei das tribos do norte de Israel.

JESUS CRISTO: filho de Maria e José, é considerado pelos cristãos como o Messias da tradição judaica.

JEZABEL: filha do rei de Sidon, tornou-se rainha de Israel após casar-se com o rei Acab. Devota do deus Baal, introduziu no país dos judeus o seu culto, provocando a ira de Deus. Terminou lançada da janela do palácio real depois que Jeú, comandante militar israelita, encabeçou uma rebelião que pôs fim à vida dos reis de Israel e Judá.

JESBAAL: um dos "valentes de Davi", teria matado oitocentos inimigos com um único golpe de sua lança.

JESSÉ: filho de Obed, pai do rei Davi.

JETER: filho amedrontado do juiz israelita Gedeão, recusou-se a matar dois reis madianitas aprisionados pelo pai.

Glossário dos personagens

JETRO: sacerdote de Madiã, sogro de Moisés. Às vezes é também chamado, na própria Bíblia, por outros nomes, tais como Ragüel ou Hobab.

JEÚ: comandante militar israelita, foi ungido rei a mando de Eliseu, depois que Deus decidiu pôr um fim ao reinado dos reis de Judá e Israel. Jeú comandou um massacre, na tentativa de pôr fim à idolatria do deus Baal, mas acabou sendo condescendente com outras formas de apostasia, o que levou seu reinado a um mau termo.

JÓ: habitante de Edom, a quem Deus testou a fé por meio de uma dura provação.

JOAB: chefe militar de Davi, matou a Abner, comandante de Isbaal, para vingar a morte de seu irmão Asael.

JOACAZ (1): filho de Jeú, retornou, depois da morte do pai, às práticas da idolatria de seus antecessores, fazendo com que o Senhor punisse os hebreus com grandes derrotas militares.

JOACAZ (2): rei de Israel, desobedeceu a Deus, o que provocou sérias derrotas aos seus exércitos.

JOANA: mulher que, segundo Lucas, acompanhou as duas Marias ao santo sepulcro.

JOÃO BATISTA: filho de Zacarias e Isabel, foi o precursor de Jesus Cristo. Morreu decapitado, a pedido de Salomé, sobrinha de Herodes Antipas, tetrarca da Galileia.

JOÃO EVANGELISTA: um dos doze apóstolos, é considerado também como sendo autor do evangelho que leva seu nome e do Apocalipse, embora poucos estudiosos considerem que seja realmente ele o autor dos dois textos (ou ao menos da sua totalidade).

JOAQUIM (1): filho de Joacaz, tornou-se vassalo de Nabucodonosor, preparando a ruína definitiva de Judá e a queda de Jerusalém.

JOAQUIM (2): marido de Susana, jovem judia que protagonizou um episódio de pretenso adultério durante o período do exílio babilônico.

JOÁS (1): pai de Gedeão, impediu que o filho fosse morto por ter destruído o altar do ídolo Baal.

JOÁS (2): filho do rei Ocozias de Judá, foi salvo por sua irmã do massacre que Atalia promoveu contra a família real após a morte do esposo, e tornou-se rei de Judá.

JOATÃO: irmão do tirano Abimelec, era, como este, filho de Gedeão, e foi o único sobrevivente do massacre que este fez contra seus irmãos.

JOCABED: mãe de Moisés, lançou o filho no Nilo dentro de um cesto para que este fosse encontrado pela filha do Faraó.

JOEL: um dos filhos de Samuel no juizado de Israel, foi rejeitado pelo povo como sucessor do pai devido às suas práticas corruptas.

JOIADA: sacerdote que liderou a rebelião que elevou Joás ao trono de Judá, provocando também a morte de Atalia.

JOIAQUIN: sucessor de Joaquim no trono de Judá, foi feito prisioneiro pelos babilônios depois do cerco que Nabucodonosor impôs a Jerusalém.

JONADAB: primo de Amnon, sugeriu a este filho de Davi um meio para que pudesse violar sua meia-irmã Tamar.

JONAS: profeta encarregado por Deus de censurar os habitantes de Nínive, recusou-se a cumprir a missão. Após ser lançado ao mar durante uma tempestade, foi engolido por uma baleia e cuspido de volta à terra três dias depois.

JÔNATAS (1): descendente de Moisés, misturou o culto de Jeová com o de um deus menor cananeu.

JÕNATAS (2): filho de Saul, ajudou a derrotar os filisteus num lance pessoal de audácia. Amigo íntimo de Davi, terminou morto, mais tarde, às mãos dos filisteus, juntamente com o pai.

JORÃO (1): irmão de Ocozias, sucedeu a este no governo de Israel. Durante seu reinado derrotou os moabitas, embora tenha feito pouco para pôr fim a idolatria.

JORÃO (2): filho de Josafá, tornou-se rei de Judá. Era casado com uma filha de Acab, antigo rei de Israel.

JOSAFÁ: sucessor de Asa, foi rei de Judá.

JOSÉ (1): filho de Raquel e de Jacó, foi vendido pelos irmãos a mercadores árabes, tornando-se posteriormente poderoso ministro do faraó egípcio.

JOSÉ (2): considerado pela tradição como pai "adotivo" de Jesus, foi esposo de Maria. Os evangelhos não referem mais nada acerca de sua vida ou de sua morte.

JOSÉ DE ARIMATEIA: judeu influente que deu sepultura ao corpo de Jesus.

JOSIAS: um dos reis mais piedosos de Judá, procedeu à derrubada dos altares pagãos, além de fazer uma reforma no Templo. Morreu num combate contra os egípcios.

JOSUÉ: guerreiro hebreu da tribo de Efraim, foi um dos grandes heróis de Israel.

JUDÁ: filho de Lia e de Jacó, tornou-se chefe de uma das mais importantes tribos de Israel.

JUDAS ISCARIOTES: talvez o mais famoso dos doze apóstolos depois de Pedro, foi o responsável direto, com sua traição, pela prisão de Jesus e sua posterior crucificação.

Glossário dos personagens

JUDAS TADEU: um dos doze apóstolos, tornou-se um dos santos mais famosos do calendário cristão. Segundo a tradição, foi morto a golpes de machadinha em 70 d.C., junto com Simão Zelote.

JUDITE: viúva judia que decepou a cabeça de Holofernes, livrando os judeus do cerco que este promovera à cidade de Betúlia.

LABÃO: irmão de Rebeca, obrigou Jacó a servir-lhe durante sete anos para que este pudesse tomar em casamento a sua filha Raquel. Por um ardil, acabou impondo-lhe antes a outra filha, chamada Lia.

LAMEC (1): descendente de Caim, compôs um poema no qual narrava o crime de seu avô e dois outros de sua própria autoria.

LAMEC (2): filho de Matusalém, era pai de Noé.

LÁZARO: irmão de Maria Madalena, foi ressuscitado por Jesus num famoso episódio.

LEVI: filho de Lia e de Jacó.

LEVIATÃ: monstro mitológico citado no livro de Jó e também no de Jonas (aqui identificado com as baleias).

LIA: esposa de Jacó, foi impingida a este graças a um estratagema de seu pai, Labão.

LOT: sobrinho de Abraão, fugiu com sua família da corrupta Sodoma, antes do castigo divino.

LUCAS: um dos evangelistas, tornou-se famoso por divulgar as parábolas mais famosas de Cristo.

MAALON: um dos dois filhos de Elimelec, faleceu em Moab sem deixar descendência.

MADIÃ: filho de Abraão e Cetura, deu origem à tribo nômade dos madianitas.

MALCO: soldado que teve a orelha decepada por Pedro, quando da prisão de Jesus.

MANASSÉS (1): filho primogênito de José, foi líder de uma das doze tribos de Israel.

MANASSÉS (2): um dos piores reis que Judá teve, entregou-se a todas as práticas da idolatria, tendo, inclusive, sacrificado o próprio filho num dos altares profanos.

MANUÉ: pai de Sansão, conversou com o anjo que dera a notícia da concepção do filho à sua esposa estéril.

MARCOS: um dos quatro evangelistas, é considerado o autor do primeiro dos quatro evangelhos canônicos.

MARDOQUEU: pai adotivo de Ester, ajudou-a a impedir o massacre dos judeus submetidos ao poder do imperador persa Assuero.

As melhores histórias da Bíblia – volume 1

MARIA DE NAZARÉ: mãe de Jesus, tornou-se a principal personagem feminina de toda a Bíblia, para os cristãos, sendo venerada de modo especial pelos católicos, que a chamam "Mãe de Deus".

MARIA MADALENA: irmã de Marta e Lázaro, é uma das personagens mais enigmáticas e polêmicas de todo o evangelho (alguns chegam a sugerir que tenha sido esposa de Jesus).

MATEUS: um dos quatro evangelistas, é considerado patrono da contabilidade, por ter sido coletor de impostos antes de ter se tornado apóstolo de Cristo.

MATIAS: apóstolo escolhido para suceder a Judas, que se enforcara.

MEDAD: homem que se transformou subitamente em profeta, quando Deus espalhou os seus dons no deserto para aliviar a carga que pesava sobre os ombros de Moisés.

MELCART: deus fenício da fertilidade, teve seu culto instituído em Israel pela rainha Jezabel.

MELQUISEDEQUE: sacerdote de Salém, abençoou Abraão após sua vitória contra os quatro reis.

MELQUIOR: um dos três reis magos, segundo a tradição cristã.

MERAB: filha mais velha do rei Saul, que Davi se recusou a tomar como esposa.

MERIBAAL: filho aleijado de Saul, ficou submetido a Davi quando este tornou-se rei.

MICAS: habitante de Efraim, misturou o culto do Deus de Israel ao de um deus menor, por sugestão da sua mãe. No fim teve a imagem roubada por um bando de guerreiros da tribo de Dan que seguiam numa expedição de conquista às terras da região de Lais.

MICOL: filha mais nova do rei Saul, que Davi tomou por esposa. Ela salvou-o, mais tarde, de uma cilada que seu pai havia montado para assassiná-lo.

MILKÁ: esposa de Naor, irmão de Abraão.

MIQUEIAS: profeta que vaticinou a morte do rei Acab nos campos de Galaad.

MIRIAM: irmã de Moisés, ajudou a colocá-lo no cesto para que a filha do Faraó o encontrasse. Mais tarde, já no deserto, foi castigada com a lepra, por ter-se rebelado contra o irmão.

MOAB: filho de Lot e de sua própria filha, deu origem à tribo dos moabitas, inimiga de Israel.

MOISÉS: um dos principais personagens do Antigo Testamento, libertou os judeus do cativeiro no Egito, além de ter conduzido seu povo pelo deserto até a terra prometida, embora ele próprio não tenha conseguido nela ingressar.

Glossário dos personagens

MOLOC: deus cananeu, foi particularmente venerado pelos judeus no período do rei Acaz.

NAAMÁ: esposa de Noé, segundo a tradição (pois seu nome não consta na Bíblia).

NAAMÃ: comandante arameu que teve sua lepra curada pelo profeta Eliseu.

NAÁS: líder amonita que impôs um cerco à cidade israelita de Jabes e acabou derrotado por Saul.

NABAL: rico criador de ovelhas que se negou a oferecer ajuda a Davi quando este estava proscrito de Israel. Morreu de desgosto ao saber que sua mulher Abigail havia traído sua confiança e levado víveres a Davi e seus homens.

NABONIDES: último rei da Babilônia, foi substituído no fim do reinado por seu filho Baltasar, antes da conquista promovida pelo persa Ciro.

NABOT: plantador de vinhas, morreu apedrejado graças a um ardil da rainha Jezabel, que pretendia apossar-se do seu terreno, ambicionado pelo rei Acab.

NABUCODONOSOR: rei da Babilônia, efetuou campanhas vitoriosas, tendo sido o responsável pela tomada e destruição de Jerusalém.

NADAB (1): foi morto por Deus quando cometeu um deslize diante do Senhor, no Tabernáculo.

NADAB (2): filho de Jeroboão, tornou-se rei das tribos do norte de Israel.

NAOR: irmão de Abraão.

NATÃ: profeta do tempo de Davi, censurou asperamente a este por ter mandado Urias deliberadamente para a morte, a fim de ficar com sua esposa Betsabeia.

NEFTALI: filho de Jacó e da escrava Bala.

NEMROD: descendente de Cam, era um misto de rei, caçador e construtor. Segundo a tradição, teria sido ele o arquiteto da Torre de Babel, situada na região da antiga Babilônia.

NICODEMOS: discípulo de Cristo que, junto com José de Arimateia, ajudou a sepultar o corpo de Jesus Cristo.

NOEMI: esposa de Elimelec, foi com ele para Moab, onde enviuvou, tendo de retornar a Judá com a moabita Rute, sua nora.

OBED (1): pai de Gaal, que tentou deter a tirania do usurpador hebreu Abimelec.

OBED (2): filho de Booz e de Rute, foi pai de Jessé e avô do rei Davi.

OBED-EDOM: recebeu a arca sagrada em sua casa antes que ela fosse levada para Jerusalém.

OCOZIAS (1): sucedeu ao seu pai Acab como rei de Israel. Patrocinou, tal como o pai, a idolatria, e por isso não foi bem visto pelo Senhor.

OCOZIAS (2): filho de Jorão, rei de Judá, reinou apenas um ano.
OG: rei de Basã, atacou os judeus quando estes se aproximaram de suas fronteiras. Como resultado obteve a derrota total, não restando um único sobrevivente dessa empreitada funesta.
ONÃ: segundo filho de Judá, morreu depois que se recusou a fertilizar a viúva de seu irmão.
OREB: rei madianita morto por Gedeão, teve sua cabeça cortada.
ORFA: uma das noras de Noemi que ficou em Moab, depois de enviuvar de um dos filhos desta.
OSEIAS: último rei de Israel, matou seu antecessor Faceia para assumir a coroa. Pressionado pela poderosa Assíria, tornou Israel um estado vassalo desse império.
OTONIEL: primeiro juiz de Israel, era irmão de Caleb e pôs fim à sujeição de oito anos que o reino de Aram impusera a Israel.
OZIAS: chefe dos anciãos da cidade de Betúlia, organizou a defesa da cidade quando os exércitos de Holofernes a sitiaram.
PAULO: a princípio ex-perseguidor de cristãos, tornou-se depois um dos maiores propagandistas da fé cristã, protagonizando episódios de extraordinária importância para o estabelecimento da Igreja.
PEDRO: um dos doze apóstolos de Jesus, o fundador da Igreja Católica.
PILATOS: governador romano da Judeia, por ocasião do julgamento de Jesus. Tornou-se famoso pelo gesto de "lavar as mãos", entregando Jesus ao julgamento dos judeus.
POTIFERA: sacerdote de On, era pai de Asenat, esposa de José.
PUTIFAR: despenseiro-mor do Faraó, acolheu José como administrador.
QUELION: um dos dois filhos de Noemi, que, tendo ido com a mãe e o pai para Moab, terminou morrendo lá e deixando uma viúva sem descendência.
RAAB: prostituta de Jericó que deu asilo aos espiões hebreus quando estes foram espionar a terra que Josué pretendia invadir. Antepassada de Davi e Jesus, segundo Mateus.
RAGÜEL: pai de Sara, tornou-se sogro de Tobias ao ceder a este a mão de sua filha.
RAQUEL: filha de Labão, casou-se com Jacó, tornando-se mãe de José do Egito.
REBECA: filha de Betuel, era prima de Isaac, com quem se casou. Foi mãe de Esaú e Jacó.
RECAB: um dos chefes militares que matou Isbaal, filho de Saul.
RESFA: concubina de Saul que se tornou motivo do desentendimento entre seu filho Isbaal e Abner, chefe militar deste.

Glossário dos personagens

ROBOÃO: filho do rei Salomão, substituiu ao pai, tornando-se rei apenas das tribos de Judá e Benjamin, após a separação entre as tribos do norte e do sul.

RUBEN: primogênito de Jacó, era filho de Lia. Perdeu a condição de primogênito por ter ido para a cama com uma das servas do pai.

RUTE: nora de Noemi, era moabita e foi para Israel com a sogra, adotando os costumes e o Deus de Israel. Mais tarde casou-se com Booz, tornando-se ancestral de Davi e de Jesus.

SAFIRA: esposa de Ananias, foi morta por Deus por haver tentado enganar o apóstolo Pedro.

SÁLMANA: rei madianita derrotado e morto por Gedeão.

SALMANASAR: imperador assírio, submeteu os judeus no seu império.

SALOMÃO: filho de Davi, foi um dos reis mais importantes de Israel. Idealizador de obras famosas, como o Templo que levava o seu nome, tornou-se célebre também por sua sabedoria, sendo autor dos Provérbios e do Livro da Sabedoria, além de ter atribuído à sua autoria o Cântico dos Cânticos e o Eclesiastes.

SALOMÉ: filha de Herodíades e sobrinha de Herodes Antipas, pediu a cabeça de João Batista em recompensa por haver dançado para seu tio.

SAMGAR: terceiro juiz de Israel, matou seiscentos filisteus com a relha de uma charrua.

SAMUEL: um dos mais famosos líderes hebreus, venceu os filisteus e encerrou a fase dos juízes hebreus ao ungir Saul como primeiro rei de Israel.

SANSÃO: décimo segundo juiz de Israel, era dono de uma prodigiosa força. Foi traído por sua amante filisteia, chamada Dalila. Preso pelos inimigos, provocou a morte deles e a de si próprio, ao derrubar as colunas do palácio onde estava aprisionado.

SARA (1): esposa de Abraão, era estéril, mas graças à vontade de Deus pôde tornar-se mãe de Isaac depois dos noventa anos de idade.

SARA (2): filha de Ragüel, casou-se com Tobias, filho de Tobit.

SAUL: Foi ungido por Samuel como primeiro rei de Israel. Grande guerreiro, enlouqueceu no fim da vida e passou a tramar a morte de Davi, a quem via como um perigoso rival. Matou-se durante uma batalha, ao perceber que seria capturado pelo inimigo.

SAULO: dito Saulo de Tarso, é o mesmo Paulo que se tornaria santo cristão (ver "Paulo").

SEDECIAS (1): profeta menor que esbofeteou Miqueias numa discussão acerca da conveniência ou não do rei Acab ir guerrear contra os exércitos do reino de Aram.

SEDECIAS (2): rei títere indicado por Nabucodonosor para governar Judá depois da tomada de Jerusalém. Seu verdadeiro nome era Matanias, e era tio paterno de Joiaquin, que o rei conquistador levara prisioneiro para a Babilônia.

SÉFORA: esposa de Moisés, era uma das sete filhas de Jetro, sacerdote de Madiã.

SEFRA: parteira egípcia que se negou a matar os bebês masculinos, conforme ordem do Faraó.

SELA: terceiro filho de Judá, que este se recusou a dar como marido à sua nora Tamar, uma vez que seus dois outros filhos já haviam morrido após terem casado com ela.

SEM: filho de Noé, é o tronco da raça semita ou hebreia.

SEMEI: homem da tribo de Saul, lançou injúrias a Davi durante sua fuga de Jerusalém.

SENAQUERIB: rei assírio que tentou um cerco infrutífero contra Jerusalém.

SEON: reis dos amorreus, que atacou os judeus quando estes se aproximaram do seu país, sendo derrotado fragorosamente.

SET: filho de Adão e Eva, deu origem à estirpe de Noé.

SIBA: servo de Meribaal, filho de Davi, manteve-se fiel ao rei quando este teve de fugir de Jerusalém.

SILAS: companheiro de Paulo, que foi aprisionado junto com este e libertado pelo poder de Deus.

SIMÃO, O LEPROSO: outra denominação de Lázaro, irmão de Maria Madalena.

SIMÃO, O ZELOTE: um dos doze apóstolos, pertencia à seita judaica radical dos zelotes, antes de se tornar discípulo de Jesus.

SIMEÃO (1): segundo filho de Lia e de Jacó.

SIMEÃO (2): homem velho e piedoso que esteve na apresentação do menino Jesus no Templo, tendo-lhe sido profetizado pelo Espírito Santo que só morreria depois de ver o Messias.

SIQUÉM: filho de Hamor, foi morto pelos filhos de Jacó após ter violado a irmã destes.

SÍSARA: comandante cananeu que foi derrotado pela juíza israelita Débora. Morreu com um prego enfiado em sua têmpora, enquanto dormia.

SOFAR: amigo de Jó, que sugeriu a este reconhecer a sua culpa para livrar-se do castigo divino.

SUSANA: jovem judia falsamente acusada de adultério durante o período do exílio na Babilônia.

Glossário dos personagens

TAMAR (1): nora de Judá, teve um filho do próprio sogro após disfarçar-se de prostituta.
TAMAR (2): filha de Davi, foi violada por seu meio-irmão Amnon e depois repudiada.
TARÉ: pai de Abraão, repudiou o deus de Noé, cujo culto o filho reabilitou.
TEBNI: disputou com Amri o cetro das tribos do norte de Israel, levando a pior.
TIAGO MAIOR: irmão de João, foi um dos doze apóstolos e o primeiro destes a ser martirizado.
TIAGO MENOR: apóstolo de Jesus, cuja identidade é extremamente confusa, alguns chegando a considerá-lo como irmão de Jesus.
TOBIAS: filho de Tobit, casou-se com Sara, filha de seu tio Ragüel.
TOBIT: pai de família judeu que vivia no exílio babilônico com sua esposa Ana. Testado pelo Senhor, ficou cego, mas recuperou a visão após a intervenção do anjo Rafael.
TOLA: sexto juiz de Israel, é considerado um dos juízes menores.
TOMÉ: um dos doze apóstolos de Cristo, tornou-se famoso por haver duvidado da ressurreição de Cristo.
VASTI: esposa do rei Assuero da Pérsia, perdeu a condição de rainha ao recusar-se a comparecer diante do rei e de seus convidados durante um banquete.
YHWH: "Eu Sou Quem Sou". O nome hebraico de Deus, também dito "Javé" ou "Jeová".
ZABULON: filho de Jacó e de Lia.
ZACARIAS: pai de João Batista, ficou mudo por haver duvidado do poder de Deus em torná-lo pai na idade avançada em que estava.
ZAMBRI (1): judeu que foi morto por Fineias por ter-se envolvido com uma mulher madianita.
ZAMBRI (2): oficial de Ela, rei de Israel, matou a este, tornando-se o novo rei. Governou, porém, apenas sete dias e terminou matando-se num forte, durante uma rebelião.
ZAQUEU: coletor de impostos de Jericó que subiu numa árvore para poder ver a chegada de Jesus.
ZARA: segundo filho de Tamar, que esta teve com seu sogro Judá.
ZEB: rei madianita morto por Gedeão.
ZEBÁ: um dos reis madianitas que Gedeão capturou e matou com sua própria espada.
ZEBUL: prefeito de Siquém, aliou-se ao tirano israelita Abimelec.
ZELFA: escrava de Lia, teve dois filhos com Jacó (Gad e Aser).

BIBLIOGRAFIA

LIVROS

ALTER, Robert; KERMODE, Frank (orgs.). *Guia literário da Bíblia*. Trad. Raul Fiker. São Paulo: Unesp, 1997.
ARCHER, Gleason. *Enciclopédia de termos bíblicos*. Trad. Oswaldo Ramos. Vida: São Paulo, 2001.
BERNHEIM, Pierre-Antoine. *Tiago, irmão de Jesus*. Trad. Marcos de Castro. Rio de Janeiro: Record, 2003.
BESSIÉRE, Gerárd. *Jesus, o Deus surpreendente*. Trad. Lídia da Mota Amaral. São Paulo: Objetiva, 1993.
BÍBLIA SAGRADA. Trad. CNBB. São Paulo, 2002.
COSTECALDE, Claude-Bernard (edit.). *A Bíblia da família*. Zero Hora: Porto Alegre, 1984.
DATTLER, Frederico. *Sinopse dos quatro Evangelhos*. 6ª ed. Paulus: São Paulo, 2003.
ESPINOSA, de Baruch. *Tratado teológico-político*. Trad. Diogo Pires Aurélio. Martins Fontes: São Paulo, 2003.
FEUERBACH, Ludwig. *A essência do Cristianismo*. Trad. José da Silva Brandão. 2ª ed. Papirus: Campinas, 1997.
FINKELSTEIN, Israel; SILBERMAN, Neil Asher. *E a Bíblia não tinha razão*. Trad. Tuca Magalhães. A Girafa: São Paulo, 2003.
FRYE, Northrop. *Código dos Códigos – a Bíblia e a literatura*. Trad. Flávio Aguiar. Boitempo: São Paulo, 2004.
GARDNER, Laurence. *A linhagem do Santo Graal*. Trad. Marcos Malvezzi Leal. Madras: São Paulo, 2004.
GEISLER, Norman; HOWE, Thomas. *Manual popular de dúvidas, enigmas e "contradições" da Bíblia*. Trad. Milton Azevedo Andrade. Mundo Cristão: São Paulo, 1991.
JOHNSON, Paul. *História dos judeus*. Trad. Henrique Mesquita e Jacob Volfzon Filho. Imago: Rio de Janeiro, 1995.
KEENER, Craig S. *Comentário bíblico – Atos – Novo Testamento*. Trad. José Gabriel Said. Atos: Belo Horizonte, 2004.

MANN, Thomas. *José e seus irmãos*. Trad. Agenor Soares de Moura. Nova Fronteira: Rio de Janeiro, 2000.

MÉIER, John P. *Jesus, um judeu marginal*. Trad. Laura Rumchimsky. Imago: Rio de Janeiro, 1996.

MILES, Jack. *Deus, uma biografia*. Trad. José Rubens Siqueira. São Paulo: Cia. das Letras, 1997.

REESE, Edward e KLASSEN, Frank. *A Bíblia em ordem cronológica*. Trad. Judson Canto. Vida: São Paulo, 2004.

RENAN, Ernest. *Paulo, o 13º apóstolo*. Trad. Tomás da Fonseca. Martin Claret: São Paulo, 2003.

____. *Vida de Jesus*. Trad. Eliana Maria de A. Martins. Martin Claret: São Paulo, 2003.

ROGERSON, J. W. *O livro de ouro da Bíblia*. Trad. Talita M. Rodrigues. Rio de Janeiro: Ediouro, 2003.

ROHDEN, Huberto. *A mensagem viva do Cristo (O Novo Testamento)*. Martin Claret: São Paulo, 2004.

_____. *Sabedoria das parábolas*. Martin Claret: São Paulo, 2004.

SCHÖKEL, Luís Afonso. *A Bíblia do peregrino*. Paulus: São Paulo, 2002.

WANGERIN, Walter. *O livro de Deus – a Bíblia romanceada*. Trad.Eduardo Pereira e Ferreira. Mundo Cristão: São Paulo, 2003.

REVISTAS

Profetas (Coleção Grandes Heróis Bíblicos); "Revista das Religiões Especial", Abril, 2004.

Apóstolos (Coleção Grandes Heróis Bíblicos); "Revista das Religiões Especial", Abril, 2004.

Coleção Grandes Heróis Bíblicos. Edição especial "Revista das Religiões". Abril Cultural: São Paulo, 2005.

IMPRESSÃO:

Pallotti
GRÁFICA EDITORA
IMAGEM DE QUALIDADE

Santa Maria - RS - Fone/Fax: (55) 3220.4500
www.pallotti.com.br